에드워드 2세

에드워드 2세

옮긴이 **김 성 환**

충남대학교 영어영문학과를 졸업하고, 서강대학교 대학원에서 석사,
고려대학교 대학원 영문과에서 문학박사 학위를 취득하였다.

충남대, 광운대, 고려대 강사를 역임하였으며
현재 광양대학에서 교수로 재직하고 있다.

(현) 고전·르네상스 영문학회 편집이사
(현) 한국셰익스피어학회 편집위원

저 서 『셰익스피어/ 현대영미극의 지평』(공저)
　　　　『*Tragic Visions: Contemporary Plays of Harold Pinter, Eugene O'Neill, and Arthur Miller*』(공저)
번 역 『콜로노스의 오이디푸스』
주해서 『셰익스피어 총서: 자에는 자로』
평 론 「<햄릿Q1>리뷰: 역사, 무대, 배우들과의 만남」
논 문 '『십이야』: 축제, 성, 계급', '『좋으실 대로』 전원문학의 맥락에서 본 가부장제에 대한 극복의 전
　　　　망', '가부장제에 대한 여성의 도전과 수용: *The Taming of the Shrew*', '"조화로운 부조화": 『한여
　　　　름 밤의 꿈』에 재현된 질서의 의미', '"내 수족이 나를 가르칠 셈인가?": 『태풍』에 나타난 침묵
　　　　을 강요받는 여성들 외

에드워드 2세

크리스토퍼 말로우 지음
김성환 옮김

발행일 • 2010년 1월 30일
발행인 • 이성모 / 발행처 • 도서출판 동인 / 서울시 종로구 명륜동 아남주상복합빌딩 118호
등록 • 제 1-1599호 / TEL • (02)765-7145, 55 / FAX • (02)765-7165
E-mail • dongin60@chol.com / HomePage • www.donginbook.co.kr

ISBN 978-89-5506-420-9
정 가 16,000원

※ 잘못 만들어진 책은 바꾸어 드립니다.

에드워드 2세

크리스토퍼 말로우 지음

김성환 옮김

도서출판 동인

머리말

　　『에드워드 2세』를 처음 접한 것은 2001년 여름, 캠브리지에서 있었던 인터내셔널 썸머스쿨 수강을 통해서였다. "셰익스피어와 경쟁자들"이라는 코스의 강의를 맡은 에드 에셰(Ed Esche) 교수는 『자에는 자로』에 대해 『볼포네』를, 『리처드 2세』에 대해 『에드워드 2세』를, 『햄릿』에 대해 『스페인의 비극』을 서로 짝지어 놓고 다양한 국적과 연령대의 수강생들을 토론과 질문으로 수업에 활기와 깊이를 더했다. 그는 해박한 지식으로 말로우의 전설과도 같은 삶과 죽음, 그리고 『에드워드 2세』에 나타난 역사관, 정치관, 종교관, 동성애 등에 대해 다양한 접근을 해보도록 인도하는 한편 말로우와 셰익스피어를 서로 비교·경쟁시키길 재미있어했고 수강생들은 그의 열정에 동화되어 갔다. 말로우, 그리고 『에드워드 2세』는 내게 이렇게 다가왔고 막연히 언젠가는 『에드워드 2세』를 번역해 보리라는 생각을 갖게 했다. 그러한 생각은 그러나 그해 여름이 지나자 곧바로 가을 속으로 잊혀졌다.

　　그런데 셰익스피어 학회에서 주관한 총서 시리즈 중 『자에는 자로』의 주석 및 해설서를 맡아 집필하게 되면서 그동안 잊고 있었던 『에드워드 2세』에 대한 생각이 다시 고개를 들기 시작했다. 『자에는 자로』 주석 및 해설서는 번역본은 아니지만 김재남, 신정옥 선생님 등의 번역이 없었더라면 그 집필 과정이 훨씬 더 어려웠을 것이라는 생각이 든다. 원고를 넘기고 얼마 지나지 않아 출판 담당자로부터 『자에는 자로』를 대역본으로 발전시키는 게 어떻겠냐는 제안을 받자 일언지하에 거절해버리고 말았다. 자신도 없었거니와 무엇보다 주석본이 나오기 한 해 전에 소천하신 아버님이 그렇게 갑자기 돌아가실 줄 모르고 책을 핑계로 좀 더 정성껏 간병해드리지 못한 데 대한 회한이 깊었기 때문이기도 했다.

　　『에드워드 2세』에 대한 번역을 결심한 데에는 마침 고전르네상스 영문학회에서 "꼼꼼히 읽기 시리즈" 원고를 모집하는 게 계기가 되었다. 필자가 이 작품을 맡아 원고를 쓰도록 배려해주신 조광순 교수님과, 모인 원고들을 마무리하고 계실 심미현 교수님께 감사드린다. 관련 자료를 찾아보고, 그야말로 '꼼꼼히' 작품을 읽으면서 새삼 셰익스피어에 비해 말로우에 대한 자료가 많이 부족함을 느꼈다. 급진적 사상을 지닌 극작가요 권력의 민감한 부분과 맞닿아 있던 첩자로 활동하다 젊은 나이에 의문의 죽음을 당했기에 말로우는 셰익스피이에 비해 지나치게 저평가되고 있지 않나 하는 의구심은 번역이 끝난 지금도 쉽게 떨쳐버릴 수 없는 부분이다. 필자가 알기에 말로우의 주요 작품들로 손꼽히는 『파우스투스 박사』가 박우수 교수에 의해(2000년), 그리고 『파우스투스 박사』, 『몰타의 유대인』, 『탬벌레인 대제』가 강석주 교수에 의해(2002년) 번역되었을 뿐이며, 관련 논문 또한 일천한 실정이다. 최근(2009년) 임이연 교수가 『디도, 카르타고의 여왕』을 번역해 낸 것은 우리나라에서도 말로우에 대한 관심이 조금씩이나마 일기 시작한 징후로 여겨져 무척이나 반가운 일이다. 그럼에도 불구하고 여러 비평가들로부터 높은 평가를 받고 있는 『에드워드 2세』가 국내에는 번역본 하나 없다는 사실은 한편으로는 우리의 문학적 관심이 협소함을 보여주는 것이기도 하지만 다른 한편으로는 그만큼 더 이 작품에 대한 번역과 연구가 긴요함을 의미하는 것이기도 하다.

　일단 의미 파악을 위해 전체적으로 번역을 해 놓고 난 뒤 다시 레블즈 시리즈의 각주를 기반으로 오역한 부분을 고쳐가면서 필요한 각주를 작성하였다. 다행히도 일차 번역이 완료되고 난 뒤 문법이나 용어 선택의 오류를 교정하는 일을 백정국 교수가 흔쾌히 맡아주었다. 그는 필자의 초벌 번역 원고에서 영문법상의 사소한 실수로부터 시작하여 용어상의 문제, 단어의 곡해 등에 이르기까지 성실하게 손보아 주었다. 지금도 그를 보면 부끄러움이 앞선다. 그러나 그의 수정 덕분에 제법 번역의 틀이 잡혔다. 이 자리를 빌어 그에게 감사를 표한다.

　그래도 번역에 애매한 구절들은 남게 마련이다. 때로는 과도한 상상력으로 인해, 때로는 문장의 난해함과 필자의 과문으로 인해 번역이 엉뚱한 방향으로 흘러가지 않도록 다양한 편집본들을 참고하면서 해석과 주석을 수정·보완하였다. 그러나 막상 문제는 다소 엉뚱한 데 있었다. 엉뚱하다고는 하나 그것이 사소하다는 의미는 결코 아니다. 우선,

우리나라 말에 정통한 번역가들이 하듯 3·4조의 운문을 기반으로 번역 할 경우 과연 원문의 맛이 잘 살아날 수 있을지 확신할 수 없었다. 따라서 필자는 가능한 부분에서는 운문체로 번역하되 본서가 영한 대역임을 고려하여 직역 위주의 산문체 번역도 마다하지 않았다. 다음으로 애를 먹은 건 조선왕조식 어투를 쓸 것이냐, 아니면 저들―중세, 혹은 이 극이 집필될 당시 엘리자베스 시대 영국―식 군신관계에 따라 언어를 설정할 것이냐를 결정하는 문제였다. 필자는 이 극이 기본적으로 14세기 영국의 역사를 엘리자베스 시대의 작가가 집필하였다는 점에 유의하여 가급적 전자를 선택하되 이 역시 절충을 시도했다. 예를 들어 반역을 일으킨 귀족들과 에드워드 왕 사이의 어투도 서로 감정이 격해 있을 때에는 후자 쪽으로 번역하였다. 에드워드 3세가 세자에서 왕으로 등극하기 전·후에 이사벨라 왕비의 말투 역시 마찬가지다. 아무리 어머니(대비마마)라 해도 아들(세자, 혹은 어린 왕)에게 경어체를 사용했던 우리의 경우와 달리 이 극에서는 그냥 "아들"(son)이면 그만이다. 이는 존칭이 발달한 우리와 그들간의 문화적 차이에서 비롯된 것이기도 하고, 기본적으로 군신간의 위계질서나 예법 역시 서로 다르기 때문에 비롯된 것이기도 하다. 그러나 한 줄 한 줄 꼼꼼히 필자의 번역을 읽고 필자가 골치아파 하며 미뤄두었던 구절들을 교정해 준 김해룡 교수님은 고전 번역에는 좀 더 무거운 고어체로 번역해도 무방하지 않겠느냐는 의견을 개진하였다. 따라서 필자는 일관성이라는 문제에도 불구하고 어느 정도 범위 내에서 어투를 절충하는 방법을 택했다. 본고의 완성에는 김해룡 교수님의 도움이 절대적이었음을 고백한다. 그 외에도 김해룡 교수님은 많은 조언과 질책을 아끼지 않으시면서 원고를 넘기는 마지막 순간까지 글을 다듬어 주셨음을 깊이 감사드린다.

　　나중에 안 일이지만 강석주 교수도 이미 『에드워드 2세』를 번역중이라는 말을 듣고는 과연 번역 작업을 계속할 것인가를 놓고 많이 망설였다. 그러나 같은 작품에 대한 번역이 또 나온다면 그게 오히려 재미있고, 학문적으로도 의미있지 않겠느냐는 이현우 교수의 말에 망설임을 접을 수 있었다. 오히려 몇몇 애매한 구절은 직접 강석주 교수의 도움을 요청하기도 했고, 이에 대해 그는 함께 고민하고 상의해 주었다.

　　많은 분들의 도움에도 불구하고 부족하고 부끄러운 부분들이 눈에 띄고, 좀 더 시간과 노력을 투자하며 매끄럽게 다듬고 싶은 부분들도 여전함을 솔직히 고백한다. 하지만 미완은 그 자체로 비전을 내포한다고 하지 않던가. 필자 역시 그런 미완의 부분들을 제현들의 기탄없는 충고와 질책으로 채워 추후 다시 한 번 더 번역의 완성도를 높일 기회가 있길 바란다. 다만 이 책이 『에드워드 2세』와 더불어 말로우의 다른 작품들에 대한 새로운 번역과 연구의 활성화에 작은 디딤돌 역할이나마 할 수 있다면 그것만으로도 충분하리라 생각한다. 그동안 번역에 관심을 가져주고 응원해준 김일구 교수와 신민철 교수께도 감사드린다. 또한 고전르네상스 영문학회에서는 필자가 진행중이던 번역을 갖고 발표할 기회를 허락해 주었다. 함께 번역을 검토하면서 다양한 의견을 나눌 수 있도록 자리를 마련해주신 이희원 회장님을 비롯하여 김영아, 배경진 교수님 등 학회 여러 교수님들께 감사드린다. 특히 지도 교수이신 송옥 교수님은 번역 진행에 꾸준히 관심을 보여주시면서 독회에도 참석해주셨다. 교수님의 수업을 받고 논문 지도를 받던 때가 어제 같은데 벌써 정년퇴임을 하게 되신다니 안타까울 따름이지만 사제지간의 연이 계속 이어지길 염원하며 감사드린다. 교수님의 정년퇴임에 즈음하여 본서가 출판될 수 있게 되어 마음의 빚을 다소간이나마 덜 수 있게 된 것 같아 기쁘다. 늘 곁에서 힘이 되어 주는 친구들과, 한결같이 속 깊은 정으로 대해주는 동료 교수들에게도 감사한다. 힘든 가운데에서도 이 책을 출판하기로 어려운 결정을 내려주신 도서출판 동인의 이성모 사장님께 감사한다. 그리고 누구보다도 집안일로 인해 지금 쯤 곤한 잠에 빠져 계실 어머니께 감사하고, 천국에서 지켜보고 계실 아버님께도 마음 깊이 감사드린다. 늘 든든히 응원해주는 아내와, 바쁜 엄마 아빠 사이에서 잘 자라고 있는 경훈, 경진, 경원에게도 이 자리를 빌어 고마움과 사랑을 표한다.

2009년 11월 18일
늦은 밤, 연구실에서
김성환

The troublesome

raigne and lamentable death of
Edward *the second, King of*
England: with the tragicall
fall of proud Mortimer:

As it was sundrie times publiquely acted
in the honourable citie of London, by the
right honourable the Earle of Pem-
brooke his seruants.

Written by Chri. Marlow *Gent.*

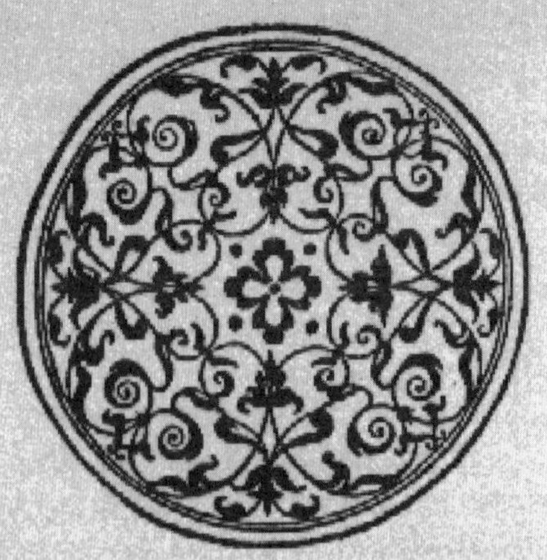

Imprinted at London for *William Iones,*
dwelling neere Holbourne conduit, at the
signe of the Gunne. 1594.

영국 왕 에드워드 2세의 난세와 비참한 죽음,

그리고 오만한 모오티머의 비극적 몰락

펨브로크 백작 극단이 런던에서

무수히 공연한 그대로의 대본

크리스토퍼 말로우 저

런던에서 윌리엄 존스 발행,

홀본 도관 근처 거주,

건의 서명에 의함. 1594.

일러두기

1. 『에드워드 2세』는 맨체스터 대학에서 출간한 레블즈 플레이The Revels Plays 시리즈(Charles R. Forker 편저)를 원본으로 하여 번역하였다. 각주와 그 밖의 텍스트와 관련된 정보는 아래 언급한 편저들의 서문과 각주를 서로 비교하여 참고하였으며 이 작품과 관련된 비평서와 말로우의 전기뿐만 아니라 국내외 관련 저서나 논문들도 두루 참고하였다.

2. 그 외에도 옥스퍼드 월드 클래식Oxford World's Classics (David Bevington & Eric Rasmussen 편저), 뉴 머메이즈New Mermaids (Martin Wiggins & Robert Lindsey 편저), 말로우 총서The Complete Works of Christopher Marlowe (Richard Rowland 편저) 등의 서문과 각주를 폭넓게 참고하였다. 이 중 뉴 머메이즈는 막과 장의 구분 없이 25장으로, 말로우 총서는 23장으로 되어 있으며 레블즈 플레이 시리즈와 옥스퍼드 월드 클래식은 막과 장을 구분하였지만, 3막의 후반과 4막 초반부에서는 서로 다르게 구분하고 있으며 인명이나 지명 등 고유명사 표기, 부호나 행의 구분, 그리고 무대 지시 등에서도 조금씩 차이가 있다. 그러한 부분들은 상황에 따라 보다 타당하다고 여겨지는 쪽을 선택하였다. 막과 장의 구분에서 레블즈 플레이 시리즈를 따른 것은 독자들의 편의와 일관성을 위해서이다. 문장이나 단어의 명료성이 필요한 부분에서는 영독 대역본(Dieter Hamblock 독역)과 일역본(千葉 孝夫 일역)을 일부 참고하였음을 밝힌다.

3. 대역본의 텍스트 역시 레블즈 플레이의 막과 장의 구분, 그리고 무대 지시를 주로 따랐지만 위에 언급한 다양한 편저들을 상호 비교·참고하여 보다 보편타당하다고 여겨지는 쪽을 선택하였다. 따라서 문장 부호나 행의 구분 등에 약간의 차이가 있을 수 있다.

4. 대역본의 특성상 가능하면 직역을 원칙으로 하되, 의미 전달을 위해 지나치지 않은 범위 내에서 의역을 한 부분이 있다. 또한 편집자에 따라 다른 해석이 있을 경우에도 다양한 견해를 소개하고자 노력하였다.

1. 크리스토퍼 말로우: 삶과 죽음의 미스터리

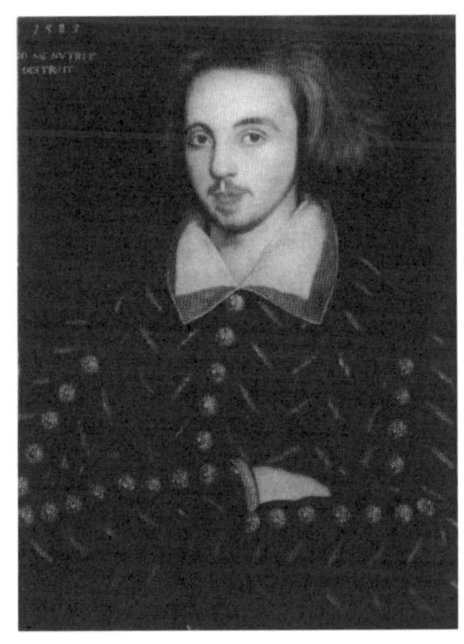

대학 재학 중의 코퍼스 크리스티 초상화로 추정되는 그림[1]

공식적으로는 1593년에 살해되었다고 기록되어 있지만 크리스토퍼 말로우 (Christopher Marlowe 1564-93)는 실제로는 죽지 않고 이태리로 건너가 이름을 숨긴 채 『베니스의 상인』 등을 집필했다는 음모론이 제기될 정도로 그의 갑작스런 죽음에 대한 진실은 많은 사람들에게 안타까움과 동시에 미스터리로 남아 있다. 그와 동갑내기 작가인 셰익스피어(Shakespeare 1564-1616)가 워낙 뛰어났기 때문에 항상 그와 비교되면서 그 그늘에 가리는 평가를 받아온 말로우는 혈기 왕성한 충동적 성격으로 인해 29세의 젊은 나이에 요절하고 말았지만, 『탬벌레인 대제』(*Tamburlaine the Great*)(1587), 『파우스투스 박사』(*Doctor Faustus*)(1588), 『몰타의 유대인』(*The Jew of Malta*)(1589), 『에드워드 2세』(*Edward II*) (1592) 등의 작품을 내 놓음으로써 엘리자베스조 연극의 형성에 중요한 역할을 하였다.

말로우는 셰익스피어보다 2개월 쯤 먼저인 2월 26일, 캔터베리에서 제화공인 아

---

1) 1952년에 일부가 손상된 상태로 발견되어 국립 초상화 박물관(National Portrait Gallery)으로 보내어져 복원된 이 익명의 인물의 초상화가 말로우라는 증거는 없다. 그러나 그의 뽐내는 듯한 자세, 그림이 그려진 연도(1585년)와 그 해 말로우의 나이(21세)의 일치, 그림 좌상귀에 새겨져 있는 낭만적이면서도 상당히 도발적인 라틴어 구절 ― 'QUOD ME NUTRIT/ ME DESTRUIT'(That which nourishes me, also destroys me) ― 등은 이 초상화의 주인공이 말로우일 것이라는 추측을 강력히 뒷받침한다. 이 그림은 1884년에 집계된 대학 소장의 그림 명단에는 올라있지 않았다. 이러한 사실은 어떤 시점에서 이 그림이 따로 보관되었다가 잊혀졌음을 시사한다. 이 그림을 말로우의 초상화라고 주장하는 몇몇 학자들은 말로우의 죽음 및 그의 죽음을 둘러싼 추문의 여파로 제거되었을 것으로 추측한다.

버지 존 말로우(John Marlowe)와 성 베드로 교회 교구목사의 딸인 캐서린 아서 (Katherine Arthur) 사이에서 아홉 명의 자녀 중 둘째로 태어났다. 그는 15세 되던 1578년에 고향에서 유서 깊은 킹스 스쿨(King's School)에 입학하여 17세까지 라틴 어와 고전 문학을 공부하였다. 이 학교는 원래 상류계급의 자녀들만 입학할 수 있었 으나 말로우가 지원할 당시에는 마침 학생 미달로 입학이 가능했다. 르네상스 시대에 선호했던 라틴어 교육 방법은 고전이나 신고전 연극을 공연하도록 훈련시키는 방법 이었다. 말로우의 라틴 문학과 그리스 로마 신화에 대한 지식은 이러한 교육의 영향 일 것으로 생각된다. 또한 당시 캔터베리는 런던과 마찬가지로 연극이 대단히 인기 있던 도시였기 때문에 말로우는 아마도 어린 시절부터 연극을 관람할 기회가 상당히 많았을 것으로 추정된다.

킹스 스쿨을 졸업한 말로우는 1580년 겨울에 캔터베리의 대주교였던 매튜 파커 (Matthew Parker) 장학생2)으로 캠브리지의 코퍼스 크리스티 대학(Corpus Christi College)에 입학하여 1584년에 학사 학위를 받았으나 연극, 역사, 논리학 등에 더 관 심을 가졌던 것으로 보인다. 캠브리지에

서 생활하던 시기에 14세기 몽고제국의 영웅인 티무르(Timur)가 보잘 것 없는 양치기에서 출발하여 세계를 정복하는 과정을 서사적으로 극화한『탬벌레인 대 제』를 집필하고 런던무대에 성공적으로 등장했음은 그가 학업에만 전념하지 않 았을 가능성을 뒷받침한다. 그는 성직자

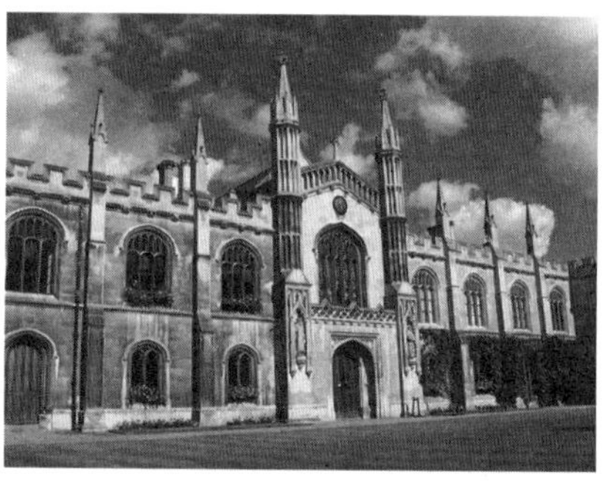

코퍼스 크리스티 대학 일부

---

2) 말로우는 캔터베리 출신이고 킹스 스쿨에서 교육을 받았기 때문에 매튜 파커 대주교의 유언에 부응하는 장학 생으로 선발되었다. 말로우는 대학에서 6년 동안 장학생으로 공부하여 학사 및 석사 학위를 받았다. 이 장학 금은 3년간 받을 수 있었지만, 지원자가 성직자가 되기를 원할 경우 3년 더 받을 수 있었기에 말로우는 적어 도 성직자가 될 준비를 하였을 것으로 추정된다.

가 되기를 거절하였을 뿐만 아니라 후에 무신론자로 당국에 고발당했던 것으로 미루어 파커 장학금 취지에 부합하는 학생이라고 보긴 어렵다.

1587년, 우여곡절 끝에 마침내 문학석사 학위를 받기까지 그가 대학에 재학하고 있던 기간 중 첫 3년 동안의 출석부 기록은 별다른 특이점이 없어 보인다. 각각 6주 동안 지속된 두 번의 결석 기간은 대학 규정을 초과하는 것이었지만 전례가 없는 것이 아니었다. 그러나 1584년 여름부터 조짐을 보이기 시작한 장기 결석은 이듬해 21세로 학사 학위를 받은 1585년부터 학교 당국의 허락 없이 본격화되었다. 그 주된 이유는 아마도 그가 영국 정부의 정보원으로서 임무를 수행하기 위해서였을 것으로 여겨진다. 1585-86년의 기록을 제외하면 학생 개개인의 음식과 음료수에 지불한 비용을 기록한 문서(Buttery Book) 및 파커 장학금 지불 금액을 상세히 기록해 놓은 대학 계산서(Audit Book) 등에서도 1584-85년에 말로우의 총 장학금 지불액이 급감하였음을 보여준다. 그럼에도 불구하고 그의 결석 기간 이후의 시기에 말로우는 상당히 사치를 한 것으로 보이는데, 이는 그가 국가와 여왕을 위해 기여한 일에 대해 넉넉한 보상을 받았음을 시사한다. 다시, 이들 문서에 의하면 말로우는 4월에서 6월 사이에 8주간 결석하였으며, 7월에서 9월 사이에 9주간 결석하였다. 다음 해에도 4월에서 6월 사이에 결석이 있었고, 1587년의 기록은 3월 25일로 끝나는 사순절 기간에도 2개월 정도 결석이 있었음을 보여준다(Nocholl 71-105, Simkin 16-17 참조).

물론 말로우의 장기간에 걸친 잦은 결석에 대해 대학 당국은 묵과하지 않았다. 말로우는 1587년 7월에 석사학위를 받기로 되어 있었으나 재학 중 장기간 결석했던 데다, 로마 가톨릭으로 개종하여 프랑스의 랭스(Rheims)에 있는 가톨릭 대학에 가려고 한다는 소문과 정치적 변절의 가능성 때문에 대학 당국은 그에게 학위 수여를 거부하기로 결정하였다. 당시 영국의 구교도들은 박해를 피하여 랭스에서 미사를 드렸으며 또한 이곳에는 영국인들을 위해 유럽에 설립된 몇 안되는 가톨릭 신학교가 설립되어 있었다. 뿐만 아니라 이 신학교는 엘리자베스의 신교도를 기반으로 한 영국

국교도에 반대하는 자들의 피난처요 집결지로서 엘리자베스 여왕에 반대하는 음모가 자주 논의되던 곳이었기 때문이다. 특히 랭스는 엘리자베스의 가톨릭 언니인 메리 여왕(Mary Queen of Scots, 1542~87. 1553-58 통치)을 옹립하기 위한 음모가 있었던 곳으로 여겨졌기 때문에 그 곳을 방문하여 한동안 예수회 수사 신학교에서 활동했던 말로우는 대학 당국으로부터 의심을 받기에 충분하였다. 말로우는 학교의 조치에 반발하여 추밀원(Privy Council)이 개입해 달라고 탄원하였다. 이에 대해 7월 29일, 엘리자베스의 추밀원은 이례적으로 국익과 여왕을 위하여 충성스럽게 임무를 수행하고 봉사한 말로우에게 학위를 수여해 줄 것을 요청하는 서한을 대학에 보내옴에 따라 그는 예정대로 석사 학위를 받을 수 있었다. 그러나 말로우가 여왕을 위해 구체적으로 어떤 일을 수행하였는지에 대해서는 알려진 바가 없다. 다만 말로우가 엘리자베스 여왕의 친 개신교 정책으로 인해 카톨릭 교도들이 피신해 있던 프랑스의 랭스에 가곤 했던 사실에 대하여 추밀원이 "말로우는 그런 의도가 없었다"(he had no such intent)면서 오히려 그는 "여왕을 위하여 봉사하였다"(he had done her Majestie good service)고 옹호한 것으로 보아 말로우가 어떤 불온한 목적을 갖고 그 곳을 방문한 것은 아니었음을 알 수 있다.

엘리자베스 시대의 영국은 국내에서뿐만 아니라 프랑스와 스페인 같이 당당한 구교도 제국들과의 관계에서도 도전에 직면하였다. 실제로 스페인의 무적함대는 1588년에 영국을 침공하려 하였다. 이러한 국내외 구교도들의 위협에 대해 엘리자베스가 맞설 수 있는 수단 중 하나는 비밀 첩보조직이었으며, 그 조직의 우두머리는 바로 월싱엄 경(Sir Francis Walsingham 1532~90. 왼쪽 유화. 현재 내셔널 포트레이트 갤러리 소장)이었다. 시인 필립 시드니(Philip Sidney)의 장인이기도 한 국무대신

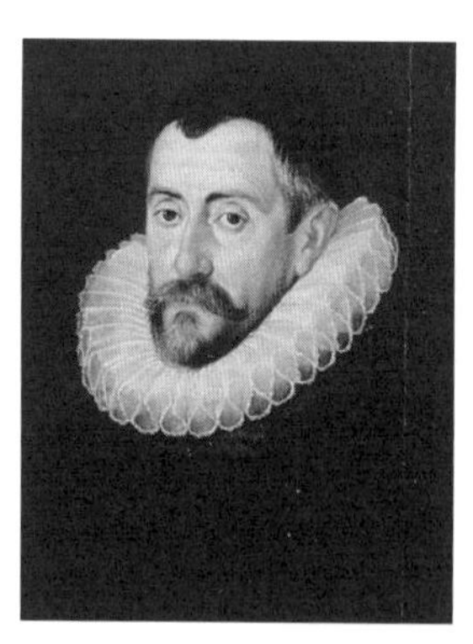

월싱엄 경은 구교도들이 메리 여왕을 옹립하려는 음모를 눈치채고 말로우로 하여금 그들의 움직임을 은밀히 감시하여 본국 정부에 알리도록 하기 위한 목적으로 가톨릭 개종을 희망하는 신교도인 것처럼 위장하여 파견했을 가능성이 높은 것으로 보인다 (조엘 레비 지음, 서지원 옮김. 『비밀과 음모의 세계사』, 155). 말로우의 갑작스런 죽음 역시 이러한 사실과 유관한 것으로 추정된다. 월싱엄 경은 윌리엄 세실(William Cecil 1520-98. 나중에 Burghley 남작)을 도와 외교에 관한 업무를 관장하면서 당시 복잡한 국내외 정세에 대비하기 위하여 막대한 정보망을 운용하고 있었으며, 말로우 는 이들과 같은 당대 지배 세력과 밀접한 관련을 맺고 있었기 때문이다. 이러한 사실 들에 입각해 커티스 브라이트(Curtis C. Breight)는 말로우가 당시 막강한 권력을 행 사했던 추밀원 측의 정치적 스파이인 동시에 핍박받고 추방당한 가톨릭 세력의 이중 스파이였을 가능성을 주장한다. 즉 말로우는 그의 작품에 드러난 급진주의적이고 혁 명적인 정치사상에 더하여 이중 스파이라는 의심을 받아 당대의 최고 권력자들에 의 해 이단의 혐의를 받고 암살당했을 것으로 추측된다(129).

이처럼 주로 추측에 의존했던 말로우의 죽음에 대한 미스테리는 레슬리 핫슨 (Leslie Hotson)이 1925년에 그의 사인에 대한 검시관의 보고서를 발견함으로써 어느 정도 해소되는 것처럼 보인다. 말로우가 살해되던 날인 1593년 5월 30일, 그는 잉그 램 프라이저(Ingram Friser), 니콜라스 스키어스(Nicholas Skeres), 그리고 로벗 폴리 (Robert Poley)와 함께 런던 근교(런던에서 템즈강을 따라 동쪽으로 약 5km 정도 거 리)의 작은 항구마을인 뎁포드(Deptford)의 엘리너 불(Eleanor Bull)이라는 미망인 소 유의 집3)에서 오전 10시부터 함께 모여 온종일 무엇인가를 논의하며 보냈는데, 말로

---

3) 선술집으로 알려져 있으나 최근에는 음식도 함께 제공되는 하숙집 — "not a tavern but a rooming house" — 혹은 선술집으로 위장한 비밀 무역 거래의 사무실, 혹은 첩보원들이 유럽으로 항해하거나 돌아올 때 사용한 "안전 가옥"(safe house)이라는 의견도 제시되고 있다. 특히 뎁포드 항은 영국 비밀정보망의 수장인 프란시스 월싱엄이 개입된 러시아와 머스코비 상사(Muscovy Company, 영국 최초의 주식회사요 무역회사. 월싱엄은 이 상사의 대주주였다)사이의 비밀거래를 둘러싸고 "대규모 사기 행각"(gigantic fraud)이 벌어지고 있던 장소로 추정된다. 엘리너 불의 단골 고객은 조선소의 감독관들, 고급 물품 수출업자들, 그리고 러시아나 발틱 항구로 부터의 수입품과 관련된 무역상들이었다. 그녀의 집은 때로 이러한 비밀거래들을 "계산하던"(reckoning) 사무

우와 함께 있었던 세 사람은 모두 월싱엄가를 위해 일하고 있던 자들이었다.

감옥을 드나드는 사기꾼이기도 한 스키어스는 정부의 끄나풀로서 폴리와 함께 메리 여왕의 복귀 음모와 관련된 배빙톤 음모(Babington Plot)[4]를 저지하는 일을 수행하였다. 그는 1589년에 에섹스 백작(Earl of Essex)과 궁정 사이에 밀서를 전하는 등 에섹스 백작을 위해 일하면서 프란시스 월싱엄이 서명한 증서에 따라 정부로부터 보수를 받았다. 폴리는 배빙톤 음모에서 정부측 첩자로서 스키어스 보다 더 중요한 역할을 수행하였으며 말로우보다 10살 연상으로 다양한 기술과 경험을 가진 복잡하고도 불길한 자객이자 이중첩자였다. 그는 추밀원의 첩보망에서 안트워프와 런던 등지에 은신처와 비밀 연락망을 두고 비밀공작을 수행중이던, 엘리자베스 시대의 소위 "암흑가의 천재"(the very genius of the underworld)(Nicholl 31)였다. 그는 세실과도 관련이 있었으며 스코틀랜드 및 국내외에서 수행한 임무로 인해 내무대신 토마스 헤니지 경(Sir Thomas Heneage)으로부터 상당한 보수를 받았다. 폴리는 말로우의 살해 당시 여왕의 밀서를 전하는 등 비밀 업무를 수행하다 암스테르담에서 귀국한 직후였

실로도 사용된 것으로 추정된다. 이 집에서 말로우의 살해를 둘러싼 사건에 대해서는 Charles Nicholl, *The Reckoning: The Murder of Christopher Marlowe* (Chicago: The U of Chicago P, 1992); Richard Wilson, "Visible Bullets: *Tamburlaine the Great* and Ivan the Terrible." *Christopher Marlowe*. Ed. Richard Wilson (London: Longman, 1999): 120-39; Alan Haynes, *The Elizabethan Secret Service* (London: Sutton, 2005); Park Honan, *Christopher Marlowe: Poet & Spy*. (Oxford: Oxford UP, 2005) 등 참조.

4) 가톨릭 교도들이 앤서니 배빙턴(Anthony Babington)을 중심으로 런던에서 예수회를 지지하는 비밀결사를 조직, 스코틀랜드와 스페인의 연합 작전으로 엘리자베스 여왕을 암살하고 메리를 영국 여왕으로 추대하여 가톨릭 세력의 만회를 시도하다 발각된 음모 사건. 특히 스페인의 펠리페 2세는 엘리자베스가 제거되면 메리를 잉글랜드의 여왕으로 추대하기 위해 즉각 스페인 군대를 파견하기로 약속하였다. 배빙턴은 메리에게 그의 계획을 설명하는 편지를 썼지만 그 편지와 이에 대한 메리의 답장이 프랜시스 월싱엄 경의 밀정에게 가로채였다. 그 결과 배빙턴을 비롯한 주동자들은 1586년 9월에 반역죄로 처형되었다. 영국 국민들의 분노는 메리에게까지 화살이 미치어 그녀 역시 반란과 암살 공모 혐의로 1587년 2월에 처형되었다(볼프 슈나이더 지음, 『위대한 패배자』, 박종대 옮김. 서울: 을유문화사, 2005. 149참조). 랭스의 신학교는 이 음모에서 중요한 역할을 담당하였는데, 왜냐하면 이중 첩자인 길버트 기포드(Gilbert Gifford)가 신학교에 확고하게 입지를 굳히고 있으면서 메리와 그녀의 동조자들로부터 신임을 얻었기 때문에 월싱엄에게 중요한 정보를 제공할 수 있었기 때문이다. 말로우의 개입 여부는 불확실하지만, 말로우가 사망하던 날 엘리노어 불의 집에 동행했던 일행 중의 한 사람인 폴리는 메리 편을 드는 충성스런 구교도의 역할을 수행하면서 배빙턴을 조종하여 메리 자신이 연루된 음모에 대한 보고서를 확보한 자이다(Simkin 19).

다. 프라이저는 프란시스 월싱엄의 사촌 동생 토마스 월싱엄(Thomas Walsingham)의 하인으로 그 역시 정보원이었다. 따라서 이들 세 사람은 서로 약간씩 다르긴 하지만 월싱엄가를 축으로 거짓과 배신, 책략이 난무하는 비밀 업무에 종사하고 있었던 것이다.

목격자들인 스키어스와 폴리의 진술에 의한 공식 기록에 따르면 프라이저와 말로우가 계산 문제로 서로 말다툼 끝에 격분한 말로우가 먼저 프라이저의 단검을 나꿔채 그를 공격하기 시작했으며 자신들은 단지 식탁에 앉아 구경만 했을 뿐이었다. 검시관 윌리엄 댄비(William Danby)의 공식 검시 보고서에 의하면 오후 8시경 상기 장소에서 "계산"(reckoning)에 이견이 생겨 다투던 중 말로우는 칼에 오른쪽 눈―안와(eye socket)―을 2인치 깊이로 찔려 그 자리에서 죽은 것으로 되어 있다(Nicholl 19). 그러나 최근 말로우가 칼에 찔린 부위를 면밀히 조사한 외과의사 로울링(J. T. Rowling) 및 현대 의학의 연구에 의하면 말로우는 색전(air embolus)으로 인해 즉사한 것이 아니라 칼에 찔린 뒤에도 최소한 5∼6분 정도 의식이 유지되다 뇌출혈로 인해 죽은 것으로 추정한다(Honan 352-53). 따라서 말로우가 즉사했다고 검시관에게 진술한 폴리, 스키어스, 그리고 프라이저는 거짓말을 한 것이 된다. 그렇다면 그들의 진술과 검시관의 공식 보고서에 대한 진정성 역시 전적으로 신뢰할 만한 것이 못된다. 또한 말로우의 격한 성격을 고려한다 해도 만일 단순히 말다툼으로 인해 촉발된 우발적인 살인이었다면 구태여 말로우가 즉사했다는 거짓 진술을 꾸며낼 이유가 없었을 것이다. 폴리와 스키어스는 그 즉시 체포되었으나 바로 다음날 무죄로 풀려났다. 프라이저 역시 정당방위를 주장하여 약 한 달 뒤인 6월 28일에 엘리자베스 여왕의 사면을 받아 석방되었다. 말로우는 사망 다음날인 6월 1일에 뎁포드의 성 니콜라스 교회(St. Nicholas)의 묘지에 매장되었으며 매장을 기록한 교구 기록부에는 "크리스토퍼 말로우라는 자가 프란시스 프리저(Francis Frezer)에게 살해됨. 6월 1일"로 되어 있다. 이 기록에서 "잉그램" 대신 "프란시스"로 이름이 바뀐 것만 보아도 살해자의 정체를 감추기 위한 의도가 있었음이 분명하다.

말로우의 갑작스런 죽음에 대해서는 다양한 의견들이 제시되었으며 새로운 증거들이 발견될 때마다 그의 죽음을 둘러싼 의혹들이 지금까지도 계속해서 제기되고 있다. 말로우의 죽음에 대해 1589년에 프란시스 미어즈(Francis Meres)는 말로우가 연애 관계에서 그와 라이벌이었던 하인의 칼에 찔려 죽었다고 말하여 말로우의 죽음을 연적들간의 다툼에 의한 결과라고 주장하였다. 반면 토마스 비어드(Thomas Beard)는 『심판의 극장』(*Theatre of Judgement*)(1597)에서 "말로우는 말로만 삼위일체를 부인한 것이 아니라 이에 반하는 책을 쓰기까지 했다"고 비난하면서 말로우가 다투던 중 칼에 찔려 죽은 것은 그의 무신론 사상에 대한 "하나님의 심판의 분명한 표시"였음을 강조하였다.5) 비어드는 말로우의 무신론과 신성 모독적 언행을 열거한 후 그의 죽음에 대해 공식적인 검시기록과는 달리 신성 모독적인 글을 썼던 바로 그 손이 자신을 처형한 신의 도구였음을 증명하기 위해 말로우는 자기 칼로 자신을 찔러 죽었고, "이에 온갖 수술이 행해졌으나 이내 죽고 말았다"(Nicholl 65 재인용)고 주장하였다. 비어드의 주장 역시 검시관 댄비의 진술과 달리 말로우가 즉사한 것이 아니라 일정 시간이 경과한 뒤―"온갖 수술이 행해졌음에도 불구하고"―죽었다는 부분이 눈길을 끈다.

이와 같이 그의 죽음을 둘러싼 정황 및 증거들을 놓고 보면 우선 말로우가 무신론자였다는 사실 때문에 살해당했으리라는 주장이 있다. 말로우가 죽던 해인 1593년 초에 의회는 무신론은 반역과 다름없는 중죄임을 확인하였으며 비국교도들은 교수형에 처해졌다. 법이나 엘리자베스 여왕도 유명한 '무신론자'였던 말로우의 후원자인 월싱엄을 관대하게 봐주거나 호의를 베풀 수는 없는 일이었다. 토마스 월싱엄 역시 자신의 평판에 해가 되는 자를 계속해서 후원해 줄 수 없었음은 지극히 당연하다. 더구나 1593년 5월에 말로우가 토마스 월싱엄을 방문하기 위해 켄트에 있을 때 당국은 한때 말로우와 함께 방을 썼던 토마스 키드(Thomas Kyd)(1558-94)를 이단자로

---

5) 2008. 6. 29. http://www.lib.monash.edu.au/exhibitions/literature/xlitcat.html 참고.

체포하여 고문하였다. 키드는 고문에 못 이겨 혹은 처형의 두려움으로 인해 필사적으로 자신의 목숨을 구하기 위해 자기 방에서 발견된 신성모독적인 서적이나 무신론적인 글을 말로우의 것으로 돌리고 말로우는 평소에도 이단 사상을 갖고 있었다고 주장함으로써 그에게 혐의를 전가시키려고 하였다. 가장 도발적인 예로 키드는 말로우가 "그리스도는 사도 요한을 별나게 사랑하였다"(Christ did love him[St. John] with an extraordinary love)며 둘 사이의 동성애 관계를 시사하는 말을 하였으며 사도바울은 "사기꾼"(juggler)이라고 폄하했다고 주장하였다(Nicholl 45). 키드는 또한 말로우가 월터 롤리 경(Sir Walter Raleigh) 및 노썸벌랜드 백작(Earl of Northumberlnad)을 비롯한 무신론자들과도 관련이 있다고 진술하였다. 키드는 5월 12일에 구금되었고, 이와 같은 증언에 따라 18일에 추밀원의 소환장을 발부받은 말로우는 이틀 뒤인 20일에 추밀원에 출두하라는 명령을 받았다. 그러나 말로우는 별도의 지시가 있을 때까지 추밀원에 매일 일일 동향 보고서를 제출한다는 조건으로 보석금을 내고 바로 풀려났다. 그렇다면 말로우는 진정으로 무신론자요 선동가였을까? 혹은 그는 이러한 죄를 지은 혐의를 받는 자들을 함정에 빠뜨리기 위해 무신론자를 가장한 정부의 미끼로 이중 스파이였던가? 아니면 말로우의 죽음은 베인즈가 이른바 "다른 거물들"이라고 한 자들, 예를 들면 말로우의 무신론 강론을 들은 월터 롤리 경이라든가 그와 관련 있는 정치인들에 대한 경고, 혹은 추밀원 내부의 권력 투쟁과 관련된 희생 제물이었을까?

리차드 베인스(Richard Baines) 역시 말로우가 죽기 직전에 추밀원에 제출한 기록에서 말로우를 무신론자로 고발하였다. 베인즈는 말로우가 생각에만 그치지 않고 모임에서 월터 롤리 등을 포함하여 몇몇 고관들에게도 자신의 무신론 개념을 적극적으로 공공연하게 설파하거나 성경에서 여러 가지 모순들을 인용하였다고 적었다. 롤리 역시 말로우가 죽은 다음 해에 무신론주의자로 고발되었다는 사실과, 이런 저런 정황으로 미루어 말로우는 무신론과 관련된 혐의가 드러날 것을 두려워한 자들에게 위험인물일 수 있었다. 또한 그는 무신론을 혐오했던 자들이나 진보적이고 혁신적인 성향을 싫어했던 기득권층으로부터 수많은 적을 만들었을 것이다. 이들의 고발에서 분명한 것은 말로우가 신의 존재나 기독교의 교리를 무비판적, 맹신적으로 추종하는 것을 거부하고 이성적, 합리적으로 접근하려고 했다는 사실을 보여주었을 뿐 아니라 자신의 기독교에 대한 비판적 사상을 주변 사람들에게도 설파했다는 점이다.6)

그러나 이러한 고발은 또한 로버트 그린(Robert Greene)이 "무신론자 탬벌레인" 이라고 한 비난이나 기독교의 위선에 대한 멸시를 보이고 있는 바라바스(Barabas)와 같은 말로우의 작품의 등장인물들을 통해서도 표출된 말로우의 희곡에 근거한 것일 뿐, 말로우가 어떤 구체적인 무신론적 개념을 갖고 있었는지는 불확실 하다. 다만 말로우가 당시의 기독교의 전통적 교리에 대해 이처럼 회의적인 반응을 보인 것은 오히려 『파우스투스 박사』에서 "선한 천사"와 "악한 천사"의 갈등이 보여주듯, 그 자신의 내면적 갈등과 종교적 확신에 대한 갈망에서 비롯된 것일 수 있다.7) 더욱이 말로우에게 호의적이었던 교회와 국가 권력은 급진적이고도 무신론적 야망에 사로잡힌 그의 사상이 지배 이데올로기를 위해할 수도 있다는 위기의식을 공유하면서 결국 그를 제거하는 쪽으로 돌아섰던 것으로 보인다. 그렇다면 프라이저가 말로우를 살해한 것은 그의 주장처럼 과연 계산서를 두고 벌어진 우발적 다툼의 결과에 불과한 일이었을까? 그렇지 않다면 말로우는 무슨 일로 국가 권력의 제거 대상이 되었을까? 전술한 일련의 증거들처럼 말로우의 무신론이 정권에 대한 도전으로, 그리고 누군가가 그러한 말로우와 관련이 있음을 두려워했기 때문에 암살 명령에 의해 제거된 것일까? 극작가로서, 스파이로서, 그리고 종교적 무신론자로서 말로우의 짧은 생애와 급작스런 죽음은 여전히 수수께끼로 남아 있으며 지금도 그의 죽음의 미스터리를 파헤치려는 시도가 계속되고 있다.

---

6) "Baines Note"(2008. 6. 27. http://www2.prestel.co.uk/rey/baines1.htm 재인용).

7) Butler Waugh, "Deep and Surface Structure in Traditional and Sophisticated Literature: Faust," *South Atlantic Bulletin*, 33. 3 (May, 1968), 14-17 참조.

그의 일생에 관한 여러 일화들―길거리에서의 싸움, 무신론자라는 비난, 위조 주화 주조, 첩자, 말다툼 끝에 칼에 찔려 죽음 등―이 시사하듯, 말로우는 기존의 전통과 관습에 얽매이지 않은 자유분방하고 열정적인 삶을 살았던 전형적인 르네상스인이었다. 그러나 말로우에 대한 학자들의 보다 근본적 관심은 그가 셰익스피어와 동등하다고 할 수는 없을지 몰라도 적어도 그에 버금가는, 혹은 셰익스피어를 비롯하여 당시의 극작가들에게 지대한 영향을 끼친 극작가라는 사실에서 비롯된 것이다. 말로우는 벤 존슨(Ben Jonson)(1572-1637)이 이른바 "말로우의 힘찬 시행"(Marlowe's mighty line)이라 지칭한 특징적인 무운시(blank verse)를 사용하여 영국 연극의 기본적인 시적 매체로 확립시키는 데 기여한 뛰어난 시인이었다. 뿐만 아니라 그는 자신의 기질을 르네상스적인 이상과 결합시켜 끝없는 욕망 추구에 사로잡힌 편집광적인 인물을 주인공으로 등장시켜 중세 도덕극의 전통에서 완전히 벗어난 새로운 형식의 대중 비극을 시도하여 영국 비극의 아버지라 불린다.

2. 출판 연대

『에드워드 2세』에 대한 현존하는 유일한 권위 있는 텍스트는 1594년도 4절판―보다 정확하게는 4절판 형식의 8절판(quarto-form octavo, 앞으로는 Q로 지칭함)―이다. 앞에서 보았듯이, 이 판본의 표지에는 『에드워드 2세』의 원제목이 『영국 왕 에드워드 2세의 난세와 비참한 죽음, 그리고 오만한 모오티머의 비극적 몰락』으로 되어 있으며 런던에서 펨브로크 극단(Pembroke's Men)에 의해 이미 많은 공연이 이뤄졌다는 사실도 기록되어 있다. 또한 이 표지에는 템즈강 북쪽의 홀본 지구8)에

---

8) 홀본 지구는 워털루 다리(Waterloo Bridge) 북쪽에 위치해 있으며, 좀 더 북쪽의 블룸즈베리(Bloomsbury) 지구와 인접한 지역이다. 표지에 기록되어 있는 도관(couduit)은 홀본 지구의 램즈 도관가(Lamb's Conduit Street)를 가리키는 것으로 추측되지만, 엘리자베스 시대 당시 그 지역에 있던 도관을 일반적으로 지칭한 것일

거주하는 서적상 윌리엄 존스가 발행한 것으로 기록되어 있으며 인쇄업자인 로버트 로빈슨(Robert Robinson)의 이름은 생략되어 있다(앞 페이지의 표지 사진 참조). 이 텍스트에 대한 보다 앞선 공식 기록으로는 윌리엄 존스가 1593년 7월 6일자로―말로우가 살해당한지 5주 뒤―'출판물 등록처'(Stationer's Register)에 1594년 판 표지의 제목과 동일한 제목으로 판권을 등록해놓은 것이 있다. 이 희귀본은 단지 두 사본만이 알려져 있는데, 그 중 하나는 독일의 중부 도시 카셀(Cassel)의 도서관에 소장되어 있었으나 제2차 세계대전의 재난으로 인해 분실되었다. 다른 하나는 스위스 취리히의 중앙도서관에 소장되어 있다. 1925-26년에 두 사본을 대조한 월터 그렉(Walter Greg)은 두 사본이 몇몇 사소한 차이를 제외하면 거의 동일한 것으로 판단하였다.

Q에 이어 세 개의 4절판(Q2-Q4)이 1598년, 1612년과 1622년에 각각 출판되었다. 이 텍스트들은 모두 Q를 이어 인쇄한 것들이다. 따라서 판본상으로 별다른 의미를 가지고 있지는 않지만 Q의 제목에 『위대한 콘월 백작이요, 에드워드 2세의 막강한 총신 피어스 개비스톤의 삶과 죽음』(And also the life and death of *Peirs Gaueston,/ the great Earle of* Cornewall, *and mighty/* fauorite of king *Edward* the second. . .)을 덧붙인 것이 눈에 띈다. 이렇게 제목을 덧붙여 놓은 것은 1593년 윌리엄 존스의 등록 자료와 Q(1594)의 제목이 에드워드 2세의 비극과 모오티머의 몰락을 작품의 양대 축으로 삼고 있는데 반하여 Q2(1598)에서는 개비스톤 및 그와 관련된 사건들이 이 극의 내용적, 구성적 측면 에서 실질적으로 두 사람들 못지않은 중요성을 지니고 있음을 인식하게 되었음을 시사한다. 또 한 가지 Q와 다른 점으로는 Q4(1622)의 두 번째 판 표지의 제목 아래 "고(故) 여왕 폐하 극단에 의해 성 요한 가(街)에 있는 레드 불(Red Bull) 극장에서 공연된 그대로의 판본"(As it was publikely Acted by the late Queenes/ *Maiesties Seruants* [i.e., Queen Anne's Men] *at the* Red bull/ *in S.* Iohns *streete*)으로 바뀌어져 있어 이 극이 17세기에도 활발하게

수도 있다.

상연되고 있었음을 분명히 하고 있다는 사실이다. Q2는 Q처럼 애초에 판권을 갖고 있던 윌리엄 존스가, 그리고 Q3와 Q4는 로저 반즈(Roger Barnes)와 헨리 벨(Henry Bell)이 발행하였으며, 판권이 1611년 12월 16일과 1617년 4월 17일에 이들 각각에게 넘어갔다. 존 하비랜드(John Haviland)와 존 라이트(John Wright Senior)는 1638년 9월 4일에 헨리 벨과 모지스 벨(Moses Bell)로부터 판권을 넘겨받았으나 새로 판권을 소유한 두 사람은 새 판을 발행하지 않은 것으로 보인다.

이처럼 『에드워드 2세』는 4개의 Q가 남아 있지만, 1594년판 이전에 제5의 Q가 있었을 가능성이 제기되고 있다. 이러한 논란은 알렉산더 다이스(Alexander Dyce)의 소유였다가 현재는 런던의 빅토리아 앤 알버트 박물관(Victoria and Albert Museum)에 소장되어 있는 Q2(1598)의 불완전 사본(Q2MS로 명명됨)에 근거한다. 이 불완전 사본에서 분실된 첫 두 장(leaves) — 극의 제목이 적혀 있는 장과 본문의 첫 장(본문 머리제목, 2행의 무대 지시, 첫 70행의 대사 등으로 구성된) — 은 17세기 초로 추정되는 필적으로 대체되어 있고, 날짜는 1593년으로 되어 있는데, 이 연도는 앞에서 언급한 서적 출판 등록부에 등록된 연도와 동일하다.

불완전 사본에서 제목을 손으로 쓴 페이지는 개비스톤에 대한 언급이 없다는 점과 공연에 관한 내용 면에서 1594년판의 Q의 표지와 동일하다. 더욱이, 필사본으로 되어 있는 두 번째 장(second leaf)의 머리제목 역시 1594년판의 것을 따르고 있는데, 이 머리제목은 나머지 Q2-Q4 판에서는 생략되어 있다. 게다가 이 사본과 1594년도 Q 텍스트는 서로 일치하지만 Q2-Q4와는 다른 부분들이 있으며, 필사본으로 된 표지는 저자의 이름을 Q보다도 더 과감하게 생략해서 적어 놓았다는 점('Chri. Marlow' 대신 'Chri. Mar.'), 특히 1593년 7월 6일자로 서적 출판 등록부에 등록한 날짜와 Q가 출판된 1954년 사이에는 상당한 시간적 격차가 있다는 점 등을 근거로 터커 브룩(C. F. Tucker Brooke)이나 월터 그렉과 같은 연구가들은 이 불완전 사본이 Q의 사본이 아니라 분실된 1593년도 초판이라는 주장을 제기하기도 한다.

3. 집필 연대

『에드워드 2세』의 정확한 집필 날짜를 정하는 것에 대해서는 많은 논란이 있지만 대체로 1592년경으로 추정되며, 그보다 더 이전인 1591년으로 보는 경우도 있다. 분명한 것은 말로우가 1593년 5월 30일에 살해당했다는 사실과, 그가 살해당한지 약 한달 쯤 뒤인 같은 해 7월 6일자로 윌리엄 존스가 '서적 출판 등록부'에 이 작품의 판권을 등록해놓았다는 사실이다. 또한 우리가 Q의 표지를 통해 알 수 있는 것은 이 극이 런던에서 펨브로크 극단9)에 의해 여러 번 공연되었다는 사실이다. 펨브로크 극단은 성 스티븐 축일(St. Stephen's Day, 12월 26일)과 예수 공현 축일(Feast of the Epiphany, 1월 6일)에 궁정에서 공연하기위해 1592년에서 1593년 사이의 성탄절 동안 잠시 런던에 머물렀다. 그런데 헨슬로우의 '일지'(*Diary*)에는 12월 29일부터 2월 1일 사이에 29회의 공연이 있었다고 기록된 것으로 미뤄 짧은 기간이나마 연극 시즌이 있었던 것으로 보인다. 이보다 바로 전에 펨브로크 극단은 레스터에서 공연했을 것으로 추정된다.10) 1593년 6월과 7월에 배우들은 다시금 지방에 머물렀지만, 8월 무렵이 되자 파산하여 그들의 의상들과 연극 대본의 판권을 팔았을 것으로 여겨지는데 왜냐하면 『에드워드 2세』 외에 그들의 레퍼토리에서 두 개의 목록이 그 이후에 서적상의 소유로 넘어갔기 때문이다(Chambers 128-29). 따라서 말로우의 역사극은 1592년 12월 이전에 시골 무대에서 공연되었을 가능성이 있지만, 그 이전에 런던 무대에서 상연될 수는 없었을 것으로 보인다. 또한 단순히 추정에 불과하긴 하지만 『에드워드 2세』가 원래 다른 후원자에게 소속된 배우들을 위해 집필되었고 그의 후원

---

9) 이 극단의 역사는 모호하지만 이 극단 소속 단원들은 셰익스피어 극단 및 헨슬로우(Philip Henslow c. 1555-1616)가 경영하던 해군제독 배우들(The Admiral's Men, 런던의 두 번째 주요 극단)과 밀접한 관련이 있었다. 펨브로크 극단은 1590년대 초에 흑사병으로 인해 런던의 극장들이 폐쇄되었을 때 런던 이외의 지역을 순회공연하였다(Irace, *Reforming the "Bad" Qartos*, 154-56 참조).

10) 1592년부터 런던에 유행한 페스트와 시민들의 소요에 대한 위험 때문에 1592년 6월 23일부터 미가엘 축일 (9월 29일)까지 극장이 폐쇄되고 공연이 금지되었다.

하에 런던에서 공연되었으며, 나중에 펨브로크 극단으로 양도되었을 가능성도 있다. 게다가 런던에 창궐하던 페스트로 인해 1593년에는 거의 대부분의 기간 동안―1월 말 혹은 2월 초부터 12월까지―런던의 극장들이 폐쇄되었다. 따라서 집필 순서상 『에드워드 2세』 이후에 『파리의 대학살』(*The Massacre at Paris*)[11]이라는 데 대해 대체로 동의가 이뤄지고 있다는 점을 고려하면, 말로우의 역사극이 1592년 이후에 집필되었을 가능성은 현저히 낮아진다.

집필 시기를 더욱 좁혀보기 위해서는 당시 『에드워드 2세』가 영향을 미쳤거나 이 극의 영향을 받았을 것으로 생각되는 극들과의 관계를 살펴보는 것이 좋을 듯하다. 대부분의 학자들은 셰익스피어의 『헨리 6세 2, 3부』(*2, 3 Henry VI*)가 『에드워드 2세』보다 먼저 집필되었다는 데 대해 동의하는데 그것은 말로우의 극이 셰익스피어의 두 사극을 분명히 반향하고 있기 때문이다.[12] 또한 『에드워드 2세』는 작자 미상의 『존 왕의 난세』(*Troublesome Reign of King John*)(1591년 출판)의 구절을 모방한 부분들이 있는 것으로 여겨지며, 조지 필(George Peele)의 『에드워드 1세』(*Edward I*)의 일부 구절들을 차용한 것이 거의 확실해 보인다(Charlton-Waller 8-10 참조). 필의 『에드워드 1세』는 1593년 10월 8일자로 출판물 등록처에 등록되었지만,

---

11) 1593년 1월에 새 극작품으로 공연되었다.

12) 셰익스피어의 『헨리 6세』 3부작은 말로우의 정복자 주인공의 영향을 받았으며, 상당부분 『탬벌레인 대왕 1, 2부』(1587-88?)의 언어 구사가 반향되어 있다. 이번에는 말로우가 1590~91년에 집필된 것으로 추정되는 『헨리 6세』의 2부와 3부의 구절들과 기본적 플롯 공식을 각색하여 『에드워드 2세』를 집필하였다는 견해가 지배적이다. 말로우는 『헨리 6세』에서 인간의 정체성을 규정하는 특징으로 힘과 자기주장보다는 취약성과 그로 인한 딜레마임을 간파한 셰익스피어에게 매료되었던 것으로 보인다. 이러한 점은 말로우로 하여금 셰익스피어가 출처로 사용했던 것과 동일한 연대기를 참고한 뒤에 『헨리 6세』를 기반으로 『에드워드 2세』를 쓰도록 했던 것이다. 물론 셰익스피어의 작품에서 강력한 귀족들과 여왕이 유약한 왕을 파괴하는 플롯 공식에다 에드워드 왕과 그의 비천한 태생의 총신들 사이의 동성애적 관계를 액션의 중심에 위치시키고 있다는 점에서 말로우는 약간의 변주를 가하긴 했다. 또한 비록 사료에는 두 극작가들 사이에 어떤 만남이 있었다는 기록이 없지만, 『헨리 6세 2, 3부』, 그리고 『에드워드 2세』는 신진 극단인 펨브로크 극단을 위해 집필되었음이 분명하다(Cheney 35). 이번에는 『에드워드 2세』로부터 영감을 얻은 셰익스피어는 『리처드 2세』(*Richard II*)에서 권력을 상실한 왕의 내적 성찰과 상실감을 보다 웅변적인 언어로 발전시키고자 하였으며, 그러한 계획은 『햄릿』(*Hamlet*)과 『리어왕』(*King Lear*) 등에서 절정에 이른 것으로 보인다(Cheney 99-100 참조).

1590-91년에 집필되었을 것으로 추정되며, 스페인에 대항하기 위해 잉글랜드, 스코틀랜드, 덴마크, 그리고 프랑스가 공동 방어 협정을 맺은 것에 대해 언급하고 있는 것을 보면 1590년 5월 또는 6월 이전에 집필되었을 가능성은 없어 보인다.

또한 『패버샴의 아덴』(*Arden of Faversham*)[13]과 『솔리만과 페르세다』(*Soliman and Perseda*)[14]의 구절들이 말로우의 극에 빚진바 크다는 주장을 받아들인다면 (Charlton -Waller 17-19), 그리고 두 극 모두 키드의 작품이었을 것으로 상정한다면, 말로우의 『에드워드 2세』는 1591년이나 혹은 늦어도 1592년 초 무렵에 집필되었을 것이라는 추정이 가능하다. 『에드워드 2세』가 1591년에 집필되었을 것으로 보는데 더 무게를 두는 것은 말로우와 키드가 한동안 친밀한 관계였다는 사실에 근거한다. 주지하다시피 1590년부터 '스트레인지 경 극단'(Lord Strange's Men)에 소속되어 극을 쓰던 두 사람은 1591년 5월경 — 아마도 『에드워드 2세』는 1591년이나 혹은 늦어도 1592년 초 무렵에 집필되었을 것으로 추정되는데, 이 때 키드가 『에드워드 2세』의 초고 혹은 초고의 일부를 읽었을 가능성이 높아 보인다 — 에는 한 방에서 숙식을 같이할 정도였으나, 그 이후에 키드는 말로우와의 교제를 가급적 피하였다.

설령 『패버샴의 아덴』과 『솔리만과 페르세다』가 키드의 작품이 아니라고 해도, 『에드워드 2세』로부터 차용한 구절들은 말로우의 극의 집필년도를 적어도 1591년 가을까지로 보는 경우도 있다. 먼저 이 극이 집필된 다음 공연되기까지의 기간이 있었을 것이다. 그 다음 비로소 상기 두 작품들의 저자(들)는 자신(들)의 작품에 이 극의 구절들을 빌어다 썼을 것이며, 이 극들이 무대 위에서 공연되고 난 뒤 마침내 판권을 팔아 출판되었을 것이기 때문이다. 이러한 일련의 과정들은 최소한 몇 개월씩

---

13) 출판물 등록처에는 1592년 4월 3일에 등록한 것으로 되어 있으며 같은 해에 에드워드 화이트(Edward White)가 발행한, 엘리자베스 시대 최초의 가정 비극으로 알려져 있다. 이 극은 키드, 셰익스피어, 혹은 말로우 중 한 사람이 썼을 것으로 추정된다. 이 극의 내용에 대해서는 본 책(『에드워드 2세』) 제1막 1장 150행의 각주 참조.

14) 출판물 등록처에는 1592년에 등록한 것으로 되어 있으며, 『스페인의 비극』(*The Spanish Tragedy*)의 극중극의 내용을 반영하는 주제를 담고 있다는 점을 근거로 토마스 키드가 1590년경에 쓴 비극으로 추정된다.

걸렸을 것이다. 여기서 언급된 극들의 구절들은 모두 서로 관련되어 있음은 부정할 수 없는 사실이지만, 어떤 경우에는 집필 시기가 서로 상당히 가까울 뿐만 아니라 어느 것이 어느 것을 차용했는가 하는 것은 애매한 경우도 있기 때문에 정확한 집필 날짜를 밝혀내기란 불가능하다. 그러나 상기 언급한 상황과 말로우의 당시 활동 등을 종합해 보건대, 『에드워드 2세』의 집필 연도는 1591년일 가능성이 높지만, 늦어도 1592년 초에 집필되었을 것으로 보인다.

게다가 1592년 초에 "말로우"(Christofer Marly)는 네덜란드의 플러싱(Flushing)에서 베인즈와 숙소를 함께 한 적이 있다. 이 때 베인즈는 말로우와 한 금속 세공인이 위폐를 주조하려는 음모를 꾸몄다고 보고함으로써 체포되는 사건에 휘말린 적이 있다. 베인스는 말로우가 여왕과 마찬가지로 주화를 주조할 권리를 갖고 있다고 주장하였다고 진술하였다(Archer 194-95 참조). 이에 따라 말로우는 런던으로 호송되어 해외에서 위폐를 주조하려 했다는 혐의에 대해 벌리 경으로부터 심문을 받았다. 말로우는 3월에 다시 대륙으로 파견되었다가 세실(Robert Cecil)에게 전달하도록 되어 있는 메시지를 가지고 본국으로 돌아왔다(Archer 195, Nicholl 234-39 참조). 따라서 여러 가지 정황과 자료를 종합해 보면『에드워드 2세』는 1592년 초 보다는 1591년 경에 집필되었을 가능성이 더 높다.

4. 문학사적 평가 및 비평사

크리스토퍼 말로우는 영문학 사상 최고의 시인이자 극작가인 셰익스피어와 동시대인이라는 이유로 그의 작품들 내지 극작가로서의 위치가 항상 상대적으로 평가절하되어 왔다. 말로우의 대표적인 희곡 작품들인 『탬벌레인 대제 1, 2부』, 『몰타의 유대인』, 『파우스투스 박사』 등은 저마다 지닌 뛰어난 작품성과 실험정신이 영국

드라마에 획기적인 공헌을 하였다. 그럼에도 불구하고 그 작품들에 대해 각각 셰익스피어의 『헨리 4세 1, 2부』, 『베니스의 상인』, 『맥베스』 등을 대치시켜 말로우는 항상 셰익스피어의 보다 원숙한 작품을 위한 안내자 정도로 폄하되어 옴으로써 전자를 희생시켜 셰익스피어의 걸작들을 르네상스 시기 영국을 대표하는 희곡들의 반열로 들어 올려 그 우수성을 부각시키는 비평적 흐름이 상존해 왔다. 일례로 말로우에 대한 평가가 어느 정도 공고해진 19세기 말에 도우든(Edward Dowden)은 "모든 엘리자베스 시대의 극작가들 중에서" 말로우는 "시적인 능력에 있어 셰익스피어의 다음"(MacLure 100 재인용)이라고 평하였다. 스윈번(A. C. Swinburne)은 말로우에 대해 "새벽의 진정한 아폴로요 . . . 최초의 위대한 영국 시인, 영국 비극의 아버지요 영국 무운시의 창조자 . . . 위대한 발견자, 가장 과감하고 영감에 찬 선구자"(MacLure 175-84 재인용)라고 극찬하였다. 말로우와 셰익스피어를 직접 비교하지는 않았지만 그가 사용한 "아버지"라든가 "선구자"라는 단어는 셰익스피어를 염두에 둔 것으로 보인다. 말로우의 독창성에 대하여 본질적으로 오늘날에도 유효한 판단을 내린 비평가로는 워드(A. W. Ward)를 꼽을 수 있다. 그는 "극 문학에 대한 [말로우의] 기여는 두 가지이다. 대중적인 무대에 무운시를 처음 도입한 그는 우리의 연극에 아무리 과대평가해도 지나치지 않을 기여를 하였다. . . 그의 두 번째 기여는 그가 최초로 진정한 시적 열정을 다하여 문학 형식에 불어 넣었다는 점이다 . . . 영국 드라마의 외적 형식에 대한 그의 기여와 더불어 바로 이 열정이라는 능력이 말로우로 하여금 선구자가 아니라 위대한 극작가 무리들 중에서 최고의 극작가로 불릴 가치가 있는 자로 만들었다"(MacLure 120-21 재인용)고 평하였다.

20세기에 이르러서도 영국 드라마에 대한 그의 독창적 기여에 관한 높은 평가는 그대로 유지되고 있다. 그러나 1964년에 리치(Clifford Leech)는 "말로우는 영국의 극작에 있어 주요 인물들 중의 하나라는 데에는 충분한 공감대가 형성되어 있다. 그가 셰익스피어의 선조들 중에서 가장 중요하다는 사실은 이론의 여지가 없으며, 말로우의 '힘찬 시행'의 . . . 시적 우수성 역시 마찬가지"(1)라고 함으로써 다시금 그를 셰익스피어와 관련시켜 평가하였다. 역설적이게도, 이러한 평가들이야말로 셰익스피어를 비롯하여 엘리자베스 시대 이후 17-18세기의 밀턴과 드라이든을 거쳐 19세기에는 낭만주의 시인들, 특히 바이런(Lord Byron), 그리고 20세기에는 예이츠(W. B. Yeats), 싱(J. M. Synge), 엘리어트(T. S. Eliot), 오든(W. H. Auden), 샘 셰퍼드(Sam Shepard)에 이르기까지 뛰어난 극작가들과 시인들이 있게 된 배경에는 말로우의 작품들이 미친 문학적 상상력과 인간 한계의 극한을 추구하고자 하는 열정, 그리고 그의 강렬한 시적 언어 등의 기여가 얼마나 절대적인가를 반증한다.

리치가 말로우를 과도한 상상력에 몰입되어 있는 무분별한 몽상가로 보는 관점을 바꾸어 놓으면서 말로우에 대한 비평의 진정한 새출발을 선언한 이후(11), 20세기 후반에는 다양한 방향에서 광범위한 연구가 진행되고 있다. 특히 1980년대 이후로는 말로우를 낭만적이고 이상주의적인 작가로 조명하는 비평의 흐름에서 벗어나 신역사주의에 입각한 방법론으로 접근한 스티븐 그린블랫(Stephen Greenblatt)의 연구가 영향력을 행사하고 있다. 그는 말로우의 "측정할 수 없는 그리고 섬뜩하게 장난스런 자기 소외"를 "유희에의 의지"(will to play)로 진단하였다(*Renaissance Self-Fashioning*, 193-221 참조). 또 다른 신역사주의자인 마크 버넷(Mark Burnett)은 "말로우를 정치적으로 전복적"이라고 해석하였지만 이러한 해석은 말로우를 "과도한 야심가"(overreacher)로 규정한 해리 레빈(Harry Levin)을 비롯하여 이미 널리 통용되고 있던 것으로 말로우의 전복성을 주체성, 성욕, 종교, 시학 등의 영역으로 확대 적용한다는 점에서 말로우에 대한 기존의 낭만주의적 비평의 테두리를 크게 넘어서지 않는다.

말로우의 『에드워드 2세』에 대한 주된 비평 역시 셰익스피어의 『리처드 2세』를 비롯한 사극들에 견주어 영국의 역사극들 중에서 셰익스피어를 "제외한" 가장 훌륭한 역사극이라는 평가가 주류를 이루고 있다. 셰익스피어를 포함한다 해도 영국 문학사에 있어 『에드워드 2세』는 영국 최초의 위대한 역사극으로, 그리고 라파엘 홀린셰드(Raphael Holinshed)와 존 스토우(John Stow)의 연대기 사료들에 근거하여 개인의 깊은 고통을 다룬 최초의 역사적 비극으로 자리매김하는 데에는 별다른 이론의 여지가 없다. 당시 대부분의 역사극은 주로 역사적 사실보다 전설에 근거하였고, 고전 신화와 성경적 요소들을 섞어서 왕의 신에 대한 의무나 왕권신수설을 표현한 것이었다. 이와 달리 에드워드 왕과 모오티머(Mortimer Junior)의 비극을 병행시키고 있는 이 작품의 특징은 비로소 등장인물의 의지의 충돌 속에서 극을 움직이게 하는 추동력인 극적 갈등이 생겨나도록 하고 있으며, 왕의 힘은 적대자를 억누를 수 있는 능력에서 생겨나는 것으로 묘사한 데 있다. 이러한 특징들로 인해『에드워드 2세』는 말로우의 작품 중에서 극적 구성이 가장 뛰어난 최고의 극이라는 평을 받고 있다. 따라서 이 극은『파우스투스 박사』와 더불어 영국 비극의 진정한 시작을 알리고, 당시의 사극을 보다 성숙시켜 셰익스피어의『리처드 2세』(*Richard II*)와 같은 작품을 예고한 사극의 걸작이라 할 수 있다.

그러나 이 극이 영국의 연극사에 이처럼 높은 위치를 차지하게 되기까지는 오랜 세월을 필요로 했다.『에드워드 2세』를 진지한 예술 작품으로 평가하는 것은 찰스 램(Charles Lamb)과 더불어 시작되었다. 램은 에드워드의 양위 장면을 셰익스피어의『리처드 2세』에서의 양위 장면과 비교하는 데서 나아가 "에드워드 왕이 살해당하는 장면"이야말로 "고금을 막론하고 지금까지 내가 알고 있는 그 어떤 장면들보다도 가장 연민과 공포를 자아내는" 에피소드라고 찬양하였다(Brown 28 재인용). 이 극에 나타난 등장인물들의 성격묘사가 대단히 뛰어난 점에 주목한 스윈번은 1875년에 말로우의 극의 등장인물들은 그 성격묘사에서『리처드 2세』보다 우월하며, 특히 요크(York), 노포크(Norfolk), 오우머얼(Aumerle)과 같은 귀족 등장인물들은 개비스톤이나 모오티머와 비교할 때 "인간이라기보다는 유령들에 가깝다"고 주장할 정도다(Forker 83 재인용).

뛰어난 연극 비평가로서 말로우의 가장 열렬한 팬이라 할 수 있는 워드는 램과 마찬가지로 에드워드왕의 살해 장면이 전해주는 "비극적 힘"과, 희생자가 위엄을 유지하도록 함으로써 관객들로 하여금 죽음을 당하게 될 운명의 왕이 느끼는 긴장감과 고통을 공유하도록 하는 방법에 대해 찬양하였다. 특히 그는 공포스런 서스펜스가 유지되도록 하는 그 살해 방식의 정교함을 오셀로(Othello)가 데스데모나(Desdemona)를 살해하는 장면에 비유한 것으로 유명하다. 이처럼 에드워드 왕의 최후의 살해 장면이 갖는 극적 효과에 대한 지적은 오늘날까지도 계속 이어져 내려오고 있으며, 그에 대한 평가 역시 대체로 별다른 이의가 없다. 한편 말로우의 뛰어난 언어 구사력에 매료된 비평가들 중에는 심지어 『에드워드 2세』를 "화려한 웅변, 경쾌하고도 유연한 시"는 그 구조와 성격묘사에 있어 "현저하게 열등한" 셰익스피어의 『리차드 2세』와 비교해 볼 때 "[말로우의] 솜씨가 절정에 달했음을 보여주는 극"이라는 주장이 나올 정도이다(Ellis xlii).

19세기에는 이 극에 대한 부정적 반응 역시 공존하였다. 비록 등장인물들의 풍부한 묘사에 대해서는 인정하였지만, 이 극에 고상함이라든가 아름다움 같은 품위가 결여되어 있으며, 지나치게 역사적 시간을 압축시켜 놓음으로써 "모든 사실성이 뒤죽박죽으로 되어 있는"데 대해, 그리고 "혼잡하고 빈약한 플롯"(Oxberry iii, xi)에 대한 비판도 있었다. 윌리엄 해즐릿(William Hazlitt)도 이러한 평가절하에 동참하였다. 물론 해즐릿은 이 극이 당대의 기준으로 보면 "말로우의 최고의 극"이라고 높이 평가하였지만 그는 또한 "『에드워드 2세』는 셰익스피어의 『리처드 2세』와 비교할 때 줄거리를 이끌어 나가는 점에 있어서나 극적인 힘, 혹은 효과 면에서 상당히 뒤진다"(Forker 84 재인용)는 점을 지적하였다. 게다가 말로우의 성격묘사가 갖는 힘을 찬양했던 비평가들조차 모오티머가 애국자로부터 사악한 마키아벨리적 인물로 변하는 데 대한 성격 묘사의 비일관성을 공격했으며, 특히 이사벨라 왕비에 대해서는 에드워드 왕에 대한 애착으로부터 "모오티머를 사랑하는 죄"로 변심하는 데 대해 개연성이 결여되어 있는 점을 들어 극적 실패로까지 혹평하였다.

이처럼 말로우의 문학사적 위치 내지 평가는 셰익스피어에 대한 영향과 그 반대의 경우에 의한다. 이 둘의 관계를 보다 적절하게 표현하자면 "경쟁자"임과 동시에 "지적 협력자"라고 규정하는 것이 옳을 듯하다. 물론 역사적 기록에는 두 극작가들 사이에 어떤 만남이 있었음을 볼 수 없다. 그러나 적어도 1592년 경에 말로우는 새롭고 막강한 라이벌에 대해 분명히 인식했을 것으로 추정된다. 이 무렵 셰익스피어와 말로우는 오늘날 일반적으로 역사극이라고 분류되는 극들을 집필하면서 비극의 개념에 대해 서로에게 주목할 만한 영향을 주고받았다. 셰익스피어의 『헨리 6세』 3부작은 말로우의 정복자-영웅의 영향을 받았으며, 『탬벌레인 대제』의 언어 구사가 상당히 반향되어 있다.

말로우는 이번에는 『헨리 6세』의 제2부와 제3부의 구절들을 빌어와 셰익스피어의 3부작의 기본적 플롯 공식을 각색하여 『에드워드 2세』를 내놓았다. 말로우는 특히 셰익스피어가 강력한 왕이 아니라 유약한 왕이 처한 딜레마를 탐구한 데 대해 매혹되었던 것으로 보인다. 이러한 점은 말로우로 하여금 셰익스피어가 장미전쟁을 구체화시키느라 앞서 사용했던 것과 동일한 연대기를 극화하여 『헨리 6세』를 기반으로 『에드워드 2세』를 쓰는 실험을 하게 했다. 말로우는 자신의 주제에 집중하기 위해 자신의 극 속에서 『헨리 6세』 3부작이 보여주는 것과 같은, 혹은 연대기에 기록되어 있는 저 모든 잡다한 세부사항들을 무시하고 극적인 일관성과 힘의 균형을 유지하고 있다. 말로우의 갑작스런 방향전환의 결과는 힘찬 시행을 상실하는 것처럼 보이지만, 그 대가로 그는 등장인물의 성격묘사에 있어 넓이와 깊이를 성취하였으며 실제로 『에드워드 2세』에 시적 대사는 다른 극들의 그것보다 다양하고도 복잡한 리듬감을 보여주고 있다. 말로우는 셰익스피어의 비극적 패러다임을 따르면서, 말로우의 에드워드 왕은 이제 "허나 지배권을 잃으면 국왕이란 도대체 뭐란 말인가?/ 아무리 생각해 봐도 기껏해야 햇볕 화창한 날에 드리워진 새까만 그림자에 불과하지 않은가?"(5.1.26-27)라고 침통하게 반문한다. 이번에는 『에드워드 2세』로부터 영감을 얻은 셰익스피어는 『리처드 2세』에서 상실감을 보다 웅변적인 언어로 발전시키고자 하였으며, 그러한 계획은 『햄릿』과 『리어왕』에서 절정에 이른다.

말로우가 『에드워드 2세』를 쓸 무렵, 셰익스피어는 아마도 이미 첫 번째 사부작을 완성했다. 말로우와 달리 후자의 사부작은 『리처드 3세』와 더불어 "하나님의 응보"라는 신의 섭리에 의해 장미 전쟁을 종식시키고 새로운 국가 질서를 연 튜더 통치자인 헨리 7세를 찬양하는 내용이었다. 셰익스피어가 얼마나 보수적으로 일련의 역사극들을 끝맺는지를 인식한 말로우는 『에드워드 2세』를 통해 통치의 내재적 불안정성에 대한 셰익스피어의 통찰력을 환기함으로써 자기 합리화적인 도덕적 종결을 향한 움직임을 거스르고자 의도한 것으로 보인다. 또한 말로우의 역사극은 신의 섭리적 목적론을 제거한다는 점에서, 그리고 도덕적 선택은 우선적으로 권력의 행사를 통해 확인된 사리사욕을 기반으로 만들어진다는 점에서도 대단히 독특하다.

무엇보다도 셰익스피어의 플롯 공식에 대한 말로우의 특이한 변주는 에드워드 왕과 그의 비천한 태생의 총신들 사이의 동성애 관계를 액션의 중심에 위치시키는 것이었다. 따라서 말로우는 문학사상 강조할 만한 가치가 있는 여러 가지 최초의 것을 이룩하였지만, 그 중에서도 주목할 만한 것으로는 바로 이와 같이 자신의 동성애적 경험을 액션의 전면에 내세운 최초의 영국 작가라는 점이다. 이러한 말로우의 독창성은 『에드워드 2세』의 에드워드 왕과 개비스톤 사이의 관계에서 가장 현저하게 나타나지만 또한 동성애적 감정을 인간적으로 묘사하고 있다는 점에서도 영국 르네상스 시대의 독특한 극으로 인정된다. 따라서 순수하게 문학적인 장점들은 차치하고라도, 이 극은 성욕에 대한 엘리자베스인들의 태도를 규정하려는 시도에 있어 작가 자신의 내적 충동과 성적 취향의 평가에 있어서 중요한 기록이 된다. 왜냐하면 우리가 아무리 작가의 주관성(subjectivity)을 일반적으로 가장 객관적인 장르인 연극에서 읽어내는데 주의를 기울인다 해도, 동성애적 주제들과 상황들이 『디도』나 『헤로와 리앤더』에서는 보다 노골적으로, 그리고 『탬벌레인 대제』와 『파우스투스 박사』에서는 보다 미묘하고도 간접적으로 표현되고 있음을 부인할 수 없기 때문이다.

시, 등장인물, 주제, 그리고 개별 장면들에 대한 비평가들의 산만한 언급과 반대로 극으로서 『에드워드 2세』에 대한 진지한 분석은 20세기에 이르러서야 나타났다. 그러나 오늘날에도 이 극은 계속해서 논란의 대상이 되고 있는바 말로우의 업적에 대한 성격이나 가치와 관련해서는 여전히 의견의 일치에 도달하지 못하고 있다. 이러한 불협화음의 근저에는 두 가지 문제가 상호 관련되어 있다. 우선 『에드워드 2세』는 과연 사극인가 아니면 비극인가, 즉 이 극의 주된 초점이 유약하고 무책임한 군주에 의해 통치되는 국가의 불행에 맞춰져 있는가, 아니면 자신의 사사로운 욕망을 충족시키고자 하지만 유산으로 물려받은 군주로서의 자신의 역할에 대한 중압감으로 인해 그 사이에서 갈등에 사로잡힌 한 인간의 곤경 내지 개인적 고통과 비극적 곤경에 맞춰져 있는가에 대한 문제가 있다.

두 번째 문제는, 앞에서도 잠깐 언급하였지만 보다 최근에서야 인식된 것으로, 동성애에 대한 말로우의 태도—비판적인, 동정적인, 혹은 두 가지를 혼합한—와 관련이 있다. 말로우의 극은 그의 작품들이 대체로 그렇듯이 성적 욕망과 정치 사이의 복잡한 함수관계에 관한 것이며, 공공의 안녕과 질서는 물론 개인의 행복도 위기에 처하게 된 국가라는 맥락에서 극화된 충족되지 않은 강력한 욕망과 개인의 의지들 간의 충돌에 관한 것이다. 『에드워드 2세』는 비풍자적이며 분명히 동성애적 감정에 대해 도덕적 관점에서 일방적으로 매도하기보다 놀랍게도 인간적으로 묘사하고 있다는 점에서 영국 르네상스 시대뿐만 아니라 오늘날에도 독특한 극으로 인정된다.

먼저 장르에 관한 논의를 보면 1914년에 윌리엄 브릭스(William D. Briggs)는 『에드워드 2세』가 무대를 위해 성공적으로 연대기적 자료들을 구체화하고 결합시킨 최초의 드라마로, 따라서 셰익스피어의 사극들에 대한 선구자로 제시하였다. 브릭스는 말로우의 작품을 사극을 하나의 장르로 확립시킨 것으로 여겼다. 그러나 그의 오류는 셰익스피어의 『헨리 6세』 3부작들이 말로우의 극보다 더 이전에 집필된 것이라는 사실을 간과한 데 기인한다.

한편 틸랴드(E. M. W. Tillyard)는 국가의 통치에 있어 장기간에 걸친 신의 섭리와 계획이 작용하고 있음을 강조함으로써, 그리고 왕권신수설과 거대한 존재의 사슬이라는 원칙에 입각하여 보수적인 사회적, 정치적 개념들을 강조함으로써 사극의 정의에 대하여 영향력 있는 이론을 제시하였다. 이러한 관점에서 바라본다면 『에드워드 2세』는 보수주의적이고 애국주의적인 준거 틀을 충족시키지 못한다(106-109). 그러나 그러한 비판에 대해서 윌슨(F. D. Wilson)은 말로우가 에드워드 2세의 통치에 대한 홀린셰드의 연대기를 가지고서 한 편의 역사적 비극을 만들어내면서 어떠한 선택과 압축과 각색의 기술을 갖고 작업하였는지 눈여겨 볼 것을 권한다(91). 말로우는 자신의 주제에 집중하기 위해 자신의 극 속에서 『헨리 6세』 3부작이 보여주는 것과 같은, 혹은 연대기에 기록되어 있는 저 모든 잡다한 세부사항들을 무시하고 극적인 일관성과 힘의 균형을 유지하고 있다.

에드워드의 개인적 비극에 대한 말로우의 강조를 인정하면서도 이 극에 내재된 정치적 함의를 계속해서 주장하는 비평가들이 있다는 사실 역시 주목할 필요가 있다. 이들의 주장은 비극과 사극을 지나치게 단순화하여 구분하는 이분법을 거부한 데서 기인한다. 1946년에 폴 코커(Paul H. Kocher)는 말로우가 홀린셰드의 연대기에 내재되어 있는 도덕주의적 진술을 진지하게 간주하였지만 그 강조점을 상당히 변경시켜 놓음으로써 국가적 파멸의 원인을 보다 애매하고 복잡하게 만들었다고 주장한다. 실제로 말로우는 정치적 갈등에 대하여 덜 전통적이지만 보다 사실적으로 묘사하기 위해 우리의 동정심을 분열시켜놓고 균형을 맞춘다. 통치자로서 에드워드의 약점은 연대기에는 부재한 심리학적 차원을 얻는 반면, 지배력을 유지하려는 그의 헛된 시도는 그를 보다 독재적이고 동시에 무기력하게 한다. 모오티머와 이사벨라의 성격상의 변화는 에드워드가 권력을 남용할 때의 그에 대한 혐오와 경멸로부터 극의 종말에 보여주는 연민과 공포로의 전환을 돕기 위해 제시되어 있다.

『에드워드 2세』는 자신의 왕좌를 유지하고자 하는 통치자에게 요구되는 '정의의 수호자'로서의 자질을 지녀야만 한다는 점도 강요하지 않는다. 이 극은 왕의 신분에 대해 신의 기름 부음을 받은 불가침의 신성한 자라는 중세적 전통과, 마키아벨리즘으로 대두된 통치를 제대로 할 능력이 없는 왕에 대한 반역의 정당성이라는 서로 다른 전통들 간의 긴장을 탐색한다. 따라서 『에드워드 2세』는 절대군주처럼 통치하고자 했으나 실패한 봉건 군주의 이야기라는 주장은 어느 정도 사실이다. 그러나 말로우의 생각에 절대주의의 기반은 튜더 왕조처럼 신의 재가를 받은 혹은 신성한 것이라기보다는 분명히 보다 인본주의적이고 세속적인 것이다. 실제로 제임스 보스(James Voss)는 이 극에 대해 한편으로는 에드워드와 개비스톤이, 그리고 다른 한편으로는 귀족들이 대변하는 가치가 상징하는 "인생의 상호 대립되는 방법들" 사이의 다양한 갈등을 극화한 극으로 본다. 즉 보스는 이 극을 "국가 권력과 특권의 분배에 있어서의 변화, 교회의 약화, 출생에 입각한 계급 구별 원칙에 대한 평가절하, 군주와 귀족 양쪽 다 전통적인 억압(속박)으로부터의 자유에 대한 욕망, 급변하고 있는 세계 속에서 자신의 방향을 설정하는데 대한 어려움, 정치적 음모 및 행위의 기만적 형식의 편재, 전통적 가치의 파괴 등 적대적이면서도 근본적으로는 상호 관련되어 있는 말로우 시대의 전형적인 사회·정치적 힘들의 상호작용"(530)을 극화한 셰익스피어 이전의 대단히 근대적인 극으로 평가하였다.

이 극에 대한 장르의 문제를 균형 있게 접근한 어빙 리브너(Irving Ribner)는 본질적으로 『에드워드 2세』는 역사극이라고 주장한다. 그는 비록 "말로우는 한 인간으로서 에드워드의 개인적 비극"은 물론 보다 전통적인 데 카시부스(*de casibus*) 경향과 더불어 "모오티머의 비극"에 깊은 관심을 갖고 있지만, 그는 이 극의 주요 등장인물들로부터 그들의 역사적 역할을 분리하는 것은 불가능하다고 본다. 그에 의하면 이 극에서 비극의 목적과 역사의 목적은 전적으로 결합되어 있는데 왜냐하면 에드워드의 죄는 통치의 죄로써 정치적인 것이고, 그의 재난은 단순히 죽음이 아니라 그의 왕권의 상실이요 내란에 의한 그의 왕국의 파멸이다(124). 특히 리브너는 한 사람의 정치적 약점이 상대방의 정치적 강점으로 반영되도록 한 말로우의 구상에서 에드워드와 모오티머 사이의 보완적 관계와 균형을 지적한다. 리브너의 관점에서 보면 모오티머의 몰락은 결국 그의 무자비한 자만심 역시 에드워드의 정서적 의존성과 제멋대로인 무능력 못지않게 통치자의 성격으로는 바람직하지 않음을 증명하는 것이 된다. 에드워드 왕의 마키아벨리적 미덕의 결핍과 모오티머의 과도한 마키아벨리적 성격은 마찬가지로 둘 다 파국으로 인도한다. 그리고 섭리의 부재에서 우리는 반역에 대한 처벌과, 극의 마지막에 보여주는 에드워드 3세의 등장에도 불구하고 국가의 운명과 관련하여 말로우의 냉혹한 운명관을 맛보게 된다. 그렇다면 리브너는 홀린셰드를 이어 말로우는 에드워드 2세의 몰락을 극화함에 있어 신중하게 정치적 훈을 내재시켜 놓았다는 코커의 주장에 동의하는 것이 된다. 따라서 『에드워드 2세』에서의 말로우의 '특별한 기여'는 "연대기를 비극적 관점으로 바라본 것이며, 가장 공적인 형식을 가장 사적인 정서로 각색한 것"(88)이라는 레빈의 주장은 이 극의 장르에 대한 논의에 대해 어느 정도 균형 잡힌 대답을 제시한 셈이다.

이 극에서 동성애의 중요성을 인식하는 비평가들은 말로우를 근본적으로 도덕적, 사회적 보수주의자, 공식적 정통주의의 신봉자로 간주하는 자들 대 그를 정치적-성적으로 전복적인 성향의 작가로 간주하는 자들로, 에드워드의 성욕을 처벌을 받아 마땅한 죄로 보는 자들 대 이 극을 비록 내밀한 것이기는 하지만 동성애 공포적인 억압과 야만성에 대한 대담한 논쟁으로 보는 자들로 대별된다. 1946년에 이미 윌리엄 엠프슨(William Empson)은 에드워드 왕이 살해당하는 "몸서리쳐지는 고문"은 "동성애적 행위에 대한 소름끼치는 패러디"를 형성한다고 지적함으로써 말로우의 극에 성적 일탈의 중심성을 강조하였다. 그는 계속해서 극작가는 관객들의 가학적 성향에 영합했지만 그러나 에드워드가 그러한 처벌을 받을 만하다는 관객들의 의견과는 달랐을 것이라고 주장하였다. 왜냐하면 동성애에 대한 처벌은 곧 죽음인 "언급할 수 없는 죄”를 제시하면서 말로우 자신은 당시에 유행하던 회의적 불경의 한 형식 내지 권위에의 저항으로 기존의 지배 이데올로기와 절대적으로 상반되는 이념을 반항적으로 제기하였는데, 이러한 것이야말로 반항아 말로우의 한 방법이었기 때문이다(444-45).

에드워드의 고통에 대한 동정에도 불구하고, 그의 변태적 성욕에 대한 도덕적 비난의 목소리는 계속되었다. 따라서 이들은 에드워드의 개비스톤에 대한 열중을 부자연스런 방종 내지 남성다움의 포기라고 언급하면서 에드워드의 살해 방법에 대해 그것이 아무리 가증스럽다 해도 “죄를 바로잡는데 필요한” 것으로 간주한다(Sunesen 246). 그러나 전통적이고 도덕적인 비평을 전도시키는 주디스 웨일(Judith Weil)같은 비평가는 에드워드가 고통을 겪는 과정에서 그 자신의 왕으로서의 정체성에 대해 고양된 인식을 얻기 때문에, 라이트본의 살해 방법은 협소하고 야만적인 율법주의를 철저히 재평가하게 한다고 주장한다(147 참조). 그린블랏 역시 “『에드워드 2세』에서 말로우는 교훈적인 드라마의 상징적 방법을 사용하지만, 그것을 대단히 곤혹스럽게 사용함으로써 관객들은 혐오감으로 인해 위축된다”(52)고 주장한다. 즉 에드워드 왕을 섬뜩한 방법으로 시해하는 것은 신학적, 도덕적으로 혹은 동정과 공포를 자아내는 극적 효과의 측면에서는 ‘적절한’ 것일지 모르나, 바로 이 적절성이야말로 이 극이 야기한 모든 복잡한, 동정적 인간 감정을 대가로 하여 성취될 수 있을 뿐이다.

동성애 논란에 대한 최근의 비평은 르네상스 문학의 문화 시학에 대한 새로운 관심과 작가들이 말로우의 시대에 있었던 사회정치적 권력 투쟁의 양식으로 보는 경향이 있다. 오늘날처럼 어떤 공유된 성욕 혹은 욕망으로 정의하는 하위문화로서의 동성애를 하나의 뚜렷한 유형으로 간주하는 것은 16세기의 극작가들이나 관객들에게는 적용되지 않는다. 그들은 동성애에 대해 비록 공식적으로는 일종의 악마 숭배로, 그리고 법적으로는 사형에 처해 마땅한 존재로 악마화하였지만, 실제로는 동성애를 허용해서가 아니라 차마 입에 담을 수 없는 것이기에 종종 무시되거나 처벌되지 않은 채 넘어갔던 것이다. 그렇다면 말로우는 엘리자베스 시대의 성적 도그마의 억압성을 전복시키는 방법으로 관객들의 반응을 조종하면서 자신의 주제를 아이러니컬하게 극화한 작가라는 평가가 가능해진다. 이 극을 지배 이데올로기의 전제적 기획을 암암리에 비판한 것이라고 본다면, 이 극은 지배 이데올로기가 신성모독, 이단, 무신론, 카톨릭 교리, 그리고 반역과 같은 '부자연스런' 혹은 중요한 범죄와 같은 보다 큰 그물망 속에서 동성애라는 성적 위반과 뒤얽히게 함으로써 '타자'에 대한 증오와 폭력을 합법화하고 사회의 일탈적 요소들이 그들 자신들의 억압에 무의식적으로 협조하도록 작동하고 있다는 사실을 폭로한 것이라는 주장이 제기될 수 있다.

『에드워드 2세』에 재현된 성의 정치학에 대한 우리들의 이해에 균형 잡힌 기여를 한 비평가로는 클라우드 써머스(Claude J. Summers)를 들 수 있다. 그는 말로우가 양가적 반응을 환기하려고 동성애를 무대에 올렸을 가능성에 대해 주목한다. 써머스에 의하면 이 극은 당시 사회의 위계질서가 해외 식민지 건설로 인한 신흥 자본계급의 대두로 인하여 전 세대와 비교했을 때 상당히 유동적이었으며, 이를 배경으로 한 계급간의 갈등, 성적・정치적 정체성과 주체성에 대한 불안정한 혹은 가변적 개념, 그리고 전통적 가치의 몰락을 극화하고 있다(223-28 참조). 물론 에드워드의 '부자연스런' 동성애를 패러디한 살해에 이어 에드워드 3세의 등극과 반역자 모오티머에 대한 처벌과 이사벨라의 간통 및 살해 공모에 대해 처벌이 내려짐으로써 말로우는 이 극을 외견상 사회적 질서와 성적 정통성을 회복시켜 놓는 것처럼 보인다. 그러나 궁극적으로 무엇이 "자연스러운" 것이고 무엇이 "부자연스런 것"인가—에드워드의 무책임성, 귀족들의 반역, 동성애, 그리고 이사벨라의 잔인성 등—의 문제는 모호한 채로 남는다. 왜냐하면 이 극은 우리에게 잘못된 것에 대해 정의로운 것을 제시하는 것이 아니라 화해할 수 없는 두 가지 원리들이 서로 갈등을 벌이는 역사적 비극을 보여주면서 종결되기 때문이다.

이제 결국 『에드워드 2세』에 대한 논의는 전복이냐 봉쇄냐에 대한 것으로 환원된 셈이다. 그러나 말로우가 역사적 자료들을 사용하는 방식은 당대의 역사 편찬가들이 동성애에 대해 일관되게 취급했던 태도에 비해 확실히 보다 애매하다. 엘리자베스 시대의 공식 문헌들은 한결같이 동성애를 성적 일탈로 기술하면서 비난한다. 그들의 관점에서 보면 개비스톤의 벼락출세가 갖는 정치적 함의는 이야기를 성적, 도덕적 이야기로 축소됨으로써 종종 모호해진다. 홀린셰드는 왕이 개비스톤과의 동성애 관계로 인해 타락한 것으로 보고 에드워드의 실정의 기반이 동성애에 기인한 것으로 도덕화한다. 그러나 당대의 반동성애적 지배담론과 정반대로 말로우는 개비스톤을 미천한 출신의 벼락출세주의자로 만듦으로써(Cartelli 217) 이러한 문제를 복잡하게 한다. 즉 말로우는 당대의 역사 편찬가들과 달리 동성애에 대해 동성애의 위협과 정치적 야심이 동성애라는 범주 내에서 어떻게 서로 결합되는가를 보여줌으로써 당대의 정치적, 사회적 불안정성과 무질서에 대한 원인을 관객들에게 무대를 통해 생생하게 제시하고 이를 문제화한 것으로 보인다(Stymeist 248 참조). 그럼으로써 말로우는 신분과 젠더의 안정성을 공고히 하기 위한 희생양으로서 국가나 종교가 동성애를 어떻게 전유하는가를 보여준 것이다. 그렇다면 한편으로 이 극은 동성애와 이에 수반하는 두려움과 비난을 지지하면서 법적, 종교적, 정치적 이데올로기와 편견에 동참하고 있다. 이렇게 함으로써 말로우는 극장이 동성애와 폭동 등의 근거지라는 청교도들의 반극장주의적 비난을 비껴갈 여지를 얻은 셈이다. 다른 한편, 말로우는 이 극을 통해 동성애가 법적, 정치적으로 어떻게 범죄화 되는지를 탈신비화하면서도 은밀히 동성애를 지지하는 고도의 이중적 책략을 취하는 능력을 유감없이 발휘한 것으로 보인다.

5. 공 연 사

『에드워드 2세』는 1591년에서 1593년에 초연될 당시 상당히 인기가 있었던 것으로 보이는데, 왜냐하면 Q는 우리에게 이 극은 런던에서 펨브로크 극단에 의해 '여러번'(sundrie times) 공연되었다고 말해주고 있으며, 아마도 지방에서도 순회공연되었을 것으로 추정된다. 불행히도 우리는 어느 극장에서 이 극이 무대에 올려졌는지, 그리고 누가 배역을 맡았는지 알 수 없다. 이 공연은 또한 궁정에서도 상연되었을 것으로 추정된다.15) Q 이후에 세 개의 Q가 출판되었다는 사실(1598, 1612, 1622년)은 이 극에 대한 당시 관객들의 지속적인 관심과 흥미를 시사한다. 이 극은 1609년에서 1619년 사이의 언젠가 앤 여왕의 하인들(Queen Anne's Servants) 극단에 의해 성 요한가에 위치한 레드 불 극장에서 재상연된 것을 비롯하여 17세기 초반에는 비교적 활발하게 리바이벌 되었던 것으로 추정된다. 그러나 공위기간(Interregnum 1649-60)동안 극장들이 문을 닫게 된 이후 이 극은 '잊혀진 비극'이 되었다. 이 극은 20세기 초까지 오랫동안 무대에서 거의 사라진 것으로 보이는데 그것은 무엇보다도 이 극이 공공연하게 동성애적 주제를 담고 있었던 데 기인한다.

19세기 대부분의 문학 비평가들은 이 극을 말로우의 극들 중 가장 훌륭한 작품으로 꼽는데 주저하지 않지만, 이극은 무려 300여년이 지난 1903년이 돼서야 비로소 윌리엄 포엘(William Poel)이 연출하고 젊은 그랜빌 바커(Harley Granville Barker)가 에드워드 2세 역을 맡아 옥스퍼드의 뉴 시어터(New Theatre)에서 최초로 리바이벌되었다. 그러나 바커의 노력에도 불구하고 그는 에드워드의 몰락 과정이 담고 있는 비극적인 면보다는 애처로운 면을 강조하였으며 이사벨라 역을 맡았던 매지 플린(Madge Flynn)은 시종일관 '경박하고 피상적인 연기를 보여줌으로써 어떤 진정한 감정이 결여된 듯한 연기로 일관한' 반면 개비스톤 역의 셰익스피어 스튜어트(Shakespeare Stuart)는 '지나치게 경쾌한 코믹한 기분으로 연기하였다'는 평을 받았다(London *Times*, 1903년 8월 11일자)(Forker 100 재인용). 이 공연의 보다 중요한 특징은 개비스톤이 제1막 제1장에서 동성애를 시사하는 대사와 에드워드 왕의 무시무시한 살해 장면을 상당부분 생략하거나 약화시켰다는 데 있다. 뿐만 아니라 이 극

---

15) 이 극의 초연 및 펨브로크 극단과의 관계는 본 역서의 "2. 집필 연대" 부분 참조.

이 담고 있는 정치적 함의와 모오티머의 악행도 슬그머니 완화시켜 제시되었다. 그 결과 버나드 쇼(Bernard Shaw)를 포함한 대부분의 비평가들은 이 공연이 별다른 내용도 없을 뿐 아니라 성공적이지도 않다고 혹평하였다. 이러한 평가는 당시 성공적으로 공연되었던 『리처드 2세』와 비교되는 가운데 내려졌다는 사실에 기인하는 것이기도 하지만, 그럼에도 불구하고 말로우의 극이 담고 있는 정치적, 성적 주제와 육체적 고통 등의 주제를 그처럼 약화시킨 점을 고려하면 그러한 혹평은 어쩌면 당연한 것으로 여겨진다.

2년 뒤인 1905년에 유명한 배우겸 감독인 프랭크 벤슨(Frank Benson)은 스트랫포드 어펀 에이번(Stratford-upon-Avon)에서 『에드워드 2세』를 과감하게 단지 12장으로만 구성된 4막으로 축약시켜 연출하였으며 주연도 맡았다. 이 공연은 에드워드의 살해 장면에서 공포스러운 부분을 제거하였지만 모오티머의 잘린 목을 담은 바구니에서 피가 뚝뚝 떨어지는 모습을 보여줌으로써 여성 관객들을 경악시켰다. 이 공연 역시 동성애와 관련된 부분은 억제되었다. 이 공연은 대체로 『에드워드 2세』의 시적 요소들을 잘 살렸으며 심각하고 지적이었다는 평을 받았지만, 이번에도 역시 셰익스피어의 『리처드 2세』와 비교되는 불운을 겪어야 했다. 말로우의 극이 담고 있는 등장인물들의 미묘한 성격묘사는 배우들과 관객들 모두에게 난제일 수밖에 없었다. 더구나 이 극에 내재된 정치적-성적 함의와 더불어 잔인한 폭력성을 공공연하게 무대에 올린다는 것은 대부분의 중산층과 도덕적으로 보수적인 관객들로서는 받아들이기 어려운 것들이었다. 그렇다고 해서 이러한 부분들을 삭제하거나 완화시킨 대부분의 공연은 원작을 심각하게 왜곡한 것이 될 수밖에 없다. 결국 이러한 두 가지 상충되는 요구들이 해소되어 이 극이 담고 있는 내용을 제대로 표현하고 받아들일 수 있게 되기까지는 아직도 시간이 더 필요했던 것이다.

한편 『에드워드 2세』에 대한 관심은 유럽 대륙에서 재개되었다. 1922년에 카렐 힐라(Karel Hilar)는 프라하에서, 이듬해인 1923년 11월에는 칼-하인쯔 마틴

(Karl-Heinz Martin)이 베를린 극장에서 독일어로 번역한 『에드워드 2세』를 공연하였다. 1924년 3월 19일에 브레히트(Bertolt Brecht)는 리온 퍼이흐트뱅거(Lion Feuchtwanger)와 합작으로 말로우의 원작을 상당부분 각색하여 뮌헨에서 공연한 데 이어 베를린, 함부르크, 라이프찌히 등에서 『영국 왕 에드워드 2세의 생애』(*Leben Eduards des Zwiten von England*)라는 제목으로 무대에 올렸다. 브레히트는 표현주의 기법을 사용하여 의도적으로 대사와 대사 사이의 일관성을 허물거나 거칠게 하고 패러디함으로써 씁쓸한 소외감, 정치적 냉소주의, 부조리성, 허무주의 등을 표현하기 위해 말로우의 텍스트를 희극적으로 세속화시켰다는 평을 받았다(Foakes 102, Wiggins & Lindsey xvi). 극적 효과를 위해 역사를 바꾸거나 압축시키는 대신 브레히트는 의도적으로 역사적 사실을 왜곡함으로써 역사성을 거의 전적으로 부정하였다. 예를 들어 이사벨라의 이름은 별다른 이유 없이 앤(Anne)으로, 개비스톤은 대니(Danny)로, 모오티머 숙질은 한 사람의 모오티머로 바꾸어 놓았다. 에드워드는 성적 욕망과 복수에 대한 원초적 본능을 구현한 인물로서 학구적인 모오티머와 대조적으로 제시됨으로써 자연과 이성이 서로 다투는 것으로 되어 있다. 왕은 고집스럽게 양위하기를 거부하다 발독(Baldock)에게 냉소적으로 배신당한다. 동성애를 패로디하여 에드워드가 쇠꼬챙이로 항문을 관통당하여 처절한 죽음을 당하는 원작과 달리 브레히트는 에드워드가 목졸려 죽는 것으로 각색하였다. 이 극에서도 동성애는 중요하지 않으며 다만 끝없이 자기만족만을 추구하는 인물들의 욕망만이 부각되어 있다. 따라서 브레히트는 우선적으로 계급간의 갈등, 특히 에드워드와 모오티머라는 두 사람들 사이의 투쟁을 극화해 놓았던 것이다. 등장인물들과 대사의 일관성보다는 비일관성을 강조하는 것은 또한 사회적 관계의 중심에 존재하는 것으로 간주되는 긴장 혹은 모순의 역학, 즉 변증법이라는 마르크스주의적 용어의 근본적인 개념을 무대에 형상화고자 하는 브레히트의 의도로 이해될 수 있다(Simkim 234-35 참조). 이처럼 원작을 의도적으로 왜곡함으로써 브레히트는 인간을 인간이게 만드는 어떤 주어진, 불변의 본질적인 것이 있

다는 신념을 거부하고 자아란 자신이 처한 사회적 맥락에 의해 결정된다는 반인본주의적 이데올로기에 기여하고자 했던 것으로 보인다. 원작의 심각한 왜곡에도 불구하고 브레히트의 각색은 이 극의 심리적 일관성과 내면성의 구속으로부터 해방되어 말로우의 텍스트의 근저에 놓여 있는 정치적, 종교적 이데올로기와 극 자체의 형식에 존재하는 모순과 긴장, 그리고 이를 어느 쪽으로든 이끌어가는 격렬한 힘에 대해 새로운 빛을 던져준다.

브레히트의 각색이 영국에서 최초로 공연된 것은 1956년이었다. 이때 베를린 앙상블 극단은 런던에서 독일어 텍스트로 공연하였다. 1965년에는 에릭 벤틀리(Eric Bentley)가 브레히트의 각색을 영역하여 샌프란시스코 무대에 올렸으며, 1968년에는 다시 영국에서 또 다른 영역 텍스트를 사용한 극이 무대에 올려졌다. 이후 브레히트의 각색은 영국뿐 아니라 캐나다, 미국과 유럽 대륙에서 지속적으로 공연되었다. 이처럼 브레히트의 극은 말로우에게 새로운 관심을 돌리도록 하는데 역사적으로 중요한 전기를 마련하였다. 특히 그의 극은 동성애와 같은 주제를 무대에서 솔직하게 다루기는 부적절하다고 금기시한 것에 대해서는 유보적인 태도를 취했으나 그 이외의 주제에 대해서는 고상한 전통주의의 벽을 허무는 데 크게 기여하였다. 그 결과 이 극의 공연에 대한 브레히트의 영향력은 최근까지도 꾸준히 유효하게 지속되고 있다.

『에드워드 2세』가 인기를 끌게 된 데에는 라디오와 텔레비전 방송의 영향도 있었다. 1931년에 생방송된 것을 계기로 상당히 많은 라디오 방송용 각색이 있었으며 특히 1955년에는 말로우의 텍스트를 90분으로 축약한 라디오 공연이 전파를 탔다(BBC Home Service). 이러한 방송들이 상당한 호평을 받게 된 데에는 말로우의 여타 극들과 비교할 때 상대적으로 폄하되어 왔던 『에드워드 2세』가 갖고 있는 시적으로 힘 있는 대사가 마침내 방송을 통해 인정된 것으로 보인다. 그 여세에 힘입어 이 극은 1947년 10월 30일에 최초로 텔레비전으로도 방영되었다(Wiggins and Lindsey xvi 참조).

한편 1923년에 호평을 받은 피닉스 협회(Phoenix Society)의 공연 이후 말로우의 역사극은 지속적으로 영국뿐 아니라 미국에서도 대학생 아마추어 배우들의 주목을 끌었다. 1926년 3월에 캠브리지 대학의 말로우 드라마 협회(Marlowe Dramatic Society) 공연을 필두로 영국에서 뿐만 아니라 1943년에는 미국의 콜럼비아 대학(Barnard College)에 의해, 1948년에는 뉴욕의 씨티 컬리지에 의해 공연되었다. 1958년에는 캠브리지 대학의 말로우 드라마 협회를 위해 토비 로벗슨(Toby Robertson)이 연출하고 존 바튼(John Barton)이 모오티머(Jr.) 역을 맡은ㅡ바튼은 1951년에 이 극을 연출하였다ㅡ공연이 상당한 주목을 받았다(Forker 103). 특히 클리포드 리치는 이 극이 전체적으로 균형을 잡고 있을 뿐 아니라 '권력과 고통' 사이의 관계의 복잡한 연구에서 부차적 인물들까지도 생생하게 제시하고 있다고 호평하였다(Forker 106 재인용). 이 공연에서 개비스톤에 대한 에드워드의 동성애적 애착은 솔직하게, 그러나 동정적으로 재현되었으며 비극적 결말로 이어지는 흐름은 에드워드가 왕으로서 마땅히 갖춰야할 통치력과 자신의 성적 욕망을 적절히 조화시킬 능력이 결여되어 있는 데서 발생하는 것으로 제시되어 있다. 이 공연은 연극계와 학계 양측 모두로부터 갈채를 받았으며 『에드워드 2세』가 걸작으로 자리매김하는 데 크게 기여하였다.

말로우 탄생 400주년 되는 해인 1964년에는 그의 극들에 대한 관심이 고조되어 영국에서만 적어도 5개의 서로 다른 『에드워드 2세』 공연이 앞 다투어 무대에 올려졌으며 1960년대 후반에는 보다 많은 공연이 뒤따랐다. 그 중 주목할 만한 것으로는 존 해리슨(John Harrison)이 연출한 공연으로, 그는 연극적 자의식과 메타드라마적인 실험을 시도하였고 힘의 정치학이란 단순히 역할 연기에 지나지 않음을 분명히 제시하였다. 60년대의 가장 유명한 공연으로는 이언 맥켈런(Ian McKellen)[16]이 타이틀 롤을 맡고 토비 로벗슨이 다시 연출을 하여 1969년 에딘버러 페스티벌에서 무대에 올린 것을 들 수 있다. 로벗슨은 1958년의 공연과는 달리 이번에는 정치적 측면보다

---

16) 맥켈런은 게이 권리를 옹호하는 운동의 대표적 인물들 중 하나로 잘 알려져 있다(Simkin 188).

는 등장인물들의 관계에서 성적, 개인적 측면을 강조하였다. 맥켈런의 에드워드는 총신들과 깊은 키스를 나눌 정도로 전례 없이 동성애적·육체적 관계를 강조하였다. 그럼으로써 로벗슨은 이전에 자신이 연출했던 공연이 지켰던 '중립성'(neutrality)을 상당부분 희생하였다(Forker 108). 이 공연은 대단히 성공적이어서 런던, 캠브리지, 카디프, 리즈, 비엔나를 거쳐 버밍엄 등지에서 순회공연을 가진 뒤 다시 런던으로 옮겨와 1970년에는 영국에서, 그리고 1975과 1977년에는 미국에서 텔레비전으로 방영되었다. 영국 텔레비전 방송사상 처음으로 시청자들은 동성애적 키스 장면을 시청하게 되었던 것이다(Wiggins and Lindsey xvii).

로벗슨이 연출한 『에드워드 2세』는 1960년대 말과 70년대 초반에 일기 시작한 여성 및 동성애자들의 권익 향상을 위한 투쟁과 성혁명이 활발히 전개된데 힘입은 바 크다. 성인 상호간의 동의에 의한 경우 동성애 행위는 더 이상 범죄가 아니라 성적 취향에 따른 선택의 문제일 뿐이라는 인식이 동성애자 인권운동으로까지 확산되었다. 더구나 1970년대 영국에서는 연극에 대한 검열의 해제에 힘입어 『에드워드 2세』의 공연에서 그동안 금기시되어 왔던 동성애라는 주제가 무대에서 공공연히 재현되기 시작했다. 그러나 일탈된 성욕은 단순한 선정주의 이상을 의미하였다. 동성애에 대한 공공연한 노출은 이 극의 정치적 진술, 즉 에드워드가 자신에게 반대하는 귀족들의 억압적 권력에 저항하여 의식적으로 사용하는 일종의 무기로 표현되었다. 이러한 새로운 경향은 미국에서도 마찬가지여서 1970년대에는 영국뿐 아니라 미국의 뉴욕에서도 동성애를 보다 노골적으로 강조한 『에드워드 2세』의 공연이 계속되었다. 영국에서는 1977년 6월에 말로우의 모교인 코퍼스 크리스티 대학에서 닐 해리스(Neil Harris)가 학생 연극을 무대에 올렸다. 이 공연은 보러브릿지 전투에 대해 많은 공을 들였으며, 에드워드의 살해 장면에서 섬뜩하게 타오르는 듯한 쇠꼬챙이와 무시무시한 비명소리는 너무나도 생생할 정도였다. 에드워드의 살해 장면에 대한 관심은 다음 해에 스티븐 맥도널드(Stephen MacDonald)가 연출한 공연으로 이어졌다. 이 공연에서 윌리엄 린지(William Lindsay)는 개비스톤과 라이트본으로 1인 2역을 맡는 상징적 연기를 선보임으로써 이 두 등장인물의 해석에 새로운 가능성을 열어주었다. 이러한 장치는 에드워드의 기질에 내재된 자기 파괴적 요소를 강조할 뿐만 아니라 그의 성욕과 기괴한 죽음 사이의 중요한 가학적-피학적 연관성을 시사해준다.

　1980년대에 접어들자 『에드워드 2세』의 공연이 일일이 열거하기 어려울 정도로 빈번하고도 광범위하게 이루어졌다. 80년대 초반의 공연에서는 다양한 실험들이 과감하게 시도되었다. 심지어 마가렛 아씨(Lady Margaret) 역을 남성 배우가 연기하기도 하였다. 무대장치 없이 소수의 배우들이 이중 배역을 맡아 하거나, 단지 6명의 배우들만으로 고도의 실험적인 공연을 하는 등 다양한 시도가 행해졌다. 80년대 후반의 중요한 공연으로는 1986년에 이언 맥디아미드(Ian McDiarmid)가 에드워드 역을 맡고 니콜라스 휫트너(Nicholas Hytner)가 연출하여 무대에 올린 것을 들 수 있다. 이 공연은 무대와 의상의 시각적 효과가 특히 독창적이라는 평을 받았다. 또한 에드워드와 개비스톤 간의 동성애는 보다 더 노골적으로 거리낌 없이 표현된 반면 귀족들은 마치 반동성애 결사처럼 행동하였다. 살해 장면은 테이블 위에 뒤집혀진 왕관이 상징적으로 놓여 있고 왕의 드러난 엉덩이에 라이트본이 음탕하게 불에 달군 쇠꼬챙이를 찔러대자 왕은 몹시 고통스럽게 날카로운 비명을 질러대도록 연출하였다. 라이트본은 벌거벗은 희생자 위에 죽어 쓰러짐으로써 사랑과 죽음이 결합되어 성적 절정에 도달한 이미지를 제시하였다. 또한 극의 구조상 균형을 위해 휫트너는 텍스트에는 없는 에드워드 1세의 장례식과 그의 아들 에드워드 2세의 대관식을 덧붙여 제시함으로써 극 종반의 에드워드 3세의 대관식과 에드워드 2세의 장례식이 서로 대칭을 이루게 하였다(Forker 112).

　1990년대에 동성애를 주제로 내세운 공연 중 가장 주목을 끈 것으로는 제럴드 머피(Gerald Murphy)가 연출하고 로열 셰익스피어 극단이 스트랫포드 어펀 에이번에서 1990년에 무대에 올린 『에드워드 2세』가 있다. 사이먼 러셀 비일(Simon Russell

Beale)[17]은 에드워드를 점잔이나 빼는, 성적 강박관념에 의해 지배되는 거의 돼지 같은 호색한으로써 어린애 같은 분노와 까다로운 자기도취에 빠진 인물로 표현하였다. 이에 반해 완강하고 경직된 의상을 입은 귀족들은 동성애 혐오증과 나치 독재와의 관련성을 시사하도록 의도되었다. 한편 개비스톤은 에드워드와 서로의 육체를 탐닉하면서 궁정은 음탕함이 가득한 분위기를 띠게 된다. 음란한 에로티시즘이 공연 내내 무대를 지배하고 모오티머는 성에 굶주린 이사벨라의 몸을 수시로 더듬어댄다. 나중에 그녀는 임신한 모습으로 등장한다(Forker 115). 맨가슴을 드러낸 라이트본은 치명적인 쇠꼬챙이를 삽입하기 전에 에드워드를 격정적으로 포옹한다. 극장 바깥에 이 공연은 '아이들에게 적절하지 않을 수 있다'(Wiggins and Lindsey xvii)고 경고한 것은 이 공연의 성격을 단적으로 드러낸다. 머피는 성적 욕망이 공식적으로 억압되는 것으로 혹은 음탕한 탐닉으로 표현되건 모든 정치적 역학을 작동시키는 동력이 된다고 역설하였다. 그러나 많은 비평가들은 머피가 지나치게 성욕을 강조함으로써 중요 등장인물들의 복잡성뿐만 아니라 전반적으로 이 극에서 심리적, 도덕적, 정치적 섬세성을 간과하였다고 비판하였다.

아마도 가장 유명한 최근의 해석으로는 데렉 저먼(Derek Jarman)(1942～94)이 영화화하여 1991년 10월에 런던에서 첫 선을 보이고 1993년 1월에 텔레비전으로 방영된 영화를 들 수 있다. 이 선정적인 영화는 대체로 말로우의 언어에 충실하지만, 저먼에 의하면 "모든 반-동성애 법을 철폐하는데"(Simkin 236) 기여하기 위해 의식적으로 사회적 논란을 불러일으킨, 따라서 우선적으로 "동성애에 대한 억압에 저항하는"(Simkin 188) 의도로 제작되었다.[18] 필연적으로 원작의 텍스트가 과감하게 삭제

---

17) 비일의 연기에 대해서는 Wiggins and Lindsey xxi, xxix의 사진 참조.

18) 저먼은 촬영 뒤 펴낸 책 『퀴어 에드워드 2세』(*Queer Edward II*)를 1988년에 대처 정권이 입법한 반게이 법령(Anti-gay Laws, 특히 동성애의 공공연한 프로모션을 금한 영국의 지방 정부 제28조 법령)의 폐지운동에 헌정했다. 호모포비아(homophobia)를 부추긴 마가렛 대처(Margaret Thatcher)정권에 대한 공격이 바닥에 깔린 영화 <에드워드 2세>는 정치색이 대단히 노골적이다. 당시 이 법은 지방 자치 정부가 공립학교에서 동성애를 받아들일 만한 것으로 이해시키거나 조장하는데 어떠한 정부의 재정도 사용할 수 없도록 금지하는 것이었다(Simkin 237 참조). 이 영화에는 그러한 노골적인 차별의 불공정성에 대한 인식이 짙게 배어 있다.

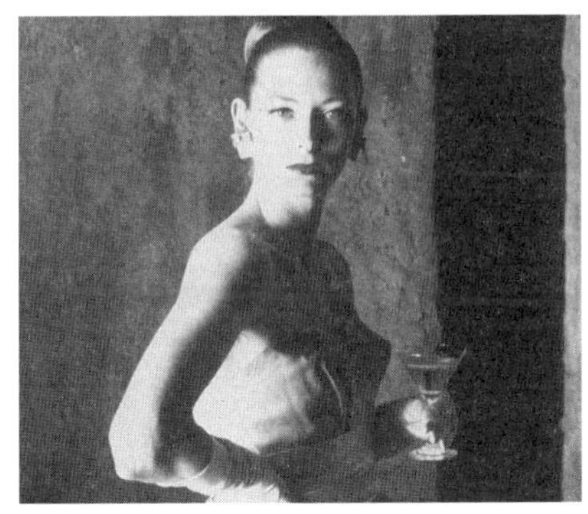

되고 상당부분 재배열 된 것 외에도 가장 커다란 차이점은 이사벨라(Tilda Swinton, 좌측 사진)가 개비스톤의 성희롱에 반응을 보이다 조롱당하는 모욕을 받게 될 뿐 아니라 그녀가 직접 라이트본에게 에드워드를 살해하라는 임무를 지시하면서 요염하게 그를 유혹하는 데 있다. 마거릿 대처가 모델이라는 소문까지 돌았던 이사벨라 왕비는 모오티머와 함께 켄트 백작을 고문하다 마침내 켄트를 죽이는 장면에서는 이사벨라가 마치 흡혈귀처럼 켄트 백작의 목을 물어대는 모습을 연출함으로써 그녀에 대한 묘사가 여성혐오증적이라는 비난을 받았다(Forker 116).

의상 역시 현대화하여 귀족들은 신사복을 입고 있으며, 폭동 진압 장비를 갖춘 경찰들과 게이 행동주의자들 사이의 충돌 장면도 있다. 모오티머는 대부분 전투복 차림을 하고 나타나지만 퇴폐적인 분위기를 풍긴다. 배경은 미니멀하고 폐쇄공포증적이며 초현실적인 느낌을 준다.

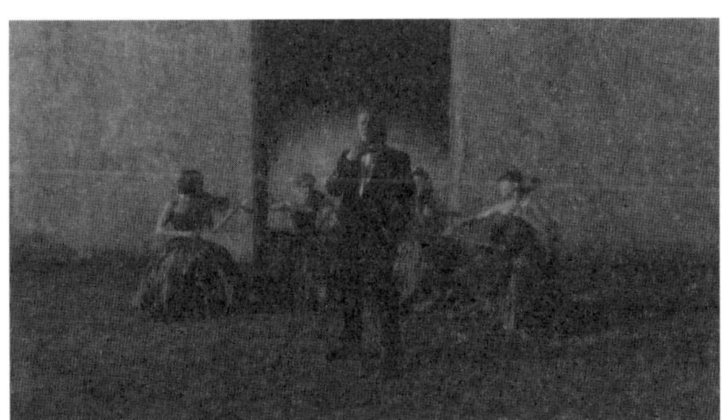

개비스톤을 기다리는 에드워드

저먼의 주된 관심은 동성애를 차별법의 철폐에 있었지만 그는 정부뿐만 아니라 정부의 억압적인 정책과 관련하여 이에 동조하는 종교까지도 공격을 가한다. 저먼에게 에드워드의 유일한 죄는 그의 동성애적 성향뿐이다. 에드워드 2세가 죽은 뒤, 어머니 이사벨라 왕비와 모오티머를 쇠창살로 된 우리에 가두고 그 위에서 어머니의 귀걸이, 립스틱, 하이힐로 치장한 채 음악에 맞춰 춤을 추는 어린 에드워드 3세의 모습은 동성애적 질서의 궁극적 승리를 시사한다. 따라서 저먼의 목표는 주로 반동성애법에 맞춰져 있고 군주와 그의 신하들 사이의 갈등과 투쟁이라는 권력의 역학관계는 간과되어 있으며, 말로우의 풍부한 텍스트를 동성애 문제로만 축소시킨 '게이 인권 프로퍼갠더'라는 비판이 따랐다.

이처럼 『에드워드 2세』에 대한 최근의 공연은 이 극에 나타나 있는 성적인 내용을 점잖게 회피하고 정치나 종교적 주제라든가 역사성으로부터 강박적이라 할 정도로 점차 개인적이고 성적인 내용에 초점을 맞추는 쪽으로 흐르는 경향을 보여왔다. 그러나 이러한 경향은 단순히 동성애를 지지하는 것 이상의 의미가 있다. 말로우의 극을 통해 머피나 저먼은 아마도 엘리자베스 1세 치하의 영국을 아직 사회적 성역할이 고정되지 않은 것으로 바라보고 현대 사회 역시 그러한 정체성이 단일하거나 고정된 것이 아님을 주장하려 한 것으로 보인다.

6. 주요 참고문헌 및 텍스트

강석주. "말로우의 탈신비화 전략: 『에드워드 2세』와 『파리의 대학살』을 중심으로."
  『고전 르네상스 영문학』. 14.1(2005, 봄): 5-30.
강석주. "『리처드 2세』와 『에드워드 2세』에 나타난 왕권의 신화." *Shakespeare
  Review*. 41.4 (2005, 가을): 355-74.

김태원. "Homoerotic Politics and Regicide: The Art of Government in Christopher Marlowe's *Edward II*."『고전 르네상스 영문학』. 10.2(2001, 가을): 103-30.

김해룡. "크리스토퍼 말로우의 '어둠의 심연':『탬벌레인 대제』에 나타난 제국주의 원형."『고전 르네상스 영문학』. 17.2(2008, 가을): 31-60.

김춘희. "『에드워드 2세』."『영국르네상스 드라마의 세계 1: 튜더 왕조 편』. 서울: 도서출판 동인. 2004. 255-83.

말로, 크리스토퍼.『탬벌레인 대왕/ 몰타의 유대인/ 파우스투스 박사』. 강석주 옮김. 서울: 문학과 지성사, 2002.

말로, 크리스토퍼.『디도, 카르타고의 여왕』. 임이연 옮김. 서울: 지만지, 2009.

말로우, 크리스토퍼.『포스터스 박사의 비극』. 박우수 역. 서울: 도서출판 동인, 2000.

Archer, John Michael. *Sovereignty and Intelligence: Spying and Court Culture in the English Renaissance*. Stanford: Stanford UP, 1993.

Bartels, Emily C. *Spectacles of Strangeness: Imperialism, Alienation, and Marlowe*. Philadelphia: U of Pensylvania P, 1993.

______________, ed. *Critical Essays on Christopher Marlowe*. New York: Prentice, 1996.

Bevington, David & Rasmussen, Eric, eds. *Tamburlaine, Parts I and II/ Doctor Faustus, A- and B- Tests/ The Jew of Malta/ Edward II*. Oxford World's Classics. Oxford: Oxford UP, 1995.

Breight, Curtis C. *Surveillance, Militarism and Drama in the Elizabethan Era*. London: Macmillan, 1996.

Brown, Jane K. *Faust: Theatre of the World*. New York: Twayne Publishers. 1992.

Cheney, Patrick, ed. *The Cambridge Companion to Christopher Marlowe*. Cambridge:

Cambridge UP, 2004.

Deats, Munson Sara. "Marlowe's Fearful Symmertry in *Edward II*." *A Poet and a Filthy Play-Maker: New Essays on Christopher Marlowe*. Ed. Kenneth Friedenreich, Roma Gill, and Constance B. Kuriyama. New York: AMS, 1988. 242-62.

──────────. "Marlowe's Interrogative Drama: *Dido, Tamburlaine, Doctor Faustus*, and *Edward II*." *Marlowe's Empery Expanding His Critical Contexts*. Ed. Sara Munson Deats and Robert A. Logan. Newark: U of Delaware P, 2002. 107-32.

Ellis, John. *Visible Fictions: Cinema, Television, Video*. New York: Routledge & Kegan Paul, 1992.

Evans, Michael. *The Death of Kings: Royal Deaths in Medieval England*. London: Hambledon and London, 2003.

Forker, Charles R, ed. *Edward The Second. The Revels Plays*. Manchester: Manchester UP, 1994.

Goldberg, Jonathan. "Sodomy and Society: the Case of Christopher Marlowe." *SWR* 69 (1984), 371-78.

Greenblatt, Stephen. *Renaissance Self-Fashioning: From More to Shakespeare*. Chicago: U of Chicago, 1980.

Haynes, Alan. *The Elizabethan Secret Service*. London: Sutton, 2005

Honan, Park. *Christopher Marlowe: Poet & Spy*. Oxford: Oxford UP, 2005.

Irace, Kathleen O. *Reforming the "Bad" Quartos: Performance and Provenance of Six Shakespearean First Editions*. Cranbury: Associated UP, 1994.

Kocher, Paul H. *Christopher Marlowe: A Study of His Thought, Learning, and*

Character. New York: Russell, 1962.

Kuriyama, Constance Brown. *Hammer or Anvil: Psychological Patterns in Christopher Marlowe's Plays*. New Brunswick: Rutgers UP, 1980.

Leech, Clifford, ed. *Marlowe: A Collection of Critical Essays*. Englewood Cliffs, NJ: Prentice-Hall, 1964.

Levin, Harry. "*Edward II*: State Overturned." *Christopher Marlowe: Modern Critical Views*. Ed. Harold Bloom. New York: Chelsea House Publishers, 1986. 9-30.

________. *The Overreacher: A Study of Christopher Marlowe*. Cambridge, MA: Harvard UP, 1954.

MacLure, Millar, ed. *The Poems: Christopher Marlowe*. London: Methuen, 1968.

Mainston, C. G. *Christopher Marlowe's Tragic Vision: A Study of Damnation*. Athens: Ohio UP, 1971.

McAdam, Ian. *The Irony of Identity: Self and Imagination in the Drama of Christopher Marlowe*. Newark: U of Delaware P, 1999.

Nicholl, Charles. *The Reckoning: The Murder of Christopher Marlowe*. Chicago: The U of Chicago P, 1992.

Normand, Lawrence. "'What passions call you these?': *Edward II* and James VI." *Christopher Marlowe and English Renaissance Culture*. Ed. Darryll Grantley and Peter Roberts. Aldershot: Ashgate, 1999. 172-97.

Ribner, Irving. *The English History Plays in the Age of Shakespeare*, New York: Routledge & Kegan Paul, 1965.

Riggs, David. *The World of Christopher Marlowe*. New York: Henry Holt and Company, 2004.

Rowland, Richard, ed. *The Complete Works of Christopher Marlowe. Volume III: Edward II*. Oxford: Clarendon P, 1994.

Russell, John Brown, ed. *Marlowe: 'Tamburlaine the Great', 'Edward the Second' and 'The Jew of Malta': A Casebook*. London: Macmillan, 1982.

Sales, Roger. *Christopher Marlowe*. London: Macmillan, 1991.

Shapiro, James. *Rival Playwrights*. New York: Columbia UP, 1991.

Shepherd, Simon. *Marlowe and the Politics of Elizabethan Theatre*. Brighton, Sussex: Harvester, 1986.

Simkin, Stevie. *A Preface to Marlowe*. London: Longman, 2000.

Stymeist, David. "Status, Sodomy, and the Theater in Marlowe's *Edward II*." *SEL* 44.2 (Spring 2004): 233-53.

Summers, Claude J. "Sex, Politics, and Self-Realization in Edward II." *A Poet and a Filthy Play-Maker: New Essays on Christopher Marlowe*. Ed. Kenneth Friedenreich, Roma Gill, and Constance B. Kuriyama. New York: AMS, 1988. 221-40.

Sunesen, Bent. "Marlowe and the Dumb Show." *English Studies* 35 (1954): 241-53.

Voss, James. "*Edward II*: Marlowe's Historical Tragedy." *English Studies* 63 (1982): 517-30.

White, Paul Whitfield, ed. *Marlowe, History, and Sexuality: New Critical Essays on Christopher Marlowe*. New York: AMS, 1998.

Wiggins, Martin and Lindsey, Robert. *Edward The Second*. New Mermaids. London: A & C Black, 1997.

Wilson, Richard, ed. *Christopher Marlowe*. London: Logman, 1999.

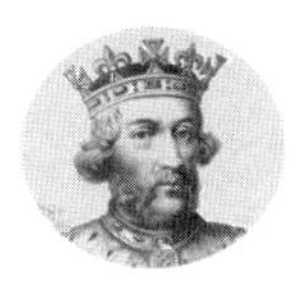

에드워드 2세

or "The Troublesome Reign and Lamentable Death of Edward the Second,
King of England, with the Tragical Fall of Proud Mortimer"

King Edward II

Prince Edward, *his son, afterwards* King Edward III

Edmund, Earl of Kent, *brother of* King Edward II

Piers of Gaveston, Earl of Cornwall

Guy, Earl of Warwick

Thomas, Earl of Lancaster

Aymer de Valence, Earl of Pembroke

Eumund Fizalan, Earl of Arundel

Henry, Earl of Leicester

Sir Thomas Berkeley (*spelled* 'Bartley' *in Q*)

Mortimer Senior (Roger Mortimer of Chirke)

Mortimer Junior (Roger Mortimer of Wigmore), *nephew of* Mortimer Senior, *afterwards* Lord Proctor over Edward III

Spencer Senior (Hugh le Despenser), Earl of Winchester

Spencer Junior (Hugh le Despenser), Earl of Wiltshire, *later* Earl of Gloucester, *son of* Spencer Senior

The Archbishop of Canterbury ('Bishop' of Canterbury in *Q*, Walter Reynolds)

The Bishop of Coventry (Walter Langton)

The Bishop of Winchester (John Stratford)

Robert Baldock, *a clerk, attendant on* Lady Margaret de Clare

Henry de Beaumont, *a follower of the king*

Sir William Trussel

Sir Thomas Gurney (Gournay) ⎤
Sir John Matrevis (Maltravers) ⎦ *henchmen of* Mortimer Junior

Lightborn, *a murderer*

Sir John of Hainault, brother of the Marquis of Hainault

Levune, *a Frenchman*

Rice ap Howell

The Abbot (*of Neath*)

James, *one of* Pembroke's *men*

Three Poor Men

A Chaplain

The Clerk of the crown

A Post from Scotland

A Post from France

The Mayor of Bristol

A Messenger

A Horse-Boy

A Herald

A Mower

The King's Champion

Queen Isabella, wife of Edward II, *daughter* (*and now sister*) *of the* King of France (Philip IV; Charles IV)

Lady Margaret de Clare, *daughter of the* Earl of Gloucester, *niece of* King Edward II, *betrothed to* Gaveston

Lords, Ladies in Waiting, Soldiers, Attendants, Monks, Servants

등장인물

에드워드 2세

에드워드 세자, 에드워드 2세의 아들. 나중에 에드워드 3세

에드먼드, 켄트 백작. 에드워드 2세의 동생

피어스 개비스톤. 콘월 백작

기, 워릭 백작

토마스, 랭카스터 백작

아이머 드 발랑스, 펨브로크 백작

에드먼드, 아룬델 백작.

헨리, 레스터 백작

토마스 버클리 경

숙부 모오티머 (처키의 로저 모오티머)

조카 모오티머 (위그모어의 로저 모오티머), 나중에 에드워드 3세의 섭정

아버지 스펜서 (휴 데스펜서), 윈체스터 백작

아들 스펜서 (휴 데스펜서), 윌트셔 백작, 나중에 글로스터 백작

캔터베리 대주교

코벤트리 주교 (월터 랭튼)

윈체스터 주교 (존 스트랫포드)

로버트 발독, 마가렛 드 클레어의 수행원

헨리 버몬트, 왕의 수행원

윌리엄 트루셀 경

토마스 거니 경 ⌉
존 마트레비스 경 ⌋ 조카 모오티머의 부하

라이트본, 살인자

에노의 존 경, 에노 남작의 동생

르뷘느, 프랑스인

라이스 아프 하우웰

(니스의) 대수도원장

제임스, 펨브로크의 부하

세 명의 가난한 사람들

교구 목사

왕실 서기

스코틀랜드에서 온 전령

프랑스에서 온 전령

브리스톨 시장

사자(使者)

마부 소년

전령

풀베는 사람

왕의 호위기사

이사벨라 여왕, 에드워드 2세의 아내. 프랑스 왕 필립 4세의 딸로 현재 찰스 4세의 누나.

마가렛 드 클레어 아씨, 글로스터 백작의 딸, 에드워드 2세의 여조카, 개비스톤과 결혼.

귀족들, 시중드는 여인들, 병사들, 수행원들, 수도사들, 하인들

▌▌▌ ACT I

[Scene i]

Enter Gaveston, reading on a letter that was brought him from the king.

GAVESTON.   'My father is deceased; come Gaveston,

And share the kingdom with thy dearest friend.'

Ah, words that make me surfeit with delight!

What greater bliss can hap to Gaveston

Than live and be the favourite of a king?   5

Sweet prince, I come. These, these thy amorous lines

Might have enforced me to have swum from France,

And, like Leander, gasped upon the sand,

So thou wouldst smile, and take me in thine arms.

The sight of London to my exiled eyes   10

Is as Elysium to a new-come soul;

---

19) 에드워드 1세는 개비스톤을 1307년 봄에 그의 고향인 가스꼬뉴 지방의 퐁티외(Ponthieu)로 추방시켰는데, 당시 가스꼬뉴 지방은 영국의 지배하에 있었다. 그러나 에드워드 2세는 7월에 즉위하자마자 사흘도 채 못되어 개비스톤을 영국으로 불러들였다(Holinshed 318).

20) 세스토스(Sestos)에 있는 헤로(Hero)를 만나기 위해 밤마다 헬레스폰트(Hellespont) 해협을 헤엄쳐 왔다가곤 하다가 빠져 죽었다. 리앤더(Leander)의 슬픈 사랑에 관한 개비스톤의 언급은 자신과 에드워드와의 관계가 성적 성격을 띠고 있음을 시사해줄 뿐만 아니라 아이러니컬하게도 자신의 죽음을 예시해준다. 말로우는 이 그리스 신화를 바탕으로 「헤로와 리앤더」(*Hero and Leander*)라는 시를 쓰기 시작했으나 미완성인 채로 죽고, 채프먼(George Chapman)이 1598년에 이 시를 완성하였다.

▌▌ 1막

[1막 1장]

개비스톤.　"부왕(父王)께서 승하(昇遐)하셨네. 돌아오게 개비스톤,

어서 와서 그대의 사랑해 마지않는 벗과 더불어 왕국을 다스

리세."

아, 이 얼마나 환희가 넘치게 하는 말씀인가!

살아서 왕의 총신이 되는 것보다

어떤 더한 지복(至福)이 개비스톤에게 임할 수 있을 것인가?　5

경애하는 왕이시여, 소신이 왔나이다. 애정이 넘치는 글귀들이

분명 소신을 몰아쳐 프랑스에서[19]헤엄을 쳐서라도 오게 하였

습니다.

왕께서 미소 지으며 소신을 옥체로 맞아주실 것이기에

그리하여 마치 리앤더인양[20] 해변에서 가쁜 숨을 몰아쉬었습니다.

유배당했던 제 눈에는 런던의 광경이　10

마치 죽어 갓 천당에 당도한 사람의 눈앞에 펼쳐진 천국과도 같

습니다.

Not that I love the city or the men,

But that it harbours him I hold so dear—

The king, upon whose bosom let me die,

And with the world be still at enmity.   15

What need the arctic people love star-light,

To whom the sun shines both by day and night?

Farewell base stooping to the lordly peers,

My knee shall bow to none but to the king.

As for the multitude, that are but sparks   20

Raked up in embers of their poverty,

Tanti! I'll fawn first on the wind

That glanceth at my lips, and flieth away.

But how now, what are these?

Enter three poor men.

POOR MEN.	Such as desire your worship's service.	25
GAVESTON.	What canst thou do?	

---

21) *die*: '사정하다'(ejaculate)에 대한 편(pun). 이 단어는 개비스톤과 에드워드 왕의 동성애 관계에서 그가 '남성'의 역할 혹은 지배적 역할을 하고 있음을 시사한다.

22) 북극에는 여름 동안에는 태양이 지지 않기 때문에, 별빛은 무의미하다. 개비스톤은 자신이 에드워드 왕(전통적으로 왕은 태양에 비유되곤 하였다)이 비추는 햇볕을 쬘 것이기 때문에 손아랫사람들이나 동료들의 호의가 불필요하다고 생각한다. 이러한 오만한 태도로 인해 그는 귀족들의 질시와 미움을 사서 결국 죽임을 당하게 된다.

23) *Tanti!*: (=So much for that!). 경멸적으로 말한 것으로, 개비스톤이 프랑스에 있었다는 사실을 의도적으로 드러내기 위한 것으로 보인다.

제가 런던이나 시민들을 사랑해서가 아니라,

이 몸은 폐하의 품속에서 희열로 기진했거니와,[21]

세상과 영원한 대적이 되어도 좋을 왕을

이 도시가 품고 있기 때문입니다.   15

북극에 사는 사람들이 별빛을 사랑할 필요가 뭐 있겠는가?

그들에겐 밤낮으로 태양이 비치는 것을.[22]

이제 그만, 거만한 고관대작들에게 비굴하게 머릴 조아리는 일
    이여.

이후로는 내 무릎을 오직 왕을 향해서만 굽히리라.

군중이란 궁핍의 깜부기불로 사그러져 가다가도   20

쇠스랑으로 들쑤시면 다시 반짝 타오르는 존재에 불과한 것들,

너희들이 뭘 더 바랄 것인가![23] 내 조만간 이 불씨들에 풀무질

을 할 터인즉[24] 이들은 나의 입술만 바라보다 사라지리라.

그런데 이게 뭔가, 이자들은 대체 누군가?

세 명의 가난한 사람들[25] 등장

가난한 사람들.   나으리를 모시고자 합니다.   25

    개비스톤.   자네들은 무슨 일을 할 수 있는고?

---

24) *fan . . . on*: (1) '아첨하다'(fawn . . . on) 혹은 (2) '부채질하다'(fan . . . on). '부채질하다'(fan)는 '아첨하
다'(fawn)를 잘못 인쇄 했거나 사투리(*O.E.D.*)일 수 있다. 그러나 '아첨하다'는 단어는 뒤에서도 나오기 때문
에 여기서는 '바람에 대고 부채질하다'로 보는 것이 더 타당할 듯하다. 어쨌든 말로우는 여기서 부채질을 해
서 불꽃이나 깜부기불을 되살리려는 헛된 노력을 의도한 것으로 보인다.

25) 세 명의 가난한 사람들의 등장은 개비스통의 과오(*hubris*)를 드러내고 그의 몰락을 예시해주면서 일종의 작은
'도덕극'을 시작한다. 말로우는 이와 같은 기법을 나중에 어떤 풀 베는 자(Mower)에게도 적용한다(4.7.).

1 POOR MAN.	I can ride.
GAVESTON.	But I have no horses. What art thou?
2 POOR MAN.	A traveller.
GAVESTON.	Let me see; thou wouldst do well to wait at my 30 trencher, and tell me lies at dinner time; and, as I like your discoursing, I'll have you. And what art thou?
3 POOR MAN.	A soldier, that hath served against the Scot.
GAVESTON.	Why, there are hospitals for such as you, I have no war, and therefore, sir, be gone. 35
THIRD POOR MAN.	Farewell, and perish by a soldier's hand, *[Offers to leave.]* That wouldst reward them with an hospital.
GAVESTON.	[*Aside*] Ay, ay, these words of his move me as much As if a goose should play the porpentine, And dart her plumes, thinking to pierce my breast; 40 But yet it is no pain to speak men fair.

---

26) ***traveller***: '여행자'로 직역되나 말로우의 집필 시기에는 부랑자 금지법이 있었음을 고려하면 '유랑자,' '떠돌이'로 번역할 수 있다.

27) 홀린셰드(Holinshed)는 에드워드 1세와 2세의 통치 기간 중 영국과 스코틀랜드 사이의 전쟁에 상당한 관심을 보였다. 에드워드 1세와 2세는 스코틀랜드를 정복하려고 했기 때문에 잉글랜드와 스코틀랜드 사이에 종종 전쟁이 있었으며, 에드워드 1세는 1306년에 스코틀랜드에서 일어난 로버트 브루스(Robert Bruce)의 반란을 진압하려고 출정했다가 그 뜻을 이루지 못하고 1307년에 사망하였다.

28) ***hospitals***. 구호기사단이 세운 구빈원 혹은 병원. 원래 예루살렘에서 성지 순례자들의 간호 및 치료를 목적으로 병원이 세워졌으며, 1023년 이탈리아 출신의 상인들이 파괴된 병원을 다시 세우고 베네딕토회 수사들의 봉사로 성지 순례자들을 위해 구호와 치료활동을 하였다. 이 구호단체는 십자군 원정 이후로 군사적 색채가 더해졌다. 1099년에 십자군이 예루살렘을 정복한 뒤에는 성지에 이르는 도상의 프로방스와 이탈리아 여러 도시에 숙박소를 지어 상처를 입거나 불구가 된 기사들을 수용하여 치료하였다. 성지에 남은 십자군 기사들은 구호기사단(Knights Hospitalers, 또는 성 요한 기사단)의 단원이 되어 이 기사단을 부강하게 발전시켰다. 이들은 병자들 및 늙고 가난한 자들을 돌보면서 이슬람교도와의 전쟁을 수행하였으나 성병을 전파시켰던 것

| 가난한 사람 1. | 저는 말을 탈 수 있습니다요. |

| 개비스톤. | 하지만 내게는 말이 없네. 자네의 직업은 무엇인고? |

| 가난한 사람 2. | 부랑자[26]입죠. |

| 개비스톤. | 어디 보자, 자네는 내 식사 시중을 들면서 |

저녁 식사 때는 여행담을 들려주면 되겠군.

얘기가 맘에 들면 자네를 거둬주겠네. 그리고 자네는 뭐하는 자

인가?

| 가난한 사람 3. | 병사입니다요. 스코틀랜드와의 전쟁[27] 때 싸웠습죠. |

| 개비스톤. | 그런가, 자네 같은 자들을 받아주는 구빈원이[28] 있지 않나. |

나는 전쟁을 치를 일이 없으니, 거기나 가 보게.

| 가난한 사람 3. | 물러가겠습니다. 병사들에게 구빈원으로 보답하려는 자는 |

[떠나려고 하면서]

병사의 손에 걸리는 날엔 명줄이 끊어지기를.

| 개비스톤. | [방백] 오냐, 오냐. 이 녀석의 말은 마치 |

거위가 고슴도치[29] 노릇을 하며

내 가슴을 찌르려는듯, 깃털을 쏘아대는 형국을 연상시키는구나.

하지만 비위를 맞춰줘서 손해 볼 건 없지.

으로도 알려진다. 결국 1291년, 강대해진 이슬람 세력에 의해 마지막 기독교 세력의 근거지마저 빼앗기자 구호기사단은 키프로스로 후퇴하여 순례자들과 병자들을 돌보는 한편 성지 재탈환을 꿈꾸면서 성지 근처에 머물기로 하였다. 1309년에는 터키 남쪽의 로도스 섬을 근거지로 활동하면서 동지중해의 막강한 해군력을 가진 독립국가가 되었다. 이들은 선단을 이루어 무슬림의 상선 등을 공격하면서 성전을 벌였지만 사실상 그러한 활동은 해적 행위였다. 서유럽을 전전하던 기사단은 1530년에 신성 로마 제국의 황제 카를 5세에 의해 몰타 섬의 소유권을 위임받아 그 세력이 절정에 달하였다(『중세 기사 이야기』 서울: 나이츠 나이츠, 1999. 277-79 참조).

29) *porcupine*: 호저(豪豬). 두더지의 일종으로 몸과 꼬리의 윗면은 가시처럼 변화된 가시털로 뒤덮여 있으며 주로 야행성이다. 산미치광이라고도 한다.

I'll flatter these, and make them live in hope.

[*To them*] You know that I came lately out of France,

And yet I have not viewed my lord the king.

If I speed well, I'll entertain you all.   45

POOR MEN.   We thank your worship.

GAVESTON.   I have some business, leave me to myself.

POOR MEN.   We will wait here about the court.

Exeunt.

GAVESTON.   Do. These are not men for me;

I must have wanton poets, pleasant wits,   50

Musicians, that with touching of a string,

May draw the pliant king which way I please.

Music and poetry is his delight;

Therefore I'll have Italian masks by night,

Sweet speeches, comedies, and pleasing shows;   55

And in the day, when he shall walk abroad,

Like sylvan nymphs my pages shall be clad,

My men, like satyrs grazing on the lawns,

Shall with their goat feet dance the antic hay.

Sometime a lovely boy in Dian's shape,   60

---

30) *speed well*: 출세한다면, 일이 잘 되면.

31) *entertain*: ...를 고용하다, 사람을 쓰다, (古) 거두다(=take into service).

32) *wanton poets*: 호색적이거나 외설적 내용의 시를 쓰는 시인들.

33) *Italian masques*: 개비스톤은 시대착오적으로 중세의 여흥이 아니라 16세기의 여흥을 상상하고 있다. 케닐워스(Kenilworth) 성에서 엘리자베스 여왕을 위해 공연한 한 야외극(*Princelye Pleasures*)(1575)에서는 특이하게도 "님프와 사티로스로 단장한" 백작의 수행원들과 "다이아나 차림의 소년"이 등장했다(*Homosexual Desire*, 212).

놈들을 우쭐하게 만들어서 희망을 품고 살게 해야지.

[가난한 자들에게] 자네들이 보는 바와 같이 내가 프랑스에서 이곳

    에 도착한 지가 얼마 되지 않았네.

그리고 아직 국왕폐하를 알현하지도 못했네.

만일 일이 잘 풀리면,[30] 내 자네들을 모두 거둬주겠네.[31]   45

가난한 사람들.　　감사합니다, 나으리.

개비스톤.　　볼 일이 있으니, 잠시 어디 좀 가 있게.

가난한 사람들.　　그럼 소인들은 이곳 궁정 근처에서 대령하고 있겠습니다.

　　　　　　　　　　　　　　　　　　　　　　　　　　　　　　퇴장.

개비스톤.　　그렇게 하게. 이 자들은 내 맘에 들지 않는군.

내게는 음란한 시인들,[32] 기분 좋은 재사들,   50

그리고 줄 하나만 튕겨도, 나긋나긋한 왕을 이리저리 내 마음대로

이끌 음악가들이 있어야겠어.

왕께선 풍류를 즐기시니

밤에는 이태리식의 가면 무대를[33] 열어서

감미로운 대사, 희극, 그리고 기분 좋은 쇼를 공연하게 해야지.   55

그리고 전하께서 궁전 밖을 거니시는 낮에는,

내 미동들을 숲의 정령들처럼 차려 입히고,

내 부하들은 풀밭에서 풀을 뜯어먹는 사티로스처럼,

염소 같은 발로 몸을 비비 꼬는 야릇한 춤[34]을 추도록 해야지.

때로는 미소년을 다이애나의[35] 형상으로 꾸밀 테다.   60

---

34) *antic hay*: 스코틀랜드 고지대 사람들의 경쾌한 춤의 일종인 릴(reel) 비슷한 구식의 저속한 시골 춤. antic은 또한 "기괴한"(grotesque)이라는 의미도 있다. "hay"는 뱀처럼 몸을 비비꼬면서 성적 뉘앙스를 풍기는 음란한 춤을 일컫는다(Wiggins & Lindsey).

35) *Dian's shape*: 다이아나의 차림새(=Diana's costume).

Sometime a lovely boy in Dian's shape,   60

With hair that gilds the water as it glides,

Crownets of pearl about his naked arms,

And in his sportful hands an olive tree

To hide those parts which men delight to see,

Shall bathe him in a spring; and there, hard by, 65

One like Actæon, peeping through the grove,

Shall by the angry goddess be transformed,

And running in the likeness of an hart,

By yelping hounds pulled down, shall seem to die.

Such things as these best please his majesty, 70

My lord! Here comes the king and the nobles

From the parliament. I'll stand aside.

[Walks apart.]

Enter [EDWARD] *the* King, [*the* Earl *of*] Lancaster, Mortimer Senior,
Mortimer Junior, Edmund Earl *of* Kent, Guy Earl *of* Warwick, [*and others*].

---

36) ***Crownets***: 팔찌(=bracelets).

37) ***Actaeon***: 오비드의 『변신』 이야기와 신화에 자주 등장하는 사냥꾼. 그는 우연히 다이아나 여신이 목욕하는 모습을 보았다. 이에 분노한 여신은 그를 숫사슴으로 변신시켜서 그가 데리고 다니던 사냥개에 물려 죽게 하였다. 이 극의 동성애적 맥락에서 보면 악테온 이야기는 상징적이고도 아이러닉한 전조가 된다. 개비스톤 자신은 상징적으로 여자 차림을 한 다이아나 여신("사랑스런 미소년")으로, 짓궂게 에드워드(왕위를 계승한 악테온)를 유혹하는 것으로 제시되어 있다. 나중에 개비스톤은 에드워드 왕의 성적 집착의 대상이 됨으로써 왕을 정치적으로 무력하게 만들고 그 결과 왕은 분노한 귀족들("짖어대는 사냥개들")에 의해 쫓기다가 죽임을 당하게 된다.

38) ***Mortimer Sen***: Roger Mortimer of Chirke. '숙부 모오티머'로 번역하기로 한다.

이따금 스치는 것만으로 수면을 금박으로 입히는 머릿결,

다 드러낸 양 팔에는 진주 팔찌를[36] 차게 하고,

남자들이 보고 환호할 은밀한 부분을 가릴 양으로

장난기 깃든 양 손에는 올리브 가지를 들게 하고,

샘에서 폐하의 옥체를 씻겨드리도록 할 테다. 그리고 그 바로 곁

　　에서　　　　　　　　　　　　　　　　　　　　　　　　　65

악티온[37] 처럼 숲속에서 이 광경을 훔쳐본 자가

분노한 여신에 의해

숫사슴의 모습으로 변신되어 도망을 치다,

짖어대는 사냥개들에게 붙들려 죽은 것으로 꾸밀 테다.

이런 여흥이 전하를 가장 기쁘시게 하는 것이다.　　　　　70

폐하! 의회당에서

폐하와 대신들이 이곳으로 납시는 구나. 몸을 숨겨야겠다.

　　　　　　　　　　　　　　　　　　　　　[옆으로 물러선다.]

[에드워드] 왕, 랭카스터 [백작], 숙부 모오티머,[38] 조카 모오티머,[39]

　　켄트 백작 에드먼드,[40] 워릭 백작,[41] [기타] 등장.

---

39) *Mortimer Jr*: Roger Mortimer, 1st Earl of March(1287-1330). 위그모어 1대 남작(the 1st Baron Wigmore)
의 손자. 여기서는 '조카 모오티머'로 번역하기로 한다. 차남이었으나 어릴 때 형과 아버지를 여읜 그는 막
강한 숙부의 집에서 자랐고 유산으로 물려받은 토지에다 이웃 귀족의 딸(Joan de Geneville)과의 결혼을 통
해 상당한 토지를 소유하게 되었다.

40) *Edmund Earl of Kent*: 에드워드 1세와 그의 두 번째 부인―프랑스 왕 필립 3세의 딸 마가렛(Margaret)―
사이에서 출생한 에드워드 2세의 이복동생이다(1301∼30. 그런데 1307년에는 켄트가 단지 여섯 살에 불과
했기 때문에 말로우의 착오로 보인다.

41) *Guy Earl of Warwick*: 개비스톤은 워릭 백작이 성질이 사납다고 하여 '아든의 검은 개'라고 부르면서 조롱
하였다(『영국의 역사』 166).

EDWARD.	Lancaster.

EDWARD.   Lancaster.

LANCASTER.   My lord?

GAVESTON.   [*Aside*] That Earl of Lancaster do I abhor.   75

EDWARD.   Will you not grant me this? [*Aside*] In spite of them
I'll have my will; and these two Mortimers
That cross me thus, shall know I am displeased.

MORTIMER SENIOR.   If you love us, my lord, hate Gaveston.

GAVESTON.   [*Aside*] That villain Mortimer! I'll be his death.   80

MORTIMER.   Mine uncle here, this Earl, and I myself
Were sworn unto your father at his death
That he should ne'er return into the realm;
And know, my lord, ere I will break my oath,
This sword of mine, that should offend your foes   85
Shall sleep within the scabbard at thy need,
And underneath thy banners march who will,
For Mortimer will hang his armour up.

GAVESTON.   [*Aside*] *Mort Dieu!*

EDWARD.   Well, Mortimer, I'll make thee rue these words.   90
Beseems it thee to contradict thy king?

---

42) ***Earl of Lancaster***: 왕족 출신의 랭카스터 백작—에드워드 1세의 동생인 랭카스터 백작 '에드먼드 굽은 등'(Edmund Crouchback)—은 개비스톤을 경멸할 충분한 개인적, 정치적 이유가 있다.

43) 숙부 모오티머와 랭카스터의 토마스를 가리킨다. 말로우는 여기서 역사를 바꾸고 있다. 홀린셰드와 스토우에 의하면 에드워드 1세에게 개비스톤의 귀국에 반대하겠다고 맹세한 귀족은 링컨, 워릭, 펨브록이었다 (Holinshed 320, Stowe 314). 링컨의 딸과 결혼한 랭카스터의 토마스 역시 장인의 유언에 따라 개비스톤을 영국에 다시 받아들이지 않겠다고 맹세했다. 따라서 모오티머 가문은 개비스톤에 반대했던 그 어느 쪽에도 속해있지 않았다.

에드워드.   랭카스터 백작.

랭카스터.   예, 전하.

캐비스턴.   [방백] 저 꼴도 보기 싫은 랭카스터 백작 놈.[42]   75

에드워드.   왜 이 사안을 과인에게 허락하지 않겠다는 것이오? [방백] 놈들이
       뭐라 해도 나는 내 뜻대로 하고야 말리라. 그리고 날 방해하는
       모오티머 가문의 이 두 놈들에게 짐이 불쾌해 하고 있음을 알게
       해줘야겠다.

숙부 모오티머.   저희들을 사랑하신다면, 전하, 개비스톤을 미워하십시오.

개비스톤.   [방백] 저런 악당같은 모오티머 놈! 내 반드시 널 죽여주마.   80

조카 모오티머.   여기 계신 숙부님, 백작님들, 그리고 저 자신은,[43]
       선왕께서 임종하실 때 그 자가 결코 이 왕국에
       돌아오지 못하도록 하겠노라고 맹세를 하였나이다.
       그러하오니 전하, 소신이 맹세를 깨뜨리기 전엔,
       전하의 적을 물리쳐야 할 저의 이 칼은   85
       전하가 필요로 할 때에도 칼집에서 잠을 잘 것입니다.
       전하의 군기가 펄럭이는 아래에서 누가 진군하든
       소신 모오티머는 알 바 아니니 갑옷과 투구를 걸어 둔 채 가만
       히 있겠나이다.

개비스톤.   [방백] 내 기필코 저놈을!

에드워드.   자, 모오티머 경, 그대가 함부로 지껄인 말을 후회하게 해 주겠
       노라.   90
       감히 짐에게 대적하겠다는 겐가?

Frown'st thou thereat, aspiring Lancaster?

The sword shall plane the furrows of thy brows

And hew these knees that now are grown so stiff.

I will have Gaveston; and you shall know   95

What danger 'tis to stand against your king.

GAVESTON.   [*Aside*] Well done, Ned!

LANCASTER.   My lord, why do you thus incense your peers,

That naturally would love and honour you

But for that base and obscure Gaveston?   100

Four earldoms have I, besides Lancaster—

Derby, Salisbury, Lincoln, Leicester;

These will I sell, to give my soldiers pay

Ere Gaveston shall stay within the realm,

Therefore, if he be come, expel him straight.   105

KENT.   Barons and earls, your pride hath made me mute,

---

44) *aspiring Lancaster*: 이 구절은 글로스터의 리차드가 막 런던탑에 갇혀 있던 헨리 6세를 찔러 죽인 뒤 랭가스터 왕조의 높은 야심과 불명예스런 몰락을 병치하면서 "랭카스터의 높이 솟은 피가/ 땅으로 가라앉는가? 나는 그것이 높이 솟아오를 줄로만 알았거늘"(What, will the *aspiring* blood of Lancaster/ Sink in the grounds? I thought it would have mounted)(*3H6*, 5.6.61-62)이라고 풍자적으로 말하는 장면을 상기시킨다. 에드워드 2세의 대사 역시 사촌인 랭카스터 백작 토마스(에드워드 1세의 동생 랭카스터 백작 '에드먼드 굽은 등'의 아들)의 야심에 대해 경고하는 것으로 보인다. 실제로 에드워드 2세는 1314년에 군대를 이끌고 스코틀랜드를 정복하려 한 적이 있다. 그러나 스코틀랜드의 로버트 브루스(Robert Bruce, Robert I)(1306-29)가 이끄는 반란군은 에드워드 왕의 군대를 6월 하순에 배넉번(Bannockburn)이라는 포스(Forth)강가의 늪지로 유인하여 대파하였다. 이 굴욕적인 패배로 스코틀랜드는 독립을 쟁취하게 되었다. 게다가 1315년경에는 랭카스터가 자신이야말로 잉글랜드의 진정한 주인이라고 주장하면서 에드워드 왕을 더욱 궁지에 몰아넣었다. 그러나 그 역시 왕과 개비스톤 못지않게 통치력이 없었으며 의회로부터 부여받은 최고 고문관의 권한도 제대로 행사하지 못한 채 귀족들 간의 분쟁이 지속되다 1322년 3월, 마침내 에드워드 왕에게 요크셔의 보러브릿지(Boroughbridge)에서 체포되어 처형당했다.

그래서 그렇게 언짢은 표정을 짓는 겐가, 야심만만한 랭커스터

　　백작?[44]

칼로 그대의 찡그린 이맛살을 평평하게 베어버리고

지금 굳어져서 이토록 뻣뻣해진 무릎들도 잘라 버리리라.

짐은 개비스톤을 곁에 둘 것이니라. 그리고 경들에게　　　　　95

짐에게 맞서는 일이 얼마나 위험한 짓인지도 알려주겠노라.

개비스톤.　[방백] 말씀 참 잘하셨나이다, 네드.[45]

랭카스터.　전하, 어찌하여 소신들을 이토록 격노케 하시나이까?

저 천하고 비루한[46] 개비스톤만 없다면

마땅히 전하를 경애하고 우러러 받들 소신들 아니오니이까?　100

소신은 랭카스터 외에도 영지가 네 군데 더 있사옵니다―

더어비, 솔즈베리, 링컨, 레스터 말입니다.[47]

개비스톤이 이 왕국에 와서 머물려 하기 전에

소신은 이 영지들을 팔아 소신의 병사들에게 급료로 지불할 것

이옵니다.[48] 따라서 그 자가 당도하는 즉시 내치시옵소서.　　105

켄트.　제경들, 경들의 오만함에 내 할 말을 잃었소만,

---

45) *Ned*: 에드워드의 애칭. 이 극에서는 여기서 단 한 번만 쓰였다.

46) 개비스톤은 에드워드 2세의 질녀(Margaret de Clare, 3대 글로스터 백작과 에드워드 1세의 딸 조안 사이에서 출생. 따라서 에드워드 1세의 외손녀)와 1307년 10월에 결혼하였다. 이처럼 명문 출신의 귀족 여성을 프랑스 가스꼬뉴 출신의 보잘 것 없는 외국인과 결혼시키는 것은 영국 귀족 사회에서는 흔치않았다. 이 "벼락출세자"(upstart)는 왕의 총애를 이용하여 그의 친척들에게 여러 이권과 관직을 나눠주는가 하면 무술 시합에서 귀족들에게 도전하고 그들의 별명을 지어 조롱하는 등 교만한 태도를 보임으로써 더욱 귀족들의 반감을 샀다.

47) 1311년에 에드워드 2세의 사촌인 랭카스터 백작은 장인으로부터 링컨(Lincoln)과 솔즈베리 영지를 상속받았다. 그는 이미 아버지로부터 랭카스터, 레스터(Leicester)와 더비(Derby) 등의 백작령을 유산으로 물려받아 엄청난 부와 영향력을 지닌 거물로서 추종자를 많이 거느리고 있었다.

48) 그의 지휘 하에 있는 병사들의 급료를 자신의 돈으로 지불하겠다고 하는 것은 랭카스터가 봉건제도의 근간을 무시하고 왕에 대한 자신의 충성 서약을 깨뜨리겠다는 위협이다.

But now I'll speak, and to the proof, I hope:

I do remember, in my father's days,

Lord Percy of the North, being highly moved,

Braved Mowbery in presence of the king,   110

For which, had not his highness loved him well,

He should have lost his head; but with his look

Th'undaunted spirit of Percy was appeased,

And Mowbery and he were reconciled.

Yet dare you brave the king unto his face?   115

Brother, revenge it, and let these their heads

Preach upon poles, for trespass of their tongues.

WARWICK.   O, our heads!

EDWARD.   Ay, yours; and therefore I would wish you grant—

WARWICK.   Bridle thy anger, gentle Mortimer.   120

MORTIMER.   I cannot, nor I will not; I must speak.

Cousin, our hands I hope shall fence our heads,

And strike off his that makes you threaten us.

---

49) 말로우 자신이 창안한 사건으로, 셰익스피어가 『리처드 2세』의 첫 장면에서 볼링부로크(헤리포드 공작. 후에 헨리 4세)와 토마스 모우브레이(Thomas Mowbray) 간의 다툼을 묘사하는 데 사용했을 것으로 추정된다. 리처드 왕 앞에서 볼링부로크는 모우브레이에게 글로스터 공작의 죽음에 대한 책임을 추궁하고, 모우브레이는 자신의 결백을 주장한다. 리처드 왕이 중재에 나서지만 두 사람이 각자의 명예를 걸고 정당함을 강변하자 리처드 왕은 결투를 통해 그들의 결백을 입증하라고 날짜와 장소를 결정하지만, 둘이 막 결투를 시작하려는 순간 왕은 극적으로 이들의 결투를 중지시키고 두 사람 모두에게 추방령을 내린다.

50) ***Preach upon poles***: 왕비 이사벨라가 반란군의 선두에 서서 공격한 결과 런던 시민들은 혼란에 빠지게 되었다. 런던 타워의 죄수들을 석방시키는 것을 포함하여 런던 거리를 휩쓸었던 시민들의 폭동은 존 마셜(John Marshall. 아들 스펜서의 추종자)에게 린치를 가하고 성 베드로 성당 문에서 체포된 주교(Bishop Stapleton)는 그의 두 하인들과 함께 칩사이드에서 참수되고 그의 머리는 여러 사람들이 볼 수 있도록 장대에 내걸림으로써 완전히 진압되었다(Holinshed, Forker 56 재인용). 말로우가 반역자의 머리를 장대에 걸려 본보기가

이제는 말 좀 해야겠소이다ー 틀렸다고는 못할 것이외다.

선왕께서 생전에 계셨을 때 일을 기억하고 있소이다.

노스의 퍼시 경이 격분하여

선왕의 면전에서 모우버리 경에게 도전했었소.[49]　　　　　110

만약 선왕께서 퍼시 경을 아끼지 않으셨다면,

그 일로 퍼시 경은 목이 달아났을 것이오. 그러나 선왕의 눈길로

퍼시 경의 불굴의 기상이 진정되고

모우버리 경과 퍼시 경은 화해를 했소이다.

그럴진대 감히 제경들이 전하의 면전에서 전하께 대적하다니? 115

형님, 이들에게 보복을 하옵소서. 그리고 그들의 혀를 멋대로 놀

린 댓가로 이들의 수급을 막대에 꽂아 사람들이 보고 교훈을 삼

도록 하옵소서.[50]

워릭.　　　　　오, 우리들의 수급이라![51]

에드워드.　　　그렇소, 그대들의 수급 말이요. 그러니 그대들이 짐의 뜻을ー

워릭.　　　　　분노를 가라앉히게, 모오티머.　　　　　　　　　　120

조카 모오티머.　그럴 수도 없거니와 그러지도 않겠소이다. 저도 말 좀 해야겠소

이다. 사촌,[52] 우리 스스로 우리들의 머리를 지킬 것이고,

당신을 통해 우리들을 위협하게 만든 자의[53] 머리를 베어버릴

것이오.

된 사건에 대해 언급한 것(1.1.117, 3.1.20)은 아마도 간접적이긴 하나 바로 이러한 사건을 시사하는 것으로 여겨진다.

51) *our heads*: '우리들'(*our*) 강조. 그의 말을 받아 에드워드는 '그대들의'(*yours*)를 강조함으로써 왕과 귀족들 간의 불화를 시사한다. '수급'(首級)이라고 해석한 것은 'decapitated head'의 의미.

52) *Cousin*: 조카 모오티머는 에드워드와 친척인 자기 어머니를 통해 왕과 먼 친척뻘 되는 관계이다.

53) *his*: 개비스톤의 머리. 조카 모오티머의 말은 개비스톤의 죽음에 대한 전조이다.

Come, uncle, let us leave the brainsick king,

And henceforth parley with our naked swords. 125

MORTIMER SENIOR. Wiltshire hath men enough to save our heads.

WARWICK. [*Sarcastically*] All Warwickshire will leave him for my sake.

LANCASTER. [*With like irony*] And northward Lancaster hath many
friends.

Adieu, my lord; and either change your mind,

Or look to see the throne, where you should sit 130

To float in blood, and at thy wanton head

The glozing head of thy base minion thrown.

Exeunt Nobles [*except* Kent].

EDWARD. I cannot brook these haughty menaces;

Am I a king, and must be overruled?

Brother, display my ensigns in the field. 135

I'll bandy with the barons and the earls,

And either die or live with Gaveston.

---

54) *our naked sword*: (칼집에서) 뽑은 칼.

55) *Welshry*: (=the population of Wales. *Q3, Q4*에는 Wiltshire). 웨일즈의 주민. 숙부 모오티머는 에드워드 2
세의 통치기간에 웨일즈에서 대단한 권력을 유지하고 있었으나 윌트셔(Wiltshire)와는 아무런 관련이 없었다.

56) *love him*: 그자(Gaveston)를 좋아하다. 워릭의 풍자에는 난잡한 성행위(promiscuity)에 대한 시사가 내포되어
있다.

57) *base minion*: 'Minion'은 불어 mignon('darling boy')에서 파생된 단어로, 귀족들은 이 단어를 개비스톤과
에드워드 왕 사이의 동성애 관계를 가리키는 데 경멸적으로 사용하였다. 그러나 에드워드 자신은 이 단어를
개비스톤에게 경멸적으로 사용하지 않고 있다(1.4.30). 레빈(Harry Levin)은 이 극에서 이 단어가 9번 쓰이고
있으며 심각하게 "동성애적 분위기를 띠고 있다"고 지적한다(*Overreacher*, 92-93). 또한 스미스(Bruce R.
Smith)는 이 단어가 르네상스 시대의 정치적-성적인 의미를 시사한다고 주장한다(*Homosexual Desire*, 211-13
참조).

58) *glozing*: (=flattering).

가시지요 숙부님, 머리가 이상해진 왕을 떠나서

이제부터는 우리의 칼로[54] 담판합시다.   125

숙부 모오티머. 웨일즈에는[55] 우리들의 머리를 지켜줄 병사들이 충분히 있소.

워릭. [빈정대며] 모든 워릭셔 주민은 나 때문에

그 자를 사랑해 주겠군.[56]

랭카스터. [마찬가지로 아이러닉하게] 개비스톤도

북쪽 지방에 친구들이 많이 있지.

물러가겠나이다, 전하, 마음을 바꾸지 않으시면,

마땅히 전하께서 앉으셔야 할 왕좌가   130

유혈이 낭자한 가운데 떠다니고, 경솔한 전하의 머리에,

저 비천한 총신[57]의 아첨하는[58] 수급이 던져질 것이외다.

[켄트만 남고] 귀족들 퇴장.

에드워드. 과인은 이처럼 오만불손한 협박은 도저히 참을 수 없다.

국왕인 내가 위압당해서야[59] 되겠는가?

여봐라, 과인의 군기(軍旗)를 싸움터에 내 걸라.   135

귀족들하고 한바탕 전투를 벌여야겠다.

이대로 죽을 것인지 아니면 개비스톤과 함께 살 것인지 결판을

내야겠다.

---

59) *must*: 이와 유사한 맥락에서 셰익스피어의 리처드 왕 역시 분개하여 'must'라는 단어를 반복해서 사용한다. "경이 바라는 것은 다 주겠다. 그것도 기꺼이 주지, 힘으로 시키는 일은 하지 않을 수 없으니까. 인제 런던으로 *가야만 한다*는 것인가? . . . 그럼, 과인은 가지 않을 수 없지"(*R2*, 3.3.143-45). 엘리자베스 여왕이 1602-03년에 심하게 앓고 있을 때 세실(Robert Cecil)이 "마마, 백성들을 안심시키기 위해서라도 침실에 드셔야만 하옵니다"(Madame, to content the people you *must* go to bed)라고 청한데 대해 여왕은 경멸적으로 "이보게, 이보게, '*하셔야만 합니다*' 같은 말을 군주에게 사용해서는 안되네"(Little man, little man, the word *must* is not to be used to princess)(Jenkins, *Elizabeth the Great*, 323)라고 대답하였다고 한다. 세실을 "little man"이라고 한 것은 그가 곱사등이였기 때문이기도 하다.

GAVESTON.   [*Coming forward*] I can no longer keep me from my lord.

[*Kneels.*]

EDWARD.   What, Gaveston, welcome, kiss not my hand;

Embrace me, Gaveston, as I do thee.   140

Why shouldst thou kneel? Know'st thou not who I am?

Thy friend, thyself, another Gaveston!

Not Hylas was more mourned of Hercules

Than thou hast been of me since thy exile.

GAVESTON.   And, since I went from hence, no soul in hell   145

Hath felt more torment than poor Gaveston.

EDWARD.   I know it. [*To* KENT] Brother, welcome home my friend.

[*To* GAVESTON] Now let the treacherous Mortimers conspire,

And that high-minded Earl of Lancaster.

I have my wish, in that I joy thy sight,   150

And sooner shall the sea o'erwhelm my land

Than bear the ship that shall transport thee hence.

I here create thee Lord High Chamberlain,

---

60) **Hylas**: 헤라클레스의 사랑을 받은 미소년. 헤라클레스는 아르고나우테스(아르고선을 타고 원정을 떠났던 사람들)가 황금 양털을 찾으러 모험을 떠날 때 그를 데려갔다. 그러나 원정대가 비티니아 연안에 상륙하여 부러진 노를 다시 만드는 동안 힐라스가 샘으로 물을 뜨러 갔다가 그의 미모에 반한 물의 요정들이 그를 물속으로 끌고 들어갔다. 헤라클레스는 이 소년을 찾아 미친 듯이 숲속을 뒤졌으나 찾지 못하게 되자, 깊은 상실감으로 인해 비탄에 빠졌다.

61) 1592년에 익명으로 출판된 『패버샴의 아든』(원제 *The Tragedy of Master Arden of Faversham*)에도 이와 동일한 구절이 있다(xiv.335). 이 극은 최근까지도 저자를 알 수 없었으나 지금은 당대의 주요 작가들이었던 토마스 키드, 셰익스피어, 말로우 중 한 사람이 썼을 것으로 추정된다. 1551년, 영국 켄트 지방의 패버샴이라는 작은 마을을 배경으로 한 가정 비극. 아든이라는 부유한 지주가 그의 아내(Alice)와 하층 계급 출신의 정부

개비스톤.   [앞으로 나오면서] 더 이상 전하께

숨길 수가 없사옵니다.

[무릎을 꿇는다.]

에드워드.   아니, 개비스톤! 어서 오게! 내 손에 입 맞추지 말게.

나를 포옹하게. 개비스톤, 내가 그대에게 하듯이 말일세.   140

왜 무릎을 꿇는가? 내가 누구인지 모르겠나?

바로 그대의 친구, 그대 자신, 개비스톤의 분신아닌가!

헤라클레스가 힐라스[60]를 잃고 애통한 것도

그대가 추방된 이후 내가 그대를 그리며 애통했던 것에 비할 바

가 아니네.

개비스톤.   그리고 제가 이곳을 떠난 이래, 지옥의 어떤 영혼도   145

불쌍한 개비스톤보다 더한 고통을 느끼지 않았을 것입니다.

에드워드.   알고 있네. [켄트에게] 동생, 내 친구의 귀국을 환영해 주게.

[개비스톤에게] 자 이제 저 불충한 모오티머 일가가 반역을 모의하

게 내버려 두지.

저 오만한 랭카스터 백작도 그렇게 하라지.

나는 자네의 모습을 보는 기쁨을 누리고 싶네.[61]   150

자네를 다른 나라로 실어 나르는 배를 참고 견디느니

차라리 바다가 내 영토를 가라앉게 하는 편이 낫네.

과인은 이 자리에서 그대를 시종장[62]이자,

(Mosby)가 고용한 살인 청부업자들에 의해 살해당하고, 범인들은 처벌을 받게 된다는 내용. 당시로서는 대단히 충격적인 내용을 다룬 이 극은 1599년과 1633년에 재판된 것으로 보아 상당한 인기를 끈 것으로 보인다.

62) *Lord High Chamberlain*: '의전대신'으로 번역하기도 한다.

Chief Secretary to the state and me,

Earl of Cornwall, King and Lord of Man. 155

GAVESTON. My lord, these titles far exceed my worth.

KENT. Brother, the least of these may well suffice

For one of greater birth than Gaveston.

EDWARD. Cease, brother, for I cannot brook these words.

[*To* GAVESTON] Thy worth, sweet friend, is far above my

gifts: 160

Therefore to equal it, receive my heart.

If for these dignities thou be envied,

I'll give thee more, for but to honour thee

Is Edward pleased with kingly regiment.

Fear'st thou thy person? Thou shalt have a guard. 165

Wantest thou gold? Go to my treasury.

Wouldst thou be loved and feared? Receive my seal.

Save or condemn, and in our name command

Whatso thy mind affects or fancy likes.

GAVESTON. It shall suffice me to enjoy your love, 170

Which whiles I have, I think myself as great

---

63) ***King and Lord of Man***: 맨 섬(the Isle of Man)의 총독은 전통적으로 통치권을 가졌으며 비록 공식적으로 왕이라고 호칭되지는 않았으나 때로 왕(king)으로 불리기도 하였다. 13세기 이후로는 스코틀랜드, 또는 잉글랜드의 왕에게 종속되었다.

64) ***regiment***: 왕의 권위, 통치권. 그러나 여기서는 단순히 권력(power)을 의미한다.

65) ***seal***: 실제로 개비스톤에게 옥새(the Great Seal)를 맡긴다기보다는 왕과 동일한 권력과 권위를 부여하겠다는 뜻.

이 나라와 나를 위한 내무대신,

콘월 백작, 그리고 맨 섬의 왕이자 총독으로[63] 임명하노라.   155

개비스톤. 전하, 이런 직분들은 제게 너무 과분합니다.

켄트. 형님, 이 직분들 중 가장 하찮은 것일지라도

개비스톤보다 더 훌륭한 가문의 사람에게조차 과분할 것입니다.

에드워드. 그만, 동생, 그런 말은 참을 수가 없어.

[개비스톤에게] 자네의 가치는, 사랑하는 친구, 그대에게 하사한 선

물보다 훨씬 더 귀하네.   160

그러니 그 가치에 걸맞게, 내 마음을 받아주게.

만일 이러한 직책으로 인해 시샘을 받거든,

내 그대에게 더 주겠네. 이는 짐이 지닌 왕권[64]으로 인해 기뻐할 일은

그대에게 작위를 수여하는 일 뿐이기 때문일세.

신변이 걱정되는가? 호위를 붙여주겠네.   165

황금을 원하는가? 내 금고로 가게.

애정과 동시에 경외의 대상이고 싶나? 옥새를 받게.[65]

죄를 사해주든, 유죄판결을 내리든, 과인의 이름으로 명하도록

하게.

자네의 마음이 내키는 대로 말일세.

개비스톤. 전하의 사랑을 누리는 것만으로도 저는 충분합니다.   170

그 사랑을 누리는 한, 제 자신은

포로로 잡은 왕들을 개선하는 전차에 결박하여

As Cæsar riding in the Roman street

With captive kings at his triumphant car.

Enter the Bishop *of* Coventry.

EDWARD.   Whither goes my lord of Coventry so fast?

COVENTRY.   To celebrate your father's exequies.   175

           But is that wicked Gaveston returned?

EDWARD.   Ay, priest, and lives to be revenged on thee

           That wert the only cause of his exile.

GAVESTON.   'Tis true; and, but for reverence of these robes,

           Thou shouldst not plod one foot beyond this place.   180

COVENTRY.   I did no more than I was bound to do,

           And, Gaveston, unless thou be reclaimed,

           As then I did incense the parliament,

           So will I now, and thou shalt back to France.

GAVESTON.   Saving your reverence, you must pardon me.   185

                              [*Manhandles* COVENTRY.]

EDWARD.   Throw off his golden mitre, rend his stole,

---

66) ***Caesar . . . car***: 『탬벌레인 대왕 2부』(4.3)에서는 포로로 잡힌 왕들이 정복자 탬벌레인이 탄 마차를 끌도록 되어 있다. 엘리자베스 시대의 관객들은 권력의 정점에 오른 시저에게 닥쳐온 갑작스럽고도 잔인한 암살에 대해 익히 알고 있었기에 개비스톤이 자신을 줄리어스 시저에 비교하는 것은 아이러니컬하다.

67) ***Saving your reverence***: 윗사람에게 불쾌한 짓을 저지르기에 앞서 용서를 구하는 일반적 표현. 물론 개비스톤은 코벤트리 주교에게 조롱조로 말하고 있다.

68) *mitre*: 주교관(主敎冠). 주교가 의식을 집전할 때 쓰는 모자.

로마 거리를 몰고 다니게 했던 시저[66] 못지않게 위대하다고 생
각할 것입니다.

코벤트리의 주교 등장.

에드워드.　　코벤트리의 주교께서 어딜 그리 황급히 가시오?

코벤트리 주교.　선왕의 장례식을 집행하기 위해서입니다.　　　　　　175

　　　　　　　아니, 근데 저 간악한 개비스톤이 귀국했습니까?

에드워드.　　그렇소, 주교, 이렇게 살아 돌아와서 자신이 추방당하게 된 데
　　　　　　　대하여

　　　　　　　유일한 원인을 제공했던 그대에게 복수하려하오.

개비스톤.　　지당한 말씀이옵니다. 그리고 내가 당신이 입고 있는 법복을 존
　　　　　　　중하지 않았다면

　　　　　　　이 너머로 한 발작도 내딛지 못했을 것이오.　　　　　　　180

코벤트리 주교.　저는 마땅히 해야 할 일을 했을 뿐이오.

　　　　　　　그리고 개비스톤, 자네가 마음을 고쳐먹지 않았다면,

　　　　　　　전에 내가 의회를 움직였듯이,

　　　　　　　지금도 그렇게 하겠네. 허면 자네는 프랑스로 돌아가야 하네.

개비스톤.　　실례합니다,[67] 주교님, 용서하시지요.　　　　　　　　185

　　　　　　　　　　　　　　[코벤트리 주교를 거칠게 다룬다.]

에드워드.　　그의 금빛 주교관을[68] 벗겨 던지라. 영대(領帶)[69]를 잡아 찢으라.

---

69) *stole*: 로마 가톨릭 사제·주교나 일부 성공회 및 개신교 성직자들이 의식을 집전할 때 목에 걸쳐 무릎까지 늘
어뜨리는 비단으로 만든 폭 5～10cm, 길이 240cm의 띠. 양쪽 끝단 부분에는 십자가를 수놓았다.

	And in the channel christen him anew.
KENT.	Ah, brother, lay not violent hands on him,
	For he'll complain unto the see of Rome.
GAVESTON.	Let him complain unto the see of Hell;
	I'll be revenged on him for my exile.
EDWARD.	[*To* GAVESTON] No, spare his life, but seize upon his
	goods.
	Be thou Lord Bishop, and receive his rents,
	And make him serve thee as thy chaplain.
	I give him thee; here, use him as thou wilt.
GAVESTON.	He shall to prison, and there die in bolts.
EDWARD.	Ay, to the Tower, the Fleet, or where thou wilt.
COVENTRY.	For this offense be thou accursed of God.
EDWARD.	Who's there?

190

195

[*Calls attendants offstage.*]

Convey this priest unto the Tower.

COVENTRY.   True, true!

[*Exit guarded.*]

---

70) 말로우는 왕과 개비스톤이 코벤트리 주교에게 가한 공개적 모욕과 신체적 공격의 난폭성과 무례를 과장하고
있다. 실제로 홀린셰드는 주교의 토지와 재산을 몰수한 일에 대해서만 언급하였을 뿐왕과 개비스톤이 주교에
게 어떠한 가한 모욕이나 폭력에 대해서는 아무런 언급이 없다. 뿐만 아니라 말로우는 애초에 코벤트리 주교
가 개비스톤에게 적의를 갖게 된 상황을 관객들에게 알려주지 않고 있다. 홀린셰드에 의하면 1305년에 에드
워드 1세는 "개비스톤으로 인하여 . . . 세자가 월터 랭톤(코벤트리) 사원(私園)에 소란을 피우며 침입하는
행위를 했기에 . . . 또한 그와 함께 지내길 좋아하는 세자가 그 자의 사악하고도 변덕스런 꾐에 넘어가 세
자 역시 사악하고도 행실이 고약하게 될까봐 개비스톤을 추방하였다"(313). 말로우는 이러한 사실을 생략함
으로써 관객들로 하여금 에드워드가 단지 제멋대로이고 왕 답지 못한 통치를 했음은 물론 대체로 잔인했다
는 인상을 갖게 한다. 한편, 에드워드가 주교를 하수구 물에 처박아 다시 세례를 주게 한 것은 극의 종결 부
분에서 에드워드 역시 하수구 물로 세수와 면도를 당함으로써(5.3.26-27) 왕의 신체가 함부로 범해지는 수치
를 당하게 될 것임을 예견케 해준다.

하수구 물에 처박아 다시 세례를 주도록 하라.[70]

켄트. 오 형님, 그를 너무 거칠게 다루진 마십시오.

로마 교황청에 호소할 테니까요.

개비스톤. 지옥의 교황청에나 호소하라고 하지요. 190

제가 추방당했던 일에 대해 이 자에게 복수해야겠습니다.

에드워드. [개비스톤에게] 아니, 목숨은 살려주고, 대신 그의 재산을 몰수하도
록 하지.

자네가 주교가 되고 그가 받던 소작료를 받게.

그리고 그를 교구 목사로 삼아 자네를 섬기도록 하게.

그를 자네에게 맡기니, 자, 하고 싶은 대로 그를 부리게. 195

개비스톤. 이 자를 감옥으로 보내어, 거기서 족쇄를 찬 채로 죽게 하겠습니다.

에드워드. 그래, 런던탑이나 플릿,[71] 또는 어디건 자네가 보내고 싶은 곳으
로 보내게.

코벤트리 주교. 내게 이렇듯 무례히 군 데 대해 그대들에게 하나님의 저주[72]가
내릴 지어다.

에드워드. 게 누구 없느냐?

[무대 밖의 수행원들을 부른다.]

이 주교를 런던탑으로 호송하라.

코벤트리 주교. 오냐, 그렇게 해봐라![73]

[호송되어 퇴장.]

---

71) *the Fleet*: 런던에 있는 감옥들 중 하나. 1590년대에는 점차 채무자들을 가두는 곳이 되었지만 중세에는 어
떤 죄를 특정하지 않았다. 에드워드가 주교를 런던탑에 투옥시키도록 한 조치(199행)는 그곳이 말로우의 시
대에 주로 정치범들을 가두고 고문했던 곳이기 때문으로 여겨진다.

72) *accurst*: 종교적 파문. 실제로 1312년에 로버트 드 윈첼시(Robert Winchelsey) 대주교는 개비스톤을 파문하였다.

73) *True, true!*: 바로 앞에서 에드워드가 '호송하게'(*convey*) — '도둑질하다, 훔치다'(steal)라는 의미의 속어로도
쓰임 — 라고 말한 데 대해 빈정거리는 말.

EDWARD.	But in the meantime, Gaveston, away,	200
	And take possession of his house and goods.	
	Come, follow me, and thou shalt have my guard	
	To see it done, and bring thee safe again.	
GAVESTON.	What should a priest do with so fair a house?	
	A prison may beseem his holiness.	205

[*Exeunt.*]

[Scene ii]

Enter both the Mortimers [*on one side*], Warwick, and Lancaster.
[*on the other*].

WARWICK.	'Tis true, the bishop is in the Tower,	
	And goods and body given to Gaveston.	
LANCASTER.	What! Will they tyrannize upon the Church?	
	Ah, wicked king! Accursed Gaveston!	
	This ground, which is corrupted with their steps	5
	Shall be their timeless sepulchre, or mine.	

---

74) 금욕적 상태 때문에 감옥은 성직자의 거룩한 천직에 잘 어울릴 것이라고 비꼰 말. 이 말은 말로우 시대 대부분의 관객이 성직자들의 과도한 부와 정치적 개입에 반감을 갖고 있었음을 반영한다.

75) 왕과 개비스톤이 코벤트리 주교를 학대한 데 대한 랭카스터의 분노는 그가 신앙심이 깊은 인물이었음을 보여주려는 의도로 보인다. 홀린셰드는 랭카스터 백작이 '신앙심이 돈독한 인물'로서 그가 처형된 뒤에 일부 사람들은 그를 '성인' 혹은 '순교자'로 간주하였다고 한다(331-32).

에드워드. 그건 그렇고 그 동안, 개비스톤, 어서 가서   200

그자의 집과 재산을 몰수하게.

자, 나를 따르게나. 일을 처리하고 자네를 무사히 모시고 돌아오

도록 내 호위를 붙여주겠네.

개비스톤. 성직자에게 그렇게 좋은 집이 무슨 소용이겠습니까?

감옥이야말로 그자의 거룩함에 잘 어울릴 것입니다.[74]   205

[퇴장.]

[1막 2장]

[한 편으로] 모오티머 숙질 등장, [다른 편으로] 워릭과 랭카스터 등장.

워릭.   사실이요, 주교께서는 런던탑에 수감되셨고,

재산과 신병은 개비스턴에게 넘겨졌소.

랭카스터. 아니! 그들이 교회를 핍박한단 말입니까?[75]

아, 사악한 왕 같으니! 저주받을 개비스톤 녀석!

그들의 발걸음으로 인해 타락한 이 대지는   5

그들의 영원한[76]무덤이 되든가, 아니면 내 무덤이 될 것이오.

---

76) *timeless*: '영원한'(eternal)이라는 의미에 대한 말장난, 혹은 '불시의, 갑작스런, 때 이른'(untimely, early).

MORTIMER.	Well, let that peevish Frenchman guard him sure;
	Unless his breast be swordproof, he shall die.
MORTIMER SENIOR.	How now, why droops the Earl of Lancaster?
MORTIMER.	Wherefore is Guy of Warwick discontent? 10
LANCASTER.	That villain Gaveston is made an earl.
MORTIMER SENIOR.	An earl!
WARWICK.	Ay, and besides Lord Chamberlain of the realm,
	And Secretary too, and Lord of Man.
MORTIMER SENIOR.	We may not, nor we will not suffer this. 15
MORTIMER.	Why post we not from hence to levy men?
LANCASTER.	'My lord of Cornwall' now at every word;
	And happy is the man whom he vouchsafes,
	For vailing of his bonnet, one good look.
	Thus, arm in arm, the king and he doth march— 20
	Nay, more, the guard upon his lordship waits,
	And all the court begins to flatter him.
WARWICK.	Thus leaning on the shoulder of the king,
	He nods, and scorns, and smiles at those that pass.
MORTIMER SENIOR.	Doth no man take exceptions at the slave? 25

---

77) **peevish**: ① '어리석은'(foolish, silly), ② '짓궂은'(spiteful, mischievous), ③ '완고한, 방자한' (perverse) 등 경멸적 의미를 내포한 단어.

78) **Frenchman**: 개비스톤은 프랑스 가스꼬뉴 출신이었다. 물론 가스꼬뉴는 12세기 이래로 헨리 6세가 1453년 에 프랑스군에 의해 카스티용(Castillon)에서 패배할 때까지 영국과 프랑스 사이에 소규모 전투들과 평화 담판 및 원정 등 충돌이 있긴 하였으나 영국의 영토로 인정되었기에 가스꼬뉴 출신인 개비스톤은 당연히 에드 워드 2세의 신하이다.

79) **villain**: 악당(rascal). 이 단어는 원래 중세 때 농노(serf)를 지칭하는 고어인 'villein'에서 나온 것으로, 대체로 미천한 출신을 지칭하는 것으로 쓰였다. 중세의 농노들은 영주에게 봉사하는 대가로 생계를 위해 얼마간의

조카 모오티머.　　자, 저 방자한[77] 프랑스 놈[78] 제 몸이나 잘 간수하라지.

　　　　　　　　놈의 가슴에 칼이 들어가지 않는다면 모르되, 반드시 놈을 죽여

　　　　　　　　　　버리겠다.

숙부 모오티머.　　그런데 랭카스터 백작은 어인 일로

　　　　　　　　기력이 없어 보이시오?

조카 모오티머.　　워릭 백작께선 무엇이 못마땅하신지요?　　　　　　　　　　10

　랭카스터.　　저 농노 출신의[79] 개비스톤 녀석이 백작으로 봉해졌소.

숙부 모오티머.　　백작이라니요!

　　　워릭.　　그렇소, 게다가 국가의 시종장에다,

　　　　　　　　내무대신, 또 맨 섬의 총독이 되었다 하오.

숙부 모오티머.　　우리는 이 일을 용인할 수도 없고, 용인해서도 안되오.　　15

조카 모오티머.　　왜 지금 당장 서둘러 사람들을 징집하지 않는 겁니까?

　랭카스터.　　이젠 말끝마다 '콘월 각하'요.

　　　　　　　　모자를 벗어 경의를 표한 자에게, 놈이 호의의 눈길을 한 번만

　　　　　　　　주어도 그 눈길을 받은 자는 복에 겨워 어쩔 줄 모른다 하오.

　　　　　　　　그렇게 서로 팔짱을 끼고, 왕과 그 놈이 행진을 하오―　　　20

　　　　　　　　아니 그 이상이요, 그놈에게 왕의 친위병이 따라붙고,

　　　　　　　　궁정인들은 모두 그놈에게 아첨하기 시작했소.

　　　워릭.　　그놈은 이렇게 왕의 어깨에 기대서서,

　　　　　　　　지나가는 사람들에게 고개를 까딱거리고, 비웃고, 미소를 짓소.

숙부 모티머.　　그 노비 녀석에게 맞설[80] 자가 하나도 없단 말이오?　　　25

땅을 경작하도록 허용되었다. 홀린셰드에 의하면 개비스톤은 기사의 아들로 젠틀맨이지만, 말로우의 극에서
는 이처럼 그의 신분을 미천한 태생으로 바꾸어 버림으로써 귀족들의 계급의식을 강조한다. 계속해서 개비스
톤은 "노예"(slave)(1.2.25), "소작농"(peasant)(30) 등으로 언급되고 있다(Simkin 175, 174).

80) *take exceptions at*. 반대하다, 거부하다, 저항하다(=object to).

LANCASTER.	All stomach him, but none dares speak a word.
MORTIMER.	Ah, that bewrays their baseness, Lancaster.

MORTIMER.   Ah, that bewrays their baseness, Lancaster.

Were all the earls and barons of my mind,

We'ld hale him from the bosom of the king,

And at the court gate hang the peasant up,   30

Who, swol'n with venom of ambitious pride,

Will be the ruin of the realm and us.

Enter the [Arch]bishop *of* Canterbury [*talking to a* Chaplain].

WARWICK.   Here comes my Lord of Canterbury's grace.

LANCASTER.   His countenance bewrays he is displeased.

CANTERBURY.   [*To* Chaplain] First were his sacred garments rent and torn; 35

Then laid they violent hands upon him, next

Himself imprisoned, and his goods asseized;

This certify the Pope. Away, take horse!

[*Exit* Chaplain.]

LANCASTER.   My lord, will you take arms against the king?

CANTERBURY.   What need I? God himself is up in arms   40

---

81) *stomach*: '분개하다'(resent, feel anger to).

82) *peasant*: 시골뜨기 녀석, 즉 벼락출세자(=upstart/ parvenu), 혹은 농사꾼, 소작농.

83) *CANTERBURY*: 에드워드 2세의 통치기간 동안 두 명의 캔터베리 대주교들이 취임하였다.

① 로버트 드 윈췔시: 왕에게 반대한다는 이유로 에드워드 1세에 의해 추방당했다가 새로 왕이 된 에드워드 2세에 의해 직위가 회복되었지만 1313년에 죽을 때까지 왕의 이권에 계속해서 반대하였다. ② 월터 레이놀즈(Walter Raynolds): 에드워드 2세의 가정교사였다. 그는 왕의 비위를 맞췄으며 정치적으로 이익이 될 경우에는 왕의 편을 들었다. 그러나 나중에 조카 모오티머와 이사벨라 왕비가 프랑스로부터 영국에 침입하여 에드워드 왕을 굴복시키는데 성공하자 새로운 정권을 지지한다고 선언하였으며 1327년에는 에드워드 3세를 즉

| 랭카스터. | 모든 사람들이 그놈 때문에 속이 끓지만,[81] 아무도 감히 말하지 |
| 못하고 있소. |

| 조카 모티머. | 오, 그건 그들의 비열함을 드러내는 것이오, 랭카스터. |

모든 귀족들께서 저의 생각과 같으시다면,

그 놈을 왕의 품으로부터 끌어내서,

궁정 대문에다 저 시골뜨기 녀석[82]을 매답시다.   30

야심만만한 자만심이라는 독으로 부어오른 그 놈은,

왕국과 저희 귀족들의 몰락을 초래할 것이오.

[주임 사제와 얘기하면서] 켄터베리의 [대]주교[83] 등장.

| 워릭. | 여기 캔터베리 각하께서 오십니다. |

| 랭카스터. | 안색을 보아하니 심기가 불편하신 것 같습니다. |

| 캔터베리 대주교. | [주임 사제에게] 먼저 그들은 그분의 법의를 갈가리 찢고,   35 |

그분의 신체에 폭력을 휘둘렀소. 연후에

그분을 투옥하고 재산을 몰수해버렸다네.

교황 성하께 이 일을 고하게.[84] 자, 어서 말을 타고 달려가게!

[주임 사제 퇴장.]

| 랭카스터. | 각하, 왕에게 대항해서 거병하실 것입니까? |

| 캔터베리 대주교. | 내가 그럴 필요가 뭐가 있소? 교회에 폭력을 자행할 때에는   40 |

하나님께서 직접 무기를 들고 나서서 싸우실 것이오.

위시켰다. 말로우는 두 대주교들을 뒤섞어 한 인물로 제시하였지만 두 번째 인물에 보다 비중을 둔 대주교로
제시하였다.

84) *certify*: 알려주다, 고하다(=inform)(1.2.38 각주 참조).

When violence is offered to the Church.

MORTIMER. Then will you join with us that be his peers

To banish or behead that Gaveston?

CANTERBURY. What else, my lords? For it concerns me near;

The bishopric of Coventry is his. 45

Enter [Isabella] *the* Queen.

MORTIMER. Madam, whither walks your majesty so fast?

ISABELLA. Unto the forest, gentle Mortimer,

To live in grief and baleful discontent;

For now my lord the king regards me not,

But dotes upon the love of Gaveston. 50

He claps his cheeks and hangs about his neck,

Smiles in his face and whispers in his ears,

And, when I come, he frowns, as who should say

'Go whither thou wilt, seeing I have Gaveston'.

MORTIMER SENIOR. Is it not strange that he is thus bewitched? 55

MORTIMER. Madam, return unto the court again.

That sly inveigling Frenchman we'll exile,

---

85) *forest*: '황야'(wilderness). 이사벨라는 남편이 개비스톤과 동성애 관계를 맺고 있음으로써 망쳐진 결혼 생활의 불모성을 비유적으로 말했을 뿐, 실제 숲속으로 간다는 뜻으로 말한 것은 아니다.

86) *gentle Mortimer*: "다정한 모오티머" 정도로 번역할 수 있으나, "gentle"이란 단어는 별 의미 없이 이름 앞에 붙이는 것으로, 추후 이 단어에 대한 번역을 생략하고 이름만 부르는 것으로 한다.

87) *now my lord the king*: Q에는 "이제, 공작님, 왕께서는"(now, my lord, the king)으로 되어있다.

88) *bewitched*: 스토우는 개비스톤이 에드워드에게 사악한 힘을 행사한 것으로 본다(327 참조).

조카 모오티머.　그렇다면 대주교께서는 왕의 패거리들을

추방하거나 저 개비스톤의 목을 베는데 우리와 함께 하시겠습니

까?

캔터베리 대주교.　다른 방도가 없잖소, 여러분? 이 일은 나의 이해와도 밀접하오.

코벤트리의 주교직은 그분의 것이오.　　45

이사벨라 왕비 등장

조카 모오티머.　왕비마마, 어딜 그리 서둘러 가십니까?

이사벨라.　숲으로[85] 가요, 모오티머님.[86]

거기서 슬픔과 탄식으로 살아가렵니다.

이제 남편인 왕께선 저를 거들떠보지도 않고,[87]

개비스톤과 무분별한 사랑에만 빠져있어요.　　50

왕은 개비스톤의 뺨을 다독이고 그의 목에 매달리고,

그의 면전에서 미소 짓고 그의 귀에 대고 속삭여요.

그러나 내가 다가가면 마치 '내게는 개비스톤이 있는 게 보이지

않소,

중전 마음 내키는 곳으로 떠나시오'라고 말하는 것처럼 눈살을

찌푸려요.

숙부 모오티머.　왕께서 그렇게까지 홀리다니[88] 좀 이상하지 않소?　　55

조카 모오티머.　왕비마마, 궁전으로 다시 돌아가십시오.

저희들은 저 교활하게 미혹하는 프랑스 놈을 추방시키든가,

Or lose our lives; and yet, ere that day come,

The king shall lose his crown—for we have power,

And courage too, to be revenged at full.   60

CANTERBURY. But yet lift not your swords against the king.

LANCASTER. No, but we'll lift Gaveston from hence.

WARWICK. And war must be the means, or he'll stay still.

ISABELLA. Then let him stay; for, rather than my lord

Shall be oppressed by civil mutinies,   65

I will endure a melancholy life,

And let him frolic with his minion.

CANTERBURY. My lords, to ease all this, but hear me speak:

We and the rest, that are his counselors

Will meet, and with a general consent   70

Confirm his banishment with our hands and seals.

LANCASTER. What we confirm the king will frustrate.

MORTIMER. Then may we lawfully revolt from him.

WARWICK. But say, my lord, where shall this meeting be?

---

89) *lift*: 61행에도 동일한 단어가 쓰였으나 여기서는 '훔치다'(steal) 혹은 '참수하여 높이 들어 올리다'(raise by hanging)(Wiggins and Lindsey)는 뜻으로 쓰였다.

90) *frolic*: 희롱하며 놀다. 여기서는 성적인 뉘앙스가 내포되어 있다(1.4.73, 2.2.62, 2.3.17 참조).

91) ***Confirm his banishment***: 역사적으로 캔터베리 대주교(Robert Winchelsea)는 당시 영국에 있지 않았기 때문에 개비스톤을 추방하는 애초의 계획에 참여하지 않았지만(Holinshed 319), 귀국해서는 그러한 결정을 기꺼이 추인하였다.

저희들이 목숨을 잃든가 둘 중 하나입니다. 그렇지만 그 날이 오

　　기 전에

왕은 그의 왕관을 잃게 될 것입니다 — 우리는 철저하게 복수할

병력과 용기가 있기 때문입니다.　　　　　　　　　　　60

캔터베리 주교. 하지만 아직은 왕을 향해 칼을 들지는 말아 주시오.

랭카스터. 그러지요, 그러나 우리는 지금부터 개비스톤을 제거하겠소.[89]

워릭. 그리고 전쟁이 그 수단일 수밖에 없소, 그렇지 않으면 그 자는

　　영원히 왕 곁에 머물 것이오.

이사벨라. 그렇다면 그 자를 머물러 있게 놔두세요. 왕께서

백성들의 반란으로 억압을 받으니,　　　　　　　　65

차라리 제가 우울한 삶을 참고 견디겠어요.

남편은 총신하고나 희희낙락하라고[90] 내버려 둬요.

캔터베리. 자 여러분, 이런 논의는 이제 그만하고, 내 말 좀 들어보시오.

우리들과 나머지 왕의 고문관들이

한 자리에 모여, 전원일치의 찬성을 이끌어 내고,　　　70

우리들의 박수와 서명날인으로 그 자의 추방을 확인합시다.[91]

랭카스터. 우리가 확인한 것을 왕이 무효화시킬 텐데요.

조카 모오티머. 그렇게 되면 우리는 합법적으로 반역할 수 있습니다.

워릭. 그런데 여러분, 이 회합의 장소를 어디로 할까요?

CANTERBURY. At the New Temple.

MORTIMER. Content.

CANTERBURY. And in the meantime, I'll entreat you all

To cross to Lambeth, and there stay with me.

LANCASTER. Come, then, let's away.

MORTIMER. Madam, farewell.

ISABELLA. Farewell, sweet Mortimer;

and, for my sake, 80

Forbear to levy arms against the king.

MORTIMER. Ay, if words will serve; if not, I must.

[*Exeunt severally.*]

[Scene iii]

Enter Gaveston *and* [Edmund] *the* Earl *of* Kent.

---

92) *New Temple*: 신 수도원. 홀본(Holborn)에 있던 "구" 수도원과 구분하여 이렇게 불렀다. 에드워드 2세가 1308년에 억압하기 전에는 템플 기사단(Knights Templar)의 사령부였다. 이곳은 나중에 법학원(Inns of Court)으로 알려진다. 성직자단원이나 귀족들은 이곳에서 의회를 열거나 국가의 중요 정책을 토론하는 회의를 열었다. 이곳은 13세기 내내 왕과 부강한 귀족들 간에 충돌이 빈번하게 있던 곳이다. 에드워드 2세에 의해 템플 기사단이 불법화된 뒤에 개비스톤을 이어 새로 총신이 된 아들 데스펜서(Hugh Despenser Junior, 이 극에는 영국식으로 스펜서로 표기되어 있다)는 템플 기사단의 재산을 몰수하여 이익을 얻었던 몇몇 주요 인사들 중의 하나였다.

템플 기사단은 제1차 십자군(1096-99) 이후 성지를 수호하고 순례자를 지키는 의무를 수행하기 위해 창립되었다. 초반에는 청빈하게 복종의 수도 서원을 하고 기사로서의 의무를 수행하였지만 차츰 부강한 기사단이 되었다. 그렇게 되자 성지 순례자 보호라는 애초의 사명에서 벗어나 위세를 과시하거나 정치적 거래에 관여하는 경우가 발생함으로써 유럽의 왕들 중에는 그들을 국가 내부의 일대 위협으로 여기거나 그들의 재산을 탐내는 자들도 있었다. 따라서 템플 기사단을 탄압한 것은 비단 에드워드 2세 뿐만이 아니었다. 그보다 1년

캔터베리 주교.	뉴 템플로[92] 합시다.

조카 모오티머.　찬성합니다.

캔터베리.　그 동안에 여러분 모두

램버스[93]로 건너가서, 거기서 저와 함께 계시기를 청합니다.

랭카스터.　자 그러면, 그리로 갑시다.

조카 모오티머.　　　　　　　왕비마마, 부디 안녕히.

이사벨라.　　　　　　　　잘 가세요, 사랑하는 모오티머님,[94]

나를 봐서라도 제발,　　　　80

왕에게 저항하는 병사들을 소집하는 일은 없도록 해주세요.

조카 모오티머.　예, 말이 통한다면 말로 하겠지만 그렇지 않을 경우에는 별 수 없습니다.

[각자 퇴장.]

[1막 3장][95]

개비스톤과 켄트 백작 [에드먼드] 등장.

먼저 1307년에 프랑스 왕 필립 4세(Philippe IV)는 이단 혐의로 파리의 템플 기사단 본부와 지부들을 급습하였고 로마 교황이 이 사태를 추인하였다. 다른 나라도 비슷한 조치를 취하여 템플 기사단은 교황의 명령에 의해 해산되었다. 그 결과 기사단 소속 기사들 중 일부는 수도원으로 들어가고, 나머지 기사들과 막대한 재산은 성 요한 기사단(Hospitalers로도 불림)으로 흡수되었다(스다 부로, 『중세 기사 이야기』, 274-76 참고).

93) *Lambeth*: 1197년 이래 캔터베리 대주교의 공관은 템즈강의 남쪽 기슭인 이곳에 위치해 있었다.

94) *sweet Mortimer*: 이사벨라와 모오티머 사이의 친밀함을 처음으로 시사하는 표현.

95) 이 장면은 대단히 짧기 때문에 말로우의 극적 기교가 부족함을 보여주는 것이라거나 원문을 전사하는 과정에서의 실수라는 등 부정적인 언급이 있었다. 그러나 일부 비평가들은 여기서 개비스톤이 귀족들에게 붙여준 유쾌한 경멸조의 언급이야말로 그의 건방진 자신감을 드러내주는 적절한 성격묘사의 한 예로 간주하기도 한다.

GAVESTON.　Edmund, the mighty prince of Lancaster,

That hath more earldoms than an ass can bear,

And both the Mortimers, two goodly men,

With Guy of Warwick, that redoubted knight,

Are gone towards Lambeth. There let them remain.　　5

Exeunt.

[Scene iv]

Enter Nobles [Lancaster, Warwick, Pembroke, Mortimer Senior,
Mortimer Junior, *and the* Archbishop *of* Canterbury, *with attendants*].

LANCASTER.　Here is the form of Gaveston's exile;

May it please your lordship to subscribe your name.

CANTERBURY.　Give me the paper.

LANCASTER.　Quick, quick, my lord; I long to write my name.

[Canterbury *and the others after him subscribe.*]

WARWICK.　But I long more to see him banished hence.　　5

MORTIMER.　The name of Mortimer shall fright the king,

Unless he be declined from that base peasant.

---

96) 앞 장면(1.2.78)에서 귀족들이 램버스에서 모임을 갖기로 한 데 대해 개비스톤도 분명히 알고 있었지만 별다
른 걱정 없이 간단히 넘겨버리는 데서도 그의 태평한 성격의 일단을 읽을 수 있다.

개비스톤.   에드먼드, 랭카스터의 막강한 군주,

바보가 소유할 수 있는 것 이상의 영지를 가진 놈.

그리고 두 모어티머란 자들, 막강한 두 자들이,

저 무서운 기사 워릭의 기(Guy)와 함께

램버스로 갔으렷다.[96] 그들이 거기 그냥 있으라고 하지.   5

퇴장.

[1막 4장]

귀족들[랭카스터, 워릭, 펨브로크, 모어티머 숙질, 캔터베리의 대주교와 수행원들] 등장.

랭카스터.   여기 개비스톤의 추방에 대한 상소문이 있습니다.

경들께서도 여기에 서명해 주시길 부탁합니다.

캔터베리 대주교.   그 상소문을 주십시오.

랭카스터.   어서, 어서요, 각하. 저도 어서 서명하고 싶습니다.

[캔터베리 대주교, 랭카스터에 이어 다른 귀족들 서명.]

워릭.   하지만 저는 그자가 당장 국외로 추방되는 꼴을 더 보고 싶소이

다.   5

조카 모오티머.   모오티머라는 이름이 왕을 두려움에 떨게 할 겁니다.

왕이 저 미천한 시골뜨기 녀석과 갈라서지 않는 한 말입니다.

Enter [Edward] the King, and Gaveston [and Kent.

Edward seats Gaveston beside him on the throne].

EDWARD.	What, are you moved that Gaveston sits here?
	It is our pleasure; we will have it so.
LANCASTER.	Your grace doth well to place him by your side, 10
	For nowhere else the new Earl is so safe.
MORTIMER SENIOR.	What man of noble birth can brook this sight?
	Quam male conveniunt!
	See what a scornful look the peasant casts.
PEMBROKE.	Can kingly lions fawn on creeping ants? 15
WARWICK.	Ignoble vassal, that, like Phaethon
	Aspir'st unto the guidance of the sun.
MORTIMER.	Their downfall is at hand, their forces down.
	We will not thus be faced and over-peered.
EDWARD.	Lay hands upon that traitor Mortimer! 20
MORTIMER SENIOR.	Lay hands upon that traitor Gaveston!

[They draw their swords.]

---

97) **sits here**: 개비스톤이 왕의 옆자리(마땅히 왕비가 앉아 있어야 할 자리)에 앉아 있는 것은 상징적일 뿐만 아니라 충격적인 일이다. 그것은 정치적으로는 에드워드가 개비스톤을 자신과 동등하게 취급한다는 것을 의미한다. 에드워드는 이미 앞에서 개비스톤이 "국새"(seal)를 사용할 수 있는 권한을 부여하겠다고 제안한 바 있다(1.1.167 참조). 성적으로는 개비스톤이 부인 이사벨라 왕비의 자리를 대신 차지하고 있는 것이 된다.

98) **Quam male conveniunt!**: (=How badly they[Edward and Gaveston] suit each other!)(Ovid, *Metamorphosis*, II.846-47). 비꼬는 말.

99) **Phaethon**: 태양신 아폴로의 아들. 그리스 신화에서 파에톤은 아버지 아폴론에게 태양 마차를 몰아보게 해달라고 부탁하였다. 그러나 제우스는 태양 마차를 끄는 천마를 제어하지 못하고 제멋대로 날뛰게 하는 파에톤에게 벼락을 던졌다. 파에톤은 비참하게 땅에 떨어져 죽었지만 제우스 덕분에 천마가 제어되었다. 왕을 태양에 비유하는 것은 당시의 전통적인 수사였다.

[에드워드] 왕과 개비스톤 [켄트] 등장.

[에드워드는 자신의 왕좌 옆에 개비스톤을 앉힌다].

에드워드. 아니, 경들은 개비스톤이 여기 앉아 있는 걸[97] 보고 놀랐소?

이는 짐의 뜻이오. 짐은 앞으로도 그렇게 하겠소.

랭카스터. 전하께서 그자를 곁에 두시다니 참으로 잘 하신 일입니다, 10

그곳 말고는 새 백작에게 안전한 곳은 그 어느 곳도 없을 테니

말입니다.

숙부 모오티머. 명문 출신의 귀족이라면 그 누가 이러한 모습을 보고도 참을 수

있겠소?

'서로 참으로 잘도 어울리는군!'[98]

저 시골뜨기 녀석이 어떻게 경멸적인 눈길을 던지나 잘 보시오.

펨브로크. 제왕 같은 사자가 기어 다니는 개미에게 아양을 부릴 수 있단

말이오? 15

워릭. 미천한 노예 같은 놈 주제에 파에톤처럼[99]

감히 태양이라는 전차를 조종하겠다는 야망을 품고 있다니.

조카 모오티머. 그들의 몰락이 임박했소, 그들의 병력이 다 떨어질 거요.

우리가 이렇게 모욕이나 능멸을 당하면서 가만있을 순 없소.

에드워드. 저 반역자 모오티머를 잡아라! 20

숙부 모오티머. 저 반역자 개비스톤을 잡아라!

[귀족들 칼을 뽑는다.]

| KENT. | Is this the duty that you owe your king? |
| WARWICK. | We know our duties; let him know his peers. |

[They seize Gaveston.]

| EDWARD. | Whither will you bear him? Stay, or ye shall die. |
| MORTIMER SENIOR. | We are no traitors, therefore threaten not. |

25

GAVESTON.	No, threaten not, my lord, but pay them home.
	Were I a king—
MORTIMER.	Thou, villain! Wherefore talk'st thou of a king,
	That hardly art a gentleman by birth?
EDWARD.	Were he a peasant, being my minion,

30

	I'll make the proudest of you stoop to him.
LANCASTER.	My lord, you may not thus disparage us.
	Away, I say, with hateful Gaveston.
MORTIMER SENIOR.	And with the Earl of Kent that favours him.

[Exeunt Kent and Gaveston guarded.]

| EDWARD. | Nay, then, lay violent hands upon your king. |

35

	Here, Mortimer, sit thou in Edward's throne;
	Warwick and Lancaster, wear you my crown.
	Was ever king thus overruled as I?

---

100) **_Were I a king_** — : 주제넘은 개비스톤의 생각을 시사하는 말.

101) **_gentleman_**: '신사계급'이라고 번역해야 하나 우리말 '양반'으로 번역.

102) **_disparage_**: 비방하다, 경멸하다(vilify). '원래 의미는 신분이 낮은 자와 결혼함으로써 품위를 떨어뜨리다 (degrade)라는 의미'(Charlton and Waller).

103) **_sit thou in Edward's throne_**: 앞의 무대지시에서(1.4.7.1-2)의 개비스톤의 행위와 아이러닉하게 대조를 이 룬다. 요오크 공작 리처드가 헨리 6세 앞에서 왕좌에 앉아 있는 모습을 보고 왕이 "저 굽힐 줄 모르고 괘 씸한 반역자가/ 왕좌에 앉아 있는 모습을 보시오. 저놈은 반역적인 귀족 워릭의 힘을 믿고 왕관에 야심을 갖고 왕으로 군림할 작정인 것 같소"(3H6, 1.1.50-54)라고 비난하는 장면에 영향을 받은 듯하다.

켄트.　　　이 무례함이 국왕에 대한 본분이란 말이요?

워릭.　　　우리의 본분은 우리가 알 터이니 왕께서나 귀족들을 헤아려 주

　　　　　시길 바라오.

[귀족들 개비스톤을 체포한다.]

에드워드.　그를 어디로 데려가는가? 멈춰라, 그렇지 않으면 그대들을 죽이

　　　　　겠다.

숙부 모오티머.　저희들은 반역자가 아니니 협박하지 마소서.　　　　25

개비스톤.　그렇습니다, 협박하지 마소서, 전하. 그 대신 저들을 응징하소서.

　　　　　만일 제가 전하의 신분이라면 — [100]

조카 모오티머.　네 이 악당 놈, 어찌하여 감히 전하를 들먹이느냐,

　　　　　양반도[101] 못되는 주제에?

에드워드.　설령 그가 시골뜨기라 해도, 과인이 총애하는 자이니,　　　30

　　　　　그대들 중 가장 거만한 자일 지라도 그에게 굽신거리도록 하겠

　　　　　다.

랭카스터.　전하, 그토록 저희들을 경멸하시면[102] 안 될 것입니다.

　　　　　자, 저 역겨운 개비스톤을 끌고가라.

숙부 모오티머.　그자를 편드는 켄트 백작도 함께 데려가도록 하라.

[켄트와 개비스톤 호위되어 퇴장.]

에드워드.　그럴 수는 없다. 그러려거든 차라리 과인의 옥체에 손을 대라. 35

　　　　　자, 모오티머, 경이 과인의 왕좌에 앉게.[103]

　　　　　워릭과 랭카스터, 그대들이 과인의 왕관을 쓰도록 하게.

　　　　　일찍이 국왕이란 자가 이같이 과인처럼 위압당한 적이 있었던

　　　　　가?

LANCASTER.	Learn, then, to rule us better, and the realm.	
MORTIMER.	What we have done, our heart blood shall maintain.	40
WARWICK.	Think you that we can brook this upstart pride?	
EDWARD.	Anger and wrathful fury stops my speech.	
CANTERBURY.	Why are you moved? Be patient, my lord,	
	And see what we your counselors have done.	

[*Gives* Edward *the document of* Gaveston's *exile.*]

MORTIMER.	My lords, now let us all be resolute,	45
	And either have our wills, or lose our lives.	
EDWARD.	Meet you for this, proud overdaring peers?	
	Ere my sweet Gaveston shall part from me,	
	This isle shall fleet upon the ocean	
	And wander to the unfrequented Inde.	50
CANTERBURY.	You know that I am legate to the Pope;	
	On your allegiance to the See of Rome,	
	Subscribe, as we have done, to his exile.	
MORTIMER.	[*To* Canterbury] Curse him, if he refuse, and then may we	
	Depose him, and elect another king.	55
EDWARD.	Ay, there it goes! But yet I will not yield.	
	Curse me, depose me, do the worst you can.	
LANCASTER.	Then linger not, my lord, but do it straight.	

랭카스터. 그렇거든 저희 신료(臣僚)들과 국가를 더 잘 다스리는 법이나 배

　　우시지요.

조카 모오티머. 저희가 행한 일을, 저희 진심이 옹호해줄 것이오. 40

워릭. 저희가 이 벼락출세자의 오만방자함을 참고 견디리라 생각하셨

　　습니까?

에드워드. 노여움과 끓어오르는 분노로 할 말을 잃겠구나.

캔터베리 대주교. 어찌 그리 화를 내시오? 전하, 고정하시고

　　전하의 고문들인 저희가 한 일을 자세히 보시지요.

[에드워드에게 개비스톤의 추방 문서를 건넨다.]

조카 모오티머. 경들, 이제 우리 모두 결의합시다. 45

　　그래서 우리의 뜻을 관철하든가 아니면 목숨을 내 놓든가 합시다.

에드워드. 이 일 때문에 회합을 가졌소, 교만하고 무례한 귀족들 같으니?

　　사랑하는 개비스톤이 과인과 헤어지기 전에,

　　이 섬은 대양을 표류하다

　　인적이 드문 인도를 향해 흘러갈 것이오. 50

캔터베리 대주교. 왕께선 제가 교황 성하의 사절이라는 사실을 잘 아실 테지요.

　　로마 교황청에 대한 충성의 표시로 저희가 그자를 추방하는데

　　서명했던 것처럼 왕께서도 서명하시지요.

조카 모오티머. [캔터베리 대주교에게] 만일 거절하거든 왕을 파문하시오, 그래서 우

　　리가 그를 폐하고 다른 왕을 세울 수 있게 말입니다. 55

에드워드. 그래, 그런 짓을 하려는 거로군. 허나 과인은 굴복하지 않겠다.

　　과인을 파문하라. 과인을 폐위하라. 그대들이 할 수 있는 극악무

　　도한 짓을 다 해보라.

랭카스터. 그렇다면 주교님, 길게 끌 것 없이 바로 해치우시지요.

CANTERBURY.   Remember how the bishop was abused;

Either banish him that was the cause thereof,   60

Or I will presently discharge these lords

Of duty and allegiance due to thee.

EDWARD.   [*Aside*] It boots me not to threat; I must speak fair.

The legate of the Pope will be obeyed.

[To Canterbury] My lord, you shall be Chancellor of the

realm;   65

Thou, Lancaster, High Admiral of our fleet.

Young Mortimer and his uncle shall be Earls,

And you, lord Warwick, President of the North,

[*To* Pembroke] And thou of Wales. If this content you not,

Make several kingdoms of this monarchy,   70

And share it equally amongst you all,

So I may have some nook or corner left

To frolic with my dearest Gaveston.

CANTERBURY.   Nothing shall alter us; we are resolved.

LANCASTER.   Come, come, subscribe.   75

MORTIMER.   Why should you love him whom the world hates so?

EDWARD.   Because he loves me more than all the world.

Ah, none but rude and savage minded men

---

104) ***discharge . . . of duty and allegiance***: 교황 비우스 5세(Pius V)는 1570년에 엘리자베스 여왕을 파문하고 여왕의 신하에게서 "모든 종류의 의무, 충성, 복종의 맹세"를 면제한다는 내용의 교서를 내렸다(Jenkins, *Elizabeth the Great*, 157).

105) ***Chancellor***: 상서(尙書). 왕의 옥쇄와 상서청에 속하는 관리들을 관장하는 직. 그러나 에드워드가 여기서 한 약속들은 다 허구이다.

캔터베리.　　　주교가 어떤 학대를 받았는지 기억해 보고

그 원인을 제공한 장본인을 추방하시지요.　　　　　　　　60

그렇지 않으면 나는 당장 이곳에 있는 귀족들에게

왕께 바치는 신하로서의 의무와 충성의 맹세를 거두도록 하겠

소.[104]

에드워드.　　　[방백으로] 위협이 아무 소용없으니 비위를 맞출 수밖에.

과인은 교황 성하 사절의 말을 따르겠소.

[캔터베리 대주교에게] 경을 국가 상서[105] 직에 봉하는 바이오.　　65

그대, 랭카스터는 우리 해군 제독으로 삼겠소.

조카 모오티머와 그의 숙부에게는 백작의 작위를 내리겠소.

워릭 경은 북부의 총독으로,

[펨브로크에게] 그리고 그대는 웨일즈 총독에 명하는 바이오. 이래

도 만족하지 못하겠거든,

이 왕국을 몇 개의 나라로 나누어서,　　　　　　　　　　70

그대들이 고루 나눠 가지도록 하오,

그리하여 짐에게는 변방이나 외진 곳 한 귀퉁이만 남겨 주오.

사랑하는 개비스톤과 함께 즐기며[106] 지낼 수 있도록 말이오.

캔터베리 대주교.　그 무엇도 우리들의 마음을 바꿀 순 없소. 우리의 결심은 확고하오.

랭카스터.　　　자, 자, 추인하시지요.　　　　　　　　　　　　75

조카 모오티머.　어찌하여 온 세상이 그토록 미워하는 자를 총애하시는 겁니까?

에드워드.　　　그는 온 세상보다도 더 나를 사랑하기 때문이오.

그래, 무엄하고 야만적인 자들이 아니고서야 그 누구도

---

106) *frolic*: 앞의 각쥬(1.2.67) 참조.

	Would seek the ruin of my Gaveston,	
	You that be noble-born should pity him.	80
WARWICK.	You that are princely born should shake him off.	
	For shame, subscribe, and let the lown depart.	
MORTIMER SENIOR.	Urge him, my lord.	
CANTERBURY.	Are you content to banish him the realm?	
EDWARD.	I see I must, and therefore am content;	85
	Instead of ink, I'll write it with my tears.	

[Subscribes.]

MORTIMER.	The king is lovesick for his minion.	
EDWARD.	'Tis done: and now, accursed hand, fall off.	
LANCASTER.	Give it me: I'll have it published in the streets.	
MORTIMER.	I'll see him presently dispatched away.	90
CANTERBURY.	Now is my heart at ease.	
WARWICK.	And so is mine.	
PEMBROKE.	This will be good news to the common sort.	
MORTIMER SENIOR.	Be it or no, he shall not linger here.	

Exeunt Nobles [and all except Edward].

EDWARD.	How fast they run to banish him I love.

---

107) 에드워드는 여기서 개비스톤의 미천한 출생에 대한 귀족들의 언급을 확인시켜주는 것으로 보인다.

108) "흙을 종이로 삼고, 비오듯하는 눈물로/ 이 땅에 우리의 슬픔을 써놓도록 하지"(with rainy eyes/ Write sorrow on the bosom of the earth)(*R2*, 3.2.146-47) 참조.

109) ***hand fall off***: 영국의 종교 개혁 지도자로서 헨리 8세에 의해 신교도로서는 처음으로 1533년에 캔터베리의 대주교로 선택된 크랜머(Thomas Cranmer, 1486-1556)는 가톨릭을 신봉하는 메리 여왕으로부터 프로테스탄트를 장려했던 헨리 8세와 에드워드 6세의 법령들뿐만 아니라 신교로서의 자신의 신앙 경력을 철회하라는 압력을 받고 어쩔 수 없이 철회서에 서명하여 목숨을 부지하려 하였다. 그럼에도 불구하고 화형장으로 끌려가면서 대중 앞에서 철회사실을 공개하라는 요구를 받자 믿음과 위엄을 되찾은 그는 철회 사실을 강력히 부인함으로써 메리 여왕과 그 일당의 계략에 타격을 주었고 종교개혁자들에게는 용기를 되찾아주었

개비스톤의 파멸을 바라지 않을 것이오.

고귀한 신분의 경들은 그를 가엾게 여겨야 할 것이오.[107]　　　80

워릭.　　군주의 신분이신 전하께선 그를 내치셔야 마땅하지요.

서명하셔서 저 자에게 수치를 알려주시고, 저 미천한 자를 멀리

내치소서.

숙부 모오티머.　　어서 왕을 재촉하십시오, 각하.

캔터베리 대주교.　　그자를 왕국으로부터 추방하는데 동의하시겠소?

에드워드.　　그래야만 한다는 걸 알겠소. 그러니 동의할 수밖에.　　85

잉크 대신 내 눈물로 서명하리다.[108]

[서명한다.]

조카 모오티머.　　왕은 총신 때문에 상사병에 걸리셨구만.

에드워드.　　서명했으니, 자 가증스런 손이여, 내려뜨려져라.[109]

랭카스터.　　그걸 주시오. 길거리에 공표하도록 하겠소.

조카 모오티머.　　그 자가 즉각 추방되도록 조치를 취하겠소.　　90

캔터베리 대주교.　　이제야 안심이 되는구려.

워릭.　　　　　　　　　　저도 그러하오.

펨브로크.　　이 일은 일반 백성들에게도 좋은 소식이 될 겁니다.

숙부 모오티머.　　어쨌건, 그 자가 여기서 더 이상 머뭇거리게 해서는 안되오.

[에드워드를 제외한] 귀족들 [그리고 모든 사람들] 퇴장.

에드워드.　　내가 총애하는 자를 추방하기 위해 저들은 얼마나 신속하게 움

직이는가.

다. 일화에 의하면 그는 화형당할 때 잘못된 철회서에 서명함으로써 죄를 지은 오른손을 타오르는 불길 속
에서도 끝까지 치켜든 채 순교하였다.

They would not stir, were it to do me good.   95

Why should a king be subject to a priest?

Proud Rome, that hatchest such imperial grooms,

With these thy superstitious taperlights,

Wherewith thy antichristian churches blaze,

I'll fire thy crazed buildings, and enforce   100

The papal towers to kiss the lowly ground,

With slaughtered priests make Tiber's channel swell,

And banks raised higher with their sepulchres.

As for the peers, that back the clergy thus,

If I be king, not one of them shall live.   105

Enter Gaveston.

GAVESTON.   My Lord, I hear it whispered everywhere

That I am banished and must fly the land.

EDWARD.   'Tis true, sweet Gaveston. Oh, were it false!

The legate of the Pope will have it so,

And thou must hence, or I shall be deposed.   110

---

110) *grooms*(=servants): 말구종, 하인.

111) **Proud Rome**: 이러한 반교황주의적 언급은 중세적 정서라기보다는 엘리자베스 시대 일반 대중의 감정을 토로한 것으로 보인다. 이는 특히 말로우 자신의 종교적-정치적 태도를 반영하는 것으로 볼 수 있다. 반교황적 태도를 보여주는 대사는 『빠리의 대학살』(24.62-63)에서도 발견할 수 있다.

112) *taperlights*: (=votive candles). 영국에서 종교개혁 이후에 우상숭배적인 것으로 비난받았다.

113) *antichristian*: 교황에게 충성하는 것은 종종 프로테스탄트 극단주의자들과 열성 지지자들에게는 적그리스도로 간주되었다.

내게 유익한 일이라면 그들은 손가락 하나 까딱하지 않으려 하

　　겠지.　　　　　　　　　　　　　　　　　　　　　　　　　95

어찌하여 왕이 사제에게 복종해야 한단 말인가?

그렇게 오만한 종복[110]을 길러내는 저 오만한 로마,[111]

네놈들의 미신으로 가득찬 촛불로,[112]

네놈들의 적그리스도[113] 교회들을 밝히지만,

나는 네놈들의 사원에 불을 질러 파괴시켜[114]　　　　　　　100

성당의 탑이 산산히 부서져 내려 비천한 땅바닥에 입맞추게 하고,

도살당한 사제들의 시신으로 타이버 강을 범람케 할 것이며,

놈들의 무덤으로 양안(兩岸)을 더욱 솟아오르게 할 것이다.

저렇게 사제들을 지지하는 귀족들은,

내가 왕이면, 한 놈도 살아남지 못하리라.　　　　　　　　105

개비스톤 등장

개비스톤.　전하, 방방곡곡에서 수군거리는 소리가 들립니다.

　　　　　제가 추방당해 이 나라를 떠야만 한다더군요.

에드워드.　사실이네, 사랑하는 개비스톤. 오 그게 거짓이라면 얼마나 좋겠나!

　　　　　교황의 사절이 그렇게 하겠다고 하니,

　　　　　그대는 이 나라를 떠나야만 하네. 그렇지 않으면 내가 폐위될 걸

　　　　　세.　　　　　　　　　　　　　　　　　　　　　　　110

---

114) *crazed*: (=shattered, ruined). '방화로 파괴하다'(crazed by fire)로 해석하는 것이 보다 적절하다. 프로테스탄트와 가톨릭의 대립에 대한 예언적 발언으로 말로우 시대의 관객들은 이러한 신구교의 갈등에 대한 언급을 시대착오적이라는 생각 없이 받아들였을 것이다.

	But I will reign to be revenged of them,

But I will reign to be revenged of them,

And therefore, sweet friend, take it patiently.

Live where thou wilt — I'll send thee gold enough.

And long thou shall not stay; or, if thou dost,

I'll come to thee; my love shall ne'er decline.   115

GAVESTON.   Is all my hope turned to this hell of grief?

EDWARD.   Rend not my heart with thy too piercing words.

Thou from this land, I from myself am banished.

GAVESTON.   To go from hence grieves not poor Gaveston,

But to forsake you, in whose gracious looks   120

The blessedness of Gaveston remains,

For nowhere else seeks he felicity.

EDWARD.   And only this torments my wretched soul

That, whether I will or no, thou must depart.

Be Governor of Ireland in my stead,   125

And there abide till fortune call thee home.

Here, take my picture, and let me wear thine;

[They exchange miniature portraits.]

O, might I keep thee here, as I do this,

Happy were I, but now most miserable!

---

115) 써포크와 마가렛 왕비의 이별장면(*2H6*, 3.2.) 참조.

116) *I from myself:* '나 자신으로부터'이나 여기서는 왕이 자신을 개비스톤이라고 했던 것을 고려하여 '그대 자신으로부터'로 번역(1.1.141-42 참조).

허나 나는 세도를 부려 그들에게 복수하고야 말겠네.

그러니, 사랑하는 친구, 이 사실을 참고 받아들이게.

그대가 어디에 살든지 ─ 그대에게 충분한 금을 보내주겠네.

그리고 그대는 오래 타국에 머물지 않게 될 걸세. 혹 그렇게 된
　　다면,

내가 그대에게 가겠네. 나의 애정은 결코 변함이 없을 걸세.[115] 115

개비스톤.　내 모든 희망이 모두 이 지옥과 같은 비탄으로 바뀐단 말인가?

에드워드.　그대는 지나치게 사무치는 말로 내 가슴을 찢지 말라.

그대는 이 땅으로부터, 짐은 그대 자신으로부터[116] 추방되었네.

개비스톤.　이 나라를 떠나기에 가엾은 개비스톤이 비탄에 잠기는 것이 아니라

전하와 작별하기 때문입니다. 전하의 자비로운 눈길에　　　　120

개비스톤의 축복이 있었기에

그 눈길 말고는 다른 어느 곳에서도 그런 행복을 찾을 수 없기
　　때문입니다.

에드워드.　비참한 과인의 영혼에 고통을 주는 단 한 가지는,

짐이 원하건 원치않건, 그대가 떠나야만 한다는 사실일세.

과인을 대리하여 아일랜드 총독으로 가 있게.　　　　　　　125

그리고 운명이 그대를 다시 고국으로 부를 때까지 거기 머물러
　　있게.

자, 내 초상화를 목에 걸어두게, 나는 그대의 초상화를 간직하겠네.

[서로 소형 초상화를 교환한다.]

내가 이렇게 목에 걸어 두듯이 자네를 이곳에 머물게 할 수만
　　있다면,

얼마나 행복할까. 그런데 현실은 더할 나위 없이 비참하구만!

GAVESTON.   'Tis something to be pitied of a king.   130

EDWARD.   Thou shalt not hence; I'll hide thee, Gaveston.

GAVESTON.   I shall be found, and then 'twill grieve me more.

EDWARD.   Kind words and mutual talk makes our grief greater;

                Therefore, with dumb embracement, let us part —

                Stay, Gaveston, I cannot leave thee thus.   135

GAVESTON.   For every look, my love drops down a tear;

                Seeing I must go, do not renew my sorrow.

EDWARD.   The time is little that thou hast to stay,

                And, therefore, give me leave to look my fill.

                But, come, sweet friend; I'll bear thee on thy way.   140

GAVESTON.   The peers will frown.

EDWARD.   I pass not for their anger. Come, let's go.

                O, that we might as well return as go.

Enter Queen Isabella.

ISABELLA.   Whither goes my lord?

EDWARD.   Fawn not on me, French strumpet; Get thee gone.   145

ISABELLA.   On whom but on my husband, should I fawn?

GAVESTON.   On Mortimer; with whom, ungentle queen —

---

117) *bear*: 동행하다(=accompany).

118) 홀린셰드는 모오티머와 이사벨라 왕비가 에드워드를 살해하기 1년 전, 프랑스에서 제휴할 때까지 둘 사이
의 관계에 대해서는 언급조차 하지 않았다. 더구나 이처럼 그들이 영국에 있을 때 두 사람이 내연의 관계
에 있었다는 암시도 찾아볼 수 없다. 그러나 이 극에서 왕비는 조카 모오티머에게 에드워드가 개비스톤에
게 빠져있는데 대해 질투가 난다고 불평할 정도로 모오티머와 깊은 관계가 있는 것으로 제시되어 있다

개비스톤. 왕께서 불쌍히 여겨주시다니 성은이 망극하옵니다.   130

에드워드. 가지 말게. 내 그대를 숨겨주겠네, 개비스톤.

개비스톤. 발각될 것입니다. 그렇게 되면 제 가슴이 더욱 아플 것입니다.

에드워드. 상냥한 말로 대화를 나눌수록 과인의 슬픔은 더 커지기만 하네.

그러니, 아무 말 없이 포옹하고, 헤어지세 —

잠깐만, 개비스톤, 그대를 이렇게 떠나보낼 수는 없네.   135

개비스톤. 뵈올 때마다 전하께서 눈물을 흘리시는구나.

이제 떠나야만 한다는 걸 안 이상, 저의 슬픔을 되살리지 마옵소서.

에드워드. 그대가 지체할 시간이 얼마 없으니,

나로 실컷 볼 수 있게 하라.

하지만 자, 사랑하는 친구, 그대가 떠나가는 길에 동행하겠네.[117] 140

개비스톤. 귀족들이 눈살을 찌푸릴 것입니다.

에드워드. 그자들이 화내는 건 개의치 않네. 자, 가세.

오, 이렇게 가는 것처럼 돌아올 수 있다면 얼마나 좋겠는가.

이사벨라 왕비 등장.

이사벨라. 어딜 가십니까, 전하?

에드워드. 내게 아양떨지 마, 이 프랑스 매춘부 같으니. 물러가라.   145

이사벨라. 남편 말고 제가 누구에게 아양을 떤단 말입니까?

개비스턴. 모오티머에게.[118] 녀석과 함께, 외람되게도 왕비께선 —

(1.2.47 참조). 에드워드와 개비스톤이 이사벨라를 비난하는 이 대사 역시 이사벨라 왕비와 모오티머 사이가 보통이 아님을 기정사실화 한 것으로 보인다(Simkin 191).

	I say no more, judge you the rest, my lord.
ISABELLA.	In saying this, thou wrong'st me, Gaveston.
	Is't not enough that thou corrupt'st my lord,
	And art a bawd to his affections,
	But thou must call mine honour thus in question?
GAVESTON.	I mean not so; you grace must pardon me.
EDWARD.	Thou art too familiar with that Mortimer,
	And by thy means is Gaveston exiled;
	But I would wish thee reconcile the lords,
	Or thou shalt ne'er be reconciled to me.
ISABELLA.	Your highness knows, it lies not in my power.
EDWARD.	Away, then! Touch me not. Come, Gaveston.
ISABELLA.	[*To* Gaveston] Villain, 'tis thou that robb'st me of my lord.
GAVESTON.	Madam, 'tis you that rob me of my lord.
EDWARD.	Speak not unto her: let her droop and pine.
ISABELLA.	Wherein, my lord, have I deserved these words?
	Witness the tears that Isabella sheds,
	Witness this heart, that, sighing for thee, breaks,
	How dear my lord is to poor Isabel.
EDWARD.	And witness heaven how dear thou art to me.

Line numbers: 150 (line 3), 155 (line 8), 160 (at "lord."), 165 (at "Witness this heart...").

---

119) ***bawd to his affections***: 그의 욕망(혹은 음탕한 정욕)에 영합하다.

120) ***witness . . . to me***: 대부분의 공연에서는 바로 이 지점에서 에드워드가 개비스톤을 껴안는 것으로 한다 (Wiggnis and Lindsey).

더 이상 말 않겠습니다. 나머지는 전하께서 판단하실 것입니다.

이사벨라. 이렇게 말하는 것은, 나를 욕보이는 것이다, 개비스톤.

전하를 타락시키고,   150

창녀처럼 전하의 애정을 독차지하는[119) 것만으로도 부족해서,

무엄하게도 이처럼 내 정절을 의심하려 드느냐?

개비스톤. 그럴 의도는 아니었습니다. 왕비마마 용서하소서.

에드워드. 당신이 저 모오티머와 너무 친밀하기 때문에

당신네들이 수작을 부려서 개비스톤이 추방당하게 된 것이지. 155

나는 당신이 귀족들을 진정시키길 바라오,

그렇지 않으면 당신은 결코 나와 화해할 수 없을 것이오.

이사벨라. 전하께서는 그것이 제 능력 밖이라는 걸 잘 아시잖습니까.

에드워드. 그렇다면 물러서시오. 나를 건드리지 마시오. 가세, 개비스톤.

이사벨라. [개비스톤에게] 악당놈, 내게서 전하를 빼앗아간 것은 바로 네놈이

다.   160

개비스톤. 왕비마마, 제게서 전하를 훔쳐간 분이야말로 바로 마마이십니다.

에드워드. 그녀와 말하지 말게. 시들고 야위게 내버려두게.

이사벨라. 전하, 어찌하여 제가 이런 말을 들어야 한단 말입니까?

이사벨라가 흘리는 눈물이

전하로 인해 한숨 쉬며 찢기는 이 가슴이   165

전하께서 가련한 이사벨라에게 얼마나 소중한 분이신지를 증거

합니다.

에드워드. 하늘이 증거하소서, 그대가 내게 얼마나 소중한지를.[120)

There weep; for, till my Gaveston be repealed,

Assure thyself thou com'st not in my sight.

Exeunt Edward and Gaveston.

ISABELLA.   O miserable and distressed queen!

Would, when I left sweet France, and was embarked,

That charming Circe, walking on the waves,

Had changed my shape, or at the marriage day

The cup of Hymen had been full of poison,

Or with those arms, that twined about my neck   175

I had been stifled, and not lived to see

The king my lord thus to abandon me.

Like frantic Juno will I fill the earth

With ghastly murmur of my sighs and cries;

For never doted Jove on Ganymede   180

So much as he on cursed Gaveston.

But that will more exasperate his wrath;

I must entreat him, I must speak him fair,

---

121) *charming Circe*: 호머의 『오뒤세이』에서, 마법을 걸어 오뒤세이의 부하들을 돼지로 변신하도록 한 요부. 말로우의 묘사는 오비드의 『변신』에서 차용한 것으로, 써시는 바다 위를 미끌어지듯 달려와 스킬라가 평소 목욕을 즐기는 연못에 마법의 약을 풀어 그녀를 흉측한 괴물로 만들어 버린 것으로 되어 있다(**XIV**, 48ff.). 그러나 결혼의 신 하이멘(Hymen)의 이미지가 174행에서 마법의 약이 든 잔이라는 개념을 통해 써시의 이미지에 겹쳐져 있다. 이사벨라가 변신하고자 하는 혹은 마법의 약을 마시고자 하는 바램에는 무의식적인 아이러니가 내재되어 있다. 결혼이 파경을 맞이하게 된 데 더하여 그녀는 나중에 극 속에서 관능적 욕망의 인물로 변하기 때문이다. 스킬라는 순진한 쳐녀였으나 나중에 대단히 호색적인 괴물로 변하는 여성을 지칭한다. 이사벨라의 변신에 대한 자포자기적 욕망은 또한 왕비의 라이벌 격인 개비스톤과 경쟁하여 이기기 위해 남성이 되고자 하는 욕망을 시사함으로써 말로우의 동성애적 주제를 뒷받침한다.

거기서 울고 있으시오. 나의 개비스톤이 유배지로부터 돌아올

　　때까지

당신은 내 눈앞에 결코 나타나지 않도록 하시오.

에드워드와 개비스톤 퇴장.

이사벨라.　　오 가련하고도 비참한 왕비여! 170

내가 아름다운 프랑스를 떠나 배를 타고 이 나라로 올 때,

저 매혹적인 써시가,[121] 파도 위를 걸어와,

나의 모습을 바꾸었더라면, 혹은 혼인식 날에

하이멘의 술잔이 독약으로 가득 찼었더라면,

또한 내 목을 감싸 안았던 남편의 두 팔에 175

묵려 죽었더라면, 왕이신 남편이

이렇듯 날 저버리는 걸 보려고 지금까지 살아남아 있지는 않았

　　으련만.

분노로 미쳐 날뛰는 주노처럼[122] 나 또한 대지를

한숨과 통곡의 소름끼치는 신음으로 채우고 싶구나.

이는 조브 신도, 남편이 저 저주받을 개비스톤을 연모하는 것 만

　　큼 180

개니미드를 그렇게 연모하지는 않았을 것이기 때문이지.

그렇지만 그렇게 하면 그이의 분노에 불을 지피는 꼴이지.

그러니 왕의 비위를 맞추고, 비위를 맞춰주어서

---

122) *frantic Juno*: 주피터가 개니미드(Ganymede)의 미모에 빠져 그를 납치하여 술을 따르는 시중으로 삼자, 주노는 질투에 사로잡혀 광분하였다(『변신』, X, 155-61 참조). 말로우는 이미 『디도』의 초반 장면에서 주피터-개니미드의 동성애 관계와 이에 대한 주노의 유감을 사용한 바 있다. 개니미드는 말로우 시대에는 남성 간의 동성애 관계에서 보다 젊은 남성 상대자를 지칭하는 일반적인 용어로 사용되었기 때문에 그를 개비스톤에 비유하는 것(180-81행)은 에드워드 왕의 동성애적 욕망을 강조하는 것이 된다.

And be a means to call home Gaveston.

And yet he'll ever dote on Gaveston,   185

And so am I for ever miserable.

Enter the Nobles [Lancaster, Warwick, Pembroke, Mortimer Senior,
and Mortimer Junior] *to* [Isabella] *the* Queen.

LANCASTER.   Look where the sister of the king of France

Sits wringing of her hands and beats her breast.

WARWICK.   The king I fear, hath ill entreated her.

PEMBROKE.   Hard is the heart that injures such a saint.   190

MORTIMER.   I know 'tis 'long of Gaveston she weeps.

MORTIMER SENIOR.   Why? He is gone.

MORTIMER.   Madam, how fares your grace?

ISABELLA.   Ah, Mortimer, now breaks the king's hate forth,

And he confesseth that he loves me not.

MORTIMER.   Cry quittance, madam, then; and love not him.   195

ISABELLA.   No, rather will I die a thousand deaths,

And yet I love in vain; he'll ne'er love me.

LANCASTER.   Fear ye not, madam; now his minion's gone,

His wanton humour will be quickly left.

---

123) ***be a means***: 이사벨라가 개비스톤을 위해 중재에 나서는 것은 말로우가 창안한 것이다.
124) ***'long of***: ... 때문에(=on account of, because of).

나 자신이 개비스톤을 추방으로부터 이 땅으로 불러들이는 수단
　　이 될 수밖에.[123]

그래도 그이는 또 다시 개비스톤에게 빠져 들 테고,　　　　　　185

나는 영원히 비참한 신세일 거야.

이사벨라 왕비에게 귀족들[랭카스터, 워릭, 펨브로크, 모오티머 숙질] 등장.

랭카스터.　프랑스 왕의 누이가 손을 쥐어틀면서

　　　　　가슴을 치고 앉아 있는 걸 보시오.

워릭.　왕이 그녀를 학대했을 것이오.

펨브로크.　왕비와 같은 성녀를 학대하는 자는 무정한 가슴을 가진 자요.　190

조카 모오티머.　그녀가 우는 건 개비스톤 때문이라는[124] 걸 아오.

숙부 모오티머.　어째서? 그자는 추방되고 없지 않은가?

조카 모오티머.　　　　　　　　　　　　　　　마마, 어찌 지내시옵니까?

이사벨라.　아, 모오티머님, 이제 왕의 증오가 폭발해서,

　　　　　나를 사랑하지 않는다고 공언했어요.

조카 모오티머.　허면 혼인의 계약을 파기하소서, 마마. 왕에 대한 사랑을 거

　　　　　두소서.　　　　　　　　　　　　　　　　　　　　　195

이사벨라.　아니요, 차라리 내가 천 번을 고쳐 죽는 한이 있어도 그럴 순 없

　　　　　어요.

　　　　　하지만 저는 여전히 전하를 헛되이 사랑하고 있으며, 전하께선

　　　　　결코 나를 사랑하지 않을 것이에요.

랭카스터.　두려워 마소서, 마마. 이제 그의 총신이 사라진 이상,

　　　　　왕의 방탕한 기질도 즉시 사라질 것이옵니다.

| ISABELLA. | O, never, Lancaster! I am enjoined | 200 |

ISABELLA. O, never, Lancaster! I am enjoined 200
To sue unto you all for his repeal.
This wills my lord, and this must I perform,
Or else be banished from his highness' presence.

LANCASTER. For his repeal? Madam! he comes not back,
Unless the sea cast up his shipwrack body. 205

WARWICK. And to behold so sweet a sight as that,
There's none here but would run his horse to death.

MORTIMER. But, madam, would you have us call him home?

ISABELLA. Ay, Mortimer, for, till he be restored,
The angry king hath banished me the court; 210
And, therefore, as thou lov'st and tender'st me,
Be thou my advocate unto these peers.

MORTIMER. What, would you have me plead for Gaveston?

MORTIMER SENIOR. Plead for him he that will, I am resolved.

LANCASTER. And so am I, my lord. Dissuade the queen. 215

ISABELLA. O, Lancaster, let him dissuade the king,

---

125) *tend'rest*: 염려하다, 걱정하다(=care for).

126) *ye*: 왕비를 가리키는 인칭대명사 단수형으로 볼 수 있으나 복수형(모오티머가 왕비보다는 다른 귀족들을 언급하는)으로 사용된 것으로도 보인다.

127) *him*: 숙부 모오티머.

| 이사벨라. | 오 결코 그렇지 않을 거예요, 랭카스터 백작! | 200 |

제경들에게 개비스톤의 추방을 철회해 줄 것을 요청하도록 강요
받았어요.

전하께서 그리 원하시니 나도 그걸 수행해야만 하오.

그렇지 않으면 전하의 어전에서 쫓겨나게 되오.

랭카스터. 그 자의 추방을 철회해달라고 탄원하시다니요! 마마,

바다가 파선으로 익사한 그 자의 시신을 파도가 토해낼지언정
그자는 살아서 돌아오지 못합니다.   205

워릭. 또한 그와 같은 통쾌한 광경을 목격하기 위해서라면,

자신이 타고 있는 말이 죽기까지 박차를 가하지 않을 자가 아무
도 없나이다.

조카 모오티머. 그럼에도 불구하고 왕비마마, 소신들이 그 자를 다시 이 나라로

소환하길 원하십니까?

이사벨라. 그러하오, 모오티머님, 진노한 전하께선

그자가 복귀될 때까지, 나를 궁정에서 내치셨소.   210

사정이 그러하니, 그대가 나를 진정 사랑하고 염려하신다면,[125]

이 귀족들에게 저의 대변인이 되어 주세요.

조카 모오티머. 허면, 마마께서는[126] 저더러 개비스톤을 위해 탄원하라 하시는

겁니까?

숙부 모오티머. 어느 누가 그 놈을 위해 탄원한다 해도, 내 결의는 불변이오.

랭카스터. 저 또한 그러하오. 모오티머 경, 왕비마마를 단념시키시지요. 215

이사벨라. 오 랭카스터님, 모오티머 경을 내세워[127] 전하께서 단념하시도
록 해주세요.

For 'tis against my will he should return.

WARWICK.   Then speak not for him; let the peasant go.

ISABELLA.   'Tis for myself I speak, and not for him.

PEMBROKE.   No speaking will prevail; and therefore cease.   220

MORTIMER.   Fair queen, forbear to angle for the fish

Which, being caught, strikes him that takes it dead —

I mean that vile torpedo, Gaveston,

That now, I hope, floats on the Irish seas.

ISABELLA.   Sweet Mortimer, sit down by me a while,   225

And I will tell thee reasons of such weight

As thou wilt soon subscribe to his repeal.

MORTIMER.   It is impossible: but speak your mind.

ISABELLA.   Then thus — but none shall hear it but ourselves.

[Draws Mortimer Junior to a seat apart.]

LANCASTER.   My lords, albeit the queen win Mortimer,   230

Will you be resolute and hold with me?

MORTIMER SENIOR.   Not I, against my nephew.

PEMBROKE.   Fear not; the queen's words cannot alter him.

WARWICK.   No? Do but mark how earnestly she pleads.

---

128) ***angle for fish***: 고기를 낚다, 낚아내다.

129) ***torpedo***: 전기가오리(=cramp-fish, electric ray). 당시에는 '전기'라는 개념이 없었을 것이기에 여기서는 그냥 "가오리"로 번역함.

130) ***floats***: 항해하다(=sails). 여기서는 '물에 빠져 죽은 시체처럼 물에 떠다니다' 혹은 '물에 빠져죽은 사람이 며칠 뒤 물 위로 떠오르다'와 같은 의미로도 사용된 것으로 보인다.

그 자가 돌아오는 건 제 뜻이 아니니까요.

워릭.　뜻이 그러시거든 그 자를 두둔하지 마시고, 그 촌뜨기 놈을 그냥
　　　　내버려 두시지요.

이사벨라.　저 자신을 위해서이지, 그 자를 위해서 하는 말이 아닙니다.

펨브로크.　어떤 말로도 우리를 설득시킬 수 없으니, 이제 그만 말씀을 거두
　　　　소서.　　　　　　　　　　　　　　　　　　　　　　　　　　　220

조카 모우티머.　아름다운 왕비마마, 잡혀 죽은 것처럼 보이지만 그렇게 생각하
　　　　는 사람을 갑자기 공격하는 그런 물고기는 낚지[128] 마소서 ―
　　　　사악한 가오리[129] 같은 개비스턴 녀석을 두고 하는 말입니다.
　　　　그 자는 이제 꼴좋게 아일랜드 해를 떠다니고[130] 있을 것입니다.

이사벨라.　사랑스러운 모오티머님, 잠시만 제 옆에 앉아주세요.　　　　225
　　　　그러면 그대가 즉각 그의 추방을 철회하는데 서명할
　　　　중요한 이유를 말해주겠소.

조카 모오티머.　철회하는 일은 있을 수 없습니다. 하지만 생각을 말씀해보소서.

이사벨라.　그러면 이렇게 ― 우리 두 사람 외에는 아무도 듣지 못하게 해야
　　　　하오.

[조카 모오티머를 조금 떨어진 자리로 이끈다.]

랭카스터.　경들, 혹시 왕비께서 모오티머님을 설득한다 해도,　　　　230
　　　　여러분들은 초지일관 저와 의견을 함께 할 수 있겠소?

숙부 모오티머.　난 안되겠소, 조카와 대적할 순 없소.

펨브로크.　염려 마소서. 왕비의 말씀이 조카님의 마음을 바꿀 수는 없소이
　　　　다.

워릭.　마음을 바꿀 수 없다고 하셨소? 왕비께서 얼마나 열심히 간청하
　　　　고 계신지 잘 보시오.

| LANCASTER. | And see how coldly his looks make denial. | 235 |

| WARWICK. | She smiles: now, for my life, his mind is changed! |

| LANCASTER. | I'll rather lose his friendship, I, than grant. |

MORTIMER. [*Coming forward*] Well, of necessity it must be so.
My lords, that I abhor base Gaveston
I hope your honours make no question;   240
And therefore, though I plead for his repeal,
'Tis not for his sake, but for our avail —
Nay, for the realm's behoof, and for the king's.

LANCASTER. Fie, Mortimer, dishonour not thyself!
Can this be true, 'twas good to banish him?   245
And is this true, to call him home again?
Such reasons make white black, and dark night day.

MORTIMER. My lord of Lancaster, mark the respect.

LANCASTER. In no respect can contraries be true.

ISABELLA. Yet, good my lord, hear what he can allege.   250

WARWICK. All that he speaks is nothing; we are resolved.

---

131) *respect*: 특별한 상황이나 고려해야 할 사항(=special circumstance or consideration).

132) *allege*: 주장하다, 진술하다, 제시하다.

133) *nothing*: (=irrelevant).

랭카스터.	그리고 그의 표정이 얼마나 냉정하게 거절의 뜻을 나타내는지

랭카스터.　그리고 그의 표정이 얼마나 냉정하게 거절의 뜻을 나타내는지
　　　　　보시오.　　　　　　　　　　　　　　　　　　　　　235

워릭.　　왕비께서 미소를 짓습니다! 내 단언컨대, 모오티머의 마음이 바
　　　　뀐 것 같소.

랭카스터.　왕비의 생각에 동의하느니 차라리 그와의 우정을 버리겠소.

조카 모오티머.　[그들에게 돌아오며] 잘 알겠습니다. 그러면 부득이 그리 하도록 하
　　　　겠습니다.

　　　　여러분, 제가 미천한 개비스톤을 증오한다는 점에 대해

　　　　경들께서는 추호도 의심치 않으시리라 생각합니다.　　　240

　　　　그렇기 때문에, 설령 제가 그자의 귀환을 탄원한다 해도,

　　　　그것은 그자를 위해서가 아니라, 저희들의 유익을 도모하고자

　　　　　하는 것입니다─

　　　　아니, 나라를 위하고 왕을 위하는 것입니다.

랭카스터.　저런, 모오티머, 자신의 명예를 더럽히지 욕보이지 마시오!

　　　　그 자를 다시 불러들이는 것이 진실이라면,　　　　　245

　　　　한때 그 자를 추방시키는 것이 좋다는 말이 진실이 될 수 있겠소?

　　　　그런 논리라면 흰 걸 검다하고 깜깜한 밤을 대낮이라 우기는 것

　　　　　과 진배없소.

조카 모오티머.　랭카스터 경, 상황을 잘 헤아려 보시오.[131]

랭카스터.　상황이 어찌 됐건 모순이 진실일 수 없소.

이사벨라.　그렇긴 하오만, 랭카스터 경, 그의 주장을[132] 들어보시지요.　250

워릭.　　그가 하는 말은 모두 이 사건과 무관하오.[133] 소신들의 결의는
　　　　확고하오.

MORTIMER.   Do you not wish that Gaveston were dead?

PEMBROKE.   I would he were.

MORTIMER.   Why then, my lord, give me but leave to speak.

MORTIMER SENIOR.   But, nephew, do not play the sophister.   255

MORTIMER.   This which I urge is of a burning zeal

To mend the king and do our country good.

Know you not Gaveston hath store of gold,

Which may in Ireland purchase him such friends

As he will front the mightiest of us all?   260

And whereas he shall live and be beloved,

'Tis hard for us to work his overthrow.

WARWICK.   Mark you but that, my lord of Lancaster.

MORTIMER.   But, were he here, detested as he is,

How easily might some base slave be suborned   265

To greet his lordship with a poniard,

And none so much as blame the murderer,

But rather praise him for that brave attempt,

And in the chronicle enroll his name

For purging of the realm of such a plague.   270

PEMBROKE.   He saith true.

LANCASTER.   Ay, but how chance this was not done before?

MORTIMER.   Because, my lords, it was not thought upon.

---

134) *whereas*: (=while).

135) *suborned*: 뇌물을 주어 부추기다, 매수하다, 은밀히 교사하다.

조카 모오티머.   여러분은 저 개비스톤이 죽기를 바라하지 않소?

펨브로크.   그 자가 제발 죽었으면 하오.

조카 모오티머.   자 그렇다면, 백작, 제 말 좀 들어보시오.

숙부 모오티머.   하지만 이보게, 궤변을 펼치려 들지는 말게.   255

조카 모오티머.   제가 주장하는 이것은 왕을 바로잡고

국익에 도움이 되고자 하는 열망에서 비롯된 것이오.

여러분은 개비스톤에게 금이 많다는 걸 잘 아시잖소?

그 정도의 금이라면 놈은 우리 모두들 중 가장 강력한 세력에게도

대적할 그런 용병을 아일랜드에서 사 모을 수 있을 겁니다.   260

그러니 그자가 살아서 있으면서 사람들의 마음을 사는 한,[134]

우리들이 그자의 파멸을 도모하기란 지극히 어렵습니다.

워릭.   더 들어봅시다, 랭카스터 경.

조카 모오티머.   그러나 그 놈이 여기 있다면, 가증스런 놈이긴 하지만,

어떤 미천한 하인 놈을 은밀히 매수해서[135]   265

그 자를 비수로 찌르도록 사주하는 것이 얼마나 손쉬울 것이겠

습니까.

그리하면 어느 누구도 그 살인자를 비난하기는커녕,

오히려 용맹스런 거사에 대해 그에게 찬사를 보낼 것입니다.

그리고 이 나라에서 그러한 역병을 일소한 일로 인해

역사책에 그의 이름이 기록될 겁니다.   270

펨부르크.   일리가 있는 말이오.

랭카스터.   그렇소. 허나 어찌하여 이런 일이 진작 행해지지 않았던 거요?

조카 모오티머.   그런 생각을 미처 못했기 때문이지요.

Nay, more, when he shall know it lies in us

To banish him, and then to call him home,   275

'Twill make him vail the top flag of his pride,

And fear to offend the meanest nobleman.

MORTIMER SENIOR. But how if he do not, nephew?

MORTIMER. Then may we with some colour rise in arms,

For, howsoever we have borne it out,   280

'Tis treason to be up against the king.

So shall we have the people of our side,

Which, for his father's sake lean to the king,

But cannot brook a night-grown mushroom—

Such a one as my lord of Cornwall is—   285

Should bear us down of the nobility;

And, when the commons and the nobles join,

'Tis not the king can buckler Gaveston;

We'll pull him from the strongest hold he hath.

My lords, if to perform this I be slack,   290

Think me as base a groom as Gaveston.

LANCASTER. On that condition Lancaster will grant.

---

136) *colour*: (그럴 듯한) 구실, 핑계(=pretext, excuse). 이 에피소드에서 모오티머는 왕에게 저항하는 군사를 일으키는데 '구실' 혹은 정당화를 제공할 가상적 상황에 대해 말하고 있다. 이에 상응하는 장면은 윈체스터 추기경(헨리 6세의 작은할아버지)이 험프레이 공작(Humphrey of Gloucester, 헨리 6세의 막내삼촌)을 제거하는 음모를 꾸미면서 "그를 죽이는 것은 지당한 정책이지만, 거기에 대한 구실이 필요한 것"(want a *colour* for his death)(*2H6*, 3.1.236)이라고 제안하는 데서 볼 수 있다.

137) *night-grown mushroom*: 버섯은 밤사이에 갑자기 싹이 트기 때문에 일반적으로 정치적 야심가 혹은 사회적으로 벼락출세한 자들을 지칭하는 비유로 사용되었다.

게다가, 그놈을 추방하거나 고국으로 불러들이는 일이

우리들 손에 달려있다는 사실을 놈이 알게 되면   275

녀석은 오만한 자존심을 굽히고

아무리 하찮은 귀족의 비위라도 함부로 거스르려 하지 않을 것

　　이오.

숙부 모오티머.　하지만 만일 그놈이 그렇게 하지 않을 땐 어찌 할 텐가?

조카 모오티머.　그 땐 우리가 그럴 듯한 명분을[136] 내세워 무기를 들고 일어나야

　　지요.

개비스톤으로 인한 이 사태를 우리가 아무리 힘들게 견뎌낸다

　　해도,   280

무장하여 왕에게 대항하는 것은 대역죄를 저지르는 것이오.

그러니 백성들을 우리 편으로 만들어야 하오.

그들은, 선왕 때문에, 왕을 지지하는 쪽으로 기울어 있지만,

하룻밤 사이에 갑자기 웃자란 버섯이[137] ―

콘월 백작 같은 놈 말입니다 ―   285

우리 귀족계급을 깔아뭉개는 것을 참을 수 없소이다.

그리고 평민들과 귀족들이 합심하면,

왕도 개비스톤을 비호해줄 수 없소.

우리는 든든한 요새로부터 그놈을 끌어낼 것이오.

여러분, 만일 제가 이 일을 실행하는데 소홀함이 있다면,   290

저를 개비스톤과 같은 미천한 노예라고[138] 생각하셔도 좋소.

랭카스터.　그런 조건이라면 나 랭카스터는 동의하오.

---

138) *base a groom*: 미천한 노예(=slave), 비천한 말구종.

PEMBROKE.	And so will Pembroke.	
WARWICK.	And I.	
MORTIMER SENIOR.	And I.	
MORTIMER.	In this I count me highly gratified,	
	And Mortimer will rest at your command.	295
ISABELLA.	And when this favour Isabel forgets,	
	Then let her live abandoned and forlorn.	
	But see, in happy time, my lord the king,	
	Having brought the Earl of Cornwall on his way,	
	Is new returned. This news will glad him much,	300
	Yet not so much as me. I love him more	
	Than he can Gaveston. Would he loved me	
	But half so much, then were I treble blest.	

Enter King Edward *mourning,* [*attended, with* Beaumont *and the* Clerk *of the* crown].

EDWARD.	He's gone, and for his absence thus I mourn.	
	Did never sorrow go so near my heart	305
	As doth the want of my sweet Gaveston;	
	And, could my crown's revenue bring him back,	

---

139) *brought*: 동행하다(=accompanied).

140) *Beaumont and the Clerk of the Crown*: 버몬트는 당시 스코틀랜드 전쟁과 관련하여 높고 고상한 용기를
보여준 귀족(Henry de Beaumont)을 가리킨다(Holinshed 323 참조). 예를 들어 368행에서 'clerk of the
crown'은 버몬트를 지칭하는 것으로 보인다. 'clerk of the crown'은 '귀족들에게 소환 영장을 발부하는 사
무관'(*O.E.D.*)으로 정의되지만, 여기서는 문서와 연락을 작성하는 책임을 맡은 하급 관리인 왕실 서기를 가
리킨다고 보는 견해가 보다 타당할 듯싶다. 에드워드 왕이 버몬트와 같은 고위 귀족을 단지 법률담당 하급

| 펨브로크. | 동의하오. |

| 숙부 모오티머. | 나도 동의하오. |

조카 모오티머. 일이 이렇게 된 것에 대해 저도 흡족히 생각하고,

모오티머는 여러분의 명을 받들겠소.   295

이사벨라. 그리고 이 은혜를 이사벨이 잊는다면,

그 땐 제가 버림받은 채 쓸쓸하게 살도록 내버려두세요.

하지만 자, 때마침, 국왕전하께서

추방되는 콘월 백작을 배웅하고[139]

막 돌아오셨소. 이 소식이 그를 대단히 기쁘게 하겠지만   300

나만큼은 아닐 거요. 나는 남편이 개비스톤을

사랑하는 것보다 더 남편을 사랑하오. 남편이 나를

그 반만큼이라도 사랑한다면, 나는 세 배나 축복을 받은 것이오.

슬픔에 잠긴 에드워드 왕, [버몬트와 왕실 서기를[140] 수행하여] 등장.

에드워드. 그는 가버렸도다. 하여 짐은 그의 부재를 애통해 하노라.

짐의 가슴은 사랑하는 개비스톤의 부재보다 더   305

뼈저린 슬픔을 아직 겪은 적이 없노라.

국왕으로서의 내 수입을 다 써서라도 그를 돌아오게만 할 수 있

다면,

신하나 서기관이라고 부를 리는 없을 뿐 아니라, 잠시 뒤에 에드워드는 그의 성(姓)(버몬트)을 부르는 것으로 미뤄볼 때에도 그렇다.

I would freely give it to his enemies

And think I gained, having bought so dear a friend.

ISABELLA. Hark, how he harps upon his minion. 310

EDWARD. My heart is as an anvil unto sorrow,

Which beats upon it like the Cyclops' hammers,

And with the noise turns up my giddy brain

And makes me frantic for my Gaveston.

Ah, had some bloodless Fury rose from hell, 315

And with my kingly sceptre struck me dead,

When I was forced to leave my Gaveston!

LANCASTER. Diabolo, what passions call you these?

ISABELLA. My gracious lord, I come to bring you news.

EDWARD. That you have parlied with your Mortimer. 320

ISABELLA. That Gaveston, my lord, shall be repealed.

EDWARD. Repealed! The news is too sweet to be true.

ISABELLA. But will you love me, if you find it so?

EDWARD. If it be so, what will not Edward do?

ISABELLA. For Gaveston, but not for Isabel. 325

---

141) *harping on*: 『햄릿』, 2.2.186 참조.

142) *Cyclops' hammers*: ① 우라노스와 가이아 사이에서 태어난 세 아들들. 거대한 몸집에 털이 많은 외눈박이 괴물들인 키클롭스들은 크로노스에 의해 땅 속 깊은 타르타로스에 갇혔는데, 제우스가 그들을 구해주었다고 한다. 이들은 훌륭한 대장장이들이기도 해서 에트나 산 밑 대장간에서 제우스에게는 벼락을, 포세이돈에게는 삼지창을, 하데스에게는 퀴에네(Kynee)를 무기로 만들어주었다. ② 오디세우스의 모험에 등장하는 거인족 괴물로 성질이 포악한 폴리페무스(Polyphemus)는 오디세우스 일행을 잡아놓고 한 명씩 잡아먹었으나, 나중에 오디세우스에 의해 한쪽 눈마저 잃게 된다.

내 기꺼이 그 모든 수입을 그를 미워하는 자들에게 내어주는 한

　　이 있어도

사랑하는 친구를 되살 수 있기에 이익이라고 생각하겠노라.

이사벨라.　왕이 그의 총신에 대해 얼마나 같은 말만 되뇌는지[141] 들어보세

　　요.　　　　　　　　　　　　　　　　　　　　　　　310

에드워드.　내 마음은 슬픔의 망치가 두드려대는 모루와 같아서,

슬픔은 키클롭스의 망치처럼[142] 내 마음을 치고,

그 울림이 나의 어질어질한 머리를 이상하게 하여

개비스톤 때문에 미칠 지경이 되게 하는구나.

사랑하는 개비스톤을 떠나보내지 않을 수 없었던 그 때,　　315

아, 창백한 복수의 여신이[143] 지옥으로부터 올라와

차라리 왕홀로 나를 쳐서 죽였더라면 좋았을 것을.

랭카스터.　어허 참![144] 이러한 정념을 도대체 뭐라 해야 좋을꼬?

이사벨라.　자비로우신 전하, 아뢰올 소식이 있어 왔습니다.

에드워드.　당신의 모오티머와 수작중이라는[145] 소식이겠지.　　　320

이사벨라.　전하, 개비스톤의 추방이 철회될 것이라 하옵니다.

에드워드.　추방이 철회된다니? 너무도 기쁜 소식이라 믿기지가 않소.

이사벨라.　하지만 사실로 밝혀진다면 저를 사랑해주실 겁니까?

에드워드.　그렇기만 하다면야, 에드워드가 무슨 일인들 못하겠소?

이사벨라.　개비스톤을 위해서이지, 이사벨을 위해서는 아니겠지요.　　325

---

143) *bloodless Fury*: 타르타로스에 살던 복수의 여신들(Furies)은 복수를 하거나 죄를 처벌하는 무시무시한 도구
였다. 에드워드가 이 여신들을 '창백하다'고 한 것은 죽음을 연상해서인 듯하다.
144) *Diablo!*: 악마!(=devil!)(욕설).
145) *parley*: 이야기를 나누다, 상의하다.

EDWARD. For thee, fair queen, if thou love'st Gaveston,

I'll hang a golden tongue about thy neck,

Seeing thou hast pleaded with so good success.

[*Embraces her.*]

ISABELLA. No other jewels hang about my neck

Than these, my lord; nor let me have more wealth   330

Than I may fetch from this rich treasury.

[*They kiss.*]

O, how a kiss revives poor Isabel!

EDWARD. Once more receive my hand; and let this be

A second marriage 'twixt thyself and me.

ISABELLA. And may it prove more happy than the first.   335

My gentle lord, bespeak these nobles fair

That wait attendance for a gracious look

And on their knees salute your majesty.

[Nobles *kneel.*]

EDWARD. Courageous Lancaster, embrace thy king,

And, as gross vapours perish by the sun,   340

Even so let hatred with thy sovereign's smile:

Live thou with me as my companion.

---

146) *golden tongue*: 금속으로 된 혀 모양의 이미지는 당시 장신구로 사용되었다.

147) *pleaded . . . success*: "success"는 결과(result, consequence)를 의미한다.

148) *these*: 에드워드 왕의 팔.

149) *treasury*: 국고, 재정. 에드워드의 '정액'(semen)을 의미할 수도 있다(Normand, 190. 또한 2.2.158 및 각주 참조).

150) *bespeak . . . fair*: ...에게 친절하게 말하다(=speak to . . . kindly).

151) *gross*: 짙은(=thick, heavy)

에드워드.   그대를 위해서요, 아름다운 왕비여, 당신이 개비스톤을 사랑한
             다면
             황금으로 만든 혀를[146] 당신의 목에 걸어주겠소.
             그대가 이렇게 좋은 결과가 나오도록 탄원한[147] 것을 알았으니.

                                                         [그녀를 껴안는다.]

이사벨라.   제 목에 감긴 전하의 이 두 팔[148] 외에는 다른 어떤 보석도 제
             목에
             걸기에 합당치 않습니다, 전하. 그리고 이 풍부한 보고(寶庫)로부
             터[149]   330
             꺼낼 수 있는 것 이상의 재물도 저는 필요 없습니다.

                                                         [서로 키스한다.]

             오, 입맞춤이 가엾은 이사벨을 소생시키는구나!

에드워드.   한 번만 더 내 손을 잡아주오, 그리고 이것이
             당신과 내게 제2의 결혼식이 되도록 합시다.

이사벨라.   부디 이번 결혼이 이전의 결혼보다 더 행복하기를!   335
             이 귀족 여러분께 친절하게 한 말씀 해주세요.[150]
             전하의 인자한 모습을 고대하며
             전하께 무릎을 굽혀 인사를 드리고 있습니다.

                                                       [귀족들 무릎을 굽힌다.]

에드워드.   담대한 랭카스터, 그대의 왕을 포옹하시오.
             짙은[151] 안개도 아침 해가 뜨면 사라지듯,   340
             증오 역시 그대의 군주의 미소와 함께 사라지도록 하시오.
             나의 동료로서 과인과 함께 지내시오.

LANCASTER.   This salutation overjoys my heart.

EDWARD.   Warwick shall be my chiefest counselor:

These silver hairs will more adorn my court   345

Than gaudy silks or rich embroidery.

Chide me, sweet Warwick, if I go astray.

WARWICK.   Slay me, my lord, when I offend your grace.

EDWARD.   In solemn triumphs and in public shows

Pembroke shall bear the sword before the king.   350

PEMBROKE.   And with this sword Pembroke will fight for you.

EDWARD.   But wherefore walks young Mortimer aside?

Be thou commander of our royal fleet,

Or if that lofty office like thee not,

I make thee here Lord Marshal of the realm.   355

MORTIMER.   My lord, I'll marshal so your enemies

As England shall be quiet, and you safe.

EDWARD.   And as for you, Lord Mortimer of Chirke,

Whose great achievements in our foreign war

Deserve no common place nor mean reward,   360

---

152) *chiefest counsellor*: 엘리자베스 시대에는 비교급이나 최상급을 흔히 이중으로 사용하였다. 에드워드가 이 장면에서 귀족들에게 부여한 서훈은 사실(史實)과 다르다.

153) *These silver hairs*: 이 구절 및 나중에 켄트 백작이 그에게 하는 말(2.2.94)로 미루어 워릭 백작은 분명히 에드워드 왕보다 연장자로 보인다.

154) *Slay me*: 워릭은 무의식적으로 아이러니컬한 말을 한다. 나중에 제3막 제2장에서 에드워드는 워릭이 그의 기분을 상하게 한 데 대해 실제로 그를 살해하게 된다.

155) *bear the sword*: 왕권의 상징. 대례(大禮)때 왕 앞에 보검(the sword of state)을 받들어 들었다.

156) *like thee not*: 마음에 썩 내키지 않다(=please thee not).

랭카스터.　이렇게 맞이하여 주시니 제 마음이 기쁘기 한량없사옵니다.

에드워드.　워릭 경은 나의 최고 고문관이[152] 되어 주시오.

경의 흰 머리카락[153]은 번지르르한 비단이나 호화스런 자수보다 345

과인의 궁정을 더욱 돋보이게 해줄 것이오.

만약 내가 잘못된 길로 가거든, 워릭 경, 나를 책망해주시오.

워릭.　신이 각하를 거스르는 죄를 범할 진댄, 전하, 신을 베소서.[154]

에드워드.　성대한 마상 시합이나 공식 행사를 집행할 때

펨브로크 경은 과인에 앞서 보검을 받들도록[155] 하시오.　350

펨브로크.　하오면 이 검으로 신 펨브로크 전하를 위해 싸우겠나이다.

에드워드.　그런데 어찌하여 조카 모오티머 경은 옆으로 비키는 거요?

그대는 왕실 함대의 사령관을 맡아주시오,

만일 그 높은 지위도 마음에 들지 않는다면,[156]

나는 이 자리에서 그대를 이 나라의 육군 총사령관으로 삼겠소. 355

조카 모오티머.　전하, 신은 육군 총사령관이 되어 잉글랜드를 평온하게 하고,

전하의 적들을 잠잠케 하여 전하의 안위를 도모 하겠습니다.

에드워드.　그리고 그대에 관해서 말하자면, 처크의[157] 모오티머 경

외국과의 전쟁에서 세운 혁혁한 무훈은

평범한 지위나 보상으로 갚기엔 충분치 않으니　360

---

157) ***Chirke***: 서 웨일즈 지역(Denbighsire)에 위치. 13세기 말에 에드워드 1세가 웨일즈 정복에 나서 성공적으로 마무리함에 따라 북 웨일즈와 서 웨일즈로 영토를 넓혀 웨일즈의 절반을 포괄하는 공국을 형성하게 되면서 로저 모오티머에게 하사한 곳으로 그는 이곳에 성을 축조하였다. 역사에 의하면 에드워드 2세는 그에게 카나본의 성의 관리와 재판권을 그에게 부여하였다. 이후로 죽을 때까지 그는 "웨일즈를 왕처럼 통치하였다"고 전해지지만, 그의 통치는 오래가지 않았다. 스펜서 부자에게 성급하게 반기를 들었기 때문에 그 결과 이 지역을 박탈당했기 때문이다. 숙부 모오티머의 사유지는 슈롭셔(Shropshire)와 웨일즈 사이의 경계에 있었으며 조카 모오티머는 헤리포드셔와 웨일즈 사이의 경계에 토지를 소유하고 있었기에(2.2.195), 두 사람 다 소위 웨일즈 변경의 영주들(Marcher lords)이라고 불렸다.

	Be you the general of the levied troops	

Be you the general of the levied troops

That now are ready to assail the Scots.

MORTIMER SENIOR.   In this your grace hath highly honoured me,

For with my nature war doth best agree.

ISABELLA.   Now is the king of England rich and strong,   365

Having the love of his renowned peers.

EDWARD.   Ay, Isabel, ne'er was my heart so light.

Clerk of the crown, direct our warrant forth

For Gaveston, to Ireland; Beaumont fly

As fast as Iris or Jove's Mercury.   370

BEAUMONT.   It shall be done, my gracious lord.

[*Exit, with* Clerk.]

EDWARD.   [*To* Mortimer Junior] Lord Mortimer, we leave you to your charge.

Now let us in, and feast it royally.

Against our friend the Earl of Cornwall comes

We'll have a general tilt and tournament,   375

---

158) ***Be you the general***: 말로우는 아마도 극적 효율성, 즉 이 장면 이후의 전개 과정으로부터 숙부 모오티머를 배제하기 위해 이러한 약속을 창안해 낸 것 같다. 1315년에 있었던 아일랜드에 있는 스코트인들을 정복하기 위한 원정에서 조카 모오티머는 훨씬 나중에 참전하였지만 브릭스(Briggs)는 말로우가 그와 숙부 모오티머를 구분하지 않는 것 같다고 주장한다(322-23 참조). 어쨌든 숙부 모오티머가 일단 퇴장(1.4.423)한 뒤로 그는 다시 무대에 등장하지 않으며, 말로우는 이 극에서 그가 런던탑에 투옥되었다가 죽은 역사적 사실을 생략하고 있다.

	이제 스코트군을 공격할 준비를 마친	
	징집 군대의 사령관을 맡아주시오.[158]	

숙부 모오티머. 이렇게까지 해주시다니 전하께서 제게 베푸신 영광이 한량없사옵니다.

제 천성은 전쟁이 가장 잘 어울리기 때문입니다.

이사벨라. 이제 잉글랜드 왕께서는 부강해 지셨습니다. 365

명성이 자자한 귀족들의 사랑을 얻으셨으니.

에드워드. 그렇소, 이사벨, 내 마음이 이처럼 가벼울 수가 없소.

왕실 서기관, 아일랜드의 개비스톤 앞으로

짐의 증서를 보내도록 하라. 버몬트, 아이리스나

조오브의 사자(使者)[159]처럼 신속히 달려가시오. 370

버몬트. 분부대로 거행하겠사옵니다, 전하.

[서기와 함께 퇴장.]

에드워드. [조카 모오티머에게] 모오티머 경, 경이 편할 대로 하시오.

자 이제 들어가서 성대하게 축연을 베풉시다.[160]

짐의 친구 콘월 백작의 귀국을 대비하여[161] 375

---

159) *Iris or Jove's Mercury*: 아이리스(무지개)는 신들의 사자로서 특히 주노신과 관련이 있다. 머큐리신 역시 쥬피터(조오브)의 사자로서 전통적으로 날개달린 샌들을 신고 있는 것으로 묘사된다.

160) *feast it royally*: 에드워드는 술과 '축연'(banqueting)을 즐기는 경향이 있었다(Holinshed 318).

161) **Against**: ...때를 대비하여(=in preparation for the time when).

And then his marriage shall be solemnized;

For wot you not that I have made him sure

Unto our cousin, the Earl of Gloucester's heir?

LANCASTER.   Such news we hear, my lord.

EDWARD.   That day, if not for him, yet for my sake,   380

Who in the triumph will be challenger,

Spare for no cost; we will requite your love.

WARWICK.   In this or aught your highness shall command us.

EDWARD.   Thanks, gentle Warwick. Come, let's in and revel.

Exeunt, [*all except the* Mortimers.]

MORTIMER SENIOR.   Nephew, I must to Scotland: thou stay'st here.   385

Leave now to oppose thyself against the king;

Thou seest by nature he is mild and calm,

And seeing his mind so dotes on Gaveston,

---

162) *tilt and tournament*: 마상 창시합에 대한 에드워드 왕의 언급은 프랑스에서 이사벨라 왕비와 자신의 결혼
(5.5.67-69)에 앞서 이와 유사한 마상 시합을 가졌던 쓰라린 기억을 환기하는 것을 교묘하게 예비해준다.
이와 유사한 언급은 셰익스피어의 작품에서도 보이는데, 마가렛 왕비(Margaret of Anjou, 프랑스 왕비의 조
카딸로 헨리 6세와 결혼) 역시 써포크 경이 벌였던 마상 시합에 대해 다음과 같이 말한다:

> 말씀드리겠는데, 폴, 당신께서 뚜르 시에서
> 나의 사랑을 위해 창 시합을 했을 때,
> 프랑스의 젊은 여자들의 마음을 감탄시켰습니다.
> 그 때 나는 헨리 왕도,
> 용기나, 우아한 태도나 자세에 있어 당신과 같은 사람이리라 생각했습니다.
> 그러나 그분의 마음은 너무도 거룩해서, 항상 염주로 아베 마리아만 세고 있답니다.
> 그분의 전사는 예언자와 사도들이며,
> 그분의 무기는 성경 말씀뿐이랍니다. (*2H6*, 1.3.50-57).

물론 셰익스피어의 맥락은 상당히 다르긴 하지만, 마가렛 왕비의 대사는 동정보다는 경멸이 주된 논조라는
점에서 각각의 극에서 부정한 무력한 왕들이 권력욕이 강한 권문세도가들과 결탁한 프랑스 출신의 부정한
왕비들에 의해 고통을 당하는 모습을 볼 수 있다.

종합 마상창시합을[162] 열고,

그의 결혼식을 엄숙히 거행할 것이오.

제경들은 내가 그를 짐의 질녀,[163] 글로스터 백작의 상속녀와

약혼시킨 것을[164] 모르오?[165]

랭카스터. 소식을 들었습니다, 전하.

에드워드. 그날, 비록 그를 위해서가 아니더라도, 과인을 위하여   380

마상시합에서 도전자로 나서는 자에게는

경비를 아끼지 마시오. 짐은 그대들의 호의에 반드시 보답하겠소.

워릭. 이 일 외에도 다른 일이 있거든 전하, 명령만 내리십시오.

에드워드. 고맙소, 워릭 경. 자, 들어가서 주연을 베풉시다.

[모오티머 숙질만 남고 모두] 퇴장.

숙부 모오티머. 얘야, 나는 스코틀랜드로 가야겠다. 너는 여기에 남아 있어라. 385

이제 네가 왕에게 맞서는 일은 그만하도록 하여라.

너도 알다시피 그는 천성이 온건하고 온화해서,

그의 마음이 온통 개비스톤의 사랑에 빠져있는 걸 보지 않았느

냐,

---

163) *cousin*: 질녀(=niece). 이 극에서 말로우는 에드워드 왕에게 개비스톤이 죽었다는 소식이 전해지기 전에 이미 스펜서 부자가 상당한 총애를 받고 있는 것으로 축약했다. 역사적으로 스펜서 부자는 글로스터 백작이나 개비스톤과는 직접 관련이 없고, 다만 아들 스펜서는 개비스톤과 약혼한 마가렛 드 클레어(Margaret de Clare: 1293-1342. 1307년에 개비스톤과 결혼)의 언니 엘리노어 드 클레어(Eleanor de Clare: 1292-1337)와 이미 결혼하였기(1306년) 때문에 두 자매는 글로스터 백작(Gilbert de Clare, 3rd Earl of Gloucester)과 조안(Joan of Acre, 에드워드 1세의 딸, 즉 에드워드 2세의 여동생) 사이의 딸들―에드워드 1세의 외손녀들로서 에드워드 2세의 조카딸들―이라는 점에서 개비스톤과 스펜서 부자, 글로스터 백작, 에드워드 2세와의 연결고리를 발견할 수는 있다. 그러나 스펜서 부자가 에드워드 2세의 새로운 총신으로 떠오른 것은 개비스톤이 처형(1312년)된 이후였다. 말로우는 에드워드 왕이 아들 스펜서를 '글로스터 백작'(3.1.146)으로 삼는 것으로 했지만, 그것은 홀린셰드의 기록(327, 338 참조)을 오해한 때문인 것으로 보인다.

164) *made him sure*: (법적 구속력이 있는)약혼을 시키다(=betrothed).

165) *wot you not...?*: ...을 모르시오?(=know you not...?).

Let him without controlment have his will.

The mightiest kings have had their minions: 390

Great Alexander loved Hephestion;

The conquering Hercules for Hylas wept;

And for Patroclus stern Achilles droop'd.

And not kings only, but the wisest men:

The Roman Tully loved Octavius,   395

Grave Socrates, wild Alcibiades.

Then let his grace, whose youth is flexible,

And promiseth as much as we can wish,

Freely enjoy that vain lightheaded earl,

For riper years will wean him from such toys.   400

MORTIMER.　Uncle, his wanton humour grieves not me;

But this I scorn, that one so basely born

Should by his sovereign's favour grow so pert,

---

166) *minions*: 여기서 소개하는 동성애에 대한 선례들은 말로우의 입장을 분명히 보여주고 있다.

167) *Alexander . . . Hephestion*: 알렉산더 대왕(356-323 B.C.)은 자신을 아킬레스와 비교하여 그의 절친한 친구인 헤페스티온을 마치 파트로클루스(Patroclus)처럼 간주하였다. 알렉산더는 헤페스티온의 장례식 때 친구의 시신 위에 자신의 몸을 던지고 눈물을 흘리며 거의 하루 종일 시신과 함께 지내서 억지로 떼어 놓아야 할 정도였다고 한다. 알렉산더의 우정은 비록 육체적인 것까지는 아니라 할지라도 로맨스의 정신적, 영적 요소들을 포함하고 있는 것으로 보인다.

168) *Hercules . . . Hylas*: 앞(1.1.143)의 각주 참조.

169) *Patroclus . . . Achilles*: 파트로클루스가 헥토르의 손에 죽임을 당하자 아킬레스는 너무도 슬픔에 잠겨서 그 때까지 취하고 있던 소극적 태도를 버리고 그리스 군이 트로이를 점령하는 데 적극 나섰다. 셰익스피어의 『트로일러스와 크레시다』에서도 터사이테스(Thersites)는 파트로클루스를 "아킬레스의 남창"(Achilles' masculine whore)(5.1.17)이라고 둘 사이의 동성애적 관계를 언급한다.

170) *Roman Tully . . . Octavius*: 여기에 열거된 다른 남성 커플들의 동성애적 성격에 비추어 이 둘의 관계는 부적절한 예가 된다. 키케로(Marcus Tullius Cicero, 로마의 웅변가·정치가·철학자, 106-43 B.C.)는 옥타비우스 카이사르(최초의 로마 황제)와 개인적 친분이 없었다. 줄리어스 시저가 살해당한 뒤, 공화정을 옹호하는 키케로는 마커스 안토니우스(82-30 B.C.)를 무너뜨릴 수단으로 옥타비우스를 열렬히 환영했으나 나중에

그러니 그가 아무런 제재를 받지 않고 자기 뜻대로 하도록 놔두어
라.

막강한 왕들은 다 총신들[166]을 거느렸느니라.　　　　　　　　　390

알렉산더 대왕은 헤파이스티온을 사랑했고,[167]

정복자 헤라클레스는 힐라스를 위해 눈물을 흘렸으며,[168]

근엄한 아킬레스조차 파트로클루스의 죽음으로 비탄에 잠겼었
느니라.[169]

왕들뿐만 아니라, 현자들도 그러했다.

로마인 툴리는 옥타비우스를 사랑했고,[170]　　　　　　　　　395

근엄한 소크라테스도 망나니 같은 알키비아데스를 사랑했다.[171]

그렇다면 전하는 젊기 때문에 유연하여

우리 마음대로 다루기가 쉬울 듯하니

저 우쭐대는 경박한 백작 녀석과 원하는 대로 즐기게 놔두자.

좀 더 성숙해지면 그런 하찮은 노리개감 따위는 멀리하게 될 것
이다.　　　　　　　　　　　　　　　　　　　　　　　400

조카 모오티머. 숙부님, 제 가슴이 아픈 건 전하의 방탕한 기질 때문이 아니라
이것 때문입니다. 저는 그토록 천하디 천한 출신의 녀석이
전하의 총애를 받자 그토록 오만방자해져서,

그에게 버림을 받았다. 몰락해가던 공화정을 지키려던 키케로는 옥타비우스의 동의로 3두 정치가들의 정적
일소 계획에 희생된 순교자였다. 키케로는 정략적으로 옥타비우스에게 충성을 맹세하였을 뿐이고, 야심가였
던 옥타비우스는 이 저명한 웅변가를 '아버지'라고 부르면서 그의 충고를 따르는 척 했을 따름이다.

171) *Socretes . . . Alcibiades*: 소크라테스는 잘생긴데다 기지 넘치지만 사치를 좋아하고 무책임하며 자기중심적
인 귀족 청년 알키비아데스(450-404 B.C.)를 사랑하여 교육시키려 하였다. 플루타르크에 의하면 알키비아
데스는 소크라테스에게 거룩하고 정직한 애정을 품고 있었다. 일부 역사가들은 알키비아데스가 소크라테스
의 죽음(399 B.C.)에 어느 정도 책임이 있다고 지적한다. 둘 사이의 절친한 우정이야말로 소크라테스를 고
발한 자들에게는 그가 아테네 청년들을 타락시켰다고 비난하는 좋은 빌미를 제공하였던 것이다.

And riot it with the treasure of the realm,

While soldiers mutiny for want of pay.   405

He wears a lord's revenue on his back,

And, Midas-like, he jets it in the court

With base outlandish cullions at his heels,

Whose proud fantastic liveries make such show

As if that Proteus, god of shapes, appeared.   410

I have not seen a dapper jack so brisk;

He wears a short Italian hooded cloak

Larded with pearl, and in his Tuscan cap

A jewel of more value than the crown.

While others walk below, the king and he   415

From out a window, laugh at such as we,

And flout our train, and jest at our attire.

Uncle, 'tis this that makes me impatient.

---

172) *He wears a lord's revenue on his back*: 마가렛 왕비가 험프레이 공작의 부인의 사치스런 옷차림과 헤픈 씀씀이에 대해 "그 여자는 공작의 수입을 모두 그 등에 지고 다니며, 우리와 같은 가난한 자를 마음속으로 멸시하겠죠"(*2H6*, 1.3.80-81)라고 한 말을 상기한 것 같다. 물론 말로우의 시대에는 사치스런 옷을 입고 과시하는 것은 상당한 풍자거리가 되었다.

173) *cullion*: 천한 녀석(base or vile fellow<원래는 'testicles'의 파생어). 마가렛 왕비가 소송인들에게 "물러가라, 천한 놈들아"(Away, base cullions)(*2H6*, 1.3.40)라고 한 말 참조.

174) *outlandish*: 외국의(=foreign). 가스꼬뉴 출신의 개비스톤은 프랑스인 하인들을 데리고 다녔다.

175) *dapper jack*: (여기서는 경멸조로) 산뜻하게 옷차림을 한 놈(=smartly dressed fellow). 개비스톤의 사치스런 의복에 대한 취향은 귀족들의 유감을 더욱 악화시킨다. 계급을 엄격히 구분하고 그럼으로써 위계질서를 강화하고자 의복을 제한하도록 하는 사치 금지법(Sumptuary laws)는 종종 조롱거리가 되기도 했으나 1337년에서 1604년까지 존재했다. 물론 이러한 점은 시대착오적인 것일 수 있지만, 이 법은 이 극이 집필되던 시기에는 런던의 삶의 익숙한 일부가 되었을 것이기에 말로우의 관객들은 이러한 사실을 시대착오적이라고 보지 않았을 것이다(Simkin 176 참조).

176) *Larded*: 장식한(=decorated).

병사들은 급료를 못 받아 폭동을 일으키는데도,

국고를 가지고 흥청거리며 낭비하고 있는 걸 경멸하기 때문입니
다.   405

놈은 백작의 수입을 모두 아름다운 옷 같은 것으로 자기 몸뚱이
에 걸치고 다니면서,[172]

발꿈치에는 비천한[173] 외국 놈들을[174] 거느리고

마치 미다스처럼 거드름을 피우며 궁중을 활보하고 다니기 때문
입니다.

그자의 거만하고 허황된 옷차림은 볼 만한 것이어서

변신의 명수인 프로테우스 신이 나타나기라도 한 것처럼 보이지
요.   410

그렇게 말쑥하고 산뜻한 차림새로 빼입은[175] 멋쟁이는 본 적이
없습니다.

그놈은 진주로 장식한[176]

이태리식의 두건이 달린 짧은 망토를 걸치고,[177]

토스카니풍 모자에는 왕관보다 더 값진 보석을 달았습니다.

다른 사람들이 밑에서 걸어가는 동안, 왕과 그놈은   415

창문에서 내다보며, 우리 귀족들을 보고 비웃고,

저희 수행원들을 경멸하고, 저희 옷차림을 보고 조롱하겠지요.

숙부님, 저를 참을 수 없게 만드는 건 바로 이 때문입니다.

---

177) *Italian hooded cloak*: 개비스톤의 이태리풍 옷차림은 그의 마키아벨리적 책략과 그의 동성애를 시사하는데 왜냐하면 르네상스 시대의 이태리인들은 성적 일탈로 악명이 높았기 때문이다. 셰익스피어의 『리처드 2세』에서도 리처드 왕의 새 총신들의 화려한 외국풍 의상과 기존 귀족들의 평범하고 검소한 영국식 의복은 그들의 대조적인 정치적, 도덕적 입장을 대단히 효과적으로 제시해준다.

MORTIMER SENIOR.　But, nephew, now you see the king is changed.

MORTIMER.　Then so am I, and live to do him service;　420

But, while I have a sword, a hand, a heart,

I will not yield to any such upstart.

You know my mind: come, uncle, let's away.

Exeunt.

숙부 모오티머. 하지만 조카야, 이제 너도 왕이 변한 걸 보지 않았느냐.

조카 모오티머. 그렇다면 저도 변해야지요. 그리고 왕을 섬기며 살아야겠지요. [420]

그렇지만 제게 칼과 손과 용맹한 마음이 있는 한,

그런 벼락 출세자 따위에게 굴복하지는 않을 것입니다.

이제 제 마음을 아시겠지요. 자, 숙부님, 가시지요.

퇴장.

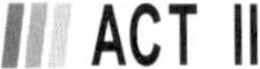 ACT II

[Scene i]

Enter Spencer [Junior] *and* Baldock.

BALDOCK. Spencer,

Seeing that our lord th' Earl of Gloucester's dead,

Which of the nobles dost thou mean to serve?

SPENCER. Not Mortimer, nor any of his side,

Because the king and he are enemies.   5

Baldock, learn this of me: a factious lord

Shall hardly do himself good, much less us;

But he that hath the favour of a king

May with one word advance us while we live.

The liberal Earl of Cornwall is the man   10

---

178) ***Spencer Junior***: 아들 휴 데스펜서(Hugh Despencer). 이 극에서는 아들 스펜서로 표기.

179) ***Earl of Gloucester***: 길버트 드 클레어(Gilbert de Clare, 9th Earl of Gloucester)는 이 극에서처럼 개비스톤이 처형되기 전인 1312년이 아니라 실제로는 2년 뒤 1314년에 있었던 스코틀랜드인들과의 배넉번 전투에서 사망하였다. 그러나 말로우는 1295년에 사망한 길버트 드 클레어(Gilbert de Clare, 8th Earl of Gloucester)를 염두에 두었을 가능성도 있다(46행 및 각주 참고). 마가렛 드 클레어는 발독(Robert Baldock)과 스펜서를 "아버님의 하인들"(my father's servants)(2.2.239)이라고 언급하지만, 발독과 아들 스펜서는 결코 귀족의 시종이 아니었다. 특히 스펜서 가문은 분명히 귀족계급이었으며(Simkin 175), 아들 스펜서의 천거로 발독은 옥새상서(Lord Privy Seal, 1320-23)와 상서장(Lord Chancellor, 1323-26)에 오를 정도였다. 아들 스펜서는 변변한 토지도 없었으나 엘리노어 드 클레어와의 결혼은 그에게 예기치 않은 부를 안겨주었다. 세 자녀 중 장녀였던 그녀는 오빠 길버트 드 클레어가 배넉번 전투에서 사망하자 갑자기 재산을 상

▮▮▮ 2막

[2막 1장]

아들 스펜서[178]와 발독 등장.

발독.   스펜서,

글로스터 백작[179] 나으리께서 돌아가셨으니,

이제 자네는 어느 귀족 편을 들 것인가?[180]

스펜서.   모오티머 백작은 아니고, 그 편의 어느 누구도 아닐세.

왕과 그 자가 서로 앙숙이기 때문이지.　　　　　　　　5

발독, 이걸 알아두게. 파당을 일삼는 주인은

자신의 앞날에 해가 되거니와, 우리의 앞길도 망칠 뿐이네.

하지만 왕의 총애를 받고 있는 자는

마음만 먹으면 한마디 말만 거들어 줘도 우리들을 출세시켜 줄

　걸세.

자유분방한 콘월 백작이 바로 그런 사람이니　　　　　　10

속받게 되고, 이에 따라 스펜서는 단번에 대지주가 되었다. 그의 정치적 지위도 급상승하였음은 물론이다. 말로우는 아마도 개비스톤과 스펜서가 모두 길버트 드 클레어의 누이들과 결혼했다는 점에서 아들 스펜서와 글로스터 백작 및 개비스톤이 서로 밀접한 관계였을 것으로 생각한 듯하다(1.4.378과 각주 참고).

180) 스펜서가 글로스터 백작의 장녀와 결혼을 하긴 했으나 스펜서나 발독은 실제로는 글로스터 백작을 섬기지 않았으며, 또한 스펜서는 개비스톤이 살해된 다음에 그의 직위(의전대신)를 이어받았으며 1320년대까지는 궁정의 총신이 되지 않았다. 이 부분 역시 말로우가 사실(史實)을 바꾸어 놓은 것이다.

On whose good fortune Spencer's hope depends.

BALDOCK. What, mean you, then, to be his follower?

SPENCER. No, his companion, for he loves me well

And would have once preferred me to the king.

BALDOCK. But he is banished; there's small hope of him. 15

SPENCER. Ay, for a while; but, Baldock, mark the end:

A friend of mine told me in secrecy

That he's repealed and sent for back again;

And even now a post came from the court

With letters to our lady from the king, 20

And, as she read, she smiled, which makes me think

It is about her lover, Gaveston.

BALDOCK. 'Tis like enough; for, since he was exiled,

She neither walks abroad nor comes in sight.

But I had thought the match had been broke off 25

And that his banishment had changed her mind.

SPENCER. Our lady's first love is not wavering;

My life for thine, she will have Gaveston.

---

181) 실제로는 아들 스펜서와 개비스톤이 대립관계였지 서로에게 호의적이지 않았다.

182) *preferred*: ① 개비스톤이 전하보다 나를 더 사랑했다(성적 뉘앙스); ② 전하께 추천하다, 천거하다 (recommend).

183) 스펜서가 발독보다 정보 수집 능력이 우월함을 시사한다.

벼락 출세자에게 내 운을 걸겠네.[181]

발독. 아니, 그러면 자넨 그의 시종이 될 심산인가?

스펜서. 아닐세. 그의 동료가 되겠단 걸세. 왜냐하면 그는 나를 무척 좋
아해서

한때는 날 왕보다 더 연모했다네.[182]

발독. 하지만 그는 추방되었잖은가. 그러니 그에게는 별 희망이 없네. 15

스펜서. 그래, 당분간은. 허나 이보게 발독, 끝까지 들어보게.

한 친구가 내게 은밀히 귀띔해주길

추방이 철회되어 그를 다시 귀국시키러 사람을 파견했다더군.[183]

우리 아씨께[184] 전할 왕의 친서를 가진 사자가

궁정으로부터 이미 당도했다네.   20

아씨께서는 그 편지를 읽으면서 미소를 지으셨는데,

그 편지는 아마도 아씨의 연인인 개비스톤과 관련된 내용일 것
같네.

발독. 필시 그렇겠는걸. 그가 추방된 이후로,

아씨께선 통 바깥출입도 끊고 사람들 앞에 나서지도 않았거든.

어쨌거나 그자가 추방당하자 아씨께서 변심하여   25

그 혼인이 깨어진 줄로만 알았네.

스펜서. 우리 아씨의 첫 사랑은 흔들리지 않는다네.

자네에게 내 목숨을 걸고 말하는데, 아씨는 개비스톤과 결혼할
걸세.

---

184) *our lady*: 마가렛 드 클레어. 이 극에서 말로우는 사실과 달리 마가렛이 아직 개비스톤과 결혼한 게 아니라
약혼한 사이로 설정했다. 개비스톤과 마가렛은 에드워드 2세의 통치 첫해, 즉 개비스톤이 추방되기 전인
1307년에 이미 결혼식을 치렀다.

BALDOCK.	Then hope I by her means to be preferred,	
	Having read unto her since she was a child.	30
SPENCER.	Then, Baldock, you must cast the scholar off	
	And learn to court it like a gentleman.	
	'Tis not a black coat and a little band,	
	A velvet caped cloak, faced before with serge,	
	And smelling to a nosegay all the day,	35
	Or holding of a napkin in your hand,	
	Or saying a long grace at a table's end,	
	Or making low legs to a nobleman,	
	Or looking downward, with your eyelids close,	
	And saying 'truly, an't may please your honour,'	40
	Can get you any favour with great men:	
	You must be proud, bold, pleasant, resolute —	
	And now and then stab, as occasion serves.	
BALDOCK.	Spencer, thou knowest I hate such formal toys,	
	And use them but of mere hypocrisy.	45

---

185) ***Having read unto her***: 말로우는 발독(역사적으로는 성직자였으며 옥스퍼드의 박사였다)을 마가렛의 가정 교사로, 그리고 아마도 목사(아래 37행의 "긴 기도를 올리다"에 대한 언급으로 미뤄)로 묘사하고 있다.

186) ***court it***: 궁정인처럼 (우아하게) 행동하다(behave like a courtier).

187) ***black coat . . . little band***: 전통적으로 당시 학자들은 검소한(그리고 허름한) 옷차림을 하였다. 스펜서는 목 주변을 두른 작고 긴 천(little band)을 궁정인의 보다 화려한 풀이 센 높은 주름 칼라(특히 16세기)와 대조적으로 묘사하고 있는 셈이다.

188) ***serge***: 싸고 수수한 천으로, 보다 비싼 벨벳을 강조하기 위해 사용되었다.

189) ***smelling to a nosegay***: 여성처럼 냄새에 민감한 체하는 것. 또한 역병이 돌던 때에는 병에 걸리지 않도록 하는 예방책이기도 했다.

190) ***at a table's end***: 청교도 집안에서는 학자는 식탁의 가장 말석에 앉게 되어 있었다(따라서 시대착오적). 말석에는 신분이 가장 낮은 사람이 앉게 되어 있다.

발독. 그렇다면 내가 아씨를 어릴 때부터 가르쳐 왔으니,[185]

       아씨 덕에 한 자리 바라볼 수 있겠군.   30

스펜서. 그러길 바란다면, 발독, 샌님 노릇은 때려치우고,

       신사처럼 품위 있게 행동하는 걸[186] 배우게.

       거무튀튀한 외투와 표도 나지 않는 목장식,[187]

       앞섶에는 싸구려 천[188]으로 장식을 붙이고, 우단으로 깃을 댄

            망토를 두르고,

       온종일 여자들처럼 꽃다발에나 코를 처박고,[189]   35

       손으로는 손수건이나 만지작거리며,

       식탁에서는 말석[190]에 앉아 식사 기도나 길게 늘어놓거나,

       귀족에게 무릎을 굽혀 굽신거리고,[191]

       눈꺼풀이 거의 감길 정도로[192] 눈을 아래를 내리깐다든가 하면

            서,

       "참으로, 개의치 않으시다면" 같은 말이나 주절대서는   40

       절대로 높으신 분들의 호의를 받을 수가 없네.

       자네는 도도하고, 대담하고, 재치 있고,[193] 단호해야만 하네,

       그리고 가끔은 기회를 봐서 푹 찔러야[194] 하네.

발독. 스펜서, 알다시피 나는 그렇게 소소하게 격식이나 차리는[195] 일

            이 싫어서,

       순전히 겉으로만 따르는 척하고 있을 뿐이지.   45

---

191) *making low legs*: 한 다리는 앞으로 내밀고 한쪽 발은 뒤로 빼서 구부려 공손히 인사하다.

192) *eyelids close*: 겸양의 표시로 눈꺼풀을 거의 감길 정도로 하여 눈길을 아래로 하는 것.

193) *pleasant*: 익살맞은(=jocular), 재치있는(=witty).

194) *stab*: 험담하다, 찌르다. 여기서는 음탕한 익살로 쓰임(*2 Henry IV*, 2.1.13-14 참조).

195) *formal toys*: 격식을 갖춰 점잖이나 빼는 행동(trivial formalities).

Mine old lord whiles he lived, was so precise

That he would take exceptions at my buttons,

And being like pins' heads, blame me for the bigness,

Which made me curate-like in mine attire,

Though inwardly licentious enough,   50

And apt for any kind of villainy.

I am none of these common pedants, I,

That cannot speak without '*propterea quod*.'

SPENCER.   But one of those that saith '*quandoquidem*'

And hath a special gift to form a verb.   55

BALDOCK.   Leave off this jesting — here my lady comes.

[They draw aside.]

Enter the Lady [Margaret de Clare, *with letters*].

LADY MARGARET.   The grief for his exile was not so much

As is the joy of his returning home.

This letter came from my sweet Gaveston.

[Reads the letter.]

---

196) ***old lord***: 전 주인(former lord). 제9대 글로스터 백작은 약관 23세에 죽었으며, 제8대 글로스터 백작인 그
의 아버지는 52세에 죽었다.

197) ***precise***: (청교도적으로) 세심한, 꼼꼼한, 격식을 차리는, 딱딱한.

198) ***take exceptions at***: ...에게 화내다, 분노하다(1.2.25 각주 참조).

199) ***licentious***: 치밀하지 못한, 엉성한, 허술한(loose); 방탕한, 제멋대로의(unrestrained).

200) ***propterea quod***: 그런 이유로(=because, for this reason). 대학생들은 라틴어로 대화하도록 되었기 때문에
그들의 대사는 풍자의 대상이 되곤 하였다.

돌아가신 주인어른께선[196] 생전에 너무도 꼼꼼하게 격식을 차려서,[197]

내 옷 단추까지도 못마땅하게[198] 여기곤 하셨네.

단추가 꼭 바늘구멍만 했는데, 그것도 크다고 나를 나무라셨네.

그래서 내 비록 생각은 몹시 방탕하고,[199]

어떤 못된 짓도 저지를 수 있지만,　　　　50

그 분은 나를 마치 보좌신부처럼 입혀 놓았지.

나는 입만 열면 '그러한 고로'[200] 라며 거드름을 피우는

흔히 볼 수 있는 그런 현학자가 아닐세.

스펜서.　하지만 '그런 고로'[201] 라고 말하는 자들 중에도

제대로 지껄일 줄 아는[202] 특별한 재주를 가진 자가 있다네.　55

발독.　자, 농담은 이제 그만하세. 아씨께서 이리 오고 계시네.

[옆으로 물러선다.]

[마가렛 드 클레어, 손에 편지를 들고] 등장.

마가렛.　그분의 귀향으로 인한 기쁨은

그분의 추방에 대한 슬픔을 모두 잠재우고도 남는구나.

사랑하는 개비스톤님이 이 편지를 보내셨어.

[편지를 읽는다.]

---

201) *quandoquidem*: 이 단어는 바로 앞의 '그런 이유로'(*propterea quod*)와 본래 동일한 의미이지만, 모종의 익살이 내포되어 있는데, 그것은 아마도 말로우가 캠브리지에서 대학을 다녔던 경험에서 비롯된 듯하다. 앞의 단어는 보다 산문투인 반면 이 단어는 보다 시적이고 우아하게 사용되었음을 보여주고 있다.

202) *form a verb*: 그 의미에 대해 논란이 많은 구절. '올바로 발음하다' 혹은 '교묘하게 말하다,' '올바로 말하다'(Tancock); '언어를 잘 구사하다'(Ribner); '(새로운 단어나 표현을 만들어 내듯) 목적에 맞게 말을 적절히 변형하거나 이어 붙이다'(Charlton-Waller); '동사변화를 잘 구사하다.'

What needst thou love, thus to excuse thyself?   60

I know thou couldst not come and visit me.

'I will not long be from thee though I die';

This argues the entire love of my lord.

'When I forsake thee, death seize on my heart';

But rest thee here where Gaveston shall sleep.   65

                                     [*Puts the letter into her bosom.*]

Now to the letter of my lord the king.

                                         [*Reads another letter.*]

He wills me to repair unto the court

And meet my Gaveston. Why do I stay,

Seeing that he talks thus of my marriage day?

Who's there? Baldock,   70

                     [Baldock *and* Spencer Junior *come forward.*]

See that my coach be ready; I must hence.

BALDOCK.   It shall be done, madam.

LADY MARGARET. And meet me at the park pale presently.

                                              Exit [Baldock].

Spencer, stay you and bear me company,

For I have joyful news to tell thee of;   75

My lord of Cornwall is a-coming over

And will be at the court as soon as we.

SPENCER.   I knew the king would have him home again.

---

203) ***die***: 성적 의미(오르가즘)가 내포된 완곡어구(1.1.14 참고).
204) ***park pale***: 사유지 공원의 가장자리(경계)를 두른 울타리.

내 사랑, 이렇게 변명할 필요가 뭐 있나요?   60

그대가 나를 방문하러 올 수 없다는 걸 잘 아는데.

'내 비록 죽는 한이[203] 있어도 그대로부터 오래 떨어져 있진 않

　　으리다.'

이 말은 내 님의 순전한 애정을 입증해 주는군.

'내가 그대를 저버린다면, 죽음이 내 심장을 움켜쥐리라.'

하지만 너는 개비스톤님이 잠드셔야 할 이곳에 쉬고 있어라. 65

[그녀의 품에 편지를 넣는다.]

자, 이젠 국왕 전하의 편지 차례.

[다른 편지를 읽는다.]

내가 궁정으로 들어가,

개비스톤님과 만나길 원하시는군. 당연히 가야지.

왕께서 이렇게 내 결혼식 날짜를 정하자고 말씀하고 계신데.

거기 누구 있어요? 발독,   70

[발독과 아들 스펜서, 앞으로 나온다.]

어서 마차를 준비시켜요, 지금 가야겠어요.

발독.　　그렇게 하겠습니다, 아씨.

마가렛.　그러면 곧 울타리[204] 입구에서 만나요.

[발독] 퇴장.

스펜서, 여기 있다가 저와 동행해 줘요.

즐거운 소식을 알려줄 게 있으니까요.   75

콘월 백작께서 돌아오고 계시는 중인데,

우리가 도착할 때쯤이면 백작님도 궁정에 계실 거예요.

스펜서.　왕께서 그분을 다시 고국으로 불러들이실 줄 알았습니다.

LADY MARGARET.	If all things sort out, as I hope they will,
	Thy service, Spencer, shall be thought upon.	80
SPENCER.	I humbly thank your ladyship.
LADY MARGARET.	Come lead the way, I long till I am there.

[*Exeunt.*]

[Scene ii]

Enter Edward, [Isabella] *the* Queen, Lancaster, Mortimer [Junior], Warwick, Pembroke, Kent, Attendants. [*The lords bear heraldic devices on their shields*]

EDWARD.	The wind is good; I wonder why he stays.
	I fear me he is wracked upon the sea.
ISABELLA.	Look Lancaster how passionate he is,
	And still his mind runs on his minion.
LANCASTER.	My lord—	5
EDWARD.	How now, what news? Is Gaveston arrived?
MORTIMER.	Nothing but Gaveston! What means your grace?
	You have matters of more weight to think upon;

---

205) ***The wind is good***: 에드워드 왕은 타인마우스 성(Tynemouth Castle, 51행 이하 참고)에서 개비스톤을 기다리고 있다. 타인 강(River Tyne)은 잉글랜드 북동부에 있으며 뉴카슬을 가로질러 흐르는데 타인마우스 성은 바로 이 강 어귀에 위치한다. 따라서 왕이 있어야 할 런던 궁정에서 상당히 먼 곳으로, 개비스톤이 아일랜드(에드워드 2세 치하에서 처음 추방되었던 곳)로부터 돌아온다고 할 때 에드워드가 이곳에서 그를 기다린다는 것은 지리적 위치상 부적절하다. 이는 아마도 말로우가 개비스톤의 두 번째 추방지(Flanders)와 혼동했기 때문으로 보이는데, 실제로 두 번째 추방지에서 돌아올 때 에드워드 왕은 체스터(Chester)에서 그를

마가렛.　내가 바라던 대로 모든 일이 정리되면,

스펜서, 그대의 수고는 잊지 않겠어요.　　　　　　　80

스펜서.　아씨, 황송합니다.

마가렛.　자, 길을 안내 하세요, 빨리 궁정에 가고 싶어요.

[퇴장.]

[2막 2장]

에드워드, [이사벨라] 왕비, 랭카스터, [조카] 모오티머, 워릭,

펨브로크, 켄트, 수행원들 등장. [귀족들, 문장이 그려진 방패를 들고 있다]

에드워드.　바람은 이리 부는데,[205] 그가 왜 이리 지체되는가.

혹시 난파된 것이 아닌가 염려되는군.

이사벨라.　보세요, 랭카스터 경, 저분이 얼마나 슬픔에 가득 차 있는지.[206]

여전히 왕의 마음은 총신에게만 향하고 있어요.

랭카스터.　전하 ―　　　　　　　　　　　　　　　　　5

에드워드.　어찌된 일이오, 무슨 소식이라도 있나? 개비스톤이 도착했나?

조카 모오티머.　개비스톤 밖에 모르시다니요! 어찌하여 이러십니까, 전하?

심사숙고하셔서 해결해야 할 막중한 국사가 있나이다.

맞이하였다(Holinshed 320). 타인마우스는 개비스톤이 나중에 적대적인 귀족들을 피해 잠시 왕의 보호를
받던 곳이다(2.3.16의 각주 참고).

206) *passionate*: (=grief stricken, sorrowful)(Wiggins and Lindsey).

에드워드 2세　163

The king of France sets foot in Normandy.

EDWARD.   A trifle! We'll expel him when we please.   10

But tell me, Mortimer, what's thy device

Against the stately triumph we decreed?

MORTIMER.   A homely one my lord, not worth the telling.

EDWARD.   Prithee let me know it.

MORTIMER.   But seeing you're so desirous, thus it is: 15

A lofty cedar tree fair flourishing,

On whose top branches kingly eagles perch,

And by the bark a canker creeps me up

And gets unto the highest bough of all;

The motto: *Æque tandem*.   20

EDWARD.   And what is yours, my lord of Lancaster?

LANCASTER.   My lord, mine's more obscure than Mortimer's:

Pliny reports, there is a flying fish

Which all the other fishes deadly hate,

And therefore being pursued, it takes the air;   25

---

207) ***King . . . Normandy***: 프랑스 왕이 노르망디 지역을 침략하였다고 한 것은 말로우의 발상이다(3.1.63-64 참고).

208) ***triumph***: 마상 시합과 행렬 등 축하행사(1.4.381 참조).

209) ***device***: 모토와 함께 방패에 그려 넣은 상징적 문장(紋章).

210) ***canker***: 자벌레(canker-worm). 나무를 좀먹는 애벌레.

211) ***creeps me up***: 기어 올라가다(creeps up). 여기서 불필요하게 사용된 'me'는 동사의 재귀적 용법의 흔적이다.

212) ***Aeque tandem***:(=equal at last, equal finally, equal in height). '마침내 어깨를 나란히 하고,' 즉 자벌레(개비스톤)가 삼나무 꼭대기에 앉아 있는 '당당한 독수리들'(kingly eagles, 귀족들)의 높이까지 기어 올라가 명성과 권력이 그들과 동등해진다는 의미. 이 모토는 물론 개비스톤이 '높이 솟은 삼나무'(lofty cedar, 즉 에드워드 왕, 38행을 보라)를 파멸시키게 될 것임을 시사한다.

프랑스 왕이 노르망디에 상륙하였나이다.[207]

에드워드. 그런 사소한 일쯤이야! 마음만 먹으면 언제든 그 자를 쫓아낼
수 있네.

헌데 모어티머 경, 짐이 공포한 성대한 마상 시합에서[208] 사용할
경의 방패에 그려진 문양(紋樣)[209]의 의미에 대해 말해보겠소?

조카 모오티머. 평범한 것이라서 전하, 딱히 말씀드릴 만한 게 못되옵니다.

에드워드. 그래도 한 번 말해 보도록 하라.

조카 모오티머. 전하께서 그리 간곡하게 청하시니 여쭙겠사옵니다.

보란 듯이 치솟은 무성한 삼나무의
꼭대기 왕의 가지에 제왕 같은 독수리들이 내려앉았는데,
나무껍질을 타고 자벌레[210]가 기어 올라가,[211]
꼭대기 왕의 가지에 도달한 문양이옵니다.
뜻인즉 '결국은 동등하다'[212]이옵니다.

에드워드. 그대의 것은 어떠한가, 랭카스터 백작?

랭카스터. 전하, 신의 제명(題銘)은[213] 모오티머 경의 것보다 그 뜻을 헤아
리기가 쉽지 않나이다.

플리니[214]의 기록에 의하면, 다른 모든 물고기들이 죽도록 미워한
날치가 한 마리 있었다 하옵니다.
이 날치가 쫓기게 되자, 그만 물 밖으로 솟구쳤나이다.

---

213) *motto*: 방패나 문장(紋章)에 쓴 제명(題銘).

214) ***Pliny reports***: 고대 로마의 저자요 자연 철학가였던 플리니(Pliny the Elder, A.D. 23-79)는 진기한 이야기
를 썼던 것으로 유명했기 때문에 편집자들은 말로우가 착각했을 가능성에 대해서는 이해할 수 있지만, 실
제로 고대의 지식과 정보를 집대성한 37권으로 된 그의 방대한 저서 『자연사』(*Natural History*)에는 여기에
진술되어 있는 것과 같은 설명이 없다고 지적한다. 랭카스터는 개연성을 더하기 위해 플리니를 언급했을
가능성이 높다.

No sooner is it up, but there's a fowl

That seizeth it: this fish, my lord, I bear;

The motto this: *Undique mors est.*

EDWARD. Proud Mortimer, ungentle Lancaster!

Is this the love you bear your sovereign? 30

Is this the fruit your reconcilement bears?

Can you in words make show of amity

And in your shields display your rancourous minds?

What call you this but private libeling

Against the Earl of Cornwall and my brother? 35

ISABELLA. Sweet husband, be content; they all love you.

EDWARD. They love me not that hate my Gaveston.

I am that cedar (shake me not too much!)

And you the eagles, soar ye ne'er so high,

I have the jesses that will pull you down, 40

And aeque tandem shall that canker cry

Unto the proudest peer of Brittany.

Though thou compar'st him to a flying fish,

---

215) *Undique mors est*: 사방에(도처에) 죽음이로다(Death on all sides; On all sides there is death).

216) *my brother*: 개비스톤을 가리키는 애정 어린 말. 스토우에 의하면 에드워드 왕은 "개비스톤을 형제라고 부르면서 왕국을 계승할 수 있기를 바랐으며, 그의 동의 없이는 아무 것도 허가하려 하지 않았다. 그리하여 귀족들은 . . . 그를 시샘하여 . . . 그의 어머니가 마녀로 화형당했으며, 어머니의 마법에 동의했기에 추방당했던 개비스톤은 이제 왕 자신에게 마법을 걸고 있다고 주장하였다"(327, Forker 191 각주 재인용).

217) *jesses*: (보통 *pl.*) 젓갖(훈련된 매의 발에 매는 끈).

그러나 솟구친 순간, 맹금 한 마리가

날치를 덮쳤사옵니다. 신이 염두에 둔 것은 바로 이 날치이온데,

문장의 뜻인즉 '사방이 죽음이로다'[215)이옵니다.

에드워드. 오만한 모오티머, 고약한 랭카스터,

이게 바로 그대들이 그대들의 군주를 향해 품고 있는 애정이란

　　　말인가?　　　　　　　　　　　　　　　　　　　　　　　30

이게 바로 그대들의 화해가 맺은 열매란 말인가?

그대들은 말로는 우호적인 체 하면서도,

정작 방패에는 악의에 찬 속내를 드러내지 않는가?

이것이야말로 콘월 백작이자 내 형제[216)에 대한

은밀한 중상이 아니고 무엇이란 말인가?　　　　　　　　　　35

이사벨라. 전하, 고정하소서. 경들은 모두 전하를 경애합니다.

에드워드. 개비스톤을 미워하는 자는 과인을 경애하지 않는 거다.

과인은 저 삼나무이니, 나를 너무 흔들어 대지 말라.

그리고 그대들은 독수리들이니, 너무 높이 날아오르지 말라.

과인은 경들을 끌어 내릴 젓갖을[217) 손에 쥐고 있다.　　　　40

그리고 저 자벌레는 잉글랜드[218)의 가장 오만한 귀족들에게

'결국은 동등하니'라고 소리칠 것이다.

경들이 비록 그를 날치에 빗대며,

---

218) *Britainy*: 잉글랜드를 가리킨다. 그러나 16세기에는 이 단어가 셰익스피어의 작품에서 볼 수 있듯이, 잉글 랜드와 스코틀랜드를 함께 지칭하는 것으로 사용되었다. 그것은 아마도 두 왕권의 통일이 이미 예상되었기 때문일 것이다. 대영제국은 영국 전체 섬나라를 의미하는 것으로 브르타뉴(modern Brittany, 프랑스 북서부 의 반도 지방)와는 구별된다.

And threat'nest death whether he rise or fall,

'Tis not the hugest monster of the sea   45

Nor foulest harpy, that shall swallow him.

MORTIMER. [*To* Nobles] If in his absence thus he favours him,

What will he do whenas he shall be present?

LANCASTER. That shall we see: look, where his lordship comes.

Enter Gaveston.

EDWARD. My Gaveston!   50

Welcome to Tynemouth! Welcome to thy friend.

Thy absence made me droop and pine away,

For, as the lovers of fair Danaë,

When she was locked up in a brazen tower,

Desired her more, and waxed outrageous,   55

So did it sure with me; and now thy sight

Is sweeter far than was thy parting hence

Bitter and irksome to my sobbing heart.

---

219) ***foulest harpy***: 신화에서 하피는 불쾌하고, 탐욕스러우며, 콘도르처럼 생긴 여성으로 연회 식탁에서 음식을 낚아채거나 더럽혔다고 한다. 또한 하피는 아르고 원정대를 환대했던 동부 트라키아(발칸 반도 동부에 있던 고대 국가)의 통치자였던 피네우스(Phineus)에게 재앙을 내렸다고 한다.

220) ***his lordship***: 각하. 그러나 여기서는 개비스톤이 벼락출세하여 작위를 얻은 데 대해 비아냥거리는 뜻으로 말한 것이기에 '그 양반' 정도로 해석하였다.

221) ***Danaë***: 그리스 신화에 나오는 아름다운 여인. 아르고스의 왕 아크리시우스(Acrisius)와 에우리디케(오르페우스의 연인과 동명이인)의 딸. 다나에의 아들에게 살해당하게 될 것이라는 신탁을 들은 아크리시우스는 아직 처녀인 딸이 아이를 낳지 못하도록 청동탑에 가둬버렸다. 그러나 황금빛 비로 변신한 주피터가 방으로 스며들어와 다나에를 임신시켰다(3.2.83 참고). 이렇게 해서 태어난 페르세우스는 메두사의 머리를 잘라 죽인 것으로 유명하다. 나중에 어머니인 다나에와 함께 고향인 아르고스로 돌아온 페르세우스는 원반던지기

날아오르든 다시 떨어지든 죽이겠노라고 위협하지만,

날치를 삼키는 것은 경들 같은 바다의 거대한 괴물도,   45

추하기 그지없는 하피도[219] 아니다.

조카 모오티머. [귀족들에게] 그자의 부재중에도 왕이 이토록 놈을 총애할진대,

놈이 나타난다면 왕이 무슨 짓인들 못 하겠소?

랭카스터. 두고 봅시다. 저 양반[220] 오는 꼴 좀 보시오.

개비스톤 등장.

에드워드. 나의 개비스톤!   50

타인마우스 성에 온 걸 환영하네, 그대의 벗에게 어서 오게!

그대의 부재가 날 울화에 빠뜨리고 수척하게 만들었네.

아름다운 다나에[221]를 흠모하는 연인들이

그녀가 청동탑에 갇히자,

그녀를 사무치게 그리워하여, 넋이 빠져갔듯이,[222]   55

과인도 꼭 그러하였네. 허나 이제 그대의 모습은

그대가 이곳을 떠나며 짐의 슬픔에 찬 가슴에 새겨놓았던

쓰라리고 진저리치던 모습보다 어찌나 더 사랑스럽게 보이는지

모르겠네.

경기에 참가하여 원반을 던졌는데 공교롭게도 그 원반이 아크리시우스를 맞춰 죽임으로서 신탁의 예언을
실현시켰다. 르네상스 시대의 도덕가들은 이 신화를 재산이 정조를 타락시킬 수 있음을 예증하는 것으로
해석했듯이, 에드워드의 인유는 경고를 의도했지만 무의식적으로 아이러니를 투사한 셈이 된다. 다나에는
청동탑에서 주피터 말고는 어떤 연인도 없었지만, 말로우는 그보다는 그녀와 연관된 다른 에피소드들을 염
두에 두고 있었던 것 같다. 다른 전승에 의하면 그녀는 숙부 프로테우스(Proteus)의 유혹을 받았으며, 나중
에는 세리포스의 왕 폴리덱테스(Polydectes)와 밀통(혹은 결혼)을 강요당했다.

222) *outrageous*: 절제할 수 없는, 억제할 수 없는(immoderate, unrestrained)(5.1.19 참고).

GAVESTON.   Sweet lord and king, your speech preventeth mine,

Yet have I words left to express my joy: 60

The shepherd, nipped with biting winter's rage

Frolics not more to see the painted spring

Than I do to behold your majesty.

EDWARD.   Will none of you salute my Gaveston?

LANCASTER.   Salute him? Yes. Welcome, Lord Chamberlain.   65

MORTIMER.   Welcome is the good Earl of Cornwall.

WARWICK.   Welcome, Lord Governor of the Isle of Man.

PEMBROKE.   Welcome, master Secretary.

KENT.   Brother, do you hear them?

EDWARD.   Still will these earls and barons use me thus!   70

GAVESTON.   My lord, I cannot brook these injuries.

ISABELLA.   Ay me, poor soul, when these begin to jar.

EDWARD.   Return it to their throats; I'll be thy warrant.

GAVESTON.   Base, leaden earls, that glory in your birth,

Go sit at home, and eat your tenants' beef,   75

---

223) *preventeth*: (할 말을) 막다, 미리 하다(anticipates).

224) 대체로 한겨울에 목동이 겪는 추위에 대한 이미지가 지배적이지만, 말로우는 아마도 전쟁을 하던 중 언덕에 앉아 "목동은, 손톱을 입으로 불어 가며"(shepherd, blowing of his nails)(*3H6*, 2.5.3)라고 말하면서 상념에 잠긴 헨리 6세의 독백을 떠올렸을지도 모른다.

225) *painted*: 꽃이 만발한, 방초 동산의(adorned with flowers; flowery meadows).

226) *Secretary*: 국무장관(=Chief Secretary to the state)(1.1.154 참조).

227) *jar*: 말다툼(wrangle).

228) ***Return it to their throats***: 모욕을 그들의 목구멍에 되돌려주게, 즉 그들이 앞서 한 말을 취소하게 하라(make them eat their own words).

229) ***base, leaden earls***: 가짜 귀족들, 겉만 번드르르한 귀족들(=spurious nobles). 개비스톤이 시사하는 바는 비록 귀족들은 자신들의 출신에 위안을 구하지만, 실제로 그들은 진정한 고매함을 갖추지 못하고 있다는 것이다. 'leaden'은 또한 상상력의 결핍 혹은 답답한 인간성을 시사할 수 있다.

개비스턴.　　인자하신 국왕 폐하, 폐하께서 제가 아뢰어야 할 말씀을 먼저 다

　　　　　　하셨나이다.[223]

　　　　　　허나 저도 기쁨을 표할 말이 남겨져 있나이다.　　　　　　　　　60

　　　　　　살을 에는 엄동설한에 시달린 목동이,[224]

　　　　　　꽃이 만발한 초원을[225] 본다 한들

　　　　　　제가 폐하를 뵙는 기쁨에 비하진 못할 것입니다.

에드워드.　　아무도 나의 개비스톤에게 예를 표하지 않을 작정인가?

랭카스터.　　그에게 예를 표하라? 그러지요. 환영하오, 내무대신.　　　　　65

조카 모오티머.　　환영하오, 콘월 백작.

워릭.　　환영하오, 맨 섬 총독.

펨브로크.　　어서 오시오, 국무대신.[226]

켄트.　　형님, 저자들이 하는 말을 듣고만 계십니까?

에드워드.　　아직도 귀족들이 내게 이렇듯 무엄하게 대하다니!　　　　　70

개비스톤.　　전하, 이러한 모욕은 참을 수가 없사옵니다.

이사벨라.　　[방백] 아 슬프고, 가엾은 내 신세, 이들의 불화가[227] 또 시작인가!

에드워드.　　그대가 받은 치욕을 저자들의 목구멍에 도로 쑤셔 넣어주게.[228]

　　　　　　내가 그대의 보증을 서겠네.

개비스톤.　　출생이나 뽐내는 천박하고, 우둔한 귀족 나으리들,[229]

　　　　　　댁에 돌아가셔서, 소작인들이 바친 쇠고기나 드시지 그러시

　　　　　　오.[230]　　　　　　　　　　　　　　　　　　　　　　　　　　　　75

---

230) *eat your tenants' beef*: 차지인(借地人)들의 쇠고기를 먹다. 개비스톤과 같은 프랑스인들은 영국인들은
　　쇠고기를 즐겨먹은 것으로 알고 있었다. 아쟁꾸르(Agincourt) 전투 중 프랑스 사령관이 "저 인간들도 지혜
　　는 마누라들에게 맡겨 놓고 . . ."라고 한 데 대해 오를레앙이 맞장구치며 "그렇소, 그렇지만 이 영국놈들,
　　쇠고기에 주려서 다 죽어가고 있소"(*H5*, 3.7.147-50)라고 대답한 것 참고.

And come not here to scoff at Gaveston,

Whose mounting thoughts did never creep so low

As to bestow a look on such as you.

LANCASTER. Yet I disdain not to do this for you.

[*Draws his sword.*]

EDWARD. Treason, treason! Where's the traitor? 80

PEMBROKE. [*Pointing to* Gaveston] Here, here!

EDWARD. Convey hence Gaveston; they'll murder him.

GAVESTON. [*To* Lancaster] The life of thee shall salve this foul disgrace.

MORTIMER. Villain, thy life unless I miss mine aim.

[*Wounds* Gaveston.]

ISABELLA. Ah, furious Mortimer, what hast thou done? 85

MORTIMER. No more than I would answer, were he slain.

[*Exit* Gaveston *with* Attendants.]

EDWARD. Yes, more than thou canst answer, though he live.

Dear shall you both aby this riotous deed.

Out of my presence! Come not near the court.

MORTIMER. I'll not be barred the court for Gaveston. 90

LANCASTER. We'll hale him by the ears unto the block.

EDWARD. Look to your own heads; his is sure enough.

---

231) ***mounting thoughts***: 개비스톤의 과도한 자만심은 홀린셰드의 몇몇 구절에서도 확증된다(특히 320쪽 참조).

232) 개비스톤이 부상당하게 처리한 것은 말로우의 발상이다. 물론 이 생각은 이들의 만남에 대한 홀린셰드의 설명─"귀족들의 적의가 대단해서 위로와 축하의 즐거움은 그리 오래 가지 않았다"(320)─에 기반을 둔 것 같다.

233) ***answer***: ...의 책임을 지다, ...에 대한 벌을 받다(answer for).

234) ***both***: 개비스톤에게 상처를 입힌 조카 모오티머와 그를 향해 칼을 빼들었던 랭카스터.

235) ***aby***: aby, abye[əbái](*p*., *pp*. abought[əbɔ́:t])(古) (죄를) 씻다; (괴로움을) 견디다. dearly를 수반.

개비스톤을 조롱하려고 여기까지 오시느라 수고하지 말고.

내 고매한 생각은[231] 너희 같은 자들에게

눈길을 한 번이라도 줄 만큼 낮은 곳에 머물지 않았소이다.

랭카스터. 그러냐? 네놈을 찌르지 않고 있자니 역겨워 참을 수가 없구나.

[칼을 뽑아 개비스톤을 찌르려 한다.]

에드워드. 역모다, 역모! 반역자를 잡아라.　　　　　　　80

펨브로크. [개비스톤을 가리키며] 바로 이놈이다!

에드워드. 개비스톤을 다른 곳으로 모셔라. 저자들이 그를 죽이려는 구나.

개비스톤. [랭카스터에게] 내가 당한 치욕을 네 놈의 목숨으로 씻고야 말겠다.

조카 모오티머. 악당 녀석, 이 칼이 빗나가지 않는 한 네 놈의 목숨은 없다.

[개비스톤에게 부상을 입힌다.][232]

이사벨라. 아니, 격분하신 모오티머, 대체 무슨 일을 저지른 거예요?　85

조카 모오티머. 설령 그 자가 죽는다 해도 마땅히 책임질 만한 일을 한 것뿐이

옵니다.[233]

[개비스톤 수행원들과 함께 퇴장.]

에드워드. 아니다, 설령 그가 살아남는다 해도 너는 책임지지 못할 일을

저질렀다.

두 사람은[234] 이처럼 무례한 만행을 저지른데 대한 대가를 단단

히 치르도록[235] 하겠노라.

다들 썩 물러가라! 궁정 근처에는 얼씬도 하지 말라.

조카 모오티머. 개비스톤 때문에 궁정 출입을 거부당하기는 싫소이다.　90

랭카스터. 그자의 귀를 잡아끌어서라도 단두대로 끌고가겠소.[236]

에드워드. 그의 머리는 확실히 안전하니 그대 자신의 머리나 지키도록 하라.

---

236) *hale*: 거칠게 잡아끌다. *unto the block*: 단두대 (위)로.

WARWICK.	Look to your own crown, if you back him thus.
KENT.	Warwick, these words do ill beseem thy years.
EDWARD.	Nay, all of them conspire to cross me thus; 95
	But, if I live, I'll tread upon their heads
	That think with high looks thus to tread me down.
	Come, Edmund, let's away, and levy men;
	'Tis war that must abate these barons' pride.

Exit [Edward] *the* King, [*with* Queen Isabella *and* Kent].

WARWICK.	Let's to our castles, for the king is moved. 100
MORTIMER.	Moved may he be, and perish in his wrath.
LANCASTER.	[*To* Mortimer] Cousin, it is no dealing with him now;
	He means to make us stoop by force of arms,
	And therefore let us jointly here protest
	To prosecute that Gaveston to the death. 105
MORTIMER.	By heaven, the abject villain shall not live.
WARWICK.	I'll have his blood, or die in seeking it.
PEMBROKE.	The like oath Pembroke takes.
LANCASTER.	And so doth Lancaster.
	Now send our heralds to defy the king
	And make the people swear to put him down. 110

---

237) ***ill beseem thy years***: 워릭 백작(1315년 사망)은 원로 귀족이기에 이런 상황에서 거친 말보다는 지혜로운 말을 해야 할 것이다.

238) ***Cousin***: 이보게, 종형(從兄) 등 형제 같이 가까운 친구나 동료를 일컫는 말로 다양한 친척관계를 나타내는 데에도 광범위하게 쓰였다.

239) ***defy***: ...에 대한 충성(臣從의 의무)을 거부하다(renounce allegiance to); 도전하다(challenge).

워릭.	왕관이나 잘 지키시지, 정 그렇게 그자를 두둔하시려거든.
켄트.	워릭 경, 그런 말은 경의 연륜에 걸맞지 않소이다.[237]
에드워드.	아니, 이자들이 모두 짐의 뜻을 능멸하려고 작당하였군. 95
	하지만, 내 살아남기만 하면,
	오만한 모습으로 나를 짓밟을 수 있다고 생각하는
	이자들의 머리를 짓밟아주고 말겠다.
	자, 에드먼드, 가서 병사들을 소집하라.
	이 귀족들의 오만함을 확실히 꺾을 수 있는 건 전쟁 밖에 없다.

[이사벨라 왕비, 켄트와 함께 에드워드] 왕 퇴장.

워릭.	왕이 격분했으니 우리들의 성으로 갑시다. 100
조카 모오티머.	격분할 테면 하라지요. 그러다 홧병으로 죽어버리게!
랭카스터.	[모오티머에게] 이보게,[238] 지금 당장 왕과 맞서는 것은 좋지 않네.
	왕은 무력으로 우리들을 진압할 작정이니
	여기서 우리 다 같이 힘을 모아
	저 개비스톤 녀석을 처단하자고 주장하세. 105
조카 모오티머.	맹세코, 저 비천한 악당 녀석을 살려두지 않겠소!
워릭.	나는 그자의 피를 보고야 말겠소. 아니면 그자의 피를 보기 위해
	싸우다 내가 죽든가.
펨브로크.	소인도 같은 서약을 하는 바이오.
랭카스터.	소인도 마찬가지요.
	이후로 왕에 대한 충성의 의무를 면한다고[239] 포고할 사자를 파
	견하고 백성들로 하여금 왕의 폐위를 맹세케 합시다. 110

Enter a Post.

MORTIMER. Letters? From whence?

POST. From Scotland, my lord.

LANCASTER. Why, how now, cousin, how fare all our friends?

MORTIMER. [*Reading letter*] My uncle's taken prisoner by the Scots.

LANCASTER. We'll have him ransomed, man, be of good cheer.　　115

MORTIMER. They rate his ransom at five thousand pound.

Who should defray the money but the king,

Seeing he is taken prisoner in his wars?

I'll to the king.

LANCASTER. Do, cousin, and I'll bear thee company.　　120

WARWICK. Meantime my lord of Pembroke and myself

Will to Newcastle here, and gather head.

MORTIMER. About it, then, and we will follow you.

LANCASTER. Be resolute and full of secrecy.

WARWICK. I warrant you.　　125

[Exeunt all except Mortimer and Lancaster.]

MORTIMER. Cousin, and if he will not ransom him,

I'll thunder such a peal into his ears

---

240) 이 사건은 말로우의 발상이다. 이와 유사한 에피소드는 헨리 4세 치하에서 에드먼드 모오티머가 포로로 잡혔던 사건과 이를 셰익스피어가 극화한 내용―에드먼드 모오티머가 웨일즈의 글렌다워를 정벌하다 포로로 잡힌데 대해 몸값 지불을 놓고 헨리 왕은 그를 역적이기 때문에 비용을 지불할 수 없다고 선언하고 이에 대해 핫스퍼는 모오티머는 반역자가 아니라 불운한 패전 탓이니 당연히 몸값을 지불해서 풀려나게 해야 한다고 대립하는(*1H4*, 1.3.77-119)― 과 유사하다.

241) **Newcastle**: 콘월 백작에게 능욕을 당한 귀족들을 비롯하여 여러 사람들이 그에게 보복하고, 그런 사악한 자를 국가에서 추방하기 위해 결의하여 왕이 머물고 있던 뉴캐슬 성을 향해 모여들었다(Holinshed 321 참조).

전령 등장.

조카 모오티머. 서한이라? 어디에서 온 것인가?

전령. 스코틀랜드에서 온 것입니다, 나으리.

랭카스터. 아니, 무슨 일인가? 이보게, 우리 동지들은 모두 무사한가?

조카 모오티머. 제 숙부님이 스코틀랜드 군에 포로로 잡히셨다하오이다.[240]

랭카스터. 우리가 그분의 속전을 치를 테니, 기운 내시오.　　　　　115

조카 모오티머. 그자들은 숙부님의 속전으로 오천 파운드를 요구하오.

그분은 왕을 위한 전쟁에서 포로가 되셨는데,

왕 아니면 누가 그 비용을 지불해야겠소?

소인이 왕에게 가겠소이다.

랭카스터. 그렇게 하시오. 내가 동행하리다.　　　　　120

워릭. 그 동안 펨브로크 경과 저는

당장 뉴캐슬 성[241]으로 가서, 군사들을 모으겠소.[242]

조카 모오티머. 그렇게 하시지요. 우리가 경을 뒤따르리다.

랭카스터. 굳게 결심하고 철저히 비밀을 지키시오.

워릭. 여부가 있겠소.　　　　　125

[조카 모오티머와 랭카스터만 남고 모두 퇴장.]

조카 모오티머. 종형, 만일[243] 왕이 숙부님의 몸값을 지불하지 않겠다면,

지금껏 어떤 신하도 들려준 적이 없는

---

242) *gather head*: 군사들을 소집하다, 병사를 모집하다.
243) *an if*: if.

As never subject did unto his king.

LANCASTER. Content; I'll bear my part. [*Calling*] Holla! Who's there?

[*Enter Guard.*]

MORTIMER. Ay, marry, such a guard as this doth well. 130

LANCASTER. Lead on the way.

GUARD. Whither will your lordships?

MORTIMER. Whither else but to the king?

GUARD. His highness is disposed to be alone.

LANCASTER. Why, so he may; but we will speak to him. 135

GUARD. You may not in, my lord.

MORTIMER. May we not?

[*Enter* King Edward *and* Kent.]

EDWARD. How now, what noise is this?

Who have we there? Is't you?

[*Offers to go back.*]

MORTIMER. Nay, stay, my lord; I come to bring you news: 140

Mine uncle's taken prisoner by the Scots.

EDWARD. Then ransom him.

천둥소리를 왕의 귀에다 질러대겠소.

랭카스터.　　좋소. 나는 내 역할을 하겠소. [부르면서] 여봐라! 게 누구 없느냐?

[호위병 등장.]

조카 모오티머.　　아니, 이런, 마침 호위병이라, 잘 되었군.　　130

랭카스터.　　안내하라.

호위병.　　어딜 가시렵니까, 나으리?

조카 모오티머.　　전하께 말고 어딜 간단 말이냐?

호위병.　　전하께서는 혼자 계시고 싶어 하십니다.

랭카스터.　　그래, 그러고 싶으시겠지. 하지만 우리는 왕에게 드릴 말씀이 있
　　　　다.　　135

호위병.　　들어가실 수 없습니다, 나으리.

조카 모오티머.　　들어갈 수 없다니?

[에드워드 왕과 켄트 등장.]

에드워드.　　어쩐 일이냐, 왜 이리 소란이냐?

　　　　아니 이게 누군가? 그대들 아닌가?

[되돌아가려고 한다.]

조카 모오티머.　　아니, 잠깐만 기다리소서, 전하. 비보(悲報)이옵니다.　　140

　　　　제 숙부님께서 스코틀랜드 군에 포로로 잡히셨다하옵니다.

에드워드.　　그러면 그의 속전을 지불하게.

LANCASTER.   'Twas in your wars. You should ransom him.

MORTIMER.   And you shall ransom him, or else—

KENT.   What, Mortimer, you will not threaten him?   145

EDWARD.   Quiet yourself, you shall have the broad seal

To gather for him throughout the realm.

LANCASTER.   Your minion Gaveston hath taught you this.

MORTIMER.   My lord, the family of the Mortimers

Are not so poor, but, would they sell their land,   150

'Twould levy men enough to anger you.

We never beg, but use such prayers as these.

                                                  [*Grasps his sword.*]

EDWARD.   Shall I still be haunted thus?

MORTIMER.   Nay, now you are here alone, I'll speak my mind.

LANCASTER.   And so will I; and then, my lord, farewell.   155

MORTIMER.   The idle triumphs, masks, lascivious shows,

And prodigal gifts bestowed on Gaveston

Have drawn thy treasure dry, and made thee weak;

The murmuring commons overstretched hath.

LANCASTER.   Look for rebellion, look to be deposed.   160

---

244) ***broad seal***: 어떤 개인이나 단체가 특별한 목적을 위해 모금이나 구걸을 할 수 있도록 허가하여 부랑자나 거지들이 받게 되는 처벌을 면하도록 국새를 찍어 표시한 서류나 서한. 여기서 에드워드 왕은 조카 모오티머에게 사실상의 구걸을 할 권리를 부여하겠다고 함으로써 그에게 모욕을 가하고 있으며(152행 이하 참고), 그럼으로써 그가 궁핍해졌음을 암시한다.

245) ***treasure***: 국고, 재정(=treasury). 또는 에드워드의 '정액'(semen)을 의미할 수도 있다(Normand, 190). 이사벨라가 에드워드에게 키스할 때 그에게 하는 이사벨라의 말에서도 'treasury'는 성적, 정치적 의미를 내포하고 있다(1.4.330-31 및 각주 참조).

246) ***The murmuring commons overstretched hath***: 에둘러 표현된 구문으로 그 의미는 아마도 '[이 파멸을 초래하는 턱없는 지출은] 일반 백성들에게 과도한 부담을 지워서 [과도한 세금으로 인해] 원성이 자자하다'이

랭카스터.	전하께서 벌이신 전쟁 중에 그리 되셨으니 전하께서 속전을
	지불하셔야 마땅하옵니다.
조카 모오티머.	전하께서 속전을 지불하셔야 할 것이옵니다, 그렇지 않으면 —
켄트.	아니, 모오티머, 전하를 협박하는 것이오?
에드워드.	진정하게, 그대에게 왕국 전역에서 모금을 허락하는
	국새를 찍어주겠노라.[244]
랭카스터.	전하의 총신 개비스톤이 그렇게 일렀나보오이다.
조카 모오티머.	전하, 모오티머 가문은
	그렇게 가난하지 않소이다. 저희 가문이 영지를 팔면
	그 땐 전하를 노하게 할 정도로 충분한 병사를 모을 수 있을 것
	이외다.
	우리는 결코 구걸하지 않소. 그 대신 이런 수단에 의존하오.

[자신의 칼을 움켜쥔다.]

에드워드.	내가 언제까지 이렇게 방해받아야 하는가?
조카 모오티머.	아니, 지금 이곳에 혼자계시니, 소신의 생각을 말해야겠소.
랭카스터.	신도 그러겠소. 그러고 나선, 전하, 하직이오.
조카 모오티머.	쓸 데 없는 마상시합, 가면극, 음탕한 연극,
	그리고 개비스톤에게 하사한 지나친 선물들은,
	왕실의 재정[245]을 고갈시켰고, 전하를 무기력하게 만들었으며,
	지나치게 과도한 부담을 지게 된 평민들의 원성이 자자하오.[246]
랭카스터.	반란을 조심하시오. 폐위당하지나 않도록 조심하는 게 좋을 것
	이오.

145

150

155

160

다. 에드워드 왕에 대한 이 공격은 글로스터에 대한 귀족들의 공격(*2 H6*, 1.3.122-137), 특히 윈체스터 추기경의 공격 — "공은 국민의 고혈을 빨았으며"(The commons hast thou rack'd)(128) — 과 상당히 유사하다.

에드워드 2세 **181**

Thy garrisons are beaten out of France,

And, lame and poor, lie groaning at the gates;

The wild O'Neill, with swarms of Irish kerns,

Lives uncontrolled within the English pale;

Unto the walls of York the Scots make road   165

And, unresisted, draw away rich spoils.

MORTIMER.   The haughty Dane commands the narrow seas,

While in the harbour ride thy ships unrigged.

LANCASTER.   What foreign prince sends thee ambassadors?

MORTIMER.   Who loves thee, but a sort of flatterers?   170

LANCASTER.   Thy gentle queen, sole sister to Valois,

---

247) 랭카스터가 언급한 재난은 당시의 역사적 기록에 근거하지 않은 막연한 진술이다. 구태여 이러한 사례를 든다면 1322년에 스코틀랜드와 프랑스가 에드워드 왕이 귀족들과의 불화와 대치로 일종의 내전상태에 빠진 틈을 노린 적이 있었다(Holinshed 332 참고).

248) *The wild O'Neill*: 오닐 가문 사람들은 에드워드 2세의 통치기간 동안 아일랜드에서 활동하고 있었으며 그 이름은 엘리자베스 시대의 관객에게 익히 알려져 있었지만 국가에 어떤 문제를 일으키지 않았기 때문에 이와 같은 내용은 비역사적이다.

249) *Irish kerns*: 아일랜드 경보병. 보통 창과 방패, 활과 미늘이 있는 화살이나 던지는 창으로 무장하였다.

250) *the English pale*: (옛 아일랜드의) 영령(英領) 지역(Dublin 주변). 영국 이주자들은 이곳이 보다 잘 통제될 수 있었기 때문에 상대적으로 안전하다고 간주했던 곳이다.

251) *made road*: 공격하다(=made raid). '길을 내다'로 잘못 해석하기 쉬우나 'road'는 엘리자베스 시대에 종종 '공격하다'(road)라는 의미로 사용되었으며, 원래 스코틀랜드어 'raid'의 변형이다. 스토우는 스코틀랜드가 1318년에 요크를 공격하였다고 언급한다(*Chronicles*, 266).

252) *drave*: 가져가다, 빼앗아 가다(=took).

253) *Dane*: 덴마크 사람; 데인 사람(9-11세기경 영국에 침입한 북유럽인).

254) *commands the narrow seas*: 마가레트 왕비가 헨리 6세에게 에드워드 태자를 폐적하기로 귀족들과 약속한 것에 대한 항의 중 "가혹한 팔콘브릿지는 영국 해협(the narrow seas)을 관할하고 있소"(*3H6*, 1.1.239)라고 한 말 참고. 에드워드 2세 때 덴마크인들이 영국 해협('the narrow seas')을 지배하는 일은 불가능했다. 롤리(Ralph Ralegh)는 1593년에 덴마크가 스페인의 사주로 잉글랜드에 대해 해상에서 적대적으로 굴고 있다고 느꼈다(Rowland, ed. 105에서 재인용).

255) *Valois*: 이사벨라왕비(1292-1358)는 실제로는 발로와 가문이 아니라 필리프 4세의 딸로 카페왕조(Capet, 987-1328년) 가문에 속한다. 그녀의 오라버니들은 잇따라 왕위에 올랐다 죽음으로써 ― 카페 가문의 마지막

전하의 주둔군들은 프랑스에서 패해 쫓겨나서,[247]

절뚝거리며 비참한 몰골로 성문 앞에 누워 신음하며 있소.

저 난폭한 오닐 가문은[248] 아일랜드 경보병[249] 무리들과 함께

영국령 지역[250] 내에서도 아무런 제재를 받지 않고 제멋대로

지내고 있소.

스코틀랜드군이 요오크의 성벽을 공격하여,[251]   165

아무런 저항도 받지 않은 채, 약탈을 일삼고 있소이다.[252]

조카 모오티머. 건방진 덴마크 놈들이[253] 해협을 호령하고 있소.[254]

헌데 전하의 군선들은 항구에 닻을 내린 채 한가하오.

랭카스터. 어떤 외국 군주들이 사절을 파견하겠소?

조카 모오티머. 아첨배들 말고 누가 당신을 경애하겠소?   170

랭카스터. 발로와 가문 프랑스 왕[255]의 유일한 누이, 전하의 고결한 왕비께

서는,

직계 왕들인 루이 10세(재위 1314-16), 필리프 5세(재위 1316-22), 그리고 1328년, 이사벨라의 남동생으로 마지막 카페 왕인 샤를 4세(Charles IV)(1294-1328, 재위 1322-28)의 죽음ㅡ프랑스의 왕위계승에 문제를 야기하였다. 특히 에드워드 2세를 이어 1327년에 새로 즉위한 에드워드 3세는 스코틀랜드인들의 저항의 배후에 프랑스 왕의 음모가 있다고 생각하고 있을 뿐 아니라 잉글랜드 양모 상인들의 고객인 플랑드르의 모직물업자들을 위협하고 있던 프랑스와 싸울 구실을 찾고 있었다. 1329년, 이사벨라의 사촌인 발로와가의 필리프 6세(Phillippe VI)(1293-1350, 재위 1328-50, 미남왕 필리프 4세의 삼촌인 Valois 백 샤를의 아들) 가 그녀의 동생 샤를 4세의 뒤를 이어 발로와 왕조 최초로 왕위에 올랐을 때 에드워드 3세는 그를 프랑스 의 합법적인 계승자로 인정하여, 가스꼬뉴를 영유한 봉신으로서 필리프 6세에게 신서를 한 바 있다. 그 후 10여년간 별다른 이의를 제기하지 않고 있던 에드워드는 1337년에 필리프가 가스꼬뉴의 합병을 선언하자 필리프 4세의 딸인 자신의 어머니 이사벨라가 카페 왕족임을 내세워ㅡ에드워드 3세는 필리프 4세의 외손 자로서 그와는 더욱 가까운 핏줄이 된다. 그러나 프랑스의 살리 법(Salic law)에 의하면 여자와 그 자식들은 왕위 계승권이 없었다ㅡ프랑스 왕위를 요구하면서 양국 사이에 시작된 전쟁은 100년 전쟁으로 이어졌다 (『영국의 역사: 상』, 174-75 참조). 봉건적 계승 관습법에 의하면, 여성이 남성의 성(姓)을 물려받을 수는 없지만 지위는 물려받을 수 있었다. 그러나 프랑스 궁정의 법률 전문가들은 여성들의 왕권 계승을 금지시 키면서 한편으로는 클로비스(Clovis, r. 481-511)왕의 『살리 법전』과 프랑크 족의 법을 소급하여 적용하면 서 앞으로 여왕이 다스릴 가능성 혹은 여성 세습의 가능성까지도 아예 배제시켜 버렸다(『사진과 그림으로 보는 케임브리지 프랑스사』, 56-57, 135 참조).

Complains that thou hast left her all forlorn.

MORTIMER.	Thy court is naked, being bereft of those

That make a king seem glorious to the world —

I mean the peers, whom thou shouldst dearly love;	175

Libels are cast against thee in the street,

Ballads and rhymes made of thy overthrow.

LANCASTER.	The northern borderers, seeing the houses burnt,

Their wives and children slain, run up and down

Cursing the name of thee and Gaveston.	180

MORTIMER.	When wert thou in the field with banner spread?

But once! And then thy soldiers marched like players,

With garish robes, not armour, and thyself,

Bedaubed with gold, rode laughing at the rest,

Nodding and shaking of thy spangled crest,	185

---

256) *The northern borderers*: 북쪽지방 국경[변경]의 주민들(특히 잉글랜드와 스코틀랜드 접경의).

257) 사실(史實)에 어긋나게 말로우는 주로 영국과 스코틀랜드 사이의 전쟁에 의한 북쪽 지방 국경 주민들의 고통에 대한 비난을 개비스톤이 공유하도록 하고 있다.

258) 홀린셰드가 분명히 하듯, 에드워드 2세는 그가 즉위하는 순간부터 스코틀랜드, 아일랜드, 프랑스와 부단히 크고 작은 전쟁과 개비스톤 및 휴 스펜서 부자에 대한 과도한 총애에 불만을 품은 자국 내의 봉건 귀족들과 원만하지 못한 관계로 인한 내전의 소동 속에서 국가를 통치하였다. 1301년에 최초의 잉글랜드 태생 웨일즈 공(Prince of Wales)으로서 장자로 왕위에 오른 에드워드 2세는 이미 부왕 에드워드 1세의 스코틀랜드 정벌에 참가했었고, 자신의 치세 중 상당기간 북쪽 지역에서 스코틀랜드와 전투를 벌였다. 그러나 대부분의 전투는 잉글랜드와 그의 인기에 많은 손실을 끼쳤는데 그것은 파괴적인 약탈뿐만 아니라 외국과의 갈등이 왕과 그의 반항적인 귀족들과의 내부적 알력과 위험하게 뒤얽히게 되었기 때문이다. 이 극에서 에드워드 왕은 숙부 모오티머를 징집된 군대의 사령관에 임명하여 스코틀랜드와의 전투에 내보내면서 그가 "외국과의 전쟁에서 세운 위대한 공적"에 대해 찬양한다(1.4.359-62). 그러나 말로우는 이 극에서 복잡한 전투에 대해 아무런 언급을 하지 않으며, 다만 두 번의 유명한 전투—스코틀랜드와의 배녁번 전투(1314년)(2.2.181-94)와 자신에게 반대하는 대영주들을 타도하고 랭커스터 백작을 처형한 버러브리지 사건(1322년)(3.2.)—에 대해 간단히 언급하고 있을 따름이다.

259) 여기서 조카 모어티머의 묘사는 배녁번 원정시 에드워드 2세의 모습을 사실(史實)에 근거하여 설명하고

전하께서 당신을 외롭게 내버렸다고 불평하오.

조카 모오티머.　왕을 세상에 영광스럽게 보이도록 만드는 사람들,

즉 전하께서 마땅히 친애해야 할 귀족들을 잃었기에

전하의 궁정은 헐벗었소.　　　　　　　　　　　　　　　　175

거리에는 전하를 향한 비방의 글들이 무성하고,

전하의 폐위를 노래하는 민요와 시들이 나돌고 있소.

랭카스터.　북쪽지방 변경의 주민들은,[256] 집이 타버리고,,

처자들이 살해당한 것을 보고는, 광분하여,

당신과 개비스톤의 이름을 저주하고 있소.[257]　　　　180

조카 모오티머.　언제 당신이 군기를 휘날리며 전장에 나가 싸운 적이나 있었소?

단 한 번 밖에 없었소![258] 그 때에도 당신의 병사들은 마치 배우들처럼,

갑옷과 투구 대신 화려한 옷을 입고 행진하였소. 그리고 당신은,

금으로 덕지덕지 치장하고, 다른 사람들을 비웃으며 말을 타고,[259]

번쩍번쩍 빛나는 투구를 까딱이며 흔들어 소리를 내고 있었는데, 185

있다. 배넉번 전투에서 스코틀랜드의 로버트 브루스는 스털링(Stirling) 성을 제외하고 잉글랜드인들이 점령했던 스코틀랜드의 땅과 성들을 대부분 탈환하였으며, 그곳에 주둔해 있던 잉글랜드 병사들을 모두 스코틀랜드 밖으로 내몰았다. 이에 대한 복수로 1314년에 에드워드 왕은 약 2만여 명의 기병과 웨일즈의 궁병을 주축으로 한 병사를 징발하여 화려하게 장식하고 호화롭게 의복을 치장한, 따라서 전장에 있는 잔인한 적들과 맞서 싸우기보다는 오히려 개선식에나 어울릴 부대를 직접 거느리고 스코틀랜드로 쳐들어갔다. 그는 특히 당시 스코틀랜드인들에 의해 포위되어 있는 스털링 성을 구할 목적으로 그곳을 향했으나 이미 로버트 브루스는 에드워드의 군대와 싸울 준비를 치밀히 짜놓고 있었다. 에드워드 왕은 자신의 군대를 제대로 지휘하지 못하여 최초의 접전부터 무너져 버렸다(Holinshed 322 참조).

그들은 6월 하순에 스털링 성 근처의 배넉번 개울가에 도달하였으며 이곳에서 양군 사이에 최후의 일전이 벌어졌다. 브루스는 자신의 군대 병력보다 세 배나 되는 잉글랜드군을 교묘하게 유인하여 배넉번의 늪지에 몰아넣었다. 브루스의 창병들에 대한 에드워드의 기병들의 공격이 실패하고, 그의 보병과 궁병들이 제대로 움직이지 못하고 있는 사이에 스코틀랜드 경기병들의 효과적인 공격에 직면한 잉글랜드군은 완패하고 말았으며 에드워드는 간신히 빠져나와 배를 타고 후퇴하였다. 이 굴욕적인 패배는 스코틀랜드의 독립을 보장하였으며, 에드워드는 법령기초위원들의 지배하에 들어갈 수밖에 없었다(『영국의 역사: 상』, 167).

	Where women's favours hung like labels down.
LANCASTER.	And thereof came it that the fleering Scots,
	To England's high disgrace, have made this jig:
	'Maids of England, sore may you mourn,
	For your lemans you have lost at Bannocks bourne. 190
	With a heave and a ho.
	What weeneth the king of England,
	So soon to have won Scotland?
	With a rombelow.'
MORTIMER.	Wigmore shall fly to set my uncle free. 195
LANCASTER.	And, when 'tis gone, our swords shall purchase more.
	If ye be moved, revenge it as you can;
	Look next to see us with our ensigns spread.

Exeunt Nobles [Lancaster *and* Mortimer Junior].

| EDWARD. | My swelling heart for very anger breaks! |
| | How oft have I been baited by these peers   200 |

---

260) *women's favours*: 전통적으로 여성들은 전투에 참가하거나 경기에 참여하는 자신들의 연인들에게 애정의 표시로 매듭 리본·장갑·기장(記章)·손수건 등을 주었고, 연인들은 이러한 것들을 쓰거나 착용하였다.

261) *jig*: 4분의 3박자의 빠르고 경쾌한 춤 또는 노래. 여기서는 상스럽게 조롱하는 노래(=mocking song).

262) *lemans*: 연인들(=sweethearts).

263) *Bannocks bourne*: (*Bannock* + *bourne*<rivulet, spring). 개비스턴이 죽은 뒤, 1314년에 배넉 냇가(배넉번)와 늪지에서 스코틀랜드와 전투가 있었다(각주 79 참고).

264) *With a heave and a ho!*: 원래 노젓는 사람들이 부르는 노래의 일부. 아래 194행과 마찬가지로 무의미한 후렴구.

265) *weeneth*: 희망, 기대하다(=hopes).

266) *With a rombelow!*: 무의미한 후렴구. 위의 191행 참조.

그 투구에는 여성들로부터 호의로 받은 선물들이[260] 리본처럼

　　　　　펄럭이며 매달려 있었소.

랭카스터.　그걸 조소하는 스코트랜드 놈들은,

　　　　　잉글랜드에 심히 치욕스럽게도, 이렇게 조롱하는 노래를[261]

　　　　　만들었다 하오.

　　　　　'잉글랜드의 처녀들이여, 슬픔에 잠겨 애도할 지어다,

　　　　　너희는 연인을[262] 배넉번 전투[263]에서 잃었으니,　　　　　　190

　　　　　　　이영차, 헤이 호.[264]

　　　　　잉글랜드 왕은 스코틀랜드를 그리 속히 쳐부순 연후에는[265]

　　　　　무엇을 바라는가?

　　　　　　　에헤야 헤이 호!'[266]

조카 모오티머.　저의 숙부를 석방시키기 위해 위그모어 영지를 신속히 처분하겠

　　　　　소.[267]　　　　　　　　　　　　　　　　　　　　　　　　195

랭카스터.　그리고, 그 영지를 잃게 되면, 우리의 칼은 더 많은 것을 거둘

　　　　　것이외다.[268]

　　　　　불쾌하셨거든, 뜻대로 응징해 보시오.

　　　　　이후로는 깃발을[269] 휘날리는 우리를 목도하게 될 거외다.

　　　　　　　　　　　　　귀족들[랭카스터와 조카 모오티머] 퇴장.

에드워드.　분노로 내 심장이 부풀어 올라 터지겠도다!

　　　　　이 귀족들에게 종종 괴롭힘을 당했거니와,　　　　　　　200

---

267) ***Wigmore shall fly***: 헤리퍼드셔(Herefordshire, 잉글랜드 서부의 옛 주)에 있는 조카 모오티머의 재산인 위
　　그모어 성을 재빨리 팔아 처분할 것이다(1.4.358 각주 참조).

268) ***swords shall purchase***: 우리들의 군사적 행위는 더 많은 것을 얻게 될 것이오(=shall acquire by military
　　action).

269) ***ensigns***: 군기(=banners, battle flags).

And dare not be revenged, for their power is great?

Yet, shall the crowing of these cockerels

Affright a lion? Edward, unfold thy paws

And let their lives' blood slake thy fury's hunger.

If I be cruel and grow tyrannous,   205

Now let them thank themselves, and rue too late.

KENT.   My lord, I see your love to Gaveston

Will be the ruin of the realm and you,

For now the wrathful nobles threaten wars;

And therefore, brother, banish him for ever.   210

EDWARD.   Art thou an enemy to my Gaveston?

KENT.   Ay, and it grieves me that I favoured him.

EDWARD.   Traitor, be gone! Whine thou with Mortimer.

KENT.   So will I, rather than with Gaveston.

EDWARD.   Out of my sight, and trouble me no more.   215

KENT.   No marvel though thou scorn thy noble peers,

When I thy brother am rejected thus.

EDWARD.   Away!

Exit [Kent].

Poor Gaveston, thou hast no friend but me —

Do what they can, we'll live in Tynemouth here.   220

---

270) *cockerels*: 수평아리들. 사자가 수탉을 두려워한다는 생각은 플리니우스(Gaius Plinius Secundus) 대플리니우스(Pliny the Elder)(로마의 정치가·박물학자·백과 사전 편집자. '박물지' 저술. A.D. 23-79)의 『자연사』에 근거한다(Forker 201의 각주 참조).

271) *unfold thy paws*: 전통적으로 왕은 종종 동물의 왕 사자에 비유되었다. "제왕 같은 사자들이 일어서서 앞발을 내뻗고/ 짐승들 무리를 위협한다"(princely lions when they rouse themselves,/ Stretching their paws

그들의 권력의 강대함으로 인해 해서 보복은 생각밖에 못한단

　　말인가?

아니, 이 수평아리들의[270] 삐약거리는 소리가

사자를 놀라게 한단 말인가? 에드워드, 그대의 앞발을 뻗쳐[271]

그자들의 선혈로 그대의 굶주린 분노를 채워라.

과인이 잔인해지고 포악해지면,　　　　　　　　　　　　　205

놈들에겐 자업자득이니 후회해야 소용없지.

켄트.　　전하, 전하의 개비스톤에 대한 총애가

왕국과 전하의 파멸을 불러올 것이옵니다.

지금은 분노한 귀족들이 전쟁을 협박하니,

형님, 그자를 영원히 추방하소서.　　　　　　　　　　210

에드워드.　그대는 나의 개비스톤을 적대시하는가?

켄트.　　예, 그리고 그에게 호의를 베풀었던 게 마음이 아프옵니다.

에드워드.　반역자놈, 물러가라! 모오티머와 함께 징징거리기나 해라.

켄트.　　개비스톤과 함께 그러느니, 차라리 그리하겠소이다.

에드워드.　내 눈앞에서 사라져서 더 이상 나를 괴롭히지 마라!　　215

켄트.　　형제인 나조차도 이렇게 내치는 걸 보면,

왕이 귀족 신료들을 멸시하는 것도 놀랍지 않군.[272]

에드워드.　썩 물러가라!

　　　　　　　　　　　　　　　　　　　[켄트] 퇴장.

가엾은 개비스톤, 그대는 나 외엔 친구가 없구나 ―

그들이 무슨 짓을 하건, 우린 여기 타인마우스에서 살 것이다.　220

---

and threat'ning herds of beasts)(*1 Tamburlaine*, 1.2.52-53 참조).

272) *No marvel though...*: *No marvel that...* [*Q*].

And, so I walk with him about the walls,

What care I though the earls begirt us round?

Here comes she that is cause of all these jars.

Enter [Isabella] *the* Queen, three Ladies [Margaret de Clare

and Ladies in Waiting], Baldock, and Spencer [Junior, *and* Gaveston].

ISABELLA.   My lord, 'tis thought the earls are up in arms.

EDWARD.   Ay, and 'tis likewise thought you favour 'hem.   225

ISABELLA.   Thus do you still suspect me without cause.

LADY MARGARET.   Sweet uncle, speak more kindly to the queen.

GAVESTON.   [*Aside to* Edward] My lord, dissemble with her; speak her

fair.

EDWARD.   Pardon me, sweet; I forgot myself.

ISABELLA.   Your pardon is quickly got of Isabel.   230

EDWARD.   The younger Mortimer is grown so brave

That to my face he threatens civil wars.

GAVESTON.   Why do you not commit him to the Tower?

EDWARD.   I dare not, for the people love him well.

GAVESTON.   Why, then, we'll have him privily made away.   235

---

273) *'hem*: (=them). 이 단어가 Q의 'him'(모오티머)이라는 주장을 옹호하는 경우도 있지만(Charlton-Waller, Gill, Bevington), 갑자기 언급조차 없던 그를 가리키는 것으로는 보기 어렵다는 점을 들어 'them'이라고 주장하기도 한다(Forker).

274) *dissemble with her*: 여기서 개비스톤이 그의 연인인 에드워드 왕에게 한 충고는 흥미롭게도 나중에 조카 모오티머가 이사벨라 왕비에게 하는 이와 유사한 조언(5.2.73)과 균형을 이룬다.

275) *brave*: 도전적인, 반항적인, 대담한, 무례한(=defiant); 주제넘은, 건방진(=presumptuous).

그래 내가 그와 함께 성 안을 거닐 수만 있다면,

귀족들이 우리 두 사람을 에워싼들 무슨 상관이란 말인가?

이 모든 불화의 근원인 그녀가 이리 오는군.

[이사벨라] 왕비, 세 여인 [마가렛 드 클레어와 두 시녀들], 발독, [아들]
스펜서[와 개비스톤] 등장.

이사벨라.　전하, 귀족들이 무장봉기한 것으로 사료되옵니다.

에드워드.　그렇소, 그런데 그대가 그자들을[273] 두둔하고 있는 것 같소.　　225

이사벨라.　전하께선 아직도 이렇듯 터무니없이 저를 의심하고 계시군요.

마가렛.　사랑하는 숙부님, 왕비마마께 좀 더 다정히 대해주세요.

개비스톤.　[에드워드에게 방백] 전하, 왕비마마께 본심을 감추고, 비위를 맞춰
드리소서.[274]

에드워드.　용서하오, 부인. 내가 제정신이 아니었나보오.

이사벨라.　전하를 즉시 용서해드리겠사옵니다.　　230

에드워드.　애송이 모오티머가 방약무인해져서[275]
과인의 면전에서 내전을 선언할 지경이 되었소.

개비스톤.　전하, 어찌하여 그자를 런던탑에 가두지 않으시나이까?

에드워드.　무모한 짓이네. 그자는 백성들의 많은 사랑을 받기 때문일세.

개비스톤.　그렇다면, 그자를 은밀히 제거해 버리도록 하지요.[276]　　235

---

276) ***privily made away***: 조용히(비밀리에) 살해하도록 하다(=secretly killed). 말로우의 작품에 자주 등장하는 구절로 이 극에서도 심심치 않게 반복된다(2.5.68, 3.2.45, 4.2.52, 5.5.21). 또한 『말타의 유대인』(4.3.30) 참고. 아이러니컬하게도 개비스톤의 제안은 이전에 그의 추방을 취소하고 국내로 불러들여 비밀리에 살해하자는 조카 모오티머(사실은 분명히 왕비에게서 비롯된)의 계획(1.4.256-70 참조)과 균형을 이룬다.

EDWARD.   Would Lancaster and he had both caroused

                 A bowl of poison to each other's health.

                 But let them go, and tell me what are these.

                                    [*Indicates* Baldock *and* Spencer Junior.]

LADY MARGARET.   wo of my father's servants whilst he lived.

                 May't please your grace to entertain them now.   240

EDWARD.   [*To* Baldock] Tell me, where wast thou born? What is

                 thine arms?

BALDOCK.   My name is Baldock, and my gentry

                 I fetched from Oxford, not from heraldry.

EDWARD.   The fitter art thou, Baldock, for my turn.

                 Wait on me, and I'll see thou shalt not want.   245

BALDOCK.   I humbly thank your majesty.

EDWARD.   Knowest thou him, Gaveston?

                                        [*Points to* Spencer Junior.]

GAVESTON.   Ay, my lord.

                 His name is Spencer; he is well allied.

                 For my sake let him wait upon your grace.

                 Scarce shall you find a man of more desert.   250

---

277) ***let them go***: (=that is enough talk about them).

278) ***my father's servants***: 2.1.2 각주 참조. '하인'보다는 '부하' 정도로 해석하는 것이 적절하다.

279) ***entertain***: ...를 고용하다, 받아주다, 거두다(1.1.45 각주 참조).

280) ***arms***: 가문(家紋), 문장(紋章)(=coat of arms). 여기서는 '신분'으로 번역함.

281) ***gentry***: 신사 신분(=rank of gentleman). 당시에는 대학 교육을 받게 되면 '신사'의 신분이 부여되었다. 발독의 경우 역시 옥스퍼드 대학을 다녔기 때문에 신사라는 신분을 부여받은 것이다. 발독은 실제로 박사학위를 받았지만 학문이나 학식으로 알려지기보다는 스펜서 부자의 협력자로서의 정치적 역할로 더 알려져 있다. 그는 1322년에 상서로 임명되었다.

에드워드.　　랭카스터 백작과 그 애송이가 서로 건강을 위해 건배하며

　　　　　　독약이나 맘껏 마셔버리면 좋으련만!

　　　　　　허나 그들 얘기는 그만하고,[277] 이자들이 누군지 말해보도록

　　　　　　하라.

　　　　　　　　　　　　　　　　　　[발독과 아들 스펜서를 가리킨다.]

마가렛.　　선친께서 살아 계실 때 아버님을 섬겼던 두 부하들이옵니다.[278]

　　　　　　전하의 마음에 드시거든 바로 그들을 거둬주옵소서.[279]　　　240

에드워드.　　[발독에게] 출신이 어딘가 말해보라. 그대의 신분은[280] 어떠한가?

발독.　　소인의 이름은 발독이옵니다. 신사의 신분은[281]

　　　　　　옥스퍼드에서 취하였나이다. 세습이 아니옵니다.

에드워드.　　짐의 마음에 더욱 흡족하니,[282]

　　　　　　발독, 짐에게 시중들라. 그대가 부족함이 없도록 하겠노라.　　245

발독.　　성은이 망극하옵니다, 전하.

에드워드.　　이자를 아는가, 개비스톤?　　　　　　[아들 스펜서를 가리킨다.]

개비스톤.　　　　　　　　　　　　예, 전하.

　　　　　　이름은 스펜서라 하옵고, 출중한 자들과 친분이 깊사옵니다.

　　　　　　소신을 위해 그가 전하를 모시게 해 주옵소서.

　　　　　　이 자만한 덕을[283] 갖춘 자도 찾기 어려울 것이옵니다.　　　250

---

282) *for my turn*: '내게 유용하다'라는 뜻이지만 'turn'이란 단어에는 성적인 의미도 함축되어 있다.
283) *desert*: 공적, 미덕(=merit).

EDWARD.   Then, Spencer, wait upon me. For his sake

            I'll grace thee with a higher style ere long.

SPENCER.   No greater titles happen unto me

            Than to be favoured of your majesty.

EDWARD.   [*To* Lady Margaret] Cousin, this day shall be your marriage

                feast;   255

            And, Gaveston, think that I love thee well

            To wed thee to our niece, the only heir

            Unto the Earl of Gloucester late deceased.

GAVESTON.   I know, my lord, many will stomach me,

            But I respect neither their love nor hate.   260

EDWARD.   The headstrong barons shall not limit me;

            He that I list to favour shall be great.

            Come, let's away; and, when the marriage ends,

            Have at the rebels and their 'complices.

Exeunt.

---

284) *higher style*: 더 높은 지위, (귀족) 직함 (=title of nobility).

285) *Cousin*: 여기서는 에드워드 2세의 질녀. 에드워드 왕의 누나 조안(Joan of Acre)(1272 – 1307)은 1290년에
    30살이나 연상인 제8대 글로스터 백작과 결혼하였으며 이들 사이에서 태어난 장자(the 9th Earl of
    Gloucester)는 1314년에 있었던 배녁번 전투에서 사망하였다(2.1.2의 각주 참조).

에드워드.   그렇다면, 스펜서, 짐을 섬기도록 하라. 개비스톤을 위해

그대를 더 높이[284] 들어 쓰겠노라.

스펜서.   소인에게는 전하의 은총을 받는 것보다

더 높은 지위는 없사옵니다!

에드워드.   [마가렛에게] 마가렛,[285] 너의 혼인 잔치를 오늘 베풀리라.   255

그리고 개비스톤, 그대를 짐의 질녀와 짝지우는 것은,

짐이 그대를 심히 사랑한 연유인줄 알라. 질녀는

근자에 명을 달리한 글로스터 백작의 유일한 상속자이니라.

개비스톤.   많은 신료들이 저를 시기할[286] 것이옵니다.

하오나 소인은 그자들의 애증에 개의치 않나이다.[287]

에드워드.   저 완고한 귀족들은 짐을 제어하지 못할 것이니라.

짐이 택해 거두기로 한 자에게 높은 벼슬을 내릴 것이니라.   260

자, 가자. 혼례가 성사되는 대로,

역적들과 그들의 추종자들을[288] 결단내리라.[289]

퇴장.

---

286) *stomach*: ...에게 분노를 느끼다(=feel anger toward...)(1.2.26의 각주 참조).

287) *respect*: 관심을 갖다, 신경쓰다(=care for, pay attention to).

288) *complices*: 공모자들, 일당, 한패(=confederates, allies).

289) *have at*: (古)(흔히 명령법) ---을 공격하다, ---에게 덮쳐(덤벼)들다; ---을 시작(착수)하다.

[Scene iii]

Enter Lancaster, Mortimer [Junior], Warwick, Pembroke,
Kent [*and others*].

KENT. My lords, of love to this our native land
I come to join with you, and leave the king,
And in your quarrel, and the realm's behoof
Will be the first that shall adventure life.

LANCASTER. I fear me, you are sent of policy 5
To undermine us with a show of love.

WARWICK. He is your brother; therefore have we cause
To cast the worst, and doubt of your revolt.

KENT. Mine honour shall be hostage of my truth;
If that will not suffice, farewell, my lords. 10

MORTIMER. Stay, Edmund: never was Plantagenet
False of his word; and therefore trust we thee.

            [Lancaster *and* Kent *converse apart*.]

PEMBROKE. But what's the reason you should leave him now?

KENT. I have informed the Earl of Lancaster.

---

290) ***My lords . . . leave the king***: 켄트의 변절에 대한 동기나 타이밍에 대하여 이 극에서는 별다른 이유를 제
시하지 않는다.

291) ***realm's behoof***: 1.4.243 참조.

292) ***adventure life***: 목숨을 걸다(=risk one's life).

[2막 3장]

랭카스터, [조카] 모오티머, 워릭, 펨브로크, 켄트 [기타] 등장.

켄트.	제경들, 애국의 충정으로	
	소인도 왕을 떠나 제경들과 합류하러 왔소이다.[290]	
	제경들이 도모하는 싸움에서, 또한 왕국을 위해서,[291]	
	앞장서 목숨을 걸겠소이다.[292]	
랭카스터.	호의를 가장하여 아군을 와해시키고자	5
	정략적으로[293] 파견된 듯하오이다.	
워릭.	왕은 그대의 형이니[294] 우리로서는 최악의 경우를 예상하고	
	그대의 변절을 의심할 만한 이유가 있소.	
켄트.	소인의 명예가 진실을 담보할 것이오.	
	만일 그것으로도 불충분하시거든, 제경들, 안녕히 계시오.	10
조카 모오티머.	기다리시오, 에드먼드. 플랜태지네트가의 사람은 결코	
	헛된 말을 하지 않았소. 그러니 우린 그대를 믿소이다.	

[랭카스터와 켄트, 떨어져서 대화한다.]

펨브로크.	하지만 그대가 지금 왕을 떠나야만 하는 이유가 뭐요?
켄트.	랭카스터 백작에게 이미 다 말했소이다.

---

293) ***policy***: 교활한 술책(=cunning), 정치적 속임수(=political deception)(2.4.94 참고). 말로우는 이 단어를 이
렇게 마키아벨리적 의미로 경멸적으로 사용하는 것을 특히 선호했으며 『몰타의 유태인』에서는 무려 14번
이나 나타난다.

294) ***brother***: 켄트 백작은 에드워드 2세의 이복동생이다(1.1. 각주 21).

| LANCASTER. | And it sufficeth. Now, my lords, know this, | 15 |

That Gaveston is secretly arrived,

And here in Tynemouth frolics with the king.

Let us with these our followers scale the walls

And suddenly surprise them unawares.

MORTIMER.   I'll give the onset.

WARWICK.   And I'll follow thee.   20

MORTIMER.   This tottered ensign of my ancestors,

Which swept the desert shore of that dead sea

Whereof we got the name of Mortimer,

Will I advance upon these castle walls;

Drums, strike alarum, raise them from their sport,   25

And ring aloud the knell of Gaveston.

LANCASTER.   None be so hardy as to touch the king,

But neither spare you Gaveston nor his friends.

Exeunt.

---

295) 개비스톤이 아일랜드로부터 귀국하는 일은 2.2.에서 분명히 하고 있듯, 비밀이 아니었고, 귀족들도 그의 귀국에 동의를 했던 일이다(1.4.292-95). 말로우는 여기서 아마도 개비스톤이 나중에 플랑드르에서의 보다 은밀한 귀국을 생각하고 있었던 것 같다. 플랑드르에서의 귀국은 에드워드 왕이 귀족들과의 상의 없이 독단적으로 꾸민 일이었다(Holinshed 320-21). 두 번째 소환 직후 에드워드와 개비스톤은 잠깐 타인마우스에 함께 있었다. 여기서의 불일치는 두 번의 추방과 귀국 사건을 하나로 합쳐버린 데서 기인한 것으로 보인다.

296) *scale the walls*: 귀족들은 타인마우스 성이 아니라 스카보로(Scarborough) 성을 포위 공격했다. 이 역시 말로우가 사건을 압축해놓은 것이다.

| 랭카스터. | 납득할 만한 이유가 있소. 자, 경들, 이걸 알아두시오. | 15 |

저 개비스톤이 은밀히 도착하여,[295]

이곳 타인마우스 성에서 왕과 더불어 희롱하고 있소.

우리가 병사들을 이끌고 성벽을 타고 올라가,[296]

불시에 저들을 덮쳐버립시다.

조카 모오티머. 소인이 공격의 선봉에 서겠소.

워릭. 내 그 뒤를 따르리다. 20

조카 모오티머. 제 선조로부터 물려받은 이 낡아 해진 깃발을

이곳 성벽 망루에 내 걸겠소이다.

이 깃발로 말하자면 십자군 원정시 사해의 황량한 해변을 휩쓸
었고,

그로 인해 우리 가문에 모오티머라는 이름을 안겨준 깃발이오이
다.

무장을 명하는 북을 쳐라! 병사들을 무료함에서 깨우도록
하라. 25

그리고 개비스톤의 조종을 크게 울려라.

랭카스터. 누구도 무엄하게 왕의 옥체에 손을 대서는 안되오.

그러나 개비스톤이나 그의 친구들의 목숨은 살려두지 마시오.

퇴장.

[Scene iv]

[*Alarums.*] *Enter,* [*at opposite doors,* Edward] *the* King and Spencer [Junior].

EDWARD. O, tell me, Spencer, where is Gaveston?

SPENCER. I fear me he is slain, my gracious lord.

EDWARD. No, here he comes; now let them spoil and kill.

[*Enter*] *to them* Gaveston [*and others*: Queen Isabella,
Lady Margaret de Clare, Lords].

Fly, fly, my lords; the earls have got the hold.

Take shipping, and away to Scarborough;　　　　5

Spencer and I will post away by land.

GAVESTON. O stay, my lord, they will not injure you.

EDWARD. I will not trust them, Gaveston, away!

GAVESTON. Farewell, my lord.

EDWARD. [*To Lady Margaret*] Lady, farewell.　　　　10

LADY MARGARET. Farewell, sweet uncle, till we meet again.

EDWARD. Farewell, sweet Gaveston; and farewell, niece.

ISABELLA. No farewell to poor Isabel thy queen?

---

297) *hold*: 성채, 성(=keep), 요새(=fortress).

298) 말로우의 묘사는 에드워드 왕이 "왕비를 뒤에 내버려 둔 채, 배를 탔다"는 사료를 반영하고 있다. 여기서도 말로우는 두 사건을 한꺼번에 처리하고 있다. 에드워드와 개비스톤은 함께 해상으로 스카보로로 달아나지만, 개비스톤은 결국 그곳에서 붙잡히자 왕은 개비스톤을 스카보로에 남겨둔 채 병사들을 모으기 위해 남부의 "워릭으로 향한다"(Holinshed 321 참조). 그 뒤에 에드워드는 개비스톤이 귀족들에게 체포되었음을 알게 된다. 에드워드와 왕비의 이별이 타인마우스에서 있었던 것으로 한 것은 사료를 따른 것이다.

[2막 4장]

[위험을 알리는 소리. 반대편 문으로] 에드워드 왕과 [아들] 스펜서 등장.

에드워드.　　오, 말해보게 스펜서, 개비스톤은 어디 있나?

스펜서.　　아무래도 살해된 듯 하옵니다, 전하.

에드워드.　　아닐세, 그가 이리로 오고 있잖은가! 그래, 놈들더러 약탈하고
　　　　　　죽이라고 해.

그들에게 개비스톤 [그리고 다른 사람들, 즉 이사벨라 왕비,
마가렛 드 클레어, 귀족들 등장].

　　　　　　달아나게, 달아나, 경들. 귀족들이 성을 점령하였네.[297]
　　　　　　배를 잡아타고 스카보로로 가게.　　　　　　　　　　5
　　　　　　스펜서와 나는 육로로 서둘러 말을 타고 가겠네.[298]

개비스톤.　　오 여기 그냥 계십시오, 전하, 놈들은 전하를 해치지 못할 것이
　　　　　　옵니다.

에드워드.　　과인은 그자들을 못 믿겠네, 개비스톤, 가게!

개비스톤.　　안녕히 가십시오, 전하.

에드워드.　　[마가렛에게] 얘야, 잘 가거라.　　　　　　　　　　10

마가렛.　　다시 만나 뵐 때까지, 안녕히 가세요, 사랑하는 숙부님.

에드워드.　　잘 가게, 사랑하는 개비스톤, 그리고 조카도.

이사벨라.　　왕비인 불쌍한 제게는 작별인사도 없으시옵니까?

EDWARD.   Yes, yes — for Mortimer your lover's sake.

ISABELLA.   Heavens can witness, I love none but you.   15

Exeunt [all except Isabella].

From my embracements thus he breaks away;

O, that mine arms could close this isle about,

That I might pull him to me where I would,

Or that these tears, that drizzle from mine eyes

Had power to mollify his stony heart   20

That, when I had him, we might never part.

Enter the Barons [Lancaster, Warwick, Mortimer Junior]. *Alarums [within].*

LANCASTER.   I wonder how he scaped?

MORTIMER.   Who's this? The queen!

ISABELLA.   Ay, Mortimer, the miserable queen,

Whose pining heart her inward sighs have blasted,

And body with continual mourning wasted;   25

These hands are tired with haling of my lord

From Gaveston, from wicked Gaveston —

And all in vain; for when I speak him fair,

He turns away, and smiles upon his minion.

---

299) *I wonder . . . scaped*: "왕이 어떻게 도망을 쳤는지 의아하군요"(I wonder how the King escap'd our hands)(*3H6*, 1.1.1. 참조).

에드워드.　그렇지, 그래, 당신의 연인 모오티머를 위해.

이사벨라.　제가 전하 외에 누구도 사랑하지 않음은 하늘도 아시나이다.　15

[이사벨라 왕비를 제외하고 모두] 퇴장.

나의 품에서 이렇게 그가 벗어나 도망치는구나.

오, 내 두 팔이 이 섬나라를 에워쌀 수 있다면,

그래서 그를 내가 원하는 곳으로 끌어올 수 있다면,

아니면 내 눈에서 비오듯 떨어지는 이 눈물이

그의 철석같은 마음을 누그러뜨릴 힘이 있어서　20

일단 남편과 함께 있으면, 결코 헤어지지 않으면 좋으련만.

[랭카스터, 워릭, 조카 모오티머] 귀족들 등장.

[안에서] 소동.

랭카스터.　그가 어떻게 도망쳤는지 의아하오.[299]

조카 모오티머.　　　　　　　아니 누구시옵니까? 왕비 마마!

이사벨라.　그렇소, 모오티머 경, 가련한 왕비에요,

진심으로 남편을 그리워하기에

마음속 은밀한 한숨으로 가슴이 미어지고,

한없는 슬픔으로 몸이 쇠해졌어요.　25

이 두 손은 개비스톤으로부터, 저 사악한 개비스톤으로부터

전하를 힘껏 끌어당겨 떼어놓으려다 힘이 다 빠져버렸어요.

모든 게 허사에요. 제가 전하께 바른 말을 드려도,

저를 외면하고 그의 총신에게나 미소지어요.

| MORTIMER. | Cease to lament, and tell us where's the king. | 30 |

| ISABELLA. | What would you with the king? Is't him you seek? |

| LANCASTER. | No, madam, but that cursed Gaveston. |

Far be it from the thought of Lancaster

To offer violence to his sovereign.

We would but rid the realm of Gaveston;   35

Tell us where he remains, and he shall die.

| ISABELLA. | He's gone by water unto Scarborough:

Pursue him quickly, and he cannot 'scape;

The king hath left him, and his train is small.

| WARWICK. | Forslow no time, sweet Lancaster; let's march.   40

| MORTIMER. | How comes it that the king and he is parted?

| ISABELLA. | That this your army, going several ways,

Might be of lesser force, and with the power

That he intendeth presently to raise,

Be easily suppressed; and therefore be gone.   45

| MORTIMER. | Here in the river rides a Flemish hoy;

Let's all aboard, and follow him amain.

| LANCASTER. | The wind that bears him hence will fill our sails.

Come, come, aboard! 'tis but an hour's sailing.

| MORTIMER. | Madam, stay you within this castle here.   50

---

300) ***Pursue him quickly***: 이사벨라가 개비스톤의 피난처를 그의 적들에게 알려주는 것은 그를 귀국시켜 암살당하도록 하는 그녀의 이전 계획(1.4.229, 264-70)과 일치하는 행위로, 이 역시 말로우의 발상이다.

301) ***Forslow no time***: 지체하여 시간을 낭비하지 맙시다(=waste no time by delay).

302) ***Flemish hoy***: 북해에서 플랑드르 사람들이 사용하는 작은 낚싯배 혹은 돛대가 하나인 일종의 범선.

303) ***amain***: 전속력으로, 급히(=with full force, speedily)(3.2.96, 5.2.66 참고).

조카 모오티머. 슬픔을 멈추시고, 왕이 어디 있는지 저희에게 알려주소서.   30

이사벨라. 왕을 어쩌시려고요? 그대가 찾는 사람이 왕이란 말이오?

랭카스터. 아니옵니다, 마마, 저 가증스러운 개비스톤이옵니다.

군주께 폭력을 가하는 것은

소신의 생각과는 전혀 무관하옵니다.

소신들은 그저 이 나라에서 개비스톤을 제거하고자 할 따름이옵

니다.   35

그자의 소재를 알려 주시면, 그자는 죽은 목숨이옵니다.

이사벨라. 그자는 배를 타고 스카보로로 갔어요.

서둘러 쫓으면,[300] 반드시 잡을 것입니다.

왕이 그자와 헤어졌기에, 그자의 무리는 얼마 되지 않습니다.

워릭. 더 지체마시고,[301] 랭카스터 경, 진군합시다.   40

조카 모오티머. 왕과 그 자가 어찌 나뉘게 되었습니까?

이사벨라. 경의 군대가 두 무리를 쫓느라 분산되면,

병력이 약화될 것이기에, 왕이 그러모을 수 있는 병력으로

쉽사리 제압할 수 있다고 믿기 때문이지요. 그러니 어서 서두르

세요.   45

조카 모오티머. 여기 강에는 플랑드르식 작은 돛배가[302] 다니고 있소.

모두 배에 올라, 급히[303] 그자를 쫓아갑시다.

랭카스터. 여기서 그자를 실어 간 바람이 이 배의 돛들도 부풀게 할 것이

오.

자, 자, 배에 오릅시다! 뱃길로 한 시간이면 따라잡을 거리요.

조카 모오티머. 마마, 여기 이 성 안에 머물러 계십시오.   50

ISABELLA.	No Mortimer; I'll to my lord the king.
MORTIMER.	Nay, rather sail with us to Scarborough.
ISABELLA.	You know the king is so suspicious,
	As, if he hear I have but talked with you,
	Mine honour will be called in question,
	And therefore, gentle Mortimer, be gone.
MORTIMER.	Madam, I cannot stay to answer you,
	But think of Mortimer as he deserves.

[*Exeunt* Lancaster, Warwick, *and* Mortimer Junior, *except* Isabella.]

ISABELLA.	So well hast thou deserved, sweet Mortimer,
	As Isabel could live with thee forever.
	In vain I look for love at Edward's hand,
	Whose eyes are fixed on none but Gaveston.
	Yet once more I'll importune him with prayers;
	If he be strange, and not regard my words,
	My son and I will over into France,
	And to the king my brother there complain
	How Gaveston hath robbed me of his love.
	But yet, I hope, my sorrows will have end,

55

60

65

---

304) ***sail with us***: 조카 모오티머가 개비스톤을 추격하는 일에 왕비와 함께 가자고 설득을 시도했다는 기록은 없다.

305) 말로우는 여기서 이사벨라의 간통에 대한 근거를 마련해놓고 있다.

306) 필리프 5세의 동생으로, 필리프의 뒤를 이어 1322년에 프랑스의 왕이 된 샤를 4세(2.2.74 각주 참조). 이사벨라 왕비는 두 살 아래 동생인 샤를 4세와 가스꼬뉴 문제를 교섭하기 위해 1325년에 프랑스에 사절로 파견된 것이지 개비스톤과 관련된 문제와는 무관하다. 하지만 모오티머 못지않게 왕과 스펜서를 증오한 왕비는 파리에 도피해 있던 모오티머를 만나 그와 합류하였다. 왕 대신 프랑스 왕에게 신서하도록 파견된 12살의 왕세자 에드워드도 왕비를 따랐다.

이사벨라.　안되오, 모오티머 경, 저는 국왕 전하께 가겠어요.

조카 모오티머.　아니오이다, 차라리 저희들과 함께 배를 타시고 스카보로로 가
　　　　　시는 게 어떠신지요.[304]

이사벨라.　아시다시피 왕께서는 대단히 의심이 많으시니

　　　내가 그대와 이야기만 나눴다는 소리만 들어도,

　　　내 정절이 의심을 사게 될 거예요.　　　　　　　　　　　55

　　　그러니 모오티머, 어서 가시오.

조카 모오티머.　마마, 대답하느라 지체할 수 없사옵니다.

　　　하지만 소인의 가치에 상응하는 만큼만 저를 생각해 주소서.[305]

[이사벨라 여왕만 남고 랭카스터, 워릭, 조카 모오티머 퇴장.]

이사벨라.　사랑하는 모오티머, 그대는

　　　저와 함께 영원히 살 만한 자격이 충분히 있어요.　　　　60

　　　헛되이도 나는 에드워드의 사랑을 구하였구나,

　　　그의 눈은 오로지 개비스톤에게만 박혀있는데.

　　　하지만 한 번만 더 그에게 간절히 애원해 봐야지.

　　　그럼에도 그가 모른 체하고, 내 말을 귀담아 듣지 않으시면,

　　　세자와 함께 프랑스로 건너가서,　　　　　　　　　　　65

　　　그 나라 왕인 내 동생에게[306] 개비스톤이

　　　어떻게 내게서 남편의 사랑을 훔쳐갔는지 자초지종을 고해야지.

　　　하지만 나는 아직도 내 슬픔이 그칠 것이며,

And Gaveston this blessed day be slain.

[Exit.]

[Scene v]

Enter Gaveston, pursued.

GAVESTON. Yet, lusty lords, I have escaped your hands,

Your threats, your 'larums, and your hot pursuits,

And, though divorced from king Edward's eyes,

Yet liveth Piers of Gaveston unsurprised,

Breathing in hope (*malgrado* all your beards   5

That muster rebels thus against your king)

To see his royal sovereign once again.

Enter the Nobles [Lancaster, Warwick, Pembroke, Mortimer Junior,
Soldiers, James, Horse-Boy, and Servants of Pembroke].

WARWICK. Upon him, soldiers, take away his weapons.

---

307) **Gaveston**: 여기서는 2음절('Gav-ston')로 발음한다.

308) ***your beards***: 개비스톤은 유행에 따라 짧게 다듬었거나 깨끗이 면도한 얼굴과 대조적으로 영국 귀족들의 긴 수염을 조롱하는 것 같다. 말로우의 시대에는 긴 수염은 유행에 뒤떨어진 것이었다.

309) ***malgrado***: 이태리어로 "...임에도 불구하고"(=in spite of). 당시 빈번히 사용되던 단어였으나, 여기서는 개비스톤의 이태리풍에 대한 기호를 강조하기 위해 사용된 것으로 보인다.

개비스톤이 오늘 같이 복된 날에 살해될 거라는 희망이 있지.

[퇴장.]

[2막 5장]

개비스톤, 쫓기며 등장.

개비스톤. 하지만, 탐욕스런 귀족 나리님들, 나는 너희들의 손아귀,

위협, 함성, 그리고 네놈들의 맹렬한 추적을 벗어났다.

비록 에드워드 왕의 눈길이 닿지는 않지만,

개비스톤[307]의 피어스는 매복을 피하여,

(자신들의 왕을 적대하여 이렇게까지 반역자들을 잘도 불러 모

아들이는,

너희들의 수염이 무성한[308] 얼굴에도 불구하고)[309]

다시 한 번 주상 전하를 뵈오리란 열망에서 이렇게 목숨을

부지하고 있다.

귀족들 [랭카스터, 워릭, 펨브로크, 조카 모오티머,

병사들, 제임스, 마부 소년, 펨브로크의 하인들] 등장.

워릭. 여봐라, 저 자를 잡아라! 저자의 무기를 빼앗아라.

MORTIMER.   Thou proud disturber of thy country's peace,

Corrupter of thy king, cause of these broils,   10

Base flatterer, yield, and, were it not for shame,

Shame and dishonour to a soldier's name,

Upon my weapon's point here shouldst thou fall,

And welter in thy gore.

LANCASTER.   Monster of men,

That, like the Greekish strumpet, trained to arms   15

And bloody wars so many valiant knights,

Look for no other fortune, wretch, than death;

King Edward is not here to buckler thee.

WARWICK.   Lancaster, why talk'st thou to the slave?

Go, soldiers, take him hence; for, by my sword,   20

His head shall off. Gaveston, short warning

Shall serve thy turn: it is our country's cause

That here severely we will execute

Upon thy person. Hang him at a bough!

GAVESTON.   My lord —

WARWICK.   Soldiers, have him away.   25

But, for thou wert the favourite of a king,

Thou shalt have so much honour at our hands.

[Gestures to indicate beheading.]

---

310) ***broils***: 소동, 다툼(=quarrels).

311) ***Greekish strumpet***: 트로이의 헬렌. 랭카스터가 트로이 전쟁의 원인으로 악명 높은 헬렌과 개비스톤을 연관 시킴으로써 에드워드 2세와 트로이의 왕자 파리스(Paris)와의 병치를 시사한다.

조카 모오티머.   조국의 평화를 어지럽힌 건방진 놈,

왕을 타락시킨 자요, 이러한 소동의[310] 원인이며,   10

비천한 아첨꾼아, 항복하라! 수치만 아니라면,

무인의 이름에 수치와 불명예만 아니라면,

네놈은 예서 당장 내 칼에 찔려 쓰러져서,

피투성이가 되어 뒹굴 것이다.

랭카스터.   짐승만도 못한 놈,

그리스의 매춘부처럼,[311] 수많은 용맹한 기사들이   15

무기를 들고 피를 흘리는 전쟁을 벌이도록 유혹했으니,

비열한 놈, 죽음 외에 다른 운명은 바라지도 마라.

너를 지켜줄 에드워드 왕도 여기엔 없다.

워릭.   랭카스터 경, 무엇하러 노비에게 말을 거시오?

여봐라, 저자를 끌고 오라. 내 칼로   20

저놈의 목을 칠 것이니라. 개비스톤, 간단한 예고만으로도[312]

네겐 충분하니라. 조국의 이익을 위해

이 자리에서 네게 엄히 사형을 집행하노라.

놈을 나뭇가지에 매달아라!

개비스톤.   백작―

워릭.   여봐라, 그자를 끌고 가라.   25

네가 왕의 총신이었음을 감안하여,

우리들의 손에 죽는 엄청난 명예를 허락하노라.[313]

[목을 베는 제스처를 한다.]

---

312) *warnig*: 처형될 죄수에게 심적으로 죽음을 맞이할 준비를 하도록 시간을 주는 것.
313) 26-27행: 개비스톤은 귀족이 되었기에 평민처럼 교수형에 처하지 않고 참수형에 처할 것이라는 의미.

GAVESTON.	I thank you all, my lords: then I perceive
	That heading is one, and hanging is the other,
	And death is all.

30

Enter Earl of Arundel.

LANCASTER.	How now, my lord of Arundel?
ARUNDEL.	My lords, king Edward greets you all by me.
WARWICK.	Arundel, say your message.
ARUNDEL.	His majesty,
	Hearing that you had taken Gaveston,
	Entreateth you by me, yet but he may
	See him before he dies, for why, he says,
	And sends you word, he knows that die he shall;
	And, if you gratify his grace so far,
	He will be mindful of the courtesy.
WARWICK.	How now?
GAVESTON.	[*Aside*] Renowned Edward, how thy name
	Revives poor Gaveston!
WARWICK.	No, it needeth not,
	Arundel; we will gratify the king

35

40

---

314) 29-30행: 개비스톤은 두 가지 처형 방식에 대한 기술적 구별이 둘 다 죽음을 의미한다는 점에서는 결국 마찬가지라는 사실을 씁쓸하게 언급하고 있다.

315) *for why*: ...때문에(=because).

316) **Renownéd . . . Gaveston**: 이러한 자기 혼자만의 감탄에 회개보다는 왕에 대한 진정한 헌신과 애정이 시사되어 있음은 주목을 요한다.

개비스톤.	제경들, 모두 고맙구려. 그래
	참수형과 교수형은 다르긴 하다만,
	이래 죽으나 저래 죽으나 죽긴 매한가지란 걸 알겠다.[314] 30

아룬델 백작 등장.

랭카스터.	어인 일이시오, 아룬델 경!
아룬델.	경들, 에드워드 왕께서 소인보고 경들께 인사 올리라 하셨소.
워릭.	아룬델 경, 용건을 말씀하시오.
아룬델.	전하께서는,
	경들이 개비스톤을 잡아두고 있다는 말을 들으시고,
	소인을 보내어 제경들께 간청하길, 그자가 죽기 전에 35
	한 번만 만나볼 수 있게 해달라 하셨소. 왠고하니,[315] 왕께서 말
	씀하시길,
	그가 죽을 거라는 걸 알기 때문이라고 전하라 하셨소.
	또한 제경들이 전하의 뜻을 들어준다면,
	전하께서는 그 호의를 잊지 않겠노라고 말씀하셨소.
워릭.	무엇이라고?
개비스톤.	[방백] 고명하신 에드워드님, 전하의 존함만 들어도 40
	불쌍한 개비스톤이 소생하옵니다![316]
워릭.	안되오, 그럴 필요 없소.
	아룬델 경, 우리는 다른 일이라면 왕의 소원을 들어드릴 생각이
	오만,

In other matters; he must pardon us in this.

Soldiers, away with him.

GAVESTON.   [*Sarcastically*] Why, my lord of Warwick,

Will not these delays beget my hopes?   45

I know it, lords, it is this life you aim at;

Yet grant king Edward this.

MORTIMER.   Shalt thou appoint

What we shall grant? Soldiers, away with him!

[*To Arundel*] Thus we'll gratify the king:

We'll send his head by thee; let him bestow   50

His tears on that, for that is all he gets

Of Gaveston, or else his senseless trunk.

LANCASTER.   Not so, my lord, lest he bestow more cost

In burying him than he hath ever earned.

ARUNDEL.   My lords, it is his majesty's request,   55

And in the honour of a king he swears

He will but talk with him, and send him back.

WARWICK.   When, can you tell? Arundel, no; we wot

He that the care of realm remits,

---

317) **Why . . . hopes?**: 개비스톤이 워릭에게 이와 같이 빈정거리는 것은 그의 성격을 강조한다.

318) 53-54. **lest . . . him**: 허친슨(Harold F. Hutchinson)에 의하면 에드워드는 실제로 개비스톤이 죽은 지 2년 뒤 랭리에서 성대한 장례식을 치러주었으며, 왕실 재정으로 "잉글랜드 전역에 그의 영혼을 추모하는 미사를 올리는데 필요한 경비를 지불하였다"(90).

319) **talk with him**: 그가 체포되었을 때 개비스톤은 "왕과 이야기를 나눌 수 있도록 만나게 해달라는 요구 외에는 아무 조건도" 제시하지 않았다(Bakeless 321)고 한다.

320) **wot**: (古)'알다'(wit)(=know)의 직설법 현재. 제1, 제3인칭 단수형.

321) **remits**: 방치하다, 내던지다, 게을리하다(=abandons, gives up).

이 일 만큼은 왕께서 우릴 용서해 주시길 바라오.

여봐라, 그자를 끌고 가라!

개비스톤.　　　　　　　　　[빈정거리는 투로] 아니, 워릭 경,

이렇게 지체하면 내게 희망이라도 생기지 않겠소?[317]　　　　　45

경들, 경들이 노리고 있는 건 내 목숨이라는 걸 잘 아오.

하지만 에드워드 왕의 소원을 들어주시오.

조카 모오티머.　　　　　　　　　　　　네놈이 우리에게

뭘 들어줄 것인지 지시하려 드느냐? 여봐라, 그자를 끌고 가라!

[아룬델에게] 우리는 이렇게 왕의 소원을 만족시켜 드리겠소.

경의 편에 그자의 머리를 보내드리리다. 그자의 수급에　　　50

눈물을 흘릴 수 있도록 말이오. 왕이 개비스톤에게서 받을 수 있

　는 거라곤

그자의 수급 아니면 죽어 움직이지 않는 몸뚱이 뿐이니까.

랭카스터. 그렇게는 안되오, 경, 왕이 그 자의 장례식을 치르는데

그자가 생전에 벌었던 것보다 더 많은 비용을 들이지 않도록 말

　이오.[318]

아룬델. 경들, 전하께서 요청하시길,　　　　　　　　　55

또한 왕으로서의 명예를 걸고 맹세하시길

전하께선 단지 그자와 이야기만 나누고는, 돌려보내겠다고 하셨

　소이다.[319]

워릭. 언제 돌려보낼 것인지 말할 수 있소? 아룬델 경, 안되오.

우린 알고 있소,[320] 개비스톤으로 인해 국사를 돌보는 일을 등한

　히 하고,[321]

| | And drives his nobles to these exigents | 60 |

And drives his nobles to these exigents   60

For Gaveston, will, if he seize him once,

Violate any promise to possess him.

ARUNDEL. Then, if you will not trust his grace in keep,

My Lords, I will be pledge for his return.

MORTIMER. It is honourable in thee to offer this,   65

But, for we know thou art a noble gentleman,

We will not wrong thee so,

To make away a true man for a thief.

GAVESTON. How mean'st thou, Mortimer? That is overbase!

MORTIMER. Away, base groom, robber of king's renown.   70

Question with thy companions and mates.

PEMBROKE. My lord Mortimer, and you, my lords, each one,

To gratify the king's request therein,

Touching the sending of this Gaveston,

Because his majesty so earnestly   75

Desires to see the man before his death,

I will upon mine honour undertake

To carry him, and bring him back again,

---

322) *exigents*: 위기(=crises, emergencies).

323) *seize*: Q에 'zease'로 되어 있는 것에 대해 많은 편집자들은 아룬델을 통해 에드워드 왕이 개비스톤을 '보게 해달라'고 요청했다는 것을 근거로(위의 36행과 아래의 76행) 식자공이 'sees'를 오독한 것이라고 주장한다 (Cunningham). 그러나 이 단어가 에드워드 왕의 감정적 탐욕 혹은 성적 소유욕을 전하는 것이라고 생각하면, 또는 이 단어를 바로 다음 행의 '곁에 데리고 있다'(possess)라는 단어 — 부차적 의미로는 '...와 성관계를 갖다'(have sexual relations with) — 와 함께 '완강하게 붙잡고 떨어지지 않으려 하다'(hold tenaciously) 혹은 '계속 붙들어두다'(keep)를 의미하는 것으로 이해하면, 'seize' 그대로 두는 게 보다 타당할 듯싶다 (Forker, Bevington, Rowland).

| | 자기편 귀족들을 이렇게 궁지에³²²⁾ 몰아넣은 그가, | 60 |

아룬델. 전하께서 약속을 지키시리라는 걸 정 믿지 못하시겠거든,

경들, 내 목숨을 걸고라도³²⁴⁾ 책임지고 그 자를 돌려보내리다.

조카 모오티머. 그런 제안을 하시다니 뜻은 가상하오만.

우리는 경이 고결한 신사라는 걸 알기에,

도둑놈 하나로 인해 신실한 사람을 희생시키는

부당한 짓을 저지르고 싶지 않소이다.

개비스톤. 무슨 말이냐, 모오티머? 그 말은 너무도 지나치구나!

조카 모오티머. 닥쳐라, 비천한 말구종 같은 놈,³²⁵⁾ 왕의 명성을 도적질한 놈.

네 친구들이나 동료들하고나 다투어라.³²⁶⁾

펨브로크. 모오티머 경, 그리고 제경들 모두,

이 개비스톤을 보내는 문제에 관하여,

이 자에 대한 왕의 요청을 들어 드립시다.

전하께서 이 자가 죽기 전에 만나보길

그토록 간절히 바라시니

제가 명예를 걸고 이 자를 데려갔다

다시 데려오겠소.

---

324) *be pledge*: 목숨을 걸고(=stake my own life).
325) *groom*: 1.4.291 참조.
326) *Question*: 다투다, 논쟁하다(=argue; wrangle); 주장하다, 논하다.

Provided this, that you, my lord of Arundel,

Will join with me.

WARWICK.   Pembroke, what wilt thou do?   80

Cause yet more bloodshed? Is it not enough

That we have taken him, but must we now

Leave him on 'had I wist,' and let him go?

PEMBROKE.   My lords, I will not overwoo your honours,

But, if you dare trust Pembroke with the prisoner,   85

Upon mine oath, I will return him back.

ARUNDEL.   My lord of Lancaster, what say you in this?

LANCASTER.   Why, I say, let him go on Pembroke's word.

PEMBROKE.   And you, lord Mortimer?

MORTIMER.   How say you, my lord of Warwick?   90

WARWICK.   Nay, do your pleasures: I know how 'twill prove.

PEMBROKE.   Then give him me.

GAVESTON.   Sweet sovereign, yet I come

To see thee ere I die.

WARWICK.   [*Aside*] Yet not perhaps,

If Warwick's wit and policy prevail.

MORTIMER.   My lord of Pembroke, we deliver him you;   95

Return him on our honour. Sound, away!

---

327) **‘had I wist’**: 내가 알았더라면(=had I but known). 때늦은 후회를 의미한다.

아룬델 경께서도

저와 동행하시는 조건으로 말입니다.

워릭.　　　　　　　　　　　　펨브로크 경, 어쩌자고 그러십니까?　80

더 많은 피를 흘리고 싶으십니까? 우리가 그자를 붙잡은 것도

모자라서, "내 진작 알았더라면"[327) 하고 후회할 일이 뻔한데

그자를 풀어주어 도망가게 내버려두자는 겁니까?

펨브로크.　경들, 소인은 경들께 지나치게 애원하고 싶진 않소.

허나, 여러분들이 감히 펨브로크에게 저 죄수를 맡겨주신다면,　85

맹세코, 반드시 그 자를 돌려드리겠소.

아룬델.　랭카스터 경, 어찌 생각하오?

랭카스터.　그렇다면, 펨브로크 경의 약속을 믿고 그자를 보내도록 합시다.

펨브로크.　어찌 생각하오, 모오티머 경?

조카 모오티머.　워릭 경은 어찌 생각하시오?　90

워릭.　글쎄요, 여러분 뜻대로 하시오. 이 일이 어떤 결과에 이르게 될

　　　지 난 잘 알겠소이다.

펨브로크.　그러면 이 자를 제게 넘겨주시지요.

개비스톤.　　　　　　　　　　인자하신 주상전하, 소인이 죽기 전에

전하를 뵈러 가옵니다.

워릭.　　　　　　　　　[방백] 그렇게는 안 될게다.

나의 지혜와 계략이 성공한다면 말이다.

조카 모오티머.　펨브로크 경, 이 자를 경에게 인도하오.　95

경의 명예를 걸고 이 자를 다시 데려 오시오. 북을 쳐라, 가자!

Exeunt [Mortimer Junior, Lancaster, Warwick.]
[Pembroke, Arundel, Gaveston, and Pembroke's Men
(including Horse-Boy), four Soldiers (including James) remain.]

PEMBROKE. [*To* Arundel] My lord, you shall go with me:

My house is not far hence — out of the way

A little — but our men shall go along.

We that have pretty wenches to our wives,   100

Sir, must not come so near and balk their lips.

ARUNDEL. 'Tis very kindly spoke, my lord of Pembroke;

Your honour hath an adamant of power

To draw a prince.

PEMBROKE.   So, my lord. Come hither, James.

I do commit this Gaveston to thee;   105

Be thou this night his keeper; in the morning

We will discharge thee of thy charge; be gone.

GAVESTON. Unhappy Gaveston, whither goest thou now?

Exit [Gaveston] with Servants of Pembroke [including James].

HORSE-BOY. [To Arundel] My lord, we'll quickly be at Cobham.

Exeunt [Pembroke and Arundel, attended.]

---

328) **My . . . hence**: 기록에 의하면 펨브로크는 "개비스톤을 그의 부하들에게 지키도록 그곳에 놔두고, 그곳에서 멀지 않은 곳에 있는 집으로 가서 아내와 하룻밤을 보냈다"(Holinshed 321). 그러나 엘리자베스 시대에는 펨브로크와 아룬델 가문의 관계가 서로 적대적이었던 것으로 유명하였다(Rowland 107 미주 참조).

329) **balk, baulk** — *vt.* ① 방해하다, 실망시키다. ② (의무·화제를) 피하다, (기회를) 놓치다.

330) **We that . . . their lips**: 이와 같은 펨브로크의 언급은 성적, 개인적 관심사와 정치적 관심사 — 그리고 다시 비극적 결과 — 를 뒤섞는다.

331) **draw a prince**: 개비스톤이 극의 초반에서 했던 말(1.1.51)을 상기시키면서 이제는 그러한 힘이 없음을 희화화한 언급으로 보인다.

[조카 모오티머, 랭카스터, 워릭] 퇴장.

[펨브로크, 아룬델, 개비스톤, (마부를 포함하여) 펨브로크의 부하들,

(제임스를 포함하여) 네 명의 병사들은 남아 있다.]

펨브로크.　　[아룬델에게] 백작, 저와 함께 가시지요.

저의 집은 여기서 그리 멀지 않은[328] ─ 길에서 약간

벗어난 ─ 곳에 있지만, 저의 부하들이 동행할 것이오.

미녀를 아내로 둔 우리 같은 사람들은　　　　　　　　　　　100

이렇게 집 근처에 온 이상, 아내에게 입맞춤하러 들르지 않을 수[329]

　　없지요.[330]

아룬델.　　매우 친절하시군요, 펨브로크 경,

경께선 군주도 끌어당기는[331] 자석 같은

힘이 있으시군요.

펨브로크.　　　　　　　그렇습니까, 백작. 이리 오게, 제임스

이 개비스톤을 자네에게 맡기겠네.　　　　　　　　　　105

자네가 오늘밤 그 자를 지키게. 내일 아침이면

자네의 임무를 면해주겠네. 가 보게.

개비스톤.　　불운한 개비스톤, 이제 그대는 어디로 가는가?

　　　　　　　　[제임스를 포함하여] 펨브로크의 하인들과 [개비스톤] 퇴장.

마부 소년.　　[아룬델에게] 나으리, 저희들은 서둘러 코브햄[332]에 가 있겠사옵니

　　다.

　　　　　　　　　　　[펨브로크와 아룬델, 수행원들과 함께] 퇴장.

---

332) *Cobham*: 개비스톤이 체포된 지역에서 멀리 떨어진 켄트의 그레이브센트 근처에 있는 마을, 혹은 써레이에
있는 동명의 마을. 말로우는 지역적 논리를 무시하고 있다.

[Scene vi]

Enter Gaveston *mourning, and the* Earl *of* Pembroke's Men
[*four* Soldiers *including* James].

GAVESTON.   O treacherous Warwick, thus to wrong thy friend!

JAMES.   I see it is your life these arms pursue.

GAVESTON.   Weaponless must I fall, and die in bands?

O, must this day be period of my life,

Center of all my bliss! And ye be men,   5

Speed to the king.

Enter Warwick and his company.

WARWICK.   My lord of Pembroke's men,

Strive you no longer; I will have that Gaveston.

JAMES.   Your lordship doth dishonour to yourself

And wrong our lord, your honourable friend.

---

333) 위긴스(Martin Wiggins)와 린지(Robert Lindsey)가 편집한 뉴머메이즈(*New Mermaids*)본은 막의 구분 없이 25장으로 되어 있으며, 이 부분은 10장에 해당한다. 또한 막과 장으로 구분한 것으로는 베빙톤(Bevington)과 라스무센(Rasmussen)의 편집본(이들은 이 부분을 제3막 제1장으로 구분하였다)과 포커(Forker)의 편집본(제2막 제6장으로 되어 있다)이 있다. 편의상 막과 장으로 구분하면서 광범위하고도 세밀하게 주석을 달아놓은 가장 후자의 판본을 택한 역자의 생각에도 극의 전개상 이 부분이 주로 개비스톤과의 문제를 다룬 제2막에 포함시키고, 새로 총신이 된 스펜서와 에드워드의 관계를 시작하는 제3막과 구별하는 것이 타당할 듯싶다.

[2막 6장][333]

비탄에 잠긴 개비스톤, 그리고 펨브로크 백작의 부하들

[제임스를 포함하여 네 명의 병사들] 등장

개비스톤.　오 변절자 워릭, 이렇게 친구를 속이다니!

제임스.　이 무장한 병사들은 당신의 목숨을 노리고 있소.

개비스톤.　무기도 없이 묶인 채 고꾸라져 죽어야 하나?

오, 오늘이 내 생애의 마지막 날이라니,

지고한 열락의 정점이어야 할 이 날이?[334] 너희들이 그래도 사

내들이라면,　　　　　　　　　　　　　　　　　　5

전하께 급히 가서 아뢰어다오.

워릭과 그의 부하들 등장.

워릭.　　　　　　펨브로크 경의 부하들이여,

더 이상 저항을[335] 멈춰라. 내가 저 개비스톤을 데려가겠다.

제임스.　각하께서는 자신의 명예를 더럽히고 계시고,

각하의 존귀하신 친구인 저희 주인님을 욕보이시는 겁니다.

---

334) **_Center of my bliss?_**: 이 구절은 부호를 어떻게 표기하는가에 따라 미묘하게 다른 의미로 해석될 수 있다. 대부분의 편저자들은 'bliss' 다음에 물음표(Forker)나 느낌표(Bevington)가 있는 것으로 교정하여 이 구절을 개비스톤이 죽음에 대해 생각하는 것으로 해석하는 경향이 있다. 다른 한 편 물음표나 느낌표 대신 쉼표로 보는 경우(Rowland) 이 구절은 개비스톤이 에드워드와의 재회를 갈망하는 것으로 해석할 수 있다. 사라 먼슨 디이츠(Sara Munson Deats)는 이 구절을 "(에드워드와의 재회를 통해) 내 최고 행복의 핵심이어야 할 이 날이 그 대신 내 인생의 마지막 날이 되어야 하다니"로 두 가지 해석을 종합한다(McAdam 217 재인용).

335) **_Strive_**: 워릭 일행과 펨브로크의 부하들이 개비스톤을 놓고 몸싸움을 벌이는 상황.

| WARWICK. | No, James, it is my country's cause I follow. | 10 |

[*To his* Men] Go, take the villain: soldiers, come away,

We'll make quick work. [*To* James] Commend me to your master

My friend, and tell him that I watched it well.

[*To* Gaveston] Come, let thy shadow parley with king Edward.

| GAVESTON. | Treacherous Earl! Shall I not see the king? | 15 |

| WARWICK. | The king of Heaven perhaps, no other king. |

Away!

> *Exeunt* Warwick *and his* Men, *with* Gaveston.
> [James *remains with the others.*]

| JAMES. | Come, fellows, it booted not for us to strive. |

We will in haste go certify our lord.

> *Exeunt.*

---

336) ***friend***: 제임스가 앞에서 펨브로크를 워릭의 "존귀하신 친구"(honourable friend)(l. 9)라고 지칭한 데 대해 워릭이 냉소적으로 말하는 것으로 보인다.

337) ***watched it well***: 워릭이 개비스톤을 비인간적으로 지칭하여(it) 아이러닉한 어조로 말한 것이거나(Forker), 워릭은 "국가의 대의"(country's cause)를 지키느라 주의하고 있다(Rowland)는 의미로도 해석이 가능한 애매한 문장.

워릭. 아닐세, 제임스, 내가 신봉하는 것은 국가의 대의일세.   10

[자기 부하들에게] 자, 저 악당 녀석을 잡아라. 여봐라, 어서 와서
속히 일을 처리하라. [제임스에게] 내 친구인[336) 자네 주인께 안부 전
해드리게.

그리고 내가 그놈을 잘 잡아두었다고[337) 전해드리게.

[개비스톤에게] 자, 네놈의 혼백이나[338) 에드워드 왕과 이야기를 나
누도록 하라.

개비스톤. 변절자 백작! 왕을 뵐 수 없단 말인가?   15

워릭. 아마 하늘에 계신 왕[339)이라면 모를까, 다른 어떤 왕도 안 되지.
가자!

워릭과 그의 부하들 개비스톤과 함께 퇴장.
[제임스는 펨브로크의 부하들과 남아 있다.]

제임스. 자, 이보게들, 우리가 싸워보았자 아무 소용없으니
서둘러 나리께 가서 알려드리세.[340)

퇴장.

---

338) *shadow*: 망령, 유령. 즉 네놈이 죽어 망령이 되어서나.
339) *King of Heaven*: 죽어서 하늘나라의 왕인 하나님이나 만나라.
340) *certify*: 알려드리다(=inform).

▌▌▌ ACT III

[Scene i]

Enter King Edward, Spencer [Junior, *and* Baldock],
with drums and fifes.

EDWARD.	I long to hear an answer from the barons
	Touching my friend, my dearest Gaveston.
	Ah, Spencer, not the riches of my realm
	Can ransom him, ah, he is marked to die.
	I know the malice of the younger Mortimer; 5
	Warwick I know is rough, and Lancaster
	Inexorable, and I shall never see
	My lovely Piers, my Gaveston again.
	The barons overbear me with their pride.

---

341) 이 장면은 13년에 걸쳐 일어난 사건을 축약시켜 놓은 것이다. 13년간의 대략적 상황은 다음과 같다. 왕의 사촌인 랭커스터 백작 토마스를 필두로 21명의 귀족들로 구성된 법령기초위원들(Lords Ordainers)은 1312년 5월에 개비스톤을 체포하여 그를 의회에서 심판하려 했으나 위원들 중 워릭 백작이 개비스톤을 자신의 성으로 끌고 갔다. 개비스톤은 랭커스터 백작이 도착할 때까지 워릭 성에 9일간 감금되었다가 랭카스터의 판결에 따라 블랙로우 힐(Balcklow Hill, 랭카스터 소유)로 옮겨져 6월 19일에 처형되었다. 한편 1316년에는 프랑스인들이 가스꼬뉴를 석권하였다. 이런 와중에 왕의 새로운 총신이 된 스펜서 부자는 실권을 쥐게 되자 관직 임명 개입과 영토적 야망으로 반국왕 세력의 결집을 불러 일으켰다. 1321년에는 왕의 실정과 스펜서 부자에 대한 편애에 넌덜머리가 난 귀족들은 다시 반란을 일으켜 의회는 스펜서 부자를 추방했다. 그러나 1322년 3월에 왕은 곧 북쪽으로 진군하여 요크셔의 보러브릿지에서 랭카스터 백작을 붙잡아 처형함으로써 개비스톤을 처형한 데 대한 복수를 했다. 보러브릿지 전투에서 헤리퍼드는 전사하고 조카 모오티머

▮▮▮ 3막

[3막 1장]³⁴¹⁾

북소리, 나팔 소리와 함께 에드워드 왕, [아들]스펜서, [발독] 등장.

에드워드.   과인은 귀족들로부터 나의 벗, 나의 가장 친애하는 개비스톤에 대한

대답을 고대하고 있네.

아, 스펜서, 내 왕국의 부를 다 쏟아 부어도

그를 풀려나게 할 수 없다니. 아, 그는 곧 죽을 운명일세.

과인은 모오티머가 품은 악의를 알고 있네.   5

워릭은 거칠고, 랭카스터는

냉혹하니, 과인은 사랑스런 피어스, 나의 개비스톤을

결코 다시는 볼 수 없을 걸세.

귀족들은 오만불손하게도 나를 억압하고 있네.

는 보러브릿지 전투 이전에 슈르스베리(Shrewsbury)에서 일찌감치 에드워드 왕에게 항복하여 런던탑에 갇혔으며 왕은 스펜서 부자를 다시 불러들였다. 게다가 1322년 프랑스의 새 왕 샤를 4세가 에드워드 왕의 신서 문제를 트집으로 가스꼬뉴에 침입하여 영국인들을 몰아붙이고 있었다. 그 무렵 런던탑에서 탈출한 모오티머는 프랑스로 도망쳐서 왕과 스펜서 부자에 대한 반항운동을 주도하고 있었다. 한편 1325년에 왕비 이사벨라는 그녀의 동생 샤를 4세와 가스꼬뉴 문제를 교섭하기 위해 프랑스에 파견되었으나 파리에서 모오티머를 만나자 그와 합류하게 된다(『영국의 역사: 상』, 165-70; 『옥스포드 영국사』, 203-10 참조).

10

SPENCER.　Were I king Edward, England's sovereign,

　　　　　Son to the lovely Eleanor of Spain,

　　　　　Great Edward Longshanks' issue, would I bear

　　　　　These braves, this rage, and suffer uncontrolled

　　　　　These barons thus to beard me in my land,

　　　　　In mine own realm? My lord, pardon my speech.　　15

　　　　　Did you retain your father's magnanimity,

　　　　　Did you regard the honour of your name,

　　　　　You would not suffer thus your majesty

　　　　　Be counterbuffed of your nobility.

　　　　　Strike off their heads, and let them preach on poles;　　20

　　　　　No doubt, such lessons they will teach the rest,

　　　　　As by their preachments they will profit much

　　　　　And learn obedience to their lawful king.

EDWARD.　Yea, gentle Spencer, we have been too mild,

　　　　　Too kind to them; but now have drawn our sword,　　25

　　　　　And, if they send me not my Gaveston,

---

342) ***Eleanor of Spain***: 스페인의 카스티야(Castilla) 왕 알폰소 10세(Alfonso X)(1221∼84, 재위 1252∼84)의 이복누이로 에드워드 1세의 첫 번째 부인(1254년 결혼) 엘리노어(레오노르) 왕비.

343) ***Longshanks***: 에드워드 1세의 별명. 동시대인들 치고는 비교적 큰 키와 긴 다리 때문에 '긴 다리'(롱생크)란 별명을 얻었다. 흔히 그는 키가 훤칠하고 건장한 중세적 기사의 이상형 왕이었으며, 용감하고 유능한 군인이자 자의식이 뚜렷하고 의지가 굳은 현명한 왕이었으며, 높은 지성과 지칠 줄 모르는 정력의 소유자로 알려져 있다(『영국의 역사: 상』, 134).

344) ***braves***: 모욕, 허풍(3.2.41 참고).

345) ***magnanimity***: 귀족 계층에게 적합한 용기. 이 단어는 현대적 의미로 "고결한 용서의 정신(즉 관대함)"을 의미하기보다는 지배력을 행사할 수 있는 귀족 계층의 "도도하고 건방진 용기"를 의미하는 것으로 사용되었다(Tancock). "비겁한 자라도 그의 마음속에 용기가 생겨서,/ 맨주먹으로 무장한 적을 때려 눕힐 것입니다"(Infuse his breast with *magnanimity*/ And make him, naked, foil a man at arms)(*3H6*, 5.4.41-42. 참고).

| 아들 스펜서. | 만일 소인이 에드워드 왕, 영국의 군주, | 10 |

스페인 왕족인 사랑스런 엘리노어 여왕의[342] 아들이요,

위대한 롱섕크[343] 에드워드 선왕의 자손이라면,

과연 이러한 모욕,[344] 이러한 분노를 참고 견딜 것인가, 또한

방자한 이 귀족들이 내 영토, 내 왕국에서 내게 이토록 무엄하게

모욕을 주는 데도 참고만 있을 것인가? 전하, 용서하소서.   15

전하께서 선왕의 용기를[345] 그대로 이어받으셨다면,

전하께서 존함의 명예를 중히 여기신다면,

전하의 주권이 전하를 지지해야 할 귀족들에게 이렇게까지 도전
    받는 걸[346]

묵과하실[347] 필요가 없을 것이옵니다.

놈들의 목을 쳐서, 교수대 위에 매달아 그 수급더러 거기서 설교
    하게 하옵소서.[348]   20

내걸린 수급들은 세상 사람들에게 훌륭한 교훈이 될 것이기에,

놈들의 설교로[349] 세상 사람들은 깨닫는 바가 커서,

자신들의 정당한 국왕께 복종하는 걸 배울 것이옵니다.

에드워드.　그렇지, 스펜서, 짐은 그간 놈들에게 지나치게 관대하고

친절히 대했네. 하지만 이제 짐이 칼을 뽑아든 이상,   25

놈들이 나의 개비스톤을 돌려보내지 않으면,

---

346) *counterbuffed of*: 도전받다, 저항받다(=beaten back by, opposed); 거절당하다(=rebuffed).

347) *suffer*: 허용하다(=allow, permit).

348) *breach on poles*: 만일 그들이 귀족들의 목을 베어 그 머리를 장대(교수대)에 높이 매어 달면 백성들이 그것
    을 보고 경고의 메시지로 받아들일 것이다. 앞의 각주(1.1.117) 참조.

349) *preachments*: (여기서는 경멸조로) 설교(=sermons).

We'll steel it on their crest and poll their tops.

BALDOCK. This haught resolve becomes your majesty,

Not to be tied to their affection,

As though your highness were a schoolboy still, 30

And must be awed and governed like a child.

Enter Hugh Spencer [Senior], an old man, father to the young
Spencer [Junior], with his truncheon, and Soldiers.

SPENCER THE FATHER. Long live my sovereign, the noble Edward,

In peace triumphant, fortunate in wars.

EDWARD. Welcome, old man: com'st thou in Edward's aid?

Then tell thy prince of whence and what thou art. 35

SPENCER THE FATHER. Lo, with a band of bowmen and of pikes,

Brown bills and targeteers, 400 strong,

Sworn to defend king Edward's royal right,

I come in person to your majesty—

---

350) *crest*: 투구.

351) *steel it*: 칼을 날카롭게 갈다(=sharpen the sword).

352) *poll their tops*: 그들의 목을 치다, 참수하다(=decapitate them). "poll"은 앞의 20행의 "pole"에 대한 말장난.

353) *haught*: (*haughty*의 고어. <Fr. *haut*) 도도한, 거만한(=lofty).

354) *affection*: 변덕, 기분(=caprice, inclination).

355) 32-33: 『리처드 2세』의 곤트(Gaunt)에게서처럼 관객들은 아마도 노인인 아버지 스펜서로부터도 예언적인 말을 듣길 기대할지 모르나 아버지 스펜서의 말은 '특별한 아이러니'를 만들어내고 있다(Merchant 참고).

356) *Brown bills*: (평범하게 철로 만들어서 검은 색의 도끼창과 대조적으로 녹스는 걸 방지하도록 청동으로 된 창과 도끼를 겸한 무기. 청동 도끼창, 청동 창부(槍斧)(=bronzed halberd), 즉 창의 끝부분에 전투용 도끼와 미늘창(槍)을 결합하여 단 무기. 말로우 가는 1588년에 그러한 무기를 소유하고 있었다(Rowland 110 미주 참조).

놈들의 투구에다[350] 칼을 갈아[351] 놈들의 목을 치겠노라.[352]

발독.　이처럼 담대한[353] 결심이야말로 전하의 신분에 합당하나이다.

마치 전하께서 아직도 학생인양,

전하를 마치 어린아이 다루듯 어르고 다스리려는,　　30

놈들의 변덕에[354] 휘둘리셔서는 안 되옵니다.

아버지 스펜서.　전하, 만수무강 하소서, 고귀하신 에드워드 왕이시여,

태평성대 하시고, 싸움에서 승리하시는 복을 누리소서![355]

에드워드.　어서 오시게, 노인장. 노인장은 과인을 도우러 온 건가?

그렇다면 그대의 군주에게 어디서 온 누구인지 말해보라.　　35

아버지 스펜서.　자, 소인은 궁수와 창병 무리,

청동 창부병(槍斧兵)[356]과 방패를 든 보병을[357] 비롯하여

에드워드 전하의 왕권을 수호하기로 맹세한 400명의 막강한 병

사를 이끌고,

직접 전하께 나아왔사옵니다 ―

---

357) *targeteers*: 원형 모양의 소형 방패를 든 보병(=foot soldiers armed with targets or shields).

Spencer, the father of Hugh Spencer there,   40

Bound to you highness everlastingly

For favours done, in him, unto us all.

EDWARD.   Thy father, Spencer?

SPENCER.   True, and it like your grace,

That pours, in lieu of all your goodness shown,

His life, my lord, before your princely feet.   45

EDWARD.   Welcome ten thousand times, old man, again;

[To Spencer Junior] Spencer, this love, this kindness to

    thy king,

Argues thy noble mind and disposition.

Spencer, I here create thee Earl of Wiltshire,

And daily will enrich thee with our favour   50

That as the sunshine, shall reflect o'er thee.

Besides, the more to manifest our love,

Because we hear Lord Bruce doth sell his land,

And that the Mortimers are in hand withal,

---

358) ***Spencer, the father***: 아버지 스펜서를 뒤늦게 왕에게 소개하도록 한 것은 말로우의 발상이다. 아버지 스펜서는 일찌감치 1308년부터 적대적인 귀족들에 대해 개비스톤을 지지하였으며, 에드워드는 한동안 두 부자를 알고 있었던 것 같다.

359) ***in lieu of***: 보답으로(=in recompense for).

360) ***Earl of Wiltshire***: 아들 스펜서. 그러나 역사적으로 이 백작의 신분은 중세 가족의 구성원에게 수여되지 않았다. 홀린셰드에 의하면(332) 1322년에 아버지 스펜서는 윈체스터 백작에 봉해졌다(3.1.61 참고). 말로우의 시대 이후로 윈체스터 후작(Marquis of Winchester)의 장자는 (여전히 그렇지만) 윌트셔 백작(Earl of Wiltshire)이란 칭호를 지니게 되었는데, 말로우는 두 직함 사이의 관계를 의도적으로 실제보다 이전으로 잡았다.

　　　　저기 있는 휴 스펜서의 아비인[358] 신(臣) 스펜서는,　　　　　　40

　　　　자식에게 베푸신 전하의 특별한 사랑을 저희 모두에게 베푸신

　　　　　거라 여겨

　　　　전하를 영원히 모시겠사옵니다.

에드워드.　　그대의 부친이라 했나, 스펜서?

아들 스펜서.　　　　　　　　　그러하옵니다, 전하의 마음에 드시거든

　　　　전하께서 베푸신 모든 은총에 대한 보답으로[359]

　　　　부친의 목숨을, 전하, 군주의 발 앞에 쏟아놓는 것이옵니다.　　45

에드워드.　　천 번 만 번 환영하오, 노인장.

　　　　[아들 스펜서에게] 스펜서, 그대의 왕을 향한 이 애정, 이 호의는

　　　　그대의 고결한 마음씨와 성품을 입증하네.

　　　　스펜서, 이 자리에서 그대에게 윌트셔 백작[360] 작위를 수여하고,

　　　　마치 태양처럼, 그대 위에 짐의 호의를 비추어　　　　　　　　50

　　　　그대를 날마다 부요하게 해주겠노라.

　　　　그런데, 듣자하니 브루스 경이 자기 영지를 매각한다 하고[361]

　　　　모오티머 숙질이 구입을 추진 중[362]이라 하니,

　　　　짐의 호의를 더욱 분명히 하도록,

---

361) *Lord Bruce doth sell his land*: 절약성이 부족한 윌리엄 브루스 경(Lord William de Bruce)은 웨일즈 변경에 조상들로부터 물려받은 상당한 대지를 소유하고 있었지만, 그 대지 중 가우어스(Gowers) 땅의 상당 부분을 그의 대지와 가까운 곳에 자신들의 대지를 소유하고 있던 귀족들, 특히 헤리퍼드 백작(Earl of Hereford), 모오티머 숙질, 그리고 모우브레이 경(Lord Mowbraie) 등에게 구입의사를 타진하였다(1321년). 그러나 결국 그 땅을 탐내던 아들 휴 스펜서 의전대신(Lord Chamberlain)이 — 웨일즈 변경 지역에 소유하고 있던 대지의 양측이 경계를 인접하고 있었기에 — 왕의 도움을 통해 브루스 경의 땅을 차지하게 됨으로써 스펜서는 웨일즈 지역에서 넓은 대지를 소유하게 되는 기반을 마련하게 되었으며, 그 땅을 구입하려고 추진 중에 있던 다른 귀족들의 큰 불만을 사게 되었다(Holinshed 325 참조).

362) *in hand*: (앞에서 말한 브루스 경의 땅을 구입하려고) 진행 중에 있는(=in process).

Thou shalt have crowns of us t' outbid the barons;   55

And, Spencer, spare them not, but lay it on.

Soldiers, a largess, and thrice welcome all!

SPENCER.   My lord, here comes the queen.

Enter [Isabella] the Queen, and her son [Prince Edward],
and Levune, a Frenchman.

EDWARD.   Madam, what news?

ISABELLA.   News of dishonour, lord, and discontent:

Our friend Levune, faithful and full of trust,   60

Informeth us, by letters and by words

That lord Valois our brother, King of France,

Because your highness hath been slack in homage,

Hath seized Normandy into his hands;

These be the letters, this the messenger.   65

EDWARD.   Welcome, Levune. [*To* Isabella] Tush, Sib, if this be all,

Valois and I will soon be friends again.

---

363) ***crowns of us***: 짐의 돈, 즉 '국고.' 'crown'은 '왕관'이라는 의미 외에 화폐 단위(크라운)로써 '돈'이라는 의
미도 있다.

364) ***PRINCE EDWARD***: 에드워드 세자가 이 극에 처음 등장하는데, 이후로 늘 그렇듯이 왕비와 함께 나타난
다. 홀린셰드 역시 에드워드 세자의 탄생에 대한 언급을 제외하면 프랑스에서의 영국 영토에 대한 통치권
문제와 관련하여 어머니 이사벨라 왕비가 정치적으로 개입하기 전까지 에드워드 세자를 별로 주목하지 않
았던 것으로 보인다(Forker 223 각주 참조).

365) ***seizéd Normandy***: 에드워드 2세 당시 실제로 문제가 되고 있는 지역은 노르망디가 아니라 아퀴테느
(Aquitaine) 지역의 여러 마을과 성을 프랑스 왕이 점령했던 것이다. 전통적으로 프랑스에 있는 영토에 대
해 영국 왕은 프랑스 왕에게 봉신의 예를 갖추어 왔으나 에드워드 2세가 이를 거부한 데 대한 불만에서였
다(Holinshed 334 참조).

그대가 경매에서 다른 귀족들을 이기게 국고를[363] 사용하라.　55

스펜서, 그 돈을 아끼지 말고, 값을 비싸게 쳐서 부르게.

여봐라, 하사금을 넉넉히 내리겠다. 또한 여러분 모두를 깊이 환
　　영하오.

아들 스펜서.　전하, 여기 왕비마마께서 오십니다.

　　　　　[이사벨라] 왕비와 그녀의 아들[에드워드 세자],[364]
　　　　　　　　프랑스인 르뷘느 등장.

에드워드.　부인, 무슨 소식이라도 있소?

이사벨라.　전하, 치욕스럽고도, 불쾌한 소식이옵니다.

우리의 신실한 친구 르뷘느가　　　　　　　　　　　60

서찰과 구두로 직접 전하길

프랑스 왕인 저의 동생 발로와가,

전하께서 봉신의 예를 소홀히 하였다 하여

노르망디 지역을 수중에 넣었다고 하옵니다.[365]

여기 그 서신이옵고, 이 자가 바로 그 사자(使者)이옵니다.　65

에드워드.　어서 오게, 르뷘느. [이사벨라에게] 체, 여보,[366] 이게 전부라면,[367]

발로와하고 짐은 다시 곧 친구가 될 수 있겠소.

---

366) **Sib**: 원래 친척을 지칭하는 말. 여기서는 아내 이사벨라를 격의 없이 줄여서 부른 것으로 보인다.

367) **If this be all**: 프랑스 왕에게 봉신의 예를 지키지 않은 것에 대해 가볍게 생각하는 것은 에드워드 2세의
　　판단력 미숙과 외교적 능력의 결핍을 드러낸다.

But to my Gaveston—shall I never see,

Never behold thee now? Madam, in this matter

We will employ you and your little son;   70

You shall go parley with the King of France.

Boy, see you bear you bravely to the king,

And do your message with a majesty.

PRINCE EDWARD. Commit not to my youth things of more weight

Than fits a prince so young as I to bear.   75

And fear not, lord and father, heaven's great beams

On Atlas' shoulder shall not lie more safe

Than shall your charge committed to my trust.

ISABELLA. Ah, boy, this towardness makes thy mother fear

Thou are not marked to many days on earth.   80

EDWARD. Madam, we will that you with speed be shipped,

And this our son; Levune shall follow you

With all the haste we can dispatch him hence.

Choose of our lords to bear you company,

And go in peace; leave us in wars at home.   85

ISABELLA. Unnatural wars, where subjects brave their king—

---

368) *your little son*: 1325년에 이 임무를 맡아 프랑스에 사절로 파견될 때 에드워드 세자는 13세였다. 에드워드 왕이 아들을 가리킬 때 일반적으로 '나의'(my)(4.3.71 참고) 대신 '당신의'(your)라고 한 것은 세자에 대한 이사벨라 왕비의 지배력에 대한 느낌을 강조할 뿐만 아니라 부자지간의 거리감을 시사한다. 말로우는 역사적으로 왕비가 먼저, 그리고 에드워드 세자가 나중에 각각 프랑스궁정에 갔던 일을 함께 동행한 것으로 바꾸었다(Holinshed 336 참고).

하지만 나의 개비스톤으로 말하자면, 짐은 이제 그대를 다시는
볼 수가,

결코 그대의 모습을 볼 수가 없단 말인가? 부인, 이 문제를
당신과 당신의 어린 아들[368]에게 일을 맡기겠소.　　　　　70
당신들이 프랑스 왕에게 건너가서 담판을 짓도록 하오.
세자, 프랑스 왕 앞에서 늠름하게 처신하고,
위엄 있게 용건을 전하도록 하라.

에드워드 세자.　소자처럼 이렇게 나이 어린 세자가 감당하기에
벅찬 짐을 제게 지우지 마옵소서.　　　　　75
하오나 아바마마, 심려 마옵소서. 아틀라스의 어깨[369]에
드리워진 하늘의 거대한 빛줄기도 소자에게 맡기신
전하의 분부보다 더 안전하지는 못할 것입니다.

이사벨라.　아, 세자, 이렇듯 조숙하니[370] 이 어미는
세자가 세상에서 명이 길지 못할까 걱정이구나.[371]　　　　　80

에드워드.　부인, 우리 아들과 속히

---

369) *Atlas' shoulder*: 그리스 신화에서 거인족(Titan, giant)은 제우스에게 저항했다 패하여 대부분 지하 가장 깊
　　은 곳에 있는 타르타로스에 갇혔다. 아틀라스는 예외적으로 헤스페리데스(Hesperides)가 지키는 정원 옆 서
　　쪽 땅 끝에서 거대한 하늘을 어깨로 떠받쳐야 하는 형벌을 받았다. 그는 하늘의 무게에 짓눌려 무릎을 꿇
　　고 있는 것으로 묘사된다. 에드워드 세자의 과장된 언사는 "그를 그의 조부 에드워드 롱생크와 연결 지을
　　수 있는 표시"(Merchant)로 볼 수 있다.
370) *towardness*: 조숙함, 총명함(=readiness, aptitude). 글로스터가 방백으로 에드워드 세자(Edward V)에 대해
　　"어린 것이 너무 총명하면 수를 못 한다고들 하지"(So wise so young, they say, do never live long), "여
　　름이 짧은 건 대개 봄철이 일러서 그런 법이지"(Short summers lightly have a forward spring)(*R3*. 3.1.79,
　　94)라고 한 말 참조.
371) 이사벨라 왕비의 말은 세자를 향한 것이라기보다는 어리석은 남편 에드워드 2세를 겨냥한 것으로서, 극적
　　아이러니로 보인다.

God end them once! My lord, I take my leave

To make my preparation for France.

[*Exit* Queen *and* Prince Edward.]

Enter Lord Arundel.

EDWARD.   What, lord Arundel, dost thou come alone?

ARUNDEL.   Yea, my good lord, for Gaveston is dead.   90

EDWARD.   Ah, traitors. Have they put my friend to death?

Tell me, Arundel, died he ere thou cam'st,

Or didst thou see my friend to take his death?

ARUNDEL.   Neither, my lord; for, as he was surprised,

Begirt with weapons and with enemies round,   95

I did your highness' message to them all,

Demanding him of them, entreating rather,

And said, upon the honour of my name,

That I would undertake to carry him

Unto your highness, and to bring him back.   100

---

372) ***wars at home***: 반역하는 귀족들과 벌이고 있는 전쟁, 즉 내란.

373) ***once***: 즉시, 단호히, 당장(=once and for all).

374) ***surprised***: 체포되다, 사로 잡히다(=captured).

배에 오르도록 하오. 르뵌느는 가능한 한

최대한 서둘러서 그대들을 따라가도록 조치하겠소.

신하들 중에 그대와 동행할 자를 택하시오,

그리고 평안히 가시오. 짐은 내란이[372] 벌어진 조국에 남겠소. 85

이사벨라. 있을 수 없는 전쟁이옵니다. 신하들이 자신들의 왕께 맞서다니

　요—

하나님, 전쟁을 즉시[373] 멈춰 주소서! 전하, 프랑스에 갈

채비를 위해 물러가겠나이다.

[왕비와 에드워드 세자 퇴장.]
아룬델 경 등장.

에드워드. 어찌하여 혼자 오는 건가, 아룬델 경?

아룬델. 예, 자비로우신 전하, 개비스톤이 죽었기 때문이옵니다. 90

에드워드. 아 역적놈들, 그놈들이 내 친구를 처형하였나?

말해 보게, 아룬델, 경이 도착하기 전에 이미 죽었나,

아니면 내 친구가 살해당하는 것을 보았는가?

아룬델. 둘 다 아니옵니다, 전하. 그가 체포되어,[374]

병사들과 적에게 둘러싸여 있기에, 95

소신이 그자들에게 전하의 교서를 전하고,

간청하다시피 그의 신병을 요구하면서,

제 이름의 명예를 걸고,

그를 데리고 전하께 왔다가,

다시 데리고 가겠노라고 했사옵니다. 100

EDWARD.   And tell me, would the rebels deny me that?

SPENCER.   Proud recreants!

EDWARD.   Yea, Spencer, traitors all.

ARUNDEL.   I found them at the first inexorable;

The Earl of Warwick would not bide the hearing,

Mortimer hardly; Pembroke and Lancaster   105

Spake least. And when they flatly had denied,

Refusing to receive me pledge for him,

The Earl of Pembroke mildly thus bespake:

'My lords, because our sovereign sends for him,

And promiseth he shall be safe returned,   110

I will this undertake, to have him hence

And see him redelivered to your hands.'

EDWARD.   Well, and how fortunes it that he came not?

SPENCER.   Some treason or some villainy was cause.

ARUNDEL.   The Earl of Warwick seized him on his way,   115

For being delivered unto Pembroke's men,

Their lord rode home thinking his prisoner safe;

But ere he came, Warwick in ambush lay,

---

375) *recreants*: 배신자들, 배반자들(=betrayers)(3.2.45 참고).

376) *bide*: 참다(=abide).

377) *how fortunes*: 무슨 일이 일어나다, 발생하다(=does it happen).

에드워드. 말해보게, 저 역적놈들이 짐의 부탁을 거절했단 말인가?

스펜서. 건방진 반역자 놈들![375]

에드워드. 그렇다네 스펜서, 모두 반역자 놈들이지.

아룬델. 처음에는 그자들이 요지부동이었사옵니다.

워릭 백작은 참고[376] 들으려 하지 않았고,

모오티머에게는 가당치도 않았사옵니다. 펨브로크와 랭카스터
는   105

일언반구도 아니하였사옵니다. 그자들이 개비스톤에 대한 소신
의 서약을

단호히 거절하자,

펨브로크 경이 너그럽게 말했사옵니다.

"제경들, 우리들의 군주께서 그자를 보고 싶어 사람을 보내셨고,

또한 그자를 무사히 돌려보내겠다고 약속하시니,   110

내가 그자를 데려갔다

경들에게 다시 인도하도록 하겠소," 이렇게 말입니다.

에드워드. 그런데, 어찌하여[377] 그가 오지 않은 건가?

스펜서. 어떤 배신이나 악행이 저질러졌기 때문일 터입니다.

아룬델. 워릭 백작이 도중에 그자를 습격하였사옵니다.   115

개비스톤을 자기 부하에게 맡긴 펨브로크는

포로가 안전하다고 생각하여 자기 집으로 말을 달렸습니다.

그러나 펨브로크가 미처 돌아오기 전에 워릭이 매복하고 있다
가,

And bare him to his death, and in a trench

Strake off his head, and marched unto the camp. 120

SPENCER. A bloody part, flatly against law of arms.

EDWARD. O shall I speak, or shall I sigh and die?

SPENCER. My lord, refer your vengeance to the sword

Upon these barons; hearten up your men;

Let them not unrevenged murder your friends. 125

Advance your standard, Edward, in the field,

And march to fire them from their starting holes.

EDWARD. (*Kneeling*) By earth, the common mother of us all,

By heaven, and all the moving orbs thereof,

By this right hand, and by my father's sword, 130

And all the honours 'longing to my crown,

I will have heads and lives for him — as many

As I have manors, castles, towns, and towers.

[*Rises.*]

Treacherous Warwick! Traitorous Mortimer!

If I be England's king, in lakes of gore 135

---

378) ***in a trench/ Strake off his head***: 개비스톤은 귀족들 사이에 어느 정도 논란이 있은 뒤 블랙로우 힐 (Blacklow Hill)에서 처형되었다(Holinshed 321 참고). 말로우는 보다 동정심을 자아내기 위해 그의 죽음을 처형된 것 보다는 사형(私刑) 당했거나 혹은 '살해된' 것으로 취급한 것으로 보인다.

379) ***law of arms***: 기사의 예법, 기사의 법도(=chivalry).

380) ***refer***: (임무를) 부여하다, 맡기다(=commit, assign).

381) ***standard***: 왕의 문장이 그려져 있는 기(旗).

382) ***fire them from their starting holes***: 여우나 토끼 등이 숨어 있는 굴에서 몰아내기 위해 불을 피우고 그 굴에 연기를 불어넣어 사냥감이 뛰쳐나오게 하다.

	그자를 죽이고, 참호에서 목을 벤[378] 다음
	자기 진영으로 가버렸사옵니다. 120
스펜서.	잔인한 처사로다. 도무지 기사의 법도[379]에 어긋나는 짓이로다.
에드워드.	오, 무슨 말을 하랴, 내 차라리 한숨을 쉬다 죽으랴?
스펜서.	전하, 이 귀족들에 대한 복수를
	칼에 맡기소서.[380] 신하들의 사기를 진작시켜주옵소서.
	전하의 벗을 살해한 그자들에게 반드시 보복해야 하옵니다. 125
	에드워드 왕이시여, 들판에 전하의 깃발을[381] 내세우고
	진군하여 놈들이 숨어 있는 구멍으로부터 놀라 튀어나오게 불을
	지르셔야 하옵니다.[382]
에드워드.	(무릎을 꿇고 말한다). 우리 모두의 어머니이신 대지와,[383]
	하늘과, 그리고 거기서 운행하는 모든 별에 걸고,
	이 오른 손과, 선친의 칼과, 130
	짐의 왕관에 속한[384] 모든 명예에 걸고,
	짐은 그를 위하여 ─ 과인 소유의 장원(莊園), 성, 마을, 탑의 숫자
	대로
	놈들의 머리와 목숨을 취할 것이다.

[일어선다.]

반역자 워릭! 역적 모오티머!

만일 과인이 잉글랜드의 왕이라면,[385] 피의 연못에서 135

---

383) *By earth . . .* : 에드워드의 대사는 개비스톤이 살해당했다는 소식을 듣고 "그렇게 [콘월] 백작[개비스톤]을 죽게 한 귀족들에 대해 격분하여 그의 죽음에 대해 복수하겠노라고 맹세를 하면서, 이전에 왕과 귀족들 사이의 적의가 이제 넓고도 멀리 활활 타오르기 시작하여 왕은 어떻게 그들에게 분을 풀 수 있을까 그 때를 노리게 되었다"(Holinshed 321 참조)는 기록에 기반을 둔 것이다.

384) *'longing*: 속한(=belonging).

385) *If I be Englands King*: 가정법의 형태로서 의심을 시사한다.

Your headless trunks, your bodies will I trail,

That you may drink your fill, and quaff in blood,

And stain my royal standard with the same,

That so my bloody colours may suggest

Remembrance of revenge immortally   140

On your accursed traitorous progeny —

You villains that have slain my Gaveston.

[*To* Spencer Junior] And in this place of honour and of

trust,

Spencer, sweet Spencer, I adopt thee here;

And merely of our love we do create thee   145

Earl of Gloucester and Lord Chamberlain,

Despite of times, despite of enemies.

SPENCER. My lord, here's a messenger from the barons

Desires access unto your majesty.

EDWARD. Admit him near.   150

Enter the Herald *from the* Barons, *with his coat of arms.*

HERALD. Long live King Edward, England's lawful lord!

---

386) ***merely***: 이 단어는 에드워드가 아들 스펜서를 높이 쓰는 것은 개비스톤을 살해한 자들에 대한 복수가 아니라 그에게 개인적으로 이끌렸기 때문임을 시사한다(Simkin 186). 또한 봉건적 개념에 입각한 세습권을 주장하는 귀족들과 대조적으로 에드워드는 여기서 "세습권을 무시하고" 있는 것이다(Wiggins and Lindsey).

387) ***Earl of Gloucester and Lord Chamberlain***: 홀린셰드에 의하면 "아들 스펜서는 모든 귀족들의 생각과는 반대로 의전대신에 봉해졌다"(325). 그러나 그는 결코 공식적으로 글로스터 백작의 작위를 받은 것은 아니었다. 다수의 저자들이 그의 작위를 이렇게 잘못 호칭하는 것은 아마도 그가 글로스터 백작의 딸과 결혼하였으며 광대한 토지를 소유하게 되었기 때문인 것으로 추정된다.

네놈들의 목이 달아난 몸뚱이를 끌고 다닐 것이다,

네놈들이 피를 흠뻑 들이키도록 말이다.

그 피로 짐의 깃발을 적셔서,

피묻은 깃발들이 네놈들의 저주받을

불충한 역심을 품은 자손들에게도   140

영원히 복수에 대한 기억을 떠올리도록 말이다—

나의 개비스톤을 살해한 너희 악당 놈들!

[아들 스펜서에게] 이 명예와 신뢰의 신성한 곳에서,

스펜서, 이 자리에서 그대를 거둬 쓰겠노라.

그리고 세습권과 관계없이 오로지[386] 짐의 순전한 애정으로   145

그대를 글로스터 백작이자 의전대신에[387] 명하노라.

시대가 어떠하든, 반항하는 적들이 미쳐 날뛰든 개의치 않노라.

스펜서. 전하, 여기 귀족들이 보낸 전령이

전하를 알현하길 원하나이다.

에드워드. 가까이 들라 하라.   150

문장 박힌 겉옷을 입은, 귀족들의 전령관 등장.

전령관. 에드워드 국왕, 잉글랜드의 적법하신 군주시여,[388] 만수무강하

소서!

---

388) *England's lawful lord*: 사자가 곧 전할 내용은 왕에게 최후통첩이나 다름없기 때문에 그의 공식적인 인사
는 오히려 에드워드의 위태위태한 상황을 강조한다.

EDWARD.   So wish not they, I wis, that sent thee hither.

Thou com'st from Mortimer and his 'complices—

A ranker rout of rebels never was.

Well, say thy message.   155

HERALD.   The barons up in arms by me salute

Your highness with long life and happiness,

And bid me say, as plainer to your grace,

That if without effusion of blood

You will this grief have ease and remedy,   160

That from your princely person you remove

This Spencer [*indicating* Spencer Junior] as a putrifying branch

That deads the royal vine, whose golden leaves

Empale your princely head, your diadem,

Whose brightness such pernicious upstarts dim;   165

Say they, and lovingly advise your grace

To cherish virtue and nobility,

And have old servitors in high esteem,

---

389) *I wis*: 잘 안다(=I know well). 중세 영어인 *ywis*(=certainly)에서 왔다.

390) *from Mortimer and his complices*—: 에드워드 왕이 보러브릿지(Boroughbridge)에서 승리를 거두게 될 반역을 일으킨 귀족들과의 싸움(1322년 3월)에서 그들의 지도자는 모오티머가 아니라 에드워드 왕의 사촌 랭카스터 백작 토마스였다. 모오티머 숙질은 별다른 저항 없이 항복하였으며 그해 초 런던타워에 투옥되었다가 같은 해에 탈출하여 프랑스로 도망쳐 그곳에서 왕과 스펜서에 대한 반항운동을 주도하였다(『영국의 역사: 상』, 170 참고).

391) *as plainer*: [법] 원고로서(=as plaintiff)(Rowland). "이미 선고가 내려진 뒤에는 넋두리를 해야 소용없는 일이지"(After our sentence *plaining* comes too late)(*R2*, 1.3.175). 혹은 '솔직하게'(=as plainly).

392) *will this grief have ease and remedy*: (=will have ease *of* and remedy *for* this grief).

393) *Empale*: (화관처럼) 둘러싸다, 에워싸다(=encircle, surround).

394) *royal vine*: 에드워드 2세와 이후 헨리 4세에 이르기까지 왕관을 장식했던 잎사귀는 포도나무 잎사귀가 아니라 딸기 잎사귀들이었다. 그러나 말로우가 포도 잎사귀가 왕권을 과시하는 장식으로 한 것은 전통에서

에드워드.　　　자네를 보낸 자들은 결코 그러길 원치 않음을 과인은 잘 아느

　　　　　　　니라.[389]

　　　　　　자네는 모오티머와 그 추종자들 편에서[390] 왔으렸다.

　　　　　　역적 무리보다 더 가증스러운 것은 없느니라.

　　　　　　그래, 용건을 말하해보도록 하라.　　　　　　　　　　　155

전령관.　　　무장 봉기한 귀족들은 국왕 전하께

　　　　　　만수무강과 평안하심을 문안인사 드리고

　　　　　　고소인으로서[391] 다음과 같이 아뢰라고 분부하셨사옵니다.

　　　　　　만약 피를 흘리지 않고

　　　　　　내란의 참상을 수습하시려거든,[392]　　　　　　　　160

　　　　　　전하 곁에서 [아들 스펜서를 가리키며] 이 스펜서란 자를 내치소서.

　　　　　　이 자는 국왕인 전하의 머리, 곧 왕관을 둘러싼[393]

　　　　　　포도덩굴의[394] 황금빛 잎사귀를 고사시키고[395] 썩게 할 가지로

　　　　　　　서,

　　　　　　저 사악한 벼락 출세자들처럼

　　　　　　전하의 왕관에서 발하는 광휘를 흐려놓는다 하셨나이다.　　165

　　　　　　그분들이 말하길 — 또한 애정으로 전하께 충언하길

　　　　　　덕과 고결함을 간직하시고,

　　　　　　연로한 충복들을[396] 존중하시며,

그리 벗어난 것이 아니다. 셰익스피어의 작품에서도 크랜머 대주교가 엘리자베스 왕비의 세례식에서 그녀를 회복된 이스라엘의 성스러운 포도나무 가지와 관련지어 언급하고 있다(*H8*, 5.5.31-53 참조).

395) *deads*: 죽이다(=kills. 'deadens'의 고어체).

396) *old servitors*: (스펜서 부자나 개비스톤 같은 '벼락 출세자들'과 반대되는) 대대로 이어져 내려오는 가신(家臣)들. 이러한 표현은 특히 형식적 예의를 표현할 때 사용되어 왔다. "고귀하신 왕비마마, 과거의 원한을 씻어 주옵소서./ 이제부터 저는 충복이 되겠나이다"(My noble Queen, let former grudges pass,/ And henceforth I am thy true *servitor*)(*3H6*, 3.3.195-96).

And shake off smooth dissembling flatterers.

This granted, they, their honours, and their lives   170

Are to your highness vow'd and consecrate.

SPENCER.   Ah, traitors, will they still display their pride?

EDWARD.   Away! Tarry no answer, but be gone.

Rebels, will they appoint their sovereign

His sports, his pleasures, and his company?   175

Yet, ere thou go, see how I do divorce

Spencer from me.

Embraces Spencer [Junior].

Now get thee to thy lords,

And tell them I will come to chastise them

For murdering Gaveston. Hie thee, get thee gone;

Edward with fire and sword follows at thy heels.   180

[*Exit* Herald.]

My lord, perceive you how these rebels swell?

Soldiers, good hearts, defend your sovereign's right,

For now, even now, we march to make them stoop.

Away!

Exeunt.

---

397) ***Embraces Spencer***: 개비스톤을 껴안았던 일(1.1.140)과 의도적으로 평행을 이루도록 여봐라는 듯이 스펜서를 껴안음으로서 에드워드는 스펜서가 이미 제2의 개비스톤이 되었음을 과시한다. 말로우는 포옹 장면을 제시함으로써 이들의 관계에 육체적 요소를 시사할 뿐만 아니라 죽은 연인(개비스톤)과 대등한 관계를 강조하고 있다(Forker 71).

398) ***Edward with fire and sword***: 홀린셰드는 에드워드의 군인다운 용기나 용감성을 강조하지는 않았지만, 왕은 '강인한 육체와 건강의 소유자'(342)라고 요약하였다.

교언(巧言)으로 전하를 속이는 아첨배를 내치시라고 하였나이다.

이 충언을 받아들이신다면, 그분들은 명예와 목숨까지 다   170

전하께 바치겠노라고 서약하였사옵니다.

스펜서. 아 역적 놈들, 놈들은 여전히 자신들의 오만함을 과시하려 든단

　　　말인가?

에드워드. 물러가라! 대답을 기다리지 말고, 썩 물러가라.

반역자 놈들, 놈들은 자기네 군주에게 어떤 놀이를 할 건지,

어떤 여흥을 즐길 건지, 누구와 교제할 건지 일일이 지시하려 든

　　　단 말이냐?   175

네가 가기 전에, 짐이 어떻게 스펜서와

갈라서는가 똑똑히 보도록 하라.

[아들] 스펜서를 껴안는다.[397)]

이제 너의 주인에게 돌아가,

개비스톤을 살해한 데 대해 과인이

응징하러 가겠노라고 전하라. 어서 서둘러 가라.

짐이 불같이 진노하여 칼을 빼들고[398)] 너를 뒤쫓을 것이니라. 180

[전령관 퇴장]

제경들, 이 역적들이 얼마나 오만방자한지 보았소?

여봐라, 선량한 자들이여, 군주의 권리를 지켜다오,

지금, 바로 지금, 그자들을 굴복시키기 위해 진격이다.

가자!

퇴장.

[Scene ii]

Alarums, excursions, a great fight, and a retreat [sounded].
Enter [Edward] the King, Spencer [Senior] (the father),
Spencer [Junior] (the son), and the Noblemen of the King's side.

EDWARD. Why do we sound retreat? Upon them, lords!
This day I shall pour vengeance with my sword
On those proud rebels that are up in arms,
And do confront and countermand their king.

SPENCER. I doubt it not, my lord; right will prevail. 5

SPENCER THE FATHER. 'Tis not amiss, my liege, for either part
To breathe a while. Our men, with sweat and dust
All choked well near, begin to faint for heat,
And this retire refresheth horse and man.

SPENCER. Here come the rebels. 10

Enter the Barons, Mortimer [Junior], Lancaster,
[Kent,] Warwick, Pembroke, [with others].

MORTIMER. Look, Lancaster,
Yonder is Edward among his flatterers.

---

399) ***Alarums, excursions***: 소규모의 병사들이 전투의 혼돈을 나타내느라 무대 위에서 이리저리 몰려다닌다.
400) ***retreat***: 왕은 버튼-온-트렌트(Burton-on-Trent) 전투의 초반에 패배를 겪은 적이 있는데, 말로우는 이 패배
와 보러브릿지 전투에서의 왕의 승리를 결합시켜놓았다(Briggs).

[3막 2장]

떠들썩한 소동,[399) 커다란 싸움과 퇴각[400) [나팔소리].

[에드워드] 왕 , 아버지 스펜서, 아들 스펜서, 왕 편의 귀족들 등장.

에드워드.　어찌하여 퇴각 신호를 울리는가? 경들, 놈들을 공격하라!

오늘 과인은, 무장 봉기하여

자신들의 왕을 대적하는[401) 저 오만한 역적들에게,

칼로써 복수를 쏟아 부을 것이다.

아들 스펜서.　전하, 정의가 반드시 승리할 것을 믿사옵니다.　　　　5

아버지 스펜서.　전하, 양편이 잠시 숨을 고르는 것은

나쁘지 않사옵니다. 우리 병사들이 땀과 먼지로

모두 거의 숨이 막혀, 더위로 실신하기 시작하니,

이번 후퇴로[402) 사람과 말이 기운을 차릴 것이옵니다.

아들 스펜서.　이리로 반도들이 옵니다.　　　　10

귀족들, [조카] 모오티머, 랭카스터, [켄트], 워릭, 펨브로크, [기타] 등장.

조카 모오티머.　보시오, 랭카스터,

저기 에드워드가 아첨꾼들 중에 있소.

---

401) *countermand*: 적대하다, 대항하다, 대립하다, 맞서다(=oppose). '명령을 취소하다'(cancel former orders)라
는 현대적 의미로 사용된 것이 아니다.

402) *retreat*: 퇴각, 작전상 후퇴(=strategic retreat).

LANCASTER.	And there let him be,
	Till he pay dearly for their company.
WARWICK.	And shall, or Warwick's sword shall smite in vain.	15
EDWARD.	What, rebels, do you shrink and sound retreat?
MORTIMER.	No, Edward, no; thy flatterers faint and fly.
LANCASTER.	Thou'd best betimes forsake them and their trains,
	For they'll betray thee, traitors as they are.
SPENCER.	Traitor on thy face, rebellious Lancaster.	20
PEMBROKE.	Away, base upstart! Brav'st thou nobles thus?
SPENCER THE FATHER.	A noble attempt and honourable deed
	Is it not, trow ye, to assemble aid
	And levy arms against your lawful king?
EDWARD.	For which, ere long, their heads shall satisfy	25
	T' appease the wrath of their offended king.
MORTIMER.	Then, Edward, thou wilt fight it to the last,
	And rather bathe thy sword in subjects' blood
	Than banish that pernicious company.

---

403) **Th'ad**: (=Thou'd. Thou had의 축약형).

404) **trains**: 계교, 정치적 책략(=intrigues, political tricks). "그는 당신의 목숨을 노리고 이 속임수를 꾸며댔던 거요"(This *train* he laid to have entrapped thy life)(*Jew of Malta*, 5.5.90).

405) **trow ye**: 생각하는가, 믿는가(=think you, believe you). 여기서는 경멸조로 사용되고 있다.

406) **satisfy**: 보상(속죄)하다(=make reparation or atonement).

랭카스터. 그 패거리들과 어울리다 비싼 대가를 치를 때까지 거기 있으라
         고 하지요.

워릭. 그래야 할 거요. 그렇지 않으면 소인이 함부로 칼을 휘두를 것이
       오.   15

에드워드. 뭐라고, 이 역도들, 네놈들이 주눅이 들어 퇴각 나팔을 울렸느
         냐?

조카 모오티머. 아니오, 에드워드, 아니오. 전하의 아첨꾼들이 실신하고 달아나
         는 거외다.

랭카스터. 당신도[403] 늦기 전에 그들과 그들의 계교를[404] 내치는 게 좋을
         것이오.

         그자들은 역적들이 그렇듯, 당신을 배반할 것이기 때문이오.

아들 스펜서. 역적 놈아 어서 부복(俯伏)하라, 이 반역자 랭카스터 놈!   20

펨브로크. 물렀거라, 비천한 벼락출세자 놈. 네놈이 감히 이처럼 귀족들을
         능멸하려 드느냐?

아버지 스펜서. 너희들의 정당한 국왕께 거역하여 원군을 부르고

         거병하여 싸움을 일으키는 것이, 네놈들 생각에,[405]

         고결한 시도요 명예로운 행위더냐?

에드워드. 이에 대해 머잖아 네놈들의 머리가 왕의 분노를   25

         달래는 속죄의 제물로 바쳐질 것이니라.[406]

조카 모오티머. 그렇다면, 에드워드, 당신은 끝까지 싸워야 할 거요.

         저 해로운 패거리를 추방하느니

         신하들의 피로 당신의 칼을 적실 생각이니.

EDWARD.   Ay, traitors all, rather than thus be braved,   30

Make England's civil towns huge heaps of stones

And plows to go about our palace gates.

WARWICK.   A desperate and unnatural resolution.

Alarum to the fight!

Saint George for England, and the barons' right.   35

EDWARD.   Saint George for England, and king Edward's right.

[*Exeunt severally. Alarums.*]

Re-enter Edward, [Spencer Senior, Spencer Junior, Baldock,

Levune, *and* Soldiers] *with the* Barons [Kent, Warwick, Lancaster,

and Mortimer Junior,] *captives.*

EDWARD.   Now, lusty lords, now not by chance of war

But justice of the quarrel and the cause,

Vailed is your pride. Methinks you hang the heads,

But we'll advance them, traitors! Now 'tis time   40

To be avenged on you for all your braves,

And for the murder of my dearest friend,

---

407) **Alarum to the fight!**: 이 말은 인쇄공의 사본(printer's copy)에 무대 지시로 되어 있던 것을 식자공 (compositor)이 워릭의 대사로 잘못 이해했을 가능성이 있다. 그러나 "fight"과 다음 행의 "right"이 의도적으로 각운을 맞춘 것으로 본다면 이 말을 무대 지시보다는 워릭의 격려의 외침으로 보는 것이 더 타당할 듯싶다.

408) **Saint George for England**: 말로우의 시대착오. 성 조오지는 에드워드 3세의 치하에서 비로소 잉글랜드의 수호성인으로 채택되었다.

409) **Vailed**: 낮추다(=lowered)(1.2.19의 각주 참조).

| 에드워드. | 아아, 모든 역적 놈들아! 이처럼 무시당하느니, | 30 |

잉글랜드의 문명화된 마을을 거대한 돌 더미로 만들고

쟁기들이 짐의 궁정 성문을 갈아엎으리라.

| 워릭. | 무모하고도 기이한 결심이로군.

전투 신호를 울려라![407]

성(聖) 조오지님, 잉글랜드와[408] 귀족들의 정의를 수호하소서! 35

| 에드워드. | 성 조오지님, 잉글랜드와 과인의 정의를 수호하소서!

[양편 각각 따로 퇴장. 떠들썩한 소동.]

에드워드, [아버지 스펜서, 아들 스펜서, 발독, 르뷘느,

그리고 생포된 귀족들[켄트, 워릭, 랭카스터,

조카 모오티머]과 함께 병사들 등장.

| 에드워드. | 자, 탐욕스런 귀족들, 이제, 이 전쟁에서 운이 아니라

싸움의 정의와 대의명분이

너희들의 오만을 압도한 것이니라.[409] 너희들은 교수형을 바랄

것이나,

짐은 너희들의 수급을 높이 매달 것이다,[410] 역적놈들! 이제 40

모든 너희들의 오만함과

짐의 가장 사랑하는 친구를 살해한 데 대해 복수할 때다.

---

410) *advance*: 통렬하게 경멸조의 빈정대는 말로 높이 들어 올리다. 역적들의 머리는 종종 창에 꽂아 높이 들어
올려 본보기로 삼았기 때문이다(1.1.117, 3.1.20 참고).

To whom right well you knew our soul was knit,

Good Piers of Gaveston, my sweet favourite —

Ah, rebels, recreants, you made him away.   45

KENT. Brother, in regard of thee and of thy land

Did they remove that flatterer from thy throne.

EDWARD. So, sir, you have spoke. Away, avoid our presence.

[*Exit Kent.*]

Accursed wretches, was't in regard of us,

When he had sent our messenger to request   50

He might be spared to come to speak with us,

And Pembroke undertook for his return,

That thou, proud Warwick, watched the prisoner,

Poor Piers, and headed him against law of arms?

For which thy head shall overlook the rest   55

As much as thou in rage outwent'st the rest!

WARWICK. Tyrant, I scorn thy threats and menaces;

'Tis but temporal that thou canst inflict.

LANCASTER. The worst is death; and better die to live,

Than live in infamy under such a king.   60

---

411) *made him away*: 그를 죽여버리다(2.2.235 각주 참조).

412) *Warwick*: 이미 워릭은 1315년에 병사하였다.

413) *law of arms*: 기사의 예법, 기사의 법도(3.2.121 참조).

414) *For which thy head shall overlook the rest*: 말로우는 요오크 공작에 대한 마가렛 왕비의 한 맺힌 복수를 떠올렸을 수도 있다. "이놈의 머리를 베어 요오크 성문에 걸어두어라,/ 그리하여 요오크가 요오크의 성 안을 내려다볼 수 있도록"(Off with his head, and set it on York gates,/ So York may overlook the town of York)(*3H6*, 1.4.179-80).

415) *temporal*: 일시적인, 잠깐의. 즉 영혼이 겪게 되는 영원한 고통과 대조적인 육체적 처벌.

짐의 영혼이 선량한 피어스 개비스톤, 내 사랑하는 총신과

굳게 결합되어 있음을 너희들은 잘 알렸다―

아, 반역자들, 배신자들, 네놈들이 그를 살해했다!⁴¹¹⁾   45

켄트. 전하, 저희들은 오로지 형님과 국가에 대한 충정에서,

형님의 옥좌로부터 그 아첨꾼을 내쳤을 뿐이옵니다.

에드워드. 그래, 네놈이 그렇게 말했지. 물렀거라, 과인 앞에서 썩 물러가라.

[켄트 퇴장.]

저주받은 비열한 놈들, 과인이 사자를 파견하여

그를 내게 보내어 이야기 좀 나눌 수 있게   50

그의 처형을 연장해달라고 청하고,

펨브로크가 책임지고 그를 돌려보내겠다고 했건만,

포로로 잡힌, 불쌍한 피어스를 감시했던 너, 오만한 워릭은,⁴¹²⁾

기사의 법도⁴¹³⁾를 어기고 그의 목을 베었으면서도 과인을 생각

해서였더냐?

그대의 분노가 다른 자들보다 더했은즉   55

그대의 수급도 다른 자들보다 높이서 굽어볼 수 있게 해주겠

노라.⁴¹⁴⁾

워릭. 폭군 같으니, 당신의 위협과 협박이 가소롭소이다.

당신이 우리들에게 가할 수 있는 고통은 다만 순간에⁴¹⁵⁾ 불과하

오.

랭카스터. 최악이라 해봤자 죽기 밖에 더하겠소.⁴¹⁶⁾ 이런 왕 치하에서 욕

되게 사느니 차라리 죽는 게 낫소.   60

---

416) ***The worst is death***: "최악이래야 죽음이고, 죽음은 언제고 오는 것이니라"(The worst is death, and death will have his day)(*R2*, 3.2.103 참고).

EDWARD.	[*To* Spencer Senior] Away with them, my lord of Winchester!
	These lusty leaders, Warwick and Lancaster —
	I charge you roundly, off with both their heads,
	Away!
WARWICK.	Farewell, vain world.
LANCASTER.	Sweet Mortimer, farewell. 65

[*Exeunt* Warwick *and* Lancaster, *guarded, with* Spencer Senior.]

MORTIMER.	England, unkind to thy nobility,
	Groan for this grief, behold how thou art maimed.
EDWARD.	Go, take that haughty Mortimer to the Tower;
	There see him safe bestowed; and for the rest,
	Do speedy execution on them all; 70
	Be gone!
MORTIMER.	What, Mortimer! Can ragged stony walls
	Immure thy virtue that aspires to heaven?
	No, Edward, England's scourge, it may not be;
	Mortimer's hope surmounts his fortune far. 75

[*Exit guarded.*]

---

417) ***my lord of Winchester***: 아버지 스펜서(3.1.49 및 각주 참조).

418) ***Mortimer to the Tower***: 3.1.153의 각주 참조. 이 극에서와 달리 모티머 숙질은 보러브릿지에서의 전투가 있기 전 슈르스베리(Shrewsbury)에서의 교전에서 별다른 저항 없이 에드워드에게 항복했으며, 그런 이유로 인해 왕은 그들을 런던탑에 보냄으로써 그들의 목숨을 살려주었던 것이다. 이 극에서는 숙부 모오티머가 스코트인들에 의해 인질로 붙잡혀서 몸값 지불을 요구당하는 것으로 되어 이 극의 액션에서 배제되어 조카 모오티머의 반역에 초점을 맞추고 있으면서도 체포된 워릭, 랭카스터, 켄트 등 다른 귀족들은 참형되는 처벌을 받게 되는 반면 반역에 가장 앞장섰던 그는 오히려 런던탑에 갇히게 되는, 상대적으로 가벼운 처벌을 받게 됨으로써 형평성과 설득력을 상실한 것처럼 보이지만, 극의 진행상 두 사건을 한꺼번에 처리한 것은 불가피한 선택으로 보인다.

419) ***ragged***: 울퉁불퉁한, 거친(=rugged, rough). 이 단어는 돌, 바위, 그리고 건물의 표면 등에 일반적으로 사

에드워드.   저자들을 끌고 가라, 윈체스터 경![417]

이 탐욕스런 주모자들, 워릭과 랭카스터를

가차 없이 처벌할 것을 경에게 맡기니, 이 두 놈들의 목을 치도

록 하라!

끌고 가라!

워릭.   잘 있거라, 허망한 세상이여!

랭카스터.   모오티머 경, 잘 계시오!   65

[워릭, 랭카스터, 아버지 스펜서 퇴장.]

조카 모오티머.   귀족들에게 고약한 잉글랜드여,

이 재난을 맞아 신음할 지니, 네가 얼마나 망신창이가 되었나 보

라.

에드워드.   자, 저 오만불손한 모오티머를 런던탑으로[418] 연행하라.

거기에 그를 확실히 유폐시키도록 하라. 나머지 놈들에 대해서는

전원 신속히 처형하라.   70

자, 끌고가라!

조카 모오티머.   허, 모오티머! 감옥의 거친[419] 돌 벽이

천국을 갈망하는 너의 기상을[420] 가둘 수는 없다.

아니오, 잉글랜드를 황폐케하는 자 에드워드,[421] 그럴 순 없소.

내 소망은 그 운명을 훨씬 능가하고 있소.   75

[모오티머, 호위되어 퇴장.]

용된다. 런던탑은 연약한 왕자들에게는 "너무도 거칠고 협수룩한 유모"(Rude ragged nurse)(*R3*, 4.1.101
참고)라고 비유적으로 언급되었다.

420) *virtue*: (용기 혹은 용감성이 함축되어 있는) 고상한 힘, 남자다운 내면적 힘.

421) *England's scourge*: 영국(혹은 영국인)에게 가하는 채찍질. 잔다르크도 자칭 "영국 사람들의 채찍질"(the
English scourge)(*1H6*, 1.2.129)이라고 했다(Forker). 그러나 말로우는 scourge라는 단어를 종종 "국가를 잘
못 통치하여 황폐시키는 자"는 자라는 의미로 사용하였다(Wiggins and Lindsey).

EDWARD.   Sound drums and trumpets, march with me, my friends;

Edward this day hath crowned him king anew.

Exit [*attended*].

[Spencer Junior, Levune, *and* Baldock *remain*.]

SPENCER.   Levune, the trust that we repose in thee

Begets the quiet of king Edward's land;

Therefore be gone in haste, and with advice   80

Bestow that treasure on the lords of France,

That, therewith all enchanted, like the guard

That suffered Jove to pass in showers of gold

To Danae, all aid may be denied

To Isabel the Queen, that now in France   85

Makes friends, to cross the seas with her young son

And step into his father's regiment.

LEVUNE.   That's it these barons and the subtle queen

Long leveled at.

BALDOCK.   Yea, but, Levune, thou seest

These barons lay their heads on blocks together;   90

---

422) ***Bestow that treasure***: 에드워드 왕에게 대항하도록 자기 남동생의 도움을 얻으려는 이사벨라 왕비의 시도
를 무산시키기 위해 아들 스펜서가 르뷘느를 통하여 프랑스인들을 매수하게 하는 것은 말로우가 사료의 기
록을 상당히 단순화시켰음을 단적으로 보여준다. 왕비가 영국으로 귀국하는 것, 그리고 그녀와 스펜서 부자
들 간의 적대적 관계는 보다 더 복잡하고 오랜 세월에 걸친 것이었다(Holinshed 336-37).

423) ***like the guard/ . . . To Danaë***: 2.2.53의 각주 참조. "황금빛 비"(showers of gold)로 변신하여 주피터가
청동탑에 있는 다나에에게 다다른 것에 대한 보다 현실적 해석은 파수꾼들이 많은 뇌물을 받고 묵인해 주
었다는 것이다.

424) ***regiment***: 왕권, 통치(=royal authority, rule)(1.1.164 각주 참조).

에드워드.　　북과 나팔을 울려라! 과인과 함께 행진하오, 친구들.

　　　　　　과인은 오늘 새로이 왕관을 썼소.

[수행원들과] 퇴장.

[아들 스펜서, 르뷘느, 발독은 그대로 남아있다.]

아들 스펜서.　　르뷘느, 우리가 경에게 거는 신뢰가

　　　　　　에드워드 왕국의 평온을 유지하도록 하오이다.

　　　　　　그러니 서둘러 가셔서, 권유와 아울러　　　　　　　　　80

　　　　　　프랑스 귀족들에게 그 뇌물을 주어,[422]

　　　　　　조브가 황금의 비로 변신하여 사랑하는 다나에에게 접근할 수

　　　　　　　　있도록

　　　　　　눈감아준 파수꾼처럼,[423] 그들을 홀리시오.

　　　　　　지금 어린 세자와 함께 바다건너

　　　　　　프랑스에 가서, 세자가 아버지의 왕권을[424] 계승하도록　　85

　　　　　　후원자들을 모으는 이사벨 왕비가 요청하는

　　　　　　모든 도움을 거절하게 말이오.

르뷘느.　　그게 바로 이 귀족들과 교활한 왕비가

　　　　　　오랫동안 노렸던[425] 것이군요.

발독.　　그렇소, 하지만 르뷘느, 당신은

　　　　　　이 귀족들이 단두대에서 함께 머리를 맞대고 모의하는 걸[426] 보

　　　　　　았소.　　　　　　　　　　　　　　　　　　　　　　90

---

425) *levelled at*: 노리다, 목표로 하다, 조준하다(=aimed at).

426) *lay their heads on blocks together*: 'lay heads together'의 의미는 '의논하다, (비밀리에) 협의하다'이다. 여
　　기서는 앞 행의 "levelled"(노리다, 목표로 하다)이란 단어가 갖는 또 다른 의미('제거하다')로 쓰인 것이다.
　　즉 반역 귀족들이 머리를 맞대고 모의를 하다가는 참형을 당하게 될 것이다.

What they intend, the hangman frustrates clean.

LEVUNE. Have you no doubts, my lords, I'll clap so close

Among the lords of France with England's gold

That Isabel shall make her plaints in vain,

And France shall be obdurate with her tears. 95

SPENCER. Then make for France amain; Levune, away!

Proclaim king Edward's wars and victories.

Exeunt.

---

427) *hangman*: 사형 집행인(=executioner). 랭카스터는 "내장을 적출하고, 목을 매달고, 참형을 당하는 처벌을 받아야 했으나 왕가의 친척이었기 때문에 참형 외의 처벌은 면했다"(Holinshed 331).

그들의 의도를, 처형 집행인이[427] 말끔히 좌절시켰소.

르뷘느. 심려 마십시오, 경들, 소인은 잉글랜드의 금으로

프랑스 귀족들과 비밀리에 협정을 맺어서[428]

이사벨 왕비의 하소연을 허사로 만들고,

프랑스가 그녀의 눈물에 냉담하게끔 하겠소이다.   95

아들 스펜서. 그러면 프랑스로 급히 떠나시오. 르뷘느, 어서!

에드워드 왕께서 승전하셨음을 선포하라.

퇴장.

---

428) ***clap so close***: "비밀리에 거래가 이뤄졌다는 증거로 서로 손을 마주치다", 즉 비밀리에 협정을 맺다.

▌▌▌ ACT IV

[Scene i]

Enter Edmund [*Earl of* Kent].

KENT.　Fair blows the wind for France. Blow, gentle gale,

Till Edmund be arrived for England's good,

Nature, yield to my country's cause in this.

A brother — no, a butcher of thy friends —

Proud Edward, dost thou banish me thy presence?　5

But I'll to France, and cheer the wronged queen,

And certify what Edward's looseness is.

Unnatural king, to slaughter noblemen

And cherish flatterers.

---

429) *banish me thy presence*: 켄트의 추방은 허구이다. 실제로는 에드워드 2세가 켄트를 보내어 프랑스에 대해 영국의 직할 영지인 귀옌느(Guienne)를 지키도록 하였다(Holinshed 332 및 2.2.207-208 각주 참조). 에드워드 왕과 귀족들 사이에 내전이 진행되고 있는 동안 스코틀랜드와 프랑스는 이 사건을 이용하려 했다. 프랑스는 에드워드 왕이 아키텐느(Aquitaine) 공이자 퐁띠외(Pontieu)의 통치자로서 프랑스 왕에 대하여 봉신의 예를 올리지 않은 데 대해 불만을 품고 이를 구실로 프랑스 내에 있던 영국의 직할영지들에 대해 공격을 감행하였다. 그러나 프랑스가 이 지역을 공격한 보다 근본적인 이유는 프랑스 내에 잉글랜드가 장악하고 있던 모든 대지를 되찾고자 하는 바램에서 비롯된 것이었다. 때마침 에드워드 왕과 귀족들 사이의 불화로 인한 내전과, 이를 틈탄 스코틀랜드 인들의 잉글랜드의 북쪽 지역에 대한 침공 등이 프랑스에 호기를 제공하였던 것이다(Holinshed 332 참조). 이처럼 가스꼬뉴 지방에 대한 지배권을 둘러싼 대립은 프랑스의 필리프 6세가 아키텐느에서의 에드워드 3세의 영주로서의 권한을 자신의 지배권 하에 두고자 한 반면, 에드워드 3세는 프랑스의 카페 왕조의 단절을 기화로 그의 프랑스 왕족 어머니인 이사벨을 근거로 프랑스 왕위에 대한 법적 권리를 요구함으로써 새로 왕위에 오른 발로와(Valois)가의 군주 필리프 6세를 당혹스럽게

▌▌▌ 4막

[4막 1장]

[켄트 백작] 에드먼드 등장.

켄트. 프랑스를 향해 순풍이 부는 군. 불어라, 부드러운 미풍아,

에드먼드가 잉글랜드의 정의를 지키기 위해 도착할 때까지.

자연이여, 이 일에서 조국의 대의를 따라다오!

형이라— 아니지, 자기 친구들을 잔인하게 살해하는 자—

오만한 에드워드, 어전에서 나를 추방하다니?[429]   5

그러나 나는 프랑스로 가서, 학대받은 왕비의 기운을 북돋아주

고,

에드워드의 방탕함을 알려줘야지.[430]

인륜을 거스르는 국왕 같으니, 귀족들을 살육하고

아첨꾼들이나 싸고돌다니.

했다(『옥스포드 영국사』, 205 참조). 에드워드는 프랑스 왕위에 대한 법적 권리를 포기하는 대가로 귀옌느의 완전한 독립을 획득하려 했다. 그러나 프랑스 왕은 이를 거부하였으며, 영국인들이 가스꼬뉴에서 물러나려 하지 않고 필리프가 스코틀랜드와의 동맹을 포기하려 하지 않는 한 양국 사이의 협상은 성사될 수 없었다(『영국의 역사: 상』 174-75 참조). 양국 사이의 이러한 대립은 결국 영국과 프랑스 간의 100년 전쟁으로 치닫게 된다.

430) *certify*: 알려주다, 고하다(=inform)(1.2.38 각주 참조).

   looseness: 방탕(=laxity, wantonness); 음탕, 호색(=lasciviousness); 태만, 부주의(=negligence). 여기서 말로우는 성적 비행을 우선적으로 의도한 것으로 보인다(Rowland 112 미주 참조).

Mortimer, I stay thy sweet escape.   10

Stand gracious gloomy night to his device.

Enter Mortimer [Junior] *disguised.*

MORTIMER.   Holla! Who walketh there? Is't you my lord?

KENT.   Ay, Mortimer, 'tis I;

But hath thy potion wrought so happily?

MORTIMER.   It hath, my lord. The warders all asleep,   15

I thank them, gave me leave to pass in peace.

But hath your grace got shipping unto France?

KENT.   Fear it not.

Exeunt.

[Scene ii]

Enter [Isabella] *the* Queen *and her son* [Prince Edward].

ISABELLA.   Ah, boy, our friends do fail us all in France.

---

431) *escape*: 역사적으로, 런던탑에서 모오티머가 탈옥한 것은 켄트와 무관하다(3.2.68 각주 참조).

432) *stay*: 고대하다, 기다리고 있다(=stay for, await).

433) *Stand . . . device*: 깜깜한 밤의 어두움이 그의 (탈출) 계책에 유리하게 도움을 주길.

434) *hath thy potion wrought so happily?*: 그대의 약이 그렇게 다행히 잘 들었소?(효과가 있었소?)(=has your drug worked so fortunately?). 모오티머에게 누가 약을 전달하였는지에 대해서는 사료에 언급되어 있지 않다. 다만 헤리포드 주교(Bishop of Hereford)의 도움으로 탈출할 수 있었을 것이라는 추정만 있을 뿐이다.

모오티머, 그대가 멋지게 탈옥하길[431] 기대하오.[432]   10

칠흑 같이 깜깜한 밤이 그의 탈출계획에 도움이 되길.[433]

[조카] 모오티머 변장한 모습으로 등장.

조카 모오티머. 어이, 거기 걷고 있는 사람은 누구요? 켄트 백작이오?

켄트 그렇소, 모오티머 백작.

그런데 약이 그렇게 효과가 좋았소?[434]

조카 모오티머. 아주 좋았소, 백작. 간수들이 모두 곯아 떨어졌소.   15

아무 제재도 없이 빠져나올 수 있게 해 준 그들에게 감사하오.

그런데 경은 프랑스로 가는 배를 구했소?

켄트. 염려 마시오.

퇴장.

[4막 2장]

[이사벨라] 왕비와 그녀의 아들 [에드워드 세자] 등장.

이사벨라. 아, 얘야, 프랑스에 있는 우리편이 모두 우리를 저버리는구나.[435]

---

435) ***our friends do fail us all in France***: 르뷘느가 프랑스인들에게 뇌물을 준 게 기대하던 효과를 나타내고
있기 때문이다(3.2.81 각주 참조).

The lords are cruel, and the king unkind.

What shall we do?

PRINCE EDWARD. Madam, return to England

And please my father well, and then a fig

For all my uncle's friendship here in France.   5

I warrant you, I'll win his highness quickly;

'A loves me better than a thousand Spencers.

ISABELLA. Ah, boy, thou art deceived, at least in this,

To think that we can yet be tuned together.

No, no, we jar too far. Unkind Valois!   10

Unhappy Isabel, when France rejects!

Whither, O, whither dost thou bend thy steps?

Enter Sir John *of* Hainault.

SIR JOHN. Madam, what cheer?

ISABELLA.   Ah, good Sir John of Hainault,

Never so cheerless nor so far distressed.

---

436) *unkind*: 무자비한, 냉정한 등 보다는 '(이사벨라 왕비의 남동생인 프랑스 왕이 자신의 누나를 돕길 거부하기 때문에) 이상한, 혈육간의 애정이 없는(=unnatural)'의 의미.

437) *a fig/ For*: 두 손가락 사이에 엄지손가락을 끼우는 따위의 외설스럽고 모욕적인 동작. "체, ... 따위가 뭐야" 정도의 표현이지만 어린 세자로선 대단히 거친 표현이다.

438) *my uncle's*: 프랑스에 유력한 연줄을 갖고 있는 것으로 보이는 켄트 숙부의(Bevington 484 미주).

439) *'A*: 2인칭 "당신"(you)이 아니라 3인칭 존칭어 "당신"(=he). 즉 세자의 부왕 에드워드 2세.

440) *Valois*: 2.2.171 각주 참조.

441) *Unhappy*: 2.4.108 각주 참조.

귀족들은 잔인하고, 왕 또한 이상하구나.[436]

우리가 어찌 하면 좋겠느냐?

에드워드 세자. 어마마마, 잉글랜드로 돌아가셔서

아바마마의 기분을 맞춰 드리소서. 그러면, 체,[437]

켄트 숙부님이[438] 프랑스에 갖고 계신 유력한 연줄 따윈 다 필요

없나이다.   5

장담하건대, 소자는 재빨리 전하의 마음에 들겠나이다.

아바마마께선[439] 스펜서 같은 자 수천 명보다 소자를 더 사랑하

시나이다.

이사벨라. 아, 얘야, 우리 사이가 아직 좋아질 수 있다고 생각하다니

아무래도 그건 잘못 생각하고 있구나.

아니, 아니다. 우린 사이가 너무 소원해졌단다. 이상하게 구는

발로와![440]   10

불행한[441] 이사벨, 프랑스가 거절하면!

어디로, 오, 너는 어디로 발길을 돌려야 한단 말이냐?

에노의 존[442] 경 등장

존. 마마, 평안하신지요?

이사벨라.   아, 친절한 에노의 존 경,

이렇게 슬픈 적도, 이렇게 괴로운 적도 없었습니다.

---

442) *Sir John of Hainault*: 에노(오늘날의 벨기에에 위치)의 윌리엄 후작(Count William)의 동생으로 에드워드
세자의 신부요 미래 왕비가 될 에노의 필리파(Philippa) ― 아버지는 에노와 홀랜트의 백작인 기욤
(Guillaume)이며, 어머니는 프랑스 국왕 필리프 3세(재위 1285-1314년)의 손녀 장 드 발로와(John de
Valois) ― 의 숙부.

SIR JOHN.   I hear, sweet lady, of the king's unkindness,   15

            But droop not, madam; noble minds contemn

            Despair. Will your grace with me to Hainault,

            And there stay time's advantage with your son?

            How say you, my lord, will you go with your friends,

            And shake off all our sorrows equally?   20

PRINCE EDWARD.   So pleaseth the queen my mother, me it likes.

            The king of England, nor the court of France,

            Shall have me from my gracious mother's side,

            Till I be strong enough to break a staff,

            And then have at the proudest Spencer's head.   25

SIR JOHN.   Well said, my lord.

ISABELLA.   Oh, my sweet heart, how do I moan thy wrongs,

            Yet triumph in the hope of thee, my joy.

            Ah, sweet Sir John, even to the utmost verge

            Of Europe, on the shore of Tanais,   30

            Will we with thee to Hainault — so we will.

            The marquis is a noble gentleman;

---

443) *the king's*: 프랑스 국왕 샤를 4세의.

444) *shake off all our fortunes equally*: 프랑스에서 친구들이 지지해 주리라는 모든 기대와 희망을 버리다.

445) *So pleaseth the Queen my mother, me it likes*: 써 존의 제안이 어마마마의 마음에 드신다면, 저도 그 제안이 마음에 듭니다(=if the plan pleases the queen, it is also pleasing to me).

446) *have me from*: ...로부터 떨어져 있게 하다, 떼어놓다(=move me from).

447) *break a staff*: 이 구절은 장봉으로 결투를 벌이는 중세의 관습을 가리키는 것이지만, 그보다는 '마상 창시합을 벌여 나무로 된 창을 부러뜨리는 결투를 벌이다,' 즉 '늠름한 성인이 되다'는 의미.

존.　　　　마마, 프랑스 왕[443]께서 냉담하게 대하신다고 들었사옵니다.　15

하지만 속상해하지 마소서, 마마. 고결한 마음은

절망을 경멸하나이다. 소신과 함께 에노로 가셔서,

세자마마께 형편이 유리하게 되길 기다리는 게 어떠한지요?

어떻습니까, 마마, 친구들과 함께 가셔서,

프랑스가 저희를 지지해주길 바라는 모든 희망을 털어버리시겠

나이까?[444]　20

에드워드 세자.　　그렇게 하시는 게 어마마마께 좋으시겠거든, 소자도 그러하옵니

다.[445]

잉글랜드 국왕도, 프랑스 궁정도,

소자를 어마마마 곁에서 떼어 놓으려[446] 하겠지만,

소자가 창 시합에 나가 창을 부러뜨릴[447] 정도로 강성해지면,

저 방자한 스펜서의 목을 벨 것이옵니다.　25

존.　　　　말씀 잘 하셨소, 세자마마.

이사벨라.　　오, 사랑하는 아들, 어미는 네가 당하는 부당한 처우가 몹시

슬프다만,

나의 기쁨인 너에 대한 희망으로 슬픔을 이겨내고 있구나.

아, 친절한 존 경, 우리는 유럽의 변방이나,

타나이스 강기슭[448]이라 해도,　30

그대와 함께, 에노로 가겠어요 — 그렇게 하겠어요.

후작님은[449] 고결한 신사분이시니,

---

448) *Tanaïs*: 돈 강(the river Don)의 라틴어 이름. 엘리자베스 시대 사람들은 이 강이 유럽과 아시아 의 경계를 이루며 흐른다고 믿었다.

449) *marquis*: 윌리엄 후작(Count William of Hainault). 즉 써 존의 형. 위의 각주 13) 참조.

His grace, I dare presume, will welcome me.

But who are these?

Enter Edmund [Earl *of* Kent] *and* Mortimer [Junior].

KENT.   Madam, long may you live

Much happier than your friends in England do.   35

ISABELLA.   Lord Edmund and lord Mortimer alive!

Welcome to France. [*To* Mortimer Junior] The news was here, my lord,

That you were dead, or very near your death.

MORTIMER.   Lady, the last was truest of the twain;

But Mortimer, reserved for better hap,   40

[*To* Prince Edward] Hath shaken off the thralldom of the Tower,

And lives t' advance your standard, good my lord.

PRINCE EDWARD.   How mean you, and the king my father lives?

No, my lord Mortimer, not I, I trow.

ISABELLA.   Not, son! Why not? I would it were no worse.   45

But, gentle lords, friendless we are in France.

---

450) ***better hap***: 더 나은 운명(=better fortune).

451) ***an***: 에드워드 세자는 그의 부왕께서 왕위에 계신데 어떻게 합법적으로 자신의 기를 내세운 채 나아가도록 허용할 수 있겠는가 반문한다. 에드워드 3세가 이 극의 마지막 부분에서 반역적 봉기를 한 데 대해 모오티머 백작과 이사벨라 왕비를 처벌하기로 결정하는 것은 장차 그의 정치적 정통성을 훼손시키지 않으려고 고심한 것으로 보이도록 하려는 말로우의 의도로 보인다.

452) ***not I***: "저의 군기를 앞세우고 갈 수는 없습니다"(I shall not advance my standard).

그 분께선, 감히 바라건대, 저를 환영해 주실 거예요.

헌데 이리 오고 있는 자들은 누굴까요?

[켄트 백작] 에드먼드와 [조카] 모오티머 등장.

켄트.   마마, 만수무강 하시고,

잉글랜드에 있는 친구들보다도 행복하옵소서.   35

이사벨라. 에드먼드 경과 모오티머 경이 살아 계시다니요!

프랑스에 오신 걸 환영하오. [조카 모오티머에게] 여기서 들은 소

    식으로는,

경이 죽었다거나, 혹은 죽음이 임박했다고들 합디다.

조카 모오티머. 마마, 죽음이 임박했다고 함이 옳습니다.

하지만 소인은, 더 나은 운명[450]이 예비되어 있기에,   40

런던탑에 투옥되어 있던 상태에서 벗어나

[에드워드 세자에게] 살아서 저하의 깃발을 앞세워 나아갈 것이옵니

    다, 세자마마.

에드워드 세자. 무슨 말씀이시오, 더군다나 아바마마께서 엄연히 살아계시지 않

    소이까?[451]

아니 되오, 모오티머 경, 정녕 그래서는 아니 되오.[452]

이사벨라. '안된다'니, 세자! 왜 안 된다는 거냐? 차라리 그뿐이면 좋겠

    구나.[453]   45

하지만, 경들, 프랑스에서 우리는 아무런 친구도 없어요.

---

453) **would it were no worse**: 세자가 그의 군기를 앞세우고 부왕인 에드워드 2세를 공격하길 거부하는 것이 우리의 성공에 유일한 장애라면 좋겠다. 지지자들의 부족이 보다 더 심각한 문제임을 시사하는 말.

MORTIMER. Monsieur le Grand, a noble friend of yours,

Told us, at our arrival, all the news —

How hard the nobles, how unkind the king

Hath showed himself. But madam, right makes room 50

Where weapons want; and, though a many friends

Are made away, (as Warwick, Lancaster,

And others of our part and faction),

Yet have we friends, assure your grace, in England

Would cast up caps and clap their hands for joy 55

To see us there appointed for our foes.

KENT. Would all were well, and Edward well reclaimed,

For England's honour, peace and quietness.

MORTIMER. But by the sword, my lord, it must be deserved;

The king will ne'er forsake his flatterers. 60

SIR JOHN. My lords of England, sith the ungentle King

Of France refuseth to give aid of arms

To this distressed queen his sister here,

Go you with her to Hainault. Doubt ye not,

We will find comfort, money, men, and friends 65

Ere long, to bid the English King a base.

---

454) **Monsieur le Grand**: 이 이름은 말로우의 창안이다. 모오티머는 프랑스에서 "잉글랜드에 상당한 대지를 소유하고 있던 피카디 경이라는 자(a lord of Picardie, monsier Iohn de Fieules)의 응접을 받았다"(Holinshed 334).

455) **makes room**: 길을 열다; 나아가다, 출세하다(=makes way).

456) **appointed**: 준비된(=made ready), 즉 전투에 적합하게 무장을 한(=armed, fitted out for battle).

457) **deserved**: 얻어지다(=earned).

조카 모오티머.　마마의 고결한 친구 무슈 르 그랑[454] 경이

저희들이 도착했을 때 모든 소식을 알려주었사옵니다 ―

귀족들이 얼마나 냉정했으며, 프랑스 왕이 얼마나

이상하게 굴었는지. 하오나 마마, 병력이 부족하다 해도　　50

정의가 길을 열어줄 것이옵니다.[455] 비록 (워릭, 랭카스터,

기타 우리 일행과 우리 편의) 많은 친구들이 죽었지만,

마마, 잉글랜드에는

적을 칠 준비를 갖춘[456] 저희들을 보는 날엔,

기쁨으로 모자를 벗어 하늘로 던지며 환호할　　55

친구들이 많을 거라 확신하옵니다.

켄트.　잉글랜드의 명예, 평화, 그리고 평온을 위해,

만사가 다 잘 되고, 에드워드가 마음을 고쳐먹으면 좋으련만.

조카 모오티머.　하지만, 백작, 그것은 칼로 얻어야만[457] 하오.

왕은 결코 아첨꾼들을 저버리지 않을 거요.　　60

존.　잉글랜드의 귀족 여러분, 못된 프랑스 왕이

여기, 자신의 누님인, 이 비탄에 빠진 왕비마마께

병력 원조를 거부하니,[458]

제경들은 왕비마마를 모시고 에노로 가시오. 걱정하지 마옵소서,

머잖아 저희들은 에드워드 왕에게 위험을 무릅쓰고 도전할[459]　65

원조, 자금, 병사, 그리고 동조자들을 얻게 될 것이옵니다.

---

458) *sith*: ...이기 때문에(=since).

459) *bid . . . a base*: 'bid a base'는 상대방에게 포로 될 각오를 하고 도전하는 것을 의미한다. 이 구절은 아이들의 게임에서 왔다. 플레이어들이 자기네들의 '기지/집'에서 다른 편 '기지/집'으로 달릴 때 터치당하면 포로가 된다.

How say, young prince, what think you of the match?

PRINCE EDWARD. I think King Edward will outrun us all.

ISABELLA. Nay, son, not so; and you must not discourage

Your friends that are so forward in your aid. 70

KENT. Sir John of Hainault, pardon us, I pray:

These comforts that you give our woeful queen

Bind us in kindness all at your command.

ISABELLA. Yea, gentle brother: and the God of heaven

Prosper your happy motion, good Sir John. 75

MORTIMER. This noble gentleman, forward in arms,

Was born, I see, to be our anchor hold.

Sir John of Hainault, be it thy renown,

That England's queen and nobles in distress

Have been by thee restored and comforted. 80

SIR JOHN. Madam, along; and you, my lords, with me,

That England's peers may Hainault's welcome see.

[Exeunt.]

---

460) *match*: 게임, 시합(=game). 앞에서의 게임의 비유가 지속되고 있다.

461) *brother*:(=younger brother-in-law).

462) *motion*: 계획, 제안(=proposal).

463) *lord*: 이 텍스트에서 단수와 복수를 혼동한 다른 부분들을 고려하면 단수 "lord" 대신 "lords"라고 주장한 다이스(Dyce)의 교정안이 매력적이다. 존 경은 그가 가장 가까이 교제하게 된 이사벨라 왕비와 에드워드 세자를 언급하고 있는 것처럼 보인다.

276   Edward II

어떻습니까, 세자마마? 이 시합[460]을 어떻게 생각하십니까?

에드워드 세자. 제 생각엔 에드워드 왕께서 우리 모두를 능가하실 것이오.

이사벨라. 아니다, 얘야, 그렇지 않다. 그리고 자청해서

그토록 열심히 너를 도우려는 동지들을 실망시켜서는 안된다. 70

켄트. 에노의 존 경, 용서해주시오.

경이 비탄에 빠진 우리 왕비님께 해드린 위로는

우리를 다 단결시켜서 경의 명령을 받들도록 하오이다.

이사벨라. 그래요, 시숙.[461] 그리고 하늘에 계신 하나님께서

경의 훌륭한 계획[462]이 성공하게 도와주시길 바랍니다. 75

조카 모오티머. 자진해서 무기를 든 이 고결한 신사분은,

우리의 희망의 별이 되고자 태어나신 것 같소.

에노의 존 경, 고난에 처한 잉글랜드의 왕비마마와 귀족들이

경 덕분에 용기를 얻고 회복되었다는

명성을 얻게 될 거요. 80

존. 마마, [에드워드 세자에게] 그리고 세자마마,[463] 소인과 동행하시지
요.

잉글랜드의 귀족들에게 소인이 환영하는 모습을 보여드리겠나
이다.

[퇴장.]

[Scene iii]

Enter [Edward] *the* King, [Arundel], *the two* Spencers,
[Junior *and* Senior], *with others.*

EDWARD.   Thus after many threats of wrathful war,

Triumpheth England's Edward with his friends;

And triumph Edward with his friends uncontrolled.

[*To* Spencer Junior] My lord of Gloucester, do you hear the

news?

SPENCER.   What news, my lord?   5

EDWARD.   Why, man, they say there is great execution

Done through the realm. My lord of Arundel,

You have the note, have you not?

ARUNDEL.   From the lieutenant of the Tower, my lord.

EDWARD.   I pray, let us see it.

[*He takes the note from* Arundel, *then hands it to* Spencer Junior.]

What have we there?   10

Read it, Spencer.

Spencer [Junior] *reads their names.*

[SPENCER.   'The Lord Willliam Tuchet, the Lord

William Fitzwilliam, the Lord Warren de Lisle, the Lord

Henry Bradborne, and the Lord William Chenie, barons,

---

464) *lord of Gloucester*: 3.1.146 각주 참조.

465) *note*: 공문, 공식 보고서(=official note, official report).

[4막 3장]

[에드워드] 왕, [아룬델], 두 스펜서 [부자], 다른 사람들과 함께 등장.

에드워드.　　그리하여, 수많은 격전의 위협을 겪은 후,

잉글랜드의 국왕 에드워드는 동지들과 함께 승리를 거두노라.

과인과 동지들이 적의 억압에서 벗어나 승리를 거둘 수 있길.

[아들 스펜서에게] 글로스터 경,[464] 소식을 들었나?

아들 스펜서.　　무슨 소식 말씀이오니까, 전하?　　　　　　　　　　5

에드워드.　　이보게, 왕국 도처에서 대대적으로 사형 집행이

이뤄진단 말을 들었네. 아룬델 경,

경은 보고서를[465] 받았겠지?

아룬델.　　런던 탑의 전옥으로부터 온 것이옵니다, 전하.

에드워드.　　어디 보세.

[아룬델에게서 보고서를 받아 아들 스펜서에게 건네준다.]

거기 뭐라고 적혀 있나?　　　　　　　　　　10

읽어 보게, 스펜서.

[아들] 스펜서 보고서에 적힌 처형된 귀족들 명단을 읽는다.[466]

[아들 스펜서.　　'윌리엄 투쳇 경,

윌리엄 피츠윌리엄 경, 워렌 드 라일 경,

헨리 브래드본 경, 윌리엄 체니에 경, 이상 남작들,

---

466) 11-32행: Q에는 스펜서가 크게 낭독한 처형당한 자들의 명단이 없다. 그러나 말로우가 이 극을 집필할 때
염두에 두고 있었던 홀린셰드의 명단(vol. 3, 331)을 인용했을 것으로 추정하여 주석자들(Kirschbaum,
Forker, Wiggins and Lindsey)이 대체로 이 명단을 삽입해놓은 경우가 있어 이에 따른 것이다.

with John Page, an esquire, were drawn and hanged at 15
Pomfret.

'And then shortly after, Roger Lord Clifford, John
Lord Mowbray, and sir Gosein d'Eevill, barons, were
drawn and hanged at York.

'At Bristol in like manner were executed sir Henry de 20
Willington and sir Henry ontford, baronets.

'And at Gloucester, the Lord John Gifford and Sir
William Elmebridge, knight.

'And at London, the Lord Henry Teies, baron.

'At Winchelsea, Sir Thomas Culpepper, knight.   25

'At Windsor, the Lord Francis de Aldham, baron.

'And at Canterbury, the Lord Batholomew de Badelis-
mere and the Lord Bartholomew de Ashbornham, barons.

'Also at Cardiff, in Wales, Sir William Fleming,
knight, was executed.   30

'Diverse were executed in their counties, as Sir Thomas
Mandit and others.']

EDWARD.　Why, so. They barked apace a month ago;
Now, on my life, they'll neither bark nor bite.
Now, sirs, the news from France. Gloucester, I trow 35

---

467) **drawn**: 죄인을 운반구(hurdle/sledge)에 태워 처형장으로 끌고가다.

468) **They barked apace**: ① 그들은 물어뜯으려고 달려들 듯한 기세로 개처럼 급히 짖어대다, 즉 위협적인 소
리를 내다. ② 그들이 신속히 반역에 착수하다.

존 페이지 향사와 함께 폼프렛으로 끌려가[467]

교수형에 처해짐.

'그 직후, 로저 로드 클리포드, 존

로드 모우브레이, 써 고세인 드빌, 이상 남작들,

요크로 끌려가 교수형에 처해짐.

'동일한 방법으로 브리스톨에서 써 헨리 드

윌링톤과 써 헨리 몬포드, 준남작들 처형됨.

'글로스터에서, 존 기포드 경과 써

윌리엄 엘름브릿지, 기사.

'런던에서, 헨리 테이에즈, 남작.

'윈첼씨에서 써 토마스 컬페퍼, 기사.

'윈저에서 프란시스 드 알드햄 경, 남작.

'캔터베리에서, 바돌로뮤 드 바델리스미어

경과 바돌로뮤 드 애스본햄, 남작.

'웨일즈의 카디프에서, 써 윌리엄 플레밍,

기사, 처형됨.

'써 토마스 맨딧 같은 자와 기타 몇몇 사람들이 그들의

주(州)에서 처형됨.']

에드워드. 오 그렇군. 그자들은 한 달 전만 해도 미친 듯이 짖어댔지만,[468]

이제는, 정녕, 짖지도 물지도 못할 것이다.[469]

자, 경들, 프랑스에서 온 소식일세. 글로스터 백작, 과인 생각에, 35

---

469) *neither bark nor bite*: "크게 짖어대는 개는 물지 않는다"(속담).

The lords of France love England's gold so well

As Isabella gets no aid from thence.

What now remains? Have you proclaimed, my lord,

Reward for them can bring in Mortimer?

SPENCER.   My lord, we have; and if he be in England,   40

'A will be had ere long, I doubt it not.

EDWARD.   If, dost thou say? Spencer, as true as death,

He is in England's ground; our port masters

Are not so careless of their king's command.

Enter a Post.

How now! What news with thee? From whence come

these?   45

POST.   Letters, my lord, and tidings forth of France

To you, my lord of Gloucester, from Levune.

[He gives letters to Spencer Junior.]

EDWARD.   Read.

SPENCER.   (*reads the letter*). 'My duty to your honour

premised, *etc.*, I have, according to instructions in   50

that behalf, dealt with the King of France his lords, and

effected that the queen, all discontented and discom-

---

470) *love England's gold so well*: 3.2.81의 주석 참조.

471) *Reward for them can bring in Mortimer?*: "위그모어의 모오티머 경의 목이나 시체를 가져오는 자에게는
삼천 마르크를 주어 그 노고를 치하할 것이다"(Holinshed 338). 그러나 이 포고령은 이사벨라 왕비와 모오
티머가 자신들의 군대를 이끌고 잉글랜드로 돌아온 뒤에 내려졌다고 한다.

프랑스 귀족들은 잉글랜드의 황금을 대단히 좋아해서[470]

왕비가 그곳에서는 도움을 얻지 못할 것이야.

이제 무슨 일이 남아 있나? 경, 그대는 모오티머를 잉글랜드로

송환하는 자에게 상을 내리겠다고 포고하였나?[471]

아들 스펜서. 전하, 그리하였나이다. 만일 그자가 국내에 있다면,　　　　40

머지않아 잡힐 게[472] 분명하옵니다.

에드워드. '만일' 이라고 했나? 스펜서, 틀림없이[473]

그 자는 국내에 있네. 항구 관리들은

어명을 허술히 받들지 않네.[474]

사자 등장.

어인 일인가! 무슨 소식이라도 있나? 이건 어디에서 온 건가?　45

사자. 전하, 프랑스에서 보내 온 서찰과 기별이옵니다.

글로스터 나으리, 르뷘느께서 보내신 것입니다.

[아들 스펜서에게 편지를 건넨다.]

에드워드. 읽어보라.

아들 스펜서. (편지를 읽는다) "신(臣) 전하께 경의를 표하며,

기타 운운, 신은 그 일가 관련하여 분부대로,　　　　50

프랑스 국왕 폐하 및 귀족들과 거래하여

왕비께서는 불만스럽고 슬픔에 잠겨

---

472) *'A will be had*: 그는 잡힐(체포될) 것이다(=he will be captured).

473) *as true as death*: 확실히, 틀림없이(as sure as death).

474) "모오티머 경의 탈출은 왕을 대단히 괴롭혀서 탈출 소식을 듣자마자 에드워드는 모오티머가 나타나거든 반
드시 잡도록 하라는 공문을 전국의 주(州) 행정관들에게 보냈다"(Holinshed 334)고 한다.

forted, is gone. Whither? If you ask, with Sir John of

Hainault, brother to the marquis, into Flanders. With

them are gone lord Edmund and the lord Mortimer,   55

having in their company divers of your nation, and

others; and as constant report goeth, they intend to give

King Edward battle in England sooner than he can look

for them. This is all the news of import.

        Your honour's in all service, Levune.'   60

EDWARD.   Ah, villains, hath that Mortimer escaped?

With him is Edmund gone associate?

And will Sir John of Hainault lead the round?

Welcome, a God's name, madam, and your son;

England shall welcome you and all your rout.   65

Gallop apace, bright Phoebus, through the sky,

And, dusky night, in rusty iron car,

Between you both shorten the time, I pray,

That I may see that most desired day

When we may meet these traitors in the field.   70

Ah, nothing grieves me but my little boy

Is thus misled to countenance their ills.

---

475) *constant*: 믿을 만한(=reliable).

476) *escaped*: 런던 타워에서 탈출했다는 것이 아니라 잉글랜드에서 탈출했다는 의미. 에드워드는 모오티머가 런던 타워에서 탈출한 사건에 대해서는 이미 알고 있다(위의 38-39행 참고).

477) *lead the round*: 군무(群舞)를 이끌다.

478) *rout*: 추종자들 일행(무리).

떠나셨사옵니다. 어딘고 하니 에노 후작의 동생인

에노의 존 경과 함께 플랑드르 지방으로 가셨나이다.

에드먼드 경과 모오티머 경이 그들과 동행하였고,   55

잉글랜드인 몇 명과, 기타 몇몇 사람들이

동행하였나이다. 믿을만한[475] 정보에 의하면, 저들은 에드워드

왕께서 조치를 취하시기 전에 잉글랜드에서 에드워드 왕을 공격할

계획이옵니다. 이것이 가장 중요한 소식이옵니다.

　　　　　　　　글로스터 나리께 충성을 다하며, 르뷘느 배상.'   60

에드워드.　오, 악당놈들, 저 모오티머가 달아났다고?[476]

그 놈한테 에드먼드가 가서 합류했다고?

게다가 에노의 존이 반역자들의 군무(群舞)를 이끈다고?[477]

하나님의 이름으로 왕비와 당신의 아들을 환영한다.

잉글랜드는 당신과 당신네 무법한 무리를[478] 환영해 주겠다.   65

서둘러 달려라, 빛나는 포이보스여, 녹슨 철마차를 타고서

밝은 하늘과 어스름 밤을 지나서,

부디 하늘과 밤 사이의 시간을 단축시켜다오,

과인이 가장 고대하는 그 날, 전장에서 이 역적들과 조우하게 될

그 날을 하루빨리 맞이할 수 있도록.   70

오, 짐이 가장 가슴 아픈 건, 바로 내 어린 아들이[479]

저렇게 현혹되어 저들의 사악함에 동조하는 거다.

---

479) *my little boy*: "그대의 어린 아들"(your little son)(3.1.70) 및 각주 참고. 에드워드 세자는 사실은때 앞에서
　　언급했을 때보다 한 살 더 먹은 뒤였다(14세). 말로우는 아마도 에드워드에 대한 동정심을 더하기 위해 에
　　드워드가 세자에게 애정을 더해가는 것으로 제시하는 것처럼 보인다.

Come, friends, to Bristol, there to make us strong;

And, winds, as equal be to bring them in

As you injurious were to bear them forth.   75

[Exeunt.]

[Scene iv]

Enter [Isabella] the Queen, her son [Prince Edward],

Edmund [Earl of Kent], Mortimer [Junior], and Sir John

[Of Hainault, with Soldiers].

ISABELLA. Now lords, our loving friends and countrymen,

Welcome to England all, with prosperous winds.

Our kindest friends in Belgia have we left,

To cope with friends at home — a heavy case,

When force to force is knit, and sword and glaive   5

---

480) ***Bristol***: 실제로는 이사벨라의 군대가 잉글랜드에 자리를 잡은 뒤에야 에드워드 왕은 런던을 방어한다는 것이 전술적으로 불가능하다는 것을 깨닫고 "왕비에게 저항할 군대를 일으키기 위해 웨일즈의 변경을 향해 떠났다"(Holinshed 338). 처음에 에드워드는 브리스톨에 잠깐 머물렀다가 그곳을 아버지 스펜서에게 맡기고 아들 스펜서, 발도, 아룬델 등과 함께 "웨일즈로 배를 타고 갔던 것"(Holinshed 338-39)이다. 말로우는 에드워드가 수도를 버리고 물러나던 당시 런던에서의 혼란한 사건들에 대해서는 과감하게 생략하면서 사건을 단순화하고 압축시켜 놓았다.

481) ***cope with***: (적의 없이) 만나다, 조우하다(=encounter without hostility). 이와 같은 의미로 사용된 경우는 셰익스피어의 작품(*Hamlet*, 3.2.54; *Winer's Tale*, 4.4.424)에서도 발견할 수 있다(Forker 250 각주 참조). 이와는 반대로 이사벨라가 에노에서는 외국인들 가운데서 환대를 받았던 것과 그녀가 기대했던 원조를 받지 못하고 르뷘느의 계략으로 프랑스에서는 오히려 적의의 대상이었음을 염두에 두고 말한 것으로 보인다.

자, 이보게들, 브리스톨로[480] 가세, 그리 가서 전의를 가다듬도
록 하세.

바람이여, 역적들을 프랑스로 가게 한 사악한 행위를 사함받기
위해,

그들을 이 나라로 다시 불러들여 공평해져라.   75

[퇴장.]

[4막 4장]

[이사벨라] 왕비, 그녀의 아들 [에드워드 세자], 에드먼드 [켄트 백작],

[조카] 모오티머, [병사들과 함께 에노의] 존 경 등장.

이사벨라. 자 제경들, 또한 친애하는 동지 및 동포 여러분,

잉글랜드에 오신 여러분 모두를 환영하오. 순풍 덕에

우리는 고국에 있는 친구들을 만나러[481]

벨지아[482]에 있는 우리들의 절친한 친구들을 떠났습니다 ─ 슬
픈 상황입니다.[483]

내란이 일어나 군대와 군대가 서로 대적하고   5

---

482) **Belgia**: 네덜란드(=the Netherlands). 라틴어 '갈리아 벨지카'(*Gallia Belgica*)에서 파생.

483) **a heavy case**: 슬픈(괴로운) 상황(=sad state of affairs).

In civil broils make kin and countrymen

Slaughter themselves in others, and their sides

With their own weapons gored! But what's the help?

Misgoverned kings are cause of all this wrack;

And, Edward, thou art one among them all,   10

Whose looseness hath betrayed thy land to spoil

And made the channels overflow with blood.

Of thine own people patron shouldst thou be,

But thou —

MORTIMER.   Nay, madam, if you be a warrior,

You must not grow so passionate in speeches.   15

Lords, sith that we are, by sufferance of heaven

Arrived and armed in this prince's right,

Here for our country's cause swear we to him

All homage, fealty, and forwardness.

And for the open wrongs and injuries   20

Edward hath done to us, his queen, and land,

We come in arms to wreck it with the sword,

---

484) *glave*: 창(=lance). 그러나 16세기에는 이 단어가 '(미늘달린) 창'(=bill) 혹은 '검'(sword)을 의미하는 것이 되었다.

485) *their . . . gored*: 셰익스피어의 작품에서도 아비를 죽인 한 아들과, 아들을 죽인 한 아버지가 각각 자신들이 죽인 상대방이 과연 누군가를 확인하고 한탄하는 대사(*3H6*, 2.5 참조)는 내전의 자기 파괴성을 상징적으로 제시한다.

486) *wrack*: 파멸, 재앙(=destruction, disaster)(2.2.2 참고).

487) *channels*: 1.1.187 각주 참조.

488) *so passionate in speeches*: '연설 도중에 그렇게 감정적으로 격해지다.' 여기서 모오티머는 왕비의 과장되고 무의미한 수사를 제지하고 이어서 실질적인 문제에 관한 이야기를 함으로써 말로우는 둘을 대조시켜 모오티머를 보다 정치적 실용주의자로 제시한다.

칼과 창[484]으로 친척과 동포들이

서로를 살육하며, 자신들의

무기로 자기 옆구리를 찌르게 되다니.[485] 그러나 이를 어쩌면

　좋겠소?

실정을 저지른 왕들이 이 모든 재앙[486]의 원인인 것을.

에드워드, 당신이야말로 그런 왕이요.　　　　　　　　　　10

당신의 방종으로 인하여 당신의 땅은 황폐해졌고

수로마다[487] 유혈이 범람하게 만들었소.

당신은 자기 백성들을 보호해야 했거늘,

하지만 당신은―

조카 모오티머.　　　　　　　　　안되옵니다, 마마, 전사가 되시려면,

말씀 도중에 그렇게 감정이 격해지셔서는[488] 안되옵니다.　　15

제경, 우리는 하늘이 도와주신 덕에,[489]

여기 계신 세자의[490] 엄연한 권리를 수호하기 위해 무기를 들

　었으니,

우리는 여기서 조국을 위해 세자께

신하로서의 모든 예, 충성, 그리고 열의를[491] 다할 것을 맹세

　하옵니다.

또한 에드워드가 우리들과 왕비와 국가에 자행한　　　　　20

명백한 죄악과 모욕에 대해,

우리는 칼로 복수하고자[492] 무장을 하고 귀국하여,

---

489) *sith*: . . . 이기 때문에(=since)(4.2.63 각주 참조), . . . 덕분에.
490) *this prince's*: 어린 에드워드 세자의.
491) *forwardness*: 열성, 열심, 열의(=zeal, eagerness).
492) *wreck*: 복수하다(=avenge, wreak vengeance).

That England's queen in peace may repossess

Her dignities and honours; and withal

We may remove these flatterers from the king,   25

That havoc England's wealth and treasury.

SIR JOHN.   Sound trumpets, my lord, and forward let us march;

Edward will think we come to flatter him.

KENT.   I would he never had been flattered more.

[*Trumpets sound. Exeunt.*]

[Scene v]

[*Alarums and excursions.*] Enter [Edward] *the* King, Baldock,
and Spencer [Junior] (*the son*), *flying about the stage.*

SPENCER.   Fly, fly, my lord, the queen is overstrong,

Her friends do multiply, and yours do fail.

Shape we our course to Ireland, there to breathe.

---

493) ***repossess***:이사벨라와 에드워드 세자가 에드워드 2세의 명령을 무시하고 잉글랜드로 귀국하는 걸 지연시키자
"왕은 그의 아들이나 혹은 그의 아내에게 속한 모든 대지를 자신의 손에 넣었다"(Holinshed 337)고 한다.
494) ***havocs***: 공금을 무분별하게 낭비함으로써 유용(misuse, misappropriate) 하다.
495) ***Her friends do multiply***: "왕비와 그녀의 아들이 잉글랜드에 도착한 직후, 그들에게 그토록 빨리 사람들이
모여드는 것을 보는 것은 경이로울 정도다"(Holinshed 337).

잉글랜드의 왕비께서 안심하고

존귀와 명예를 회복하시게[493] 해 드릴 것이오이다. 동시에

우리는 잉글랜드의 재산과 재정을 유용(流用)한[494]

이 아첨꾼들을 왕의 곁에서 내치고자 하옵니다.　25

　존.　나팔을 불어라, 백작, 함께 진군하시지요.

　　　에드워드는 우리가 아첨하러 온 줄로 알 것이외다.

　켄트.　왕은 여태껏 이보다 더한 아첨을 받아본 적이 없었을 것이오.

[트럼펫 소리. 퇴장.]

[4막 5장]

[떠들썩한 소동.] 에드워드 왕, 발독 등장,

[아들] 스펜서는 무대에서 날라 다니듯이 돌아다닌다.

아들 스펜서.　퇴각, 퇴각하소서, 전하, 왕비께서 너무도 막강하옵니다.

　　　왕비의 동조자들은 점점 늘어나는데,[495] 전하의 병력은 줄어들

　　　　고 있사옵니다.

　　　아일랜드[496]로 진로를 정하고, 그곳에서 한 숨 돌리소서.

---

496) *Ireland*: 에드워드 왕의 계획은 "만일 별다른 해결 방법이 없을 경우 . . . 그는 쉽사리 아일랜드로 탈출하여 적들이 그를 잡으러 올 수 없는 산악 지방이나 늪지대, 혹은 다른 장소로 가고자 하였다"(Holinshed 339 및 4.3.73 각주 참조).

EDWARD.   What, was I born to fly and run away,

            And leave the Mortimers conquerors behind?   5

            Give me my horse, and let's r'enforce our troops,

            And in this bed of honour die with fame.

BALDOCK.   O no, my lord, this princely resolution

            Fits not the time. Away! We are pursued.

                                            [*Exeunt.*]

[Scene vi]

[Enter] Edmund [Earl *of* Kent] *alone with a sword and target.*

KENT.   This way he fled, but I am come too late.

          Edward, alas, my heart relents for thee.

          Proud traitor, Mortimer, why dost thou chase

          Thy lawful king, thy sovereign, with thy sword?

          [*Addressing himself*] Vile wretch, and why hast thou, of all

          unkind,   5

          Borne arms against thy brother and thy king?

---

497) ***Give me my horse***: 유명한 "말, 말을 다오! 이 나라를 줄테니 말을 다오!"(A horse, a horse! My kingdom
    for a horse!)(*R3*, 5.4.13)를 어렴풋이 반향하는 구절.

498) ***bed of honour***: 타이터스와 두 아들이 묶인 채 형장으로 끌려가면서 "아들을 스물 두 명이나 잃었으나, 그
    들은 모두 명예롭게 전사하였으므로, 저는 울지 않았습니다"(For two and twenty sons I never wept,/
    Because they *died in honor's lofty bed*)(*Titus Andronicus*, 3.1.10-11)라고 한 말 비교.

에드워드.　무엇이? 과인이 달아나고 도망이나 치려고 태어났단 말인가,

　　　게다가 정복자 모오티머 일당을 뒤에 남겨둔 채로 말인가?　　5

　　　짐에게 말을 달라,[497] 그리고 전열을 강화하여,

　　　이 영광의 침상에서 명예롭게 전사하자.[498]

발독.　오 안되옵니다, 전하, 이렇게 장렬한 각오는

　　　시의 적절치 않사옵니다. 서두르소서! 적이 쫓아오고 있나이다.

[퇴장.]

[4막 6장]

칼과 방패[499]를 들고 [켄트 백작] 에드먼드 혼자 등장.

켄트.　그가 이쪽으로 달아났는데, 내가 너무 늦었나보군.

　　　에드워드, 아, 이 가슴은 당신이 측은히 여겨지는구나.

　　　오만한 반역자 모오티머, 어찌하여 너는 칼을 빼들고,

　　　너의 정당한 왕이요 군주를 쫓아다니는 거냐?

　　　[자신을 향해] 비열한 놈, 어찌하여 너는, 인륜을 어기고 하필　　5

　　　네 형이자 왕을 향해 무기를 뽑아든 게냐?[500]

---

499) *target*: 방패(=shield).

500) *against . . . king*: 클라렌스가 워릭 백작에게 하는 말 중 "워릭, 너는 이 클라렌스가 자기의 형이며 합법 적인 왕에 대해서 흉기를 들, 그러한 가혹하고 인정 없고 천륜에 어긋난 인간으로 생각하느냐?"(*3H6*, 5.1.85-88)를 반향하는 듯하다.

Rain showers of vengeance on my cursed head,

Thou God, to whom in justice it belongs

To punish this unnatural revolt.

Edward, this Mortimer aims at thy life;   10

O, fly him, then! But, Edmund, calm this rage;

Dissemble, or thou diest, for Mortimer

And Isabel do kiss while they conspire;

And yet she bears a face of love forsooth.

Fie on that love that hatcheth death and hate.   15

Edmund, away! Bristol to Longshanks' blood

Is false; be not found single for suspect;

Proud Mortimer pries near into thy walks.

Enter [Isabella] *the* Queen, Mortimer [Junior], *the young* Prince
[Edward], *and* Sir John of Hainault [*with* Soldiers].

ISABELLA.   Successful battles gives the God of kings

To them that fight in right and fear his wrath.   20

Since then successfully we have prevailed,

Thanks be heaven's great architect, and you.

---

501) *vengeance . . . head*: 켄트는 자신이 처형당하게 될 것(5.4)임을 아이러닉하게 예견한다.

502) *Dissemble, or thou diest*: 말로우는 여기서 켄트의 독백에 녹아 있는 죄의식을 드러냄으로써 에드워드 왕에게 동정심을 갖도록 한다.

503) *Bristol*: 말로우는 또 다시 역사적 사실로부터 벗어난다. 켄트는 당시 아버지 스펜서가 지키고 있던 브리스톨 공격을 이끌었으며, 왕비를 위하여 그를 체포하였다(Holinshed 339 참조).

504) *Longshank's blood*: 롱섕크의 혈통, 즉 에드워드 1세의 아들 에드워드 2세(Edward I's son, Edward II).

505) *heaven's great architect*: 조물주, 즉 신(神). 하나님.

294   Edward II

나의 저주받은 머리에 복수의 소나기가 퍼 부어라,[501]

오, 하나님, 정의는 당신 소관이오니

이 인륜에 어긋나는 반역을 처벌하여 주소서.

에드워드, 모오티머란 자가 당신의 목숨을 노리고 있소이다.　10

그러니, 그자에게서 달아나시오! 하지만, 이 분노를 가라앉히고

속내를 감추자. 그렇지 않으면 난 죽게 되겠지.[502] 모오티머와

이사벨이 공모하면서 입맞춤을 하다니.

그러면서도 그녀는 진정 왕을 사랑한다는 표정을 짓고 있다니.

아, 상대를 증오하고 죽이길 도모하는 저런 거짓 사랑이라니.　15

에드먼드, 가자! 브리스톨은[503] 롱생크의 혈통에게[504]

불충을 저지르는구나. 의심받지 않으려면 혼자 있다 발각되서는

　안되지.

오만한 모오티머 녀석은 내 발걸음마다 감시의 눈길을 보내고

　있다.

이사벨라 왕비.　만왕의 왕이신 하나님은 정의를 위해 싸우고 당신의 진노를

두려워하는 자들에게 싸움에서 승리를 얻게 해 주십니다.　20

그렇기에 우리는 성공적으로 적을 제압하였으니,

하나님과[505] 여러분께[506] 감사를 드립니다.

---

506) *you*: 저를 지지하는 여러분들(=you, my supporters). 혹은 군대를 모음으로써 승리를 가능케 해준 에노의
써 존에게 하는 말일 수도 있다.

Ere farther we proceed, my noble lords,

We here create our well-beloved son,

Of love and care unto his royal person,   25

Lord Warden of the realm, and sith the fates

Have made his father so unfortunate,

Deal you, my lords, in this, my loving lords,

As to your wisdoms fittest seems in all.

KENT. Madam, without offense if I may ask,   30

How will you deal with Edward in his fall?

PRINCE EDWARD. Tell me, good uncle, what Edward do you mean?

KENT. Nephew, your father — I dare not call him king.

MORTIMER. My lord of Kent, what needs these questions?

'Tis not in her controlment nor in ours;   35

But as the realm and parliament shall please,

So shall your brother be disposed of.

[*Aside to* Isabella] I like not this relenting mood in Edmund;

Madam, 'tis good to look to him betimes.

---

507) ***Lord of Warden***: 감독관, 혹은 국무장관.

508) ***infortunate***: '불행한'(unfortunate). "과인은 불행한 몸이지만"(*2H6*, 4.9.18).

509) ***what Edward do you mean?***: 세자는 부왕 에드워드 2세에 대하여 적절한 호칭을 사용하지 않은 켄트 삼촌을 점잖게 책망하고 있다. 노오썸벌런드가 존칭을 생략하고 "리처드"라고 한 데 대해 요오크가 "노오썸벌런드 공작으로서는 의당 리처드 왕 전하라고 해야 할 터인데, 아, 정통의 군주께서 용안을 감추시다니 불길한 날이로다"(*R2*, 3.3.7-8)라고 한 책망 참조.

제경, 우리가 더 진군하기에 앞서,

여기서 우리는 사랑하는 내 아들을

세자의 신분에 합당한 사랑과 보살핌으로   25

국가 감독관[507)]에 임명합니다. 그리고 운명이

그의 아버지를 그토록 불행하게[508)] 만들었으니,

친애하는 경들이, 모든 면에서

여러분의 지혜에 합당하도록 이 일을 처리해 주세요.

켄트. 왕비마마, 언짢게 생각하지 마소서. 감히 여쭙건대   30

마마께서는 몰락한 에드워드를 어떻게 처리하실 겁니까?

에드워드 세자. 숙부님, 에드워드라니 누구 말씀이시옵니까?[509)]

켄트. 조카, 네 부친 말이다― 나는 그를 감히 왕이라 부르지 않겠다.

조카 모오티머. 켄트 경, 그런 질문을 할 필요가 뭐 있소?

이 문제는 이사벨라 왕비마마나, 과인의[510)] 권한[511)] 밖이오.   35

왕국과 의회의 뜻에 따라,

그대의 형님도 처리될 것이오.[512)]

[이사벨라 왕비에게 방백] 에드먼드가 지금 보인 자비심이 마땅치 않

　　소이다.

마마, 때늦기 전에 그를 조심하는 것이 좋을 듯하오이다.

---

510) *our*: 점차 거드름을 피우는 모오티머는 여기서 아마도 왕이 자신을 지칭하는 복수형 "짐"(royal we)이란 단
　　어를 사용함으로써 이미 에드워드 왕을 찬탈한 것처럼 보인다. 그가 이사벨라 왕비에게 하는 방백의 내용
　　은 그의 위선을 분명히 해주며, 이후의 액션은 체포되어 있는 왕에게 그가 잡은 권력을 얼마나 재빨리 포
　　악하게 휘두르는지를 극화한다(5.4.101 각주 참조).

511) *controlment*: 힘, 권력(=power)(1.4.389 참고).

512) **34-37행**: 켄트는 왕비에게 질문했으나 주제넘게 모오티머가 가로채어 대답하고 있다.

ISABELLA.   [*Aside to* Mortimer Junior] My lord, the mayor of Bristol

knows our mind?   40

MORTIMER.   [*Aside*] Yea, madam; and they scape not easily

That fled the field.

ISABELLA.   Baldock is with the king;

A goodly chancellor, is he not, my lord?

SIR JOHN.   So are the Spencers, the father and the son.

KENT.   [*Aside, despairingly*] This, Edward, is the ruin of the realm. 45

Enter Rice Ap Howell, *and the* Mayor *of* Bristol, *with* Spencer

[Senior] (*the father*), [*prisoner, with* Attendants]

RICE AP HOWELL.   God save Queen Isabel and her princely son!

[*Pointing to the* Mayor] Madam, the mayor and citizens of

Bristol,

In sign of love and duty to this presence,

Present by me this traitor to the state—

---

513) ***Mayor of Bristol***: 사기에는 실제로 시장이 언급되어 있지 않고 다만 켄트와 그의 추종자들이 "부지런히 [브리스톨을 제압하고 아버지 스펜서를 체포하는] 일에만 노력하여서 시민들은 자신들의 몸과 재물을 무사히 지켜준데 대한 보답으로 마을과 성을 왕비와, 그녀의 아들 세자에게 넘겨주었다"(Holinshed 339 참고) 고만 되어 있다.

514) ***they scape . . . / That fled the field***: 켄트가 에드워드 2세에 대해 마음이 누그러지기 시작한 것을 눈치 챈 모오티머와 이사벨라는 이미 전장에서 달아나다 잡힌 모든 자들에 대해서는 처형시켜버리려는 무자비한 결심을 하고 있음을 보여준다.

515) ***chancellor***: 중세에는 왕의 옥새를 관리했기에 상당히 유력한 직책으로, 이에 상응하는 우리나라 직책으로는 고려 시대에 이와 비슷한 역할을 했던 상서(尙書)가 있다.

이사벨라 왕비.   [조카 모오티머에게 방백] 경, 브리스톨 시장이[513] 우리 생각을 알고

있나요?   40

조카 모오티머.   [방백] 물론이옵니다, 마마. 싸움터에서 달아난 자들은

쉽사리 도망칠 수 없나이다.[514]

이사벨라 왕비.   발독이 왕과 함께 있군요.

경, 그자는 참으로 훌륭한 상서입니다그려,[515] 그렇지 않습니까?

존.   스펜서 부자도 마찬가지이옵니다.

켄트.   [절망적으로 방백] 바로 그자들이,[516] 에드워드, 왕국을 망하게 한 자

들이지.   45

라이스 아프 하우웰,[517] [수행원들과 함께 포로가 된] [아버지]

스펜서와 브리스톨 시장[518] 등장.

라이스.   이사벨라 왕비마마와 세자저하 만세!

[시장을 가리키며] 마마, 브리스톨 시장과 함께 시민들이

이 자리에 모이신 여러분에 대한 경애의 표시로,

소인을 거쳐 이 반역자를 내어 놓사옵니다.

---

516) *This, Edward*: 켄트가 독백으로 에드워드 왕에게 말하는 것으로 본다면 "This"는 발독과 스펜서 부자를
가리키는 것이 된다. 다른 한편, 켄트가 큰 소리로 다른 사람들이 들으라는 듯이 말한 것으로 본다면
"This"는 바로 다음의 에드워드를 가리키는 것이 된다.

517) *RICE AP HOWELL*: 웨일즈인의 이름에 흔한 아프(ap)는 아버지의 이름을 딴 이름(son of)이다. 라이스 아
프 하우웰은 아버지 스펜서의 체포와 처형에 아무런 역할도 하지 않았으며, 다만 왕비가 에드워드 2세를
생포하는 일에 고용되었을 뿐이다(Holinshed 339 참조).

518) *Mayor of Bristol*: 시장은 대사가 전혀 없기 때문에 구태여 그를 무대 지시에 포함시킨 이유가 애매하다.
그러나 비록 침묵하고는 있지만, 시장은 아버지 스펜서의 체포와 임박한 처벌에 대한 일반 백성들의 찬성
이라는 상징적 효과에 기여하는 인물로 볼 수 있다.

Spencer, the father to that wanton Spencer,   50

That, like the lawless Catiline of Rome,

Revell'd in England's wealth and treasury.

ISABELLA.   We thank you all.

MORTIMER.   Your loving care in this

Deserveth princely favours and rewards.

But where's the King and the other Spencer fled?   55

RICE AP HOWELL.   Spencer the son, created Earl of Gloucester,

Is with that smooth tongued scholar Baldock gone,

And shipped but late for Ireland with the king.

MORTIMER.   [*Aside*] Some whirlwind fetch them back, or sink them

all! —

They shall be started thence, I doubt it not.   60

PRINCE EDWARD.   Shall I not see the King my father yet?

KENT.   [*Aside*] Unhappy's Edward, chased from England's bounds.

SIR JOHN.   Madam, what resteth? Why stand ye in a muse?

ISABELLA.   I rue my lord's ill fortune, but, alas,

---

519) *the lawless Catiline*: 루시우스 카틸리나(Lucius Sergius Catilina, 108?-62 B.C.). 로마의 귀족, 정치가. 그
는 키케로가 집정관 시절(BC. 63) 공화정을 전복시키려는 음모를 꾸몄으나 키케로의 반대와 주도면밀한 대
처로 실패하자 아펜니노 산맥을 넘어 갈리아로 도피하던 중 그를 추격해 온 정부군과 맞서 싸우다 전사하
였다. 로마의 재정을 약탈하지 않은 카틸리나와 아버지 스펜서 사이에는 공통점이 없다. 따라서 대부분의
편집자들은 말로우의 의도가 카틸리나가 아니라 티베리우스 황제의 심복이였지만 황제의 자리를 노리다 처
형된 "서제이너스"(Sejanus, ?-31)였을 것으로 본다.
520) *wealth and treasury*: 4.4.26 및 각주 참조.
521) *where's*:(=where has의 축약형. 'where have'이어야 문법적으로 옳다).
522) *Earl of Gloucester*: 3.1.146의 각주 참조.
523) *Ireland*: 4.5.3의 각주 참조. 에드워드 왕과 아들 스펜서(글로스터 백작)와 발독(상서) 일행은 아일랜드로 피
신하려 했으나 갑자기 역풍이 불어와 배를 심하게 흔들어 놓는 바람에 결국 웨일즈의 글래모건셔
(Glamorganshire)에 상륙하게 되었다(Holinshed 339 참조).

　　　　　　　　　　－이 자는 로마의 무법한 반역자 카틸리나처럼[519]　　　　　50

　　　　　　　　잉글랜드의 재산과 국고를[520] 흥청망청 탕진하면서

　　　　　　　　제멋대로 날뛴 저 스펜서란 놈의 아비입니다.

이사벨라.　　　여러분 모두에게 감사하는 바입니다.

조카 모오티머.　　　　　　　　　　　이번 여러분들의 애정 어린 배려에 대해

　　　　　　　　마땅히 넉넉한 선물과 보상이 따를 것이오.

　　　　　　　　그런데 왕과 아들 스펜서는 어디로[521] 달아났소?　　　　55

라이스.　　　글로스터의 백작에[522] 봉해진 아들 스펜서는

　　　　　　　　입담꾼 샌님인 발독과 함께 탈출해서,

　　　　　　　　최근에 왕과 함께 배를 타고 아일랜드[523]로 향했소이다.

조카 모오티머.　　[방백] 회오리바람이 불어 그들을 데려오든지, 그들을 모두 익사

　　　　　　　　　시켜라! －

　　　　　　　　틀림없이 그들은 거기서 강제로 쫓겨올[524] 것이다.　　　　60

에드워드 세자.　아직도 국왕이신 아바마마를 뵐 수 없사옵니까?[525]

켄트.　　　[방백] 불행한 에드워드, 자기 나라에서 내쫓기다니.

존.　　　마마, 무얼 더 지체하시옵니까?[526] 어찌하여 아무 말 없이[527]

　　　　　　　　잠자코 계시옵니까?

이사벨라.　　　전하의 비운이 안타깝습니다.[528] 하지만, 아아,

---

524) *started*: 숨어 있는 곳으로부터 쫓겨나오다(3.1.127 각주 참조).

525) *Shall I . . . my father yet?*: 2.6.15 참조. 개비스톤이 체포되었을 때 에드워드 왕을 만나보고 싶어 했던
　　말과 평행을 이루면서 권력을 가진 자와 그렇지 않은 자를 강조해서 보여준다.

526) *what resteth*: 해야 할 남아 있는 일(=what remains to be done). "남은 일은 다만/ 군사를 일으킬 기회를
　　노리고..."(*what resteth* more/ But that I seek occasion how to rise)(*3H6*, 1.2.44 참조).

527) *in a muse*: 망연자실하다, 당혹해하다(=lost in abstraction, perplexed).

528) *I rue my lord's ill fortune*: 이사벨라의 위선적 태도가 드러나 있다.

| | Care of my country called me to this war. | 65 |

MORTIMER. Madam, have done with care and sad complaint;

Your king hath wronged your country and himself,

And we must seek to right it as we may.

Meanwhile, have hence this rebel to the block.

[*To* Spencer Senior, *sarcastically*] Your lordship cannot privilege

your head! 70

SPENCER THE FATHER. Rebel is he that fights against his prince;

So fought not they that fought in Edward's right.

MORTIMER. Take him away; he prates.

[*Exit* Spencer Senior, *guarded.*]

You, Rice ap Howell,

Shall do good service to her majesty,

Being of countenance in your country here, 75

To follow these rebellious runagates.

We in meanwhile, madam, must take advice

How Baldock, Spencer, and their 'complices,

May in their fall be followed to their end.

Exeunt.

---

529) ***to the block***: 아버지 스펜서는 "교수대로 끌려가 거기에서 교수형을 당했으며, 이후 참형을 당하여 윈체스터로 보내어졌다"(Holinshed 339).

530) ① (스펜서 부자가 전에 누렸던 왕의 총애를 가리키며) 에드워드 왕이 과거에 그대에게 부여한 특권은 이제 그대의 생명을 구해줄 수 없다, 혹은 ② 귀족이기에 교수형은 면해 주겠지만 참수형을 면하게 해주지는 않는다. 아버지 스펜서는 교수형을 당한 뒤 참수되었다는 기록(앞의 각주)이 있기에 전자로 해석하는 것이 보다 타당하다.

531) 에드워드 정권에 대한 이러한 충성심은 라이스 아프 하우웰이 아버지 스펜서를 카틸리나와 비교하는 게 (4.6.51) 얼마나 부적절한지를 잘 보여준다.

532) ***Being of countenance***: 권위가 인정되니, 영향력이 있으니, 신망이 두터우니(=having good credit or

조국을 너무도 염려한 나머지 이 전쟁을 일으킨 것입니다.   65

조카 모오티머.   마마, 소인은 근심과 비탄한 마음으로 이번 일을 감행했나이다.

왕은 조국과 자신에게 잘못을 저질렀나이다.

그러니 우리는 최선을 다해 이 일을 바로 잡으려고 노력해야 하

옵니다.

그 동안, 저는 당장 이 역적을 단두대로[529] 보내겠사옵니다.

[아버지 스펜서에게, 경멸조로] 경은 참수를 면하는 특권을 누릴 수 없

소이다![530]   70

아버지 스펜서.   자신의 군주에 대항해서 싸우는 자야말로 역적이다.

그러니 에드워드 왕의 정의를 위해 싸운 자는 그러한 싸움을 한

게 아니다.[531]

조카 모오티머.   그 자를 끌고 가라. 말이 많다.

[아버지 스펜서, 호위되어 퇴장.]

라이스 아프 하우웰, 그대는

여기 그대의 고향에서 신망이 두터우니,[532]   75

이 패주한 반역자들을[533] 추적하면

왕비 마마께 큰 도움이 될 것이오.

마마, 그 동안 저희들은 몰락한 발독, 스펜서, 그리고

공모자들을 처형할 때까지 어떻게

처분할지 조용히 상의하시지요.

퇴장.

---

estimation).

533) *rebellious unagates*: 반역적인 도망자들, 부랑자들(=runaways, vagabonds). 혹은 배신자들, 반역자들
   (renegades), 탈주자들, 패잔병들(=deserters).

[Scene vii]

Enter the Abbot [*and*], Monks [*of* Neath Abbey, King] Edward,
Spencer [Junior], *and* Baldock, [*the latter three disguised*].

ABBOT.   Have you no doubt, my lord; have you no fear;
As silent and as careful will we be
To keep your royal person safe with us,
Free from suspect, and fell invasion
Of such as have your majesty in chase —   5
Yourself, and those your chosen company —
As danger of this stormy time requires.

EDWARD.   Father, thy face should harbour no deceit;
O, hadst thou ever been a king, thy heart
Pierced deeply with sense of my distress,   10
Could not but take compassion of my state.
Stately and proud in riches and in train,
Whilom I was powerful and full of pomp;
But what is he whom rule and empery
Have not in life or death made miserable?   15
Come, Spencer, Baldock, come, sit down by me;
Make trial now of that philosophy

---

534) *fell*: 잔인한, 사나운(=cruel, fierce).
535) *should*:(=would).
536) *Whilom*: 이전에, 일찍이(=formerly, once).

[4막 7장]

[니스 대수도원의] 대수도원장과 수도사들, 에드워드 [왕],

[아들] 스펜서, 발독 [등 세 사람 변장하고] 등장.

대수도원장.　전하, 심려 놓으시고 두려워 마소서.

소신들과 함께 이곳에서 옥체를 안전하게 보존하시도록

전하와 전하께서 택하신 일행을

뒤쫓는 반도들의

의심을 사거나 잔혹한[534] 공격을 받지 않도록　　　　5

이와 같은 난에의 위험이 필요로 하는 바

저희들이 최대한 침묵을 지키고 조심성으로 일관하겠나이다.

에드워드.　원장님, 그대의 얼굴에는 거짓이 깃들지 않아 보이오.[535]

오, 그대가 일찍이[536] 왕이었더라면, 그대의 가슴은

과인이 겪는 고통으로 인해 갈기갈기 찢겼을 것이며,　　　10

지금의 내 신세를 불쌍히 여겼을 것이다.

한 때는 나도 재물과 수행원들로 위풍당당했고,

막강하고 화려했었다만,

다스리고 지배하는 자 치고

생전에 또는 사후에 비참해지지 않을 자 그 누구였던가?　　　15

자, 스펜서, 발독, 어서 내 곁에 와 앉게.

그대들이 플라톤과 아이스토텔레스로부터 배운

That in our famous nurseries of arts

Thou sucked'st from Plato and from Aristotle.

Father, this life contemplative is heaven—   20

O that I might this life in quiet lead!

But we, alas, are chased; and you, my friends,

Your lives and my dishonour they pursue.

Yet, gentle monks, for treasure, gold, nor fee,

Do you betray us and our company.   25

MONK. Your grace may sit secure, if none but we

Do wot of your abode.

SPENCER. Not one alive: but shrewdly I suspect

A gloomy fellow in a mead below;

'A gave a long look after us, my lord,   30

And all the land, I know, is up in arms—

Arms that pursue our lives with deadly hate.

BALDOCK. We were embarked for Ireland; wretched we,

With awkward winds and sore tempests driven,

To fall on shore, and here to pine in fear   35

Of Mortimer and his confederates.

---

537) *nurseries of arts*: 대학교들. 발독은 옥스퍼드에서 교육을 받았던(2.2.243 각주).

538) *this life contemplative*: 활동적인 삶과 명상적인 삶을 대조적으로 보았던 중세의 일반적 관념을 언급한다.

539) *Do you betray*: 앞 행 'nor'의 영향으로 이 부분도 부정명령문으로 보아 "배신하지 말라"고 해석해야 맞다.

540) *wot*: 알다(=know)(1.4.377 각주 참조).

541) *Not one alive*: 당신네 수도원에는 단 한 사람도 없소. 아들 스펜서는 충성스런 수도사와 다음 행의 "음울한 녀석"(gloomy fellow)을 구분한다.

542) *gloomy*: 어둡고 음침한 눈길을 던지는(=giving out dark and sullen looks). 이 "음울한 녀석"은 사망을 상징한다.

우리나라의 유명한 학예의 전당[537]에서

지금 그 철학을 논해보게.

원장님, 이곳의 명상적 생활은[538] 천국과 같소―   20

아, 나도 고요하게 평온하게 이와 같은 생활을 누릴 수 있다면

　　좋으련만!

허나 짐은, 아아, 추격을 당하고, 그리고 그대들, 내 친구들이여,

놈들은 그대들의 생명과 짐의 수치를 추구한다.

그러나, 수도사들이여, 보석, 금이나 보수를 탐하여

짐과 짐의 일행을 배신하지 말아다오.[539]   25

수도사. 　전하께서는 안전하게 머무실 수 있나이다. 저희들 외에는

전하의 소재를 아는[540] 자가 아무도 없나이니다.

아들 스펜서. 　그런 자는 이 수도원에는 한 사람도 있을 리 없겠으나[541] 소인은

저 아래 목초지에 있던 한 음험한[542] 녀석이 심려되옵니다.

그 자가 저희 일행이 지날 때 유심히[543] 지켜보았나이다, 전

　　하.   30

온 나라가 들고 일어난 줄로 아옵니다―

무장한 자들이 격렬한 증오로 소신들의 목숨을 쫓고 있나이다.

발독. 　소신들은 아일랜드를 향해 출항하였사온데, 불행히도

다루기 힘든 역풍과 격렬한 태풍으로 인해

해변으로 밀려와, 여기서 모오티머와   35

그의 공모자들에 대한 두려움으로 한탄하며 지내고 있나이다.

---

543) *long*: (의심의 눈길로) 자세히, 유심히(=scrutinizing).

<table>
<tr><td>EDWARD.</td><td>Mortimer! Who talks of Mortimer?</td><td></td></tr>
<tr><td></td><td>Who wounds me with the name of Mortimer,</td><td></td></tr>
<tr><td></td><td>That bloody man? Good father, on thy lap</td><td></td></tr>
<tr><td></td><td>Lay I this head, laden with mickle care.</td><td>40</td></tr>
<tr><td></td><td>O might I never open these eyes again,</td><td></td></tr>
<tr><td></td><td>Never again lift up this drooping head,</td><td></td></tr>
<tr><td></td><td>O, nevermore lift up this dying heart!</td><td></td></tr>
<tr><td>SPENCER.</td><td>Look up, my lord. Baldock, this drowsiness</td><td></td></tr>
<tr><td></td><td>Betides no good; here even we are betrayed!</td><td>45</td></tr>
</table>

*Enter, with Welsh hooks, Rice Ap Howell, [and Soldiers], a Mower,
and the Earl of Leicester. [They remain temporarily upstage.]*

<table>
<tr><td>MOWER.</td><td>[*To Rice Ap Howell, pointing*] Upon my life, those be the men
ye seek.</td></tr>
<tr><td>RICE AP HOWELL.</td><td>Fellow, enough. [*To Leicester*] My lord, I pray be short;</td></tr>
</table>

---

544) *mickle*: 많은(=much).

545) *this drowsiness/ Betides no good*: 졸음은 전통적으로 흉조로 간주되었다.

546) *Welsh hooks*: 이 도구에 대해서는 활발한 논의가 있었다. 이 도구는 ① 칼날 밑에 미늘이 달려 있는 군용 미늘창으로써, 아마도 레스터 백작을 수행한 병사들이 소지했을 법한 무기라고 볼 수 있을 것이다; ② 풀을 베거나 수풀을 자르는 데 쓰는 끝이 갈고리 모양으로 된 밀낫이라고 생각되었다. 옥스퍼드 영어 사전에 의하면 이 단어는 두 가지 의미를 다 갖고 있다. 맥락에서 보면 그것을 무기라고 특정하는 것은 적절치 않으며 풀 베는 자나 아마도 일행 중 다른 사람들이 지니고 있던 농기구로서 "웨일즈식의 큰 낫"으로 보는 것이 보다 타당할 듯싶다. 특히 이 도구들이 낫처럼 생긴 것이라면 앞에서 언급했던(29행) "음험한 녀석"에 대한 가시적 상징성(지옥의 사자)을 분명히 해주는 것이 되며, 그럼으로써 에드워드 왕이 체포되는 순간 잔인성과 난폭성의 분위기를 도임함으로써 관객들에게 효과적으로 그의 취약성에 대한 느낌을 받게 해준다 (아래 66행에서 "이 헐떡이며 뛰는 가슴을 찢다" 참고). 이러한 해석은 말로우가 아마도 에드워드에게 반역을 저지른 신하들에 대한 홀린셰드의 비판적 태도(341 참조)에 영향을 받았거나, 적어도 에드워드 대 반역을 자행한 신하들 사이에 균형을 유지하기 위한 것으로 보인다.

에드워드.　　　모오티머라고! 누가 모오티머란 이름을 들먹이는가?

누가 저 피에 굶주린 인간, 모오티머란 이름을 들먹여

과인에게 상처를 입히는가? [무릎을 꿇으며] 원장, 그대의 무릎에

수심에 가득 차 무거워진[544] 이 머리를 좀 눕히겠다.　　　　40

오 내가 이 두 눈을 다시 뜨지 않아도 되면 좋으련만,

이 힘없이 숙인 머리를 다시 들지 않아도 되면 좋으련만,

오, 더 이상 이 죽어가는 심장을 일으켜 세우지 않아도 되면 좋

으련만!

아들 스펜서.　　　기운을 차리소서, 전하. 발독, 이렇게 졸리신 건

불길한 징조일세.[545] 여기서 까지 우리가 배신을 당하다니!　　45

웨일즈 식의 낫[546]을 들고 라이스 아프 하우웰[과 병사들], 풀 베는 사람,

레스터[547] 백작 등장. [그들은 잠시 무대 안쪽에 머물러있다.]

베는 사람.[548]　　　[라이스에게, 왕 일행을 가리키며] 분명히, 저 자들이 바로 나으리께서

찾고 계신 자들일 것이옵니다.

라이스.　　　이보게, 이제 됐네. [레스터에게] 경, 제발 신속히 처리하시지요.

---

547) *LEICESTER*: 랭카스터의 동생 레스터의 백작 헨리(Henry, Earl of Leicester)도 형처럼 스펜서 부자를 몹
시 반대했지만, 형보다는 인간적이었던 것으로 보인다(5.1.7 참고). 나중(1330년)에 그는 모오티머의 몰락을
야기하는 데 많은 기여를 하였다.

548) *Mower*: 앞의 29행의 "음울한 녀석"(gloomy fellow). 대도시가 아닌 외진 시골에까지 왕족 혹은 귀족의 용
모를 순식간에 식별할 정도로 몽타쥬 기법이나 사진술이 발달하기도 전에 풀 베는 자가 어떻게 에드워드
왕의 정체를 확신할 수 있을까 의아해 할 수 있으나, 여기서 그의 기능은 사실적이라기보다는 상징적이라
고 간주해야 할 것이다.

A fair commission warrants what we do.

LEICESTER. [*Aside, with irony*] The queen's commission, urged by

Mortimer!

What cannot gallant Mortimer with the queen?   50

Alas, see where he sits, and hopes unseen

T' escape their hands that seek to reave his life.

Too true it is: *quem dies vidit veniens superbum,*

Hunc dies vidit fugiens jacentem.

But, Leicester, leave to grow so passionate. —   55

[*Coming forward with his party*] Spencer and Baldock — by no

other names —

I arrest you of high treason here.

Stand not on titles, but obey th' arrest;

'Tis in the name of Isabel the queen.

[*To* King Edward] My lord, why droop you thus?   60

EDWARD. O day, the last of all my bliss on earth,

Center of all misfortune! O my stars!

Why do you lour unkindly on a king?

---

549) *reave*: 가져가다, ...에게서 (빼)앗다(=take away, deprive).

550) **53-54행**: 인생무상에 대한 격언.

551) ***leave to grow so passionate***: 에드워드 왕에 대한 레스터의 동정심은 그가 나중에 버클리(Berkeley)로 대체
되는(5.1.135-36 참조) 원인이 된다. 레스터가 킬링워스(Killingworth) 성에서 에드워드 왕을 담당하고 있을
때, 왕비는 "[레스터] 백작이 . . . 그녀의 남편에게 지나치게 호의를 보여주고 있다"(Holinshed 341)는 보
고를 받았다는 기록으로 미루어 실제로도 레스터 백작은 그의 사촌인 에드워드 왕을 동정했던 것으로 보인
다.

정당한 위임장에 의한 명령 집행은 우리 일이 정당함을 보장하
오이다.

레스터. [아이러니가 섞인 방백으로] 모오티머의 사주를 받아 왕비가 쓴 위임장
이지.

저 근사한 모오티머 놈이 왕비에게 못 시킬 일이 뭐 있겠나?   50

아 불쌍하구나, 자신의 목숨을 앗아가려고 노리는[549] 자들에게

발각되지 않고 그 손아귀를 벗어나길 바라고 앉아 있는 왕

의 모습이라니.

"떠오르는 해에게 자만심으로 우쭐한 모습을 보인 자는,

저무는 해에게 몰락한 모습을 보인다"[550]는 옛말이 하나도 틀리

지 않군.

그러나 레스터, 지나치게 감정에 사로잡히지는 말자.[551] ―   55

[자신의 일행과 함께 앞으로 나오며] 스펜서와 발독 ― 경칭은 생략하겠

다[552] ―

그대들을 이 자리에서 대역죄로 체포한다.

관직을 내세우려 하지 말고 순순히 체포에 응하라.

이사벨 왕비님의 이름으로 체포하는 것이니라.

[에드워드 왕에게] 전하, 어찌하여 그렇게 침울해 하시나이까?   60

에드워드. 오! 이승에서 내 모든 지복의 마지막을 고하는 날이요,

모든 불행의 핵심인 날이로다![553] 오 내 운명의 별이여!

너는 어찌하여 왕에게 매몰찬 표정을 짓는가?

---

552) *by no other names*: (체포 영장에서 관례적으로 그렇듯이) 그들의 지위와 직함 등 경칭을 생략하는 것은
    그들에 대한 경멸감의 표현임은 물론 법적 권리를 박탈한다는 의미를 전달한다.

553) *O day! . . . all misfortune!*: 개비스톤의 대사(2.6.4-5)를 반향한다.

Comes Leicester, then, in Isabella's name

To take my life, my company from me?   65

Here, man, rip up this panting breast of mine,

And take my heart in rescue of my friends!

RICE AP HOWELL.   Away with them.

SPENCER.   It may become thee yet

To let us take our farewell of his grace.

ABBOTT.   [*Aside*] My heart with pity earns to see this sight;   70

A king to bear these words and proud commands!

EDWARD.   Spencer,

Ah, sweet Spencer, thus, then must we part?

SPENCER.   We must, my lord; so will the angry heavens.

EDWARD.   Nay, so will hell and cruel Mortimer;   75

The gentle heavens have not to do in this.

BALDOCK.   My lord, it is in vain to grieve or storm.

Here humbly of your grace we take our leaves;

Our lots are cast. I fear me, so is thine.

EDWARD.   In heaven we may, in earth never shall we meet.   80

And Leicester, say, what shall become of us?

---

554) *earns*: ...의 마음을 쓰라리게 하다(=grieves bitterly). "이 사나이다운 가슴도 쓰라리구나"(my manly heart doth earn)(*H5*, 2.3.3 참고).

555) *will*: 명하다, 정하다(=command, determine).

556) *I fear me, so is thine*: 비극적 전조에 대한 분명한 그러나 효과적인 암시.

그렇다면 레스터가 이사벨라의 이름으로 과인에게서

내 목숨과, 내 일행을 앗아가려고 온 것인가? 65

자, 이보게, 내 친구들을 구해주고 그 대신 이 헐떡이는 내 가슴

을 갈라서,

내 심장을 가져가도록 하라!

라이스. 저자들을 끌고가라.

아들 스펜서.　　　　　우리가 전하께 하직 인사 올리도록 해주는 게

그대에게 합당한 도리일 것이오.

대수도원장. [방백으로] 이런 모습을 보니 비통한 마음을 금할 수 없구나,[554] 70

왕이 저런 언사와 오만한 명령을 듣고도 참아야 하다니!

에드워드. 스펜서,

아아, 다정한 스펜서, 이제 우린 이렇게 헤어져야만 하는가?

아들 스펜서. 그래야만 하옵니다, 전하. 노한 하늘도 그러라고 하나이다.[555]

에드워드. 아니, 지옥과 저 잔인한 모오티머가 그러는 거지, 75

저 관대한 하늘은 이 일과 아무런 관계가 없네.

발독. 전하, 비탄에 잠기시거나 노하시는 건 아무 소용없사옵니다.

송구하옵게도 소신들은 여기서 전하께 작별을 고합니다.

소신들의 운명의 주사위는 던져졌사오나, 전하 역시 그렇지 않

나 심려되옵니다.[556]

에드워드. 천국에서라면 모를까, 이승에서는 우리가 절대로 다시 만날 수

없을 걸세. 80

레스터, 앞으로 과인이 어떻게 될지 말해보겠나?

LEICESTER.	Your majesty must go to Killingworth.	
EDWARD.	Must! 'Tis somewhat hard when Kings must go.	
LEICESTER.	Here is a litter ready for your grace	
	That waits your pleasure, and the day grows old.	85
RICE AP HOWELL.	As good be gone, as stay and be benighted.	
EDWARD.	A litter hast thou? Lay me in a hearse,	
	And to the gates of hell convey me hence;	
	Let Pluto's bells ring out my fatal knell	
	And hags howl for my death at Charon's shore,	90
	For friends hath Edward none but these, and these,	
	And these must die under a tyrant's sword.	
RICE AP HOWELL.	My lord, be going: care not for these,	
	For we shall see them shorter by the heads.	
EDWARD.	Well, that shall be, shall be. Part we must.	95

---

557) *Killingworth*: 홀린셰드의 1577년도 판에는 케닐워스(Kenilworth) 성으로, 1587년도 판에는 킬링워스로 표기되어 있으며 셰익스피어처럼 말로우도 두 번째 판을 참조한 것으로 보여(Forker 41) 역자도 이에 따른다. 뉴 머메이즈(New Mermaids, 1997) 편집본에는 케닐워스로, 포커(1994) 및 베빙톤 등의 편집본(1995)에는 킬링워스 성으로 각각 표기되어있으며, Q, Q3-4에도 킬링워스(Killlingwoth)로 되어 있으나 Q2에는 케닐워스로 표기되어 있다. 이 성에 대한 두 가지 표기 중 어느 것을 택할 것인가 하는 문제는 지리학적인 정확성의 문제와 에드워드의 궁극적 운명에 대한 전조가 결합되어 있다는 점과 얽히면서 난제를 야기한다. 따라서 편집자들은 이 두 가지 지명 표기 중 하나를 선택해야만 하는 문제에 직면하게 된다. '킬링워스'를 선택할 경우 수백킬로미터 떨어진 타인강변의 성이 존재하지 않는 장소를 지칭하는 것이 된다. 반면 케닐워스라고 할 경우에는 이 극이 전하고자 하는 에드워드 왕의 비극적 운명에 대한 전조에 대한 느낌을 포기하고 낭만적인 함축성을 내포하고 있는 지명(1821년 Sir Walter Scott의 동명 소설 제목 참조)을 시사하는 것이 된다(Wiggins & Lindsey xl 참조).

558) *Must*: 1.1.134 참고.

559) *As good . . . benighted*: 라이스 아프 하우웰은 아마도 아침이 되기까지 니스(Neath)에 머물다 시간을 낭비하기보다는 밤이 어두워지기 전에 출발하여 어느 정도라도 거리를 줄이는 게 더 낫다고 하는 것으로 보인다.

레스터. 전하께서는 킬링워스 성[557]으로 가셔야만 하옵니다.

에드워드. 가야만 한다니! 왕에게 가야만 한다고[558] 하다니 심하지 않은가.

레스터. 여기 전하를 위해 가마를 마련하여

대령하였나이다. 그런데 날이 저물고 있사옵니다.　　　　　85

라이스. 어서 가시는 게, 이대로 있다 밤을 지새우는 것보다는 좋겠사옵

니다.[559]

에드워드. 가마가 있다고 했느냐? 차라리 과인을 관에 눕혀서,[560]

지옥 문 앞으로 데려다다오.

플루토가 과인의 죽음을 알리는 조종 소리를 울려 퍼지게 하고,

마녀들이 카론[561] 강가에서 내 죽음을 위해 울부짖게 하라.　90

왜냐하면 과인에게는 이 자들과 저승 사자들 외에 친구들이란

없으며,

이 자들은[562] 폭군의 칼에 죽어야만 하니까.

라이스. 전하, 가시지요. 이 자들에 대해서는 염려 놓으소서.

실수 없이 이 자들의 목을 쳐서 그 길이만큼 키를 줄여줄 것이

옵니다.

에드워드. 그래, 그리 될 거라면 어찌 할 도리 없지.[563] 우리는 헤어져야만

하네.　　　　　95

---

560) *Lay me in a hearse*: 비극적 전조. 이 극은 에드워드의 "영구"(hearse)(5.6.97) 행렬로 끝난다.

561) *Charon*: 그리스 신화에서 저승으로 가는 내의 나루터를 지키는 늙은 뱃사공. 죽은 자를 현세와 명부 사이를 흐르는 스틱스(Styx)와 아케론(Acheron) 강을 건너 명부에 이르게 해준다고 한다.

562) *these, and these,/ And these*: 에드워드는 친구들을 두 부류로 구분한다. ① 니스 대수도원의 대수도원장 및 수사들; ② 스펜서와 발독. "이 자들"(And these)은 폭군 모오티머에 의해 죽게 될 두 번째 무리를 가리킨다. 공연시에는 에드워드가 분명한 제스처를 취할 것이기에 애매하지 않다.

563) *that shall be, shall be*: 될 대로 되라, 혹은 뜻대로 이루어질 지어다(=*Che será, será.* 속담).

Sweet Spencer, gentle Baldock, part we must.

Hence, feigned weeds! Unfeigned are my woes!

[He throws off his disguise.]

Father, farewell. Leicester, thou stay'st for me,

And go I must. Life, farewell, with my friends!

Exeunt [King] Edward *and* Leicester.

SPENCER.	O, is he gone? Is noble Edward gone?	100

Parted from hence, never to see us more?

Rent, sphere of heaven, and, fire, forsake thy orb,

Earth, melt to air; gone is my sovereign,

Gone, gone alas, never to make return.

BALDOCK.	Spencer, I see our souls are fleeted hence;	105

We are deprived the sunshine of our life.

Make for a new life, man; throw up thy eyes,

And heart and hand to heaven's immortal throne,

Pay nature's debt with cheerful countenance.

---

564) *feigned weeds*: (에드워드 왕이 수사처럼 변장하기 위해 입은) 가짜 옷.

565) *Life, farewell, with my friends*: 마가렛 왕비가 써포크와 헤어지면서 "하지만 이제 작별합시다. 그대와 작별하면 이 세상도 하직한 것이오"(Yet now farewell, and farewell life with thee)(*2H6*, 3.2.356)라고 한 말 참조.

566) *Leicester*: Q2-4에 "랭카스터"로 되어 있는 것은 오류가 아니다. 레스터의 백작 헨리는 처형된 랭카스터(3.2.)의 동생이므로, 형의 작위를 이어받은 것이다. 그러나 Q에 표기된 대로 따르는 것이 혼동을 막아주기 때문에 그대로 두는 것이 더 바람직해 보인다.

567) *Rend*: 찢어져라(=tear apart). Q에 "Rent"로 표기되어 있는 것은 엘리자베스 시대의 철자법에 따른 것이다.

568) *fire, forsake thy orb*: 당시의 천문학자들은 불덩이가 궤도를 돌고 있다고 믿었는데, 이러한 견해는 우주에 대한 아리스토텔레스의 묘사에 영향을 받은 것이다. 메피스토필리스는 이러한 존재를 부인한다(*Doctor Faustus*, vi.62-63). 혹은 태양을 가리키는 것일 수도 있다(Bevington 487 미주).

569) *gone is . . . make return*: 위의 68-69행 각주 참조.

사랑하는 스펜서, 자상한 발독, 우리는 헤어져야만 하네.

없어져라, 거짓 의상이여![564] 하지만 과인의 비탄은 거짓이 아니
다!

[변장한 옷을 벗어 던져버린다.]

수도원장, 잘있게. 레스터, 과인 때문에 지체했으니

가야만 하겠군. 내 친구들과 함께 이 세상도 작별이다.[565]

에드워드 [왕]과 레스터[566] 퇴장.

아들 스펜서.   오, 전하께서 가버리셨소? 고결한 에드워드왕께서 가셨소?   100

여기를 떠나가셨으니, 다시는 우리를 더 못 보신단 말이오?

둘로 갈라져 버려라,[567] 하늘아. 불덩이여, 네 궤도를 벗어나
라![568]

흙이여, 녹아서 공기가 되어라! 내 군주께서 가버리셨다,

가셨다, 가버리셨다, 아아, 다시는 돌아오지 못할 길로 가버리셨
다.[569]

발독.   스펜서, 우리들의 영혼이 이 세상에서 급히 날아가 사라지는
걸 보네.   105

이제 우리는 우리 삶의 햇빛[570]을 빼앗겼다네.

새로운 삶을 향해 나아가세. 눈과

마음과 손을 들어 하늘에 계신 영원하신 하나님의 보좌로 향하세.

기쁜 얼굴로 죽음을 맞이하세.[571]

---

570) *sunshine of our life*: 왕을 태양과 동일시하는 것은 엘리자베스 시대의 일반적인 비유였다(*R2*, 3.3.62-64
참고).

571) *pay nature's debt*: 죽다(=die, pay one's debt to nature).

| | Reduce we all our lessons unto this: | 110 |
| RICE AP HOWELL. | To die, sweet Spencer, therefore live we all; | |

Reduce we all our lessons unto this: 110

To die, sweet Spencer, therefore live we all;

Spencer, all live to die, and rise to fall.

RICE AP HOWELL.　Come, come, keep these preachments till

you come to the place appointed. You, and such as you

are, have made wise work in England. [*Sardonically*] Will 115

your lordships away?

MOWER.　[*To Rice Ap Howell*] Your lordship, I trust, will remember

me?

RICE AP HOWELL.　Remember thee, fellow? What else? Follow me to the

town.

[*Exeunt.*]

---

572) ***place appointed***: 사형수가 관중들에게 세상을 하직하면서 마지막으로 도덕적인 대사를 읊곤 했던 단두대.

573) ***wise work***: 물론 빈정거리는 말이다.

우리들의 모든 교훈을 이렇게 바꿔보는 게 어떻겠나.   110

다정한 스펜서, 우리 모두 언젠가는 죽기 위해 살고 있다.

스펜서, 모든 사람은 결국 죽게 마련이고, 흥하다가 결국 망하게

　　마련이지.

라이스.　　자, 자, 그대들은 정해진 곳[572]에 도착할 때까지 그런 설교는

　　남겨두게. 그대들과 그대 같은 자들은, 잉글랜드에서

　　아주 교활한 일을[573] 저질렀군. [냉소적으로] 나리님들[574] 이제 가

　　시겠소?   115

풀 베는 사람.　　나으리, 소인을 기억해 주시리라[575] 믿어도 되겠습니까?

라이스.　　자네를 기억한다고? 물론이지. 나를 따라 마을로 가세.

[퇴장.]

---

574) *your lordships*: 발독과 아들 스펜서를 빈정거리며 부른 것이다.
575) *remember me*: 제가 각하께 해 드린 일.

▌▌▌ ACT V

[Scene i]

Enter [Edward] *the* King, Leicester, *with a* Bishop
[*of* Winchester] *for the crown,* [*and* Trussel].

LEICESTER.　　Be patient, good my lord, cease to lament.

　　　　　　　Imagine Killingworth castle were your court,

　　　　　　　And that you lay for pleasure here a space,

　　　　　　　Not of compulsion or necessity.

EDWARD.　　　Leicester, if gentle words might comfort me,　　　5

　　　　　　　Thy speeches long ago had eased my sorrows,

---

576) *for the crown*: 왕관을 런던으로 나르기 위해.

577) **Bishop of WINCHESTER**: 에드워드에게 퇴위를 촉구하기 위해 킬링워스에 파견된 사람들 가운데에는 몇몇 주교들(처음에는 윈체스터의 주교와 링컨의 주교, 나중에는 헤리퍼드의 주교)이 포함되어 있었다. 그러나 이 극에서는 레스터와 윈체스터의 주교가 합세하는 것으로 되어 있다. 홀린셰드 역시 주교들이 레스터와 합력하여 왕과 비밀리에 만나 세자에게 평화롭게 왕권을 이양하도록 하는 일에 동의할 것을 설득하였다고 전한다. 에드워드는 그들의 말을 듣고 고뇌했으나 결국 국가의 평화를 위해, 그리고 자신에게 더 큰 위해가 가해질지도 모른다는 두려움 때문에 왕권이 아들에게 계승되는 것을 조건으로 그들의 충고를 따르기로 하였다(Holinshed 340-41 참조). 대관식 때와 마찬가지로 퇴위 때 종교 지도자가 입회하는 것은 그 의식이 하나님의 재가에 의한 합법적 절차임을 입증하는 행위로 인정받기 위한 것이다. 따라서 에드워드의 왕권 포기와 관련된 일을 단순화하고 극의 효율성을 위해 말로우는 어떤 주교를 특별히 염두에 두었던 것이 아니라 윈체스터의 주교로 결정한 듯싶다. 또한 다음 장면에서 윈체스터의 주교가 직접 왕관을 전할 때 이사벨라 왕비가 그의 이름을 언급하기 때문에(5.2.27), 이 지점에서 그가 액션에 개입하도록 처리한 것은 적절하다.

▍▍5막

[5막 1장]

[에드워드] 왕, 레스터와 함께 왕관을 나르기 위해[576)

[윈체스터] 주교,[577)] 트루셀[578)] 등장.

레스터.　　고정하소서, 전하, 탄식을 멈추소서.

　　　　　　킬링워스 성을 전하의 궁정이라 여기시고,

　　　　　　이곳에 잠시 놀이삼아 머무시는[579)] 것이지,

　　　　　　강제로 어쩔 수 없이 머무시는 것은 아니라 생각하소서.

에드워드.　레스터, 다정한 말이 과인에게 위로가 될 수 있다면,　　　　5

　　　　　　그대의 말은 벌써 오래 전에 과인의 슬픔을 덜어주었을 걸세.

---

578) ***TRUSSEL***: 말로우는 킬링워스 성에 있던 왕에게 파견된 근엄한 사자들 중에는 "의회의 대변인"(the Procuratour of that Parlement, 오늘날의 'Proctor' 혹은 Speaker)인 "윌리엄 트루셀 경(syr wyllyam Trussel)이 있었다"(Fabyan, Foakes 270 각주 재인용)는 기록을 따른 것으로 보인다. 홀린셰드는 감옥에 있는 왕을 접견했던 무리 가운데 트루셀을 포함시키지 않았지만 에드워드 2세가 1327년 1월 26일에 왕권을 포기하는데 동의한 직후 의회의 대변인인 트루셀이 의회 전체의 이름으로 전왕(前王)에 대한 충성 서약을 엄숙히 철회하였다고 적었다(341 참조). 동년 1월에 웨스트민스터에서 의회가 열렸을 때 헤리퍼드의 주교와 윈체스터의 주교가 왕의 퇴위를 설교했다(『영국의 역사: 상』, 171). 트루셀은 원래 1322년 3월에 요크셔의 버러브리지에서 처형당한 랭카스터 백작과 함께 반란을 일으켰다가 체포되었으나 해외로 도피하였다가 1326년 9월에 이사벨라 왕비와 함께 잉글랜드 동부 연안에 면해 있는 작은 항구도시인 하위치(Harwich)에 도착하였고 같은 해 스펜서 부자를 재판하여 교수형에 처하도록 했다. 에드워드의 퇴위에 윈체스터 주교의 입회가 종교적 권위를 상징하는 것이라면, 트루셀의 입회는 의회의 대변인으로서 공적 권위를 상징한다.

579) ***lay***: 거주하다, 머물다(=resided. lie의 과거 시제).

For kind and loving hast thou always been.

The griefs of private men are soon allayed,

But not of Kings. The forest deer, being struck,

Runs to an herb that closeth up the wounds;   10

But when the imperial lion's flesh is gored,

He rends and tears it with his wrathful paw,

And highly scorning that the lowly earth

Should drink his blood, mounts into the air.

And so it fares with me, whose dauntless mind   15

The ambitious Mortimer would seek to curb,

And that unnatural queen, false Isabel,

That thus hath pent and mewed me in a prison;

For such outrageous passions cloy my soul,

As with the wings of rancour and disdain   20

Full often am I soaring up to heaven

To plain me to the gods against them both.

But when I call to mind I am a king,

Methinks I should revenge me of my wrongs

That Mortimer and Isabel have done.   25

---

580) *The forest . . . an herb*: 자연 서식지에서 자라는 박하와 같은 약초는 상처를 입은 사슴이나 기타 동물들을 치유하는 힘이 있다는 믿음은 아리스토텔레스나 키케로, 버질 등에게서도 볼 수 있는 옛날부터 전해져 내려오는 미신이다.

581) *But when . . . wrathful paw*: 왕을 사자에 비유하는 것은 2.2.203-204 참조. 또한 "사자는 죽어가면서도 발톱을 세워서/ 뜯을 것이 없으면, 죽는 분풀이로 분노로 맨땅이라도 할퀸다고 합니다./ . . . /백수의 왕이신 분께서?"(The lion dying thrusteth forth his paw/ And wounds the earth, if nothing else, with rage/ . . . / Which art a lion and the king of beasts?)(*R2*, 5.1.29-34) 참조.

322   Edward II

그대는 항상 친절하고 충직했으니 말일세.

백성들의 슬픔은 곧 가라앉게 마련일세.

그러나 왕의 슬픔은 그렇지 않네. 숲에 사는 사슴은 다치게 되면

상처를 아물게 하는 약초가 있는 곳으로[580] 뛰어가지.　　　　　10

그러나 당당한 사자가 피를 흘리게 되면,

분노한 사자는 상처 난 곳을 발톱으로 할퀴고 쥐어뜯고,

미천한 대지가 자기의 피를 마시는 걸 지극히 경멸하면서[581]

허공으로 뛰어 오른다네.[582]

과인도 마찬가질세. 과인의 불굴의 기개를　　　　　15

야심만만한 모오티머가 억누르려 하고,

저 인륜을 어긴 왕비, 부정한 이사벨이,

이처럼 과인을 감옥에 처넣어[583] 가두었네.[584]

과인의 가슴은 격한 분노로 끓어오르기에,

원한과 경멸의 날개로 비상하여　　　　　20

종종 하늘 높이 치솟아 오르려한다네.

짐에게 저지른 두 연놈의 악행을 신께 고하려고[585] 말일세.

하지만 짐이 왕이란 사실을 떠올리면,

모오티머와 이사벨이 과인에게 저지른

부당한 잘못에 대해 복수해야겠다고 생각하네.　　　　　25

---

582) *mounts up into the air*: 앞의 1.1.92 각주 참고. 공중에 솟구쳐 오르는 주체를 "사자의 피"(blood)로 간주하는 편집자도 있으나(Brennan), 피가 아니라 "사자란 위협을 받으면 마지막 순간에 공중으로 뛰어 올랐다 떨어져 죽는다"는 점을 내세워 Q를 그대로 따르는 편집자(Lunt)도 있다.

583) *pent*: (농장의 동물처럼) 우리에 넣었다(=penned).

584) *mewed*: (맹금류처럼) 조롱 속에 가뒀다(=caged).

585) *To plain me*: 하소연하다(=to complain).

But what are kings, when regiment is gone

But perfect shadows in a sunshine day?

My nobles rule; I bear the name of king;

I wear the crown; but am controlled by them,

By Mortimer, and my unconstant queen,   30

Who spots my nuptial bed with infamy

Whilst I am lodged within this cave of care,

Where sorrow at my elbow still attends

To company my heart with sad laments,

That bleeds within me for this strange exchange.   35

But tell me, must I now resign my crown

To make usurping Mortimer a king?

WINCHESTER. Your grace mistakes; it is for England's good,

And princely Edward's right, we crave the crown.

EDWARD. No, 'tis for Mortimer, not Edward's head,   40

For he's a lamb, encompassed by wolves,

Which in a moment will abridge his life.

But, if proud Mortimer do wear this crown,

---

586) *company*: 동행하다(=keep company with, accompany).

587) *princely Edward's right, we crave the crown*: 윈체스터와 링컨의 대주교는 "왕과 비밀리에 회담을 하고 . . . 왕이 그의 아들에게 왕위를 이양하겠다는데 동의하도록 설득하고자 노력하였다. 그리고 그가 그렇게 하길 거부할 경우, 그에 대해 악의를 품은 백성들은 분명히 그의 혈통과 무관한 자를 왕으로 선택하는 일에 착수할 것"이라고 압박하였다(Holinshed 340).

그러나 통치권을 잃으면 국왕이란 대체 뭐란 말인가?

아무리 생각해 봐도 기껏해야 햇볕 화창한 대낮에 드리워진 그림
  자에 불과하지 않은가?

귀족들이 나를 지배하네. 과인은 명색만 왕일 뿐,

모오티머와 부정한 왕비,

즉 내 혼인 잠자리를 추행으로 더럽히는   30

자들에게 지배당하고 있네.

과인이 근심이 가득 찬 이 동굴에 갇혀 있는 동안,

슬픔이 끝임 없이 과인 곁에서 시중을 들고

무거운 비탄이[586] 내 마음의 친구가 되어주고 있지만,

이 기이한 뒤바뀜을 생각하면 속으로 피를 토하는 것 같네.   35

그러나 말해보게, 찬탈자 모오티머를 왕으로 만들어 주도록

짐이 이제 왕관을 포기해야만 한단 말인가?

윈체스터. 전하께서 오해하고 계시옵니다. 소신들이 왕관을 간청하는 것은

국익을 위해서, 또한 에드워드 세자의 권리를 지켜드리기 위해

  서이옵니다.[587]

에드워드. 아닐세, 그건 모오티머를 위해서지 에드워드 세자의 머리를 위

  한 건 아닐세.   40

왜냐하면 세자는 순식간에 자기 목숨을 앗아갈

늑대들에 둘러싸인 양과 같으니까.

그러나 만일 오만한 모오티머가 이 왕관을 쓰게 되거든,

Heavens turn it to a blaze of quenchless fire,

Or, like the snaky wreath of Tisiphon,   45

Engirt the temples of his hateful head;

So shall not England's vine be perished,

But Edward's name survive, though Edward dies.

LEICESTER. My lord, why waste you thus the time away?

They stay your answer; will you yield your crown?   50

EDWARD. Ah Leicester, weigh how hardly I can brook

To lose my crown and kingdom without cause,

To give ambitious Mortimer my right,

That, like a mountain, overwhelms my bliss,

In which extreme my mind here murdered is.   55

But what the heavens appoint I must obey.

Here, take my crown; the life of Edward too.

[Takes off crown.]

Two kings in England cannot reign at once.

But stay a while. Let me be King till night,

That I may gaze upon this glittering crown;   60

---

588) *a blaze of quenchless fire*: 말로우는 글라우체(Glauce, Creusa라고도 불렸다)의 전설을 빌어왔다. 메데이아는 글라우체 때문에 이아손과 이혼하게 되었기 때문에 그녀와 적대적으로 되어 미워하였다. 이에 대한 복수로 메데이아는 글라우체에게 황금 왕관을 주었다. 그 왕관은 갑자기 강렬한 불길을 내뿜더니 영영 머리에 들러붙어버렸다(Euripides, *Medea*, ll. 1186-94 참조).

589) *Tisiphon*: 복수의 여신들(Furies) 중 하나인 티시폰의 머리타래는 꿈틀거리는 뱀들이었다.

590) *vine*: 중세나 르네상스 시대까지는 영국에서 포도 잎사귀가 어떤 상징적 의미로 사용되지 않았다(3.1.163 각주 참조).

591) *without cause*: 홀린셰드는 에드워드 왕에 대해 "자신의 잘못으로 이렇게 비참한 지경으로 몰락했음을 알았다"(340)고 진술했던 것과 대조적으로 이 극에서는 에드워드가 아직도 자기 인식이 부족한 것으로 묘사되어 있다.

하늘이여 그 왕관을 꺼지지 않는 불길로[588] 변하게 하거나,

티시폰의[589] 뱀으로 된 머리타래처럼,   45

놈의 가증스런 머리통의 관자놀이를 에워싸라.

그리하여 잉글랜드 왕관의 상징인 포도덩굴이[590] 말라죽지 않고,

비록 에드워드는 죽더라도 그 이름만은 길이 살아남게 하라.

레스터. 전하, 어찌하여 이렇게 시간을 허비하시나이까?

그들은 전하의 대답을 기다리고 있사옵니다. 왕관을 넘겨주시렵

　　니까?   50

에드워드. 아, 레스터, 아무 이유 없이[591] 짐의 왕관과 왕국을 잃어야 한다

　　는 걸,

야심만만한 모오티머에게 짐의 왕권을 넘겨줘야 한다는 걸

참고 견디기가 얼마나 어려울지 깊이 생각해보라.

그것은, 마치 태산처럼 과인의 행복을 짓밟고,

그것이 너무도 엄청나 과인의 마음은 여기서 살해당했네.   55

하지만 하늘이 정한 것이니, 복종해야만 하지.

자, 왕관을 가져가라 ― 내 목숨도.

[왕관을 벗는다.]

두 사람의 왕이 동시에 잉글랜드를 다스릴 수는 없는 일.

그러나 잠깐만 기다려라. 내가 밤까지만 왕으로 있게 해다오.

이 금빛 찬란한 왕관을 찬찬히 바라볼 수 있도록.   60

So shall my eyes receive their last content,

My head, the latest honour due to it,

And jointly both yield up their wished right.

Continue ever, thou celestial sun;

Let never silent night possess this clime.   65

Stand still, you watches of the element;

All times and seasons, rest you at a stay,

That Edward may be still fair England's king.

But day's bright beams doth vanish fast away,

And needs I must resign my wished crown.   70

Inhuman creatures, nursed with tiger's milk,

Why gape you for your sovereign's overthrow—

My diadem, I mean, and guiltless life?

See, monsters, see, I'll wear my crown again.

[Puts on crown.]

What, fear you not the fury of your king?   75

But, hapless Edward, thou art fondly led.

They pass not for thy frowns as late they did,

---

592) ***wished right***: 바랐던 권리(=desired right).

593) ***Stand still***: "가만히 멈춰서라, 영원히 움직이는 하늘의 별들이여"(*Stand still*, you ever-moving spheres of heaven)(*Faustus*, xix.136).

594) ***watches of the element***: "원소"(element)는 여기서 하늘(sky)을 지칭하므로 "하늘의 별들"(=the planets of the sky)로 해석할 수 있다.

595) ***guiltless life***: 말로우는 의도적으로 여기서 그의 출처에서 벗어나 있다. 실제로 에드워드는 "깊이 양심의 가책을 느꼈으며"(Fabyan 174), "이전의 삶에 대해 많은 회개를 하였다"(185)고 한다. 또한 에드워드는 "백성들에게 자신이 그렇게도 악하게 행동했던 데 대해 대단히 유감으로 생각하였다"(Stowe 350)고 고백하면서 많은 눈물을 흘렸다고 한다.

596) ***fondly led***: 권력의 환상에 어리석게도 현혹되었구나(=foolishly misled by fantasies of power).

그리하여 짐의 눈이 왕관을 바라보며 마지막 만족을 얻고

이 머리는 그에 어울리게 마지막까지 왕관을 쓰는 명예를 얻고,

눈과 머리 모두 그들이 원하는 왕권을[592] 포기할 수 있도록.

영원히 빛나라, 너 천상의 태양이여,

결코 침묵의 밤이 이 나라를 지배하지 못하게 하라.   65

꼼짝 말고 멈춰 있어라,[593] 하늘을 지키는 파수꾼들이여.[594]

모든 시간과 계절아, 흐르지 말고 멈춰 쉬어라.

이 에드워드가 아직 아름다운 잉글랜드의 국왕으로 있을 수 있

    도록.

그러나 대낮의 밝은 빛은 홀연히 사라지고,

과인은 과인이 바라는 왕관을 포기해야만 하는구나.   70

호랑이 젖을 먹고 자란, 잔인한 것들 같으니,

어찌하여 네놈들은 너희 군주가 폐위되기만을 입을 벌리고 기다

    리는가?

내 왕관과, 나의 무고한 목숨 말이다.[595]

봐라, 짐승같은 놈들아, 봐라, 과인은 다시 왕관을 쓰겠다.

                              [왕관을 다시 쓴다.]

아니, 너희들은 왕의 분노가 두렵지도 않느냐?   75

그러나, 불행한 에드워드, 너는 어리석게[596] 이끌려다녔구나.

그자들은 불과 얼마 전과 달리 이제는 네가 눈살을 찌푸려도

    개념치 않고,[597]

---

597) **pass not**: 개의치 않다, 관심을 두지 않다(=do not mind).

But seek to make a new elected king,

Which fills my mind with strange despairing thoughts,

Which thoughts are martyred with endless torments; 80

And in this torment comfort find I none

But that I feel the crown upon my head;

And therefore let me wear it yet a while.

TRUSSEL.   My lord, the parliament must have present news,

And therefore say, will you resign or no? 85

The King *rageth.*

EDWARD.   I'll not resign, but whilst I live, be king!

Traitors, be gone, and join you with Mortimer.

Elect, conspire, install, do what you will;

Their blood and yours shall seal these treacheries.

WINCHESTER.   This answer we'll return; and so, farewell. 90

[Winchester *and* Trussel *offer to leave.*]

LEICESTER.   [*Aside to* Edward] Call them again, my lord, and speak them
fair,

For if they go, the prince shall lose his right.

EDWARD.   Call thou them back; I have no power to speak.

---

598) *whilst I live, be king*: 해석상의 난점을 야기한 구문. 이 행은 음보가 맞지 않을 뿐 아니라 의미도 불완전
하다. 브레레튼(J. Le Gay Brereton)은 이 부분을 '*whilst I live, I'll live*'로 교정하였으며, 찰튼-월러
(Charlton-Waller)는 "그 중 두 번째 'live'가 생략되어 있다고 보는 것이 가능하다"는 점을 근거로 브레레튼
을 옹호한다(Foakes 276 각주 재인용). 그러나 그러한 중복은 단조로우며 말로우적이지도 않다. 에드워드가
말하다 격정으로 인해 도중에 말문을 멈춘 것으로 보는 해결('*live* ─ ')(Wiggins and Lindsey)은 권장할 만
하지만, 여전히 화자의 의도가 모호하다. 그러나 대부분의 편집자들은 이 구절을 지금처럼 교정해놓음으로
써 의미상으로나 운율상으로 가장 근사하게 처리한 것으로 본다(Bowers). 이 지점에서 에드워드는 분명히
왕권을 내어 놓길 거부하고 있다(Foaks).

새로 뽑은 왕을 만들어 세우고자 한다.

그로인해 과인의 마음은 묘한 절망감으로 가득 하고,

그리고 그것 때문에 절망감조차 끊임없는 고통으로 시달린다.　80

이 고통 속에서 과인은 어떤 위안도 발견할 수 없다.

내 머리에 왕관을 쓰고 있다고 느끼는 것 외에는 말이다.

그러니 잠시만 더 이 왕관을 쓰고 있게 해다오.

트루셀.　전하, 의회가 즉각 소식을 듣고자 하니,

말씀하소서. 양위하시렵니까, 않으시렵니까?　85

왕, 격노하여.

에드워드.　짐은 양위하지 않겠다. 목숨이 살아 있는 한, 짐은 왕이니라![598]

반역자들아, 물러가라. 가서 모오티머와 한 패가 되라.

왕을 뽑든, 음모를 꾸미든, 임명을 하든, 너희들 마음대로 해 봐
라.

놈들과 너희들의 피가 흘러서 이 반역을 증명할[599] 것이다.

윈체스터.　신들은 그 대답을 갖고 돌아가겠나이다. 그러면 안녕히 계십시
오.　90

[윈체스터와 트루셀 가려고 한다.]

레스터.　[에드워드에게 방백] 전하, 저자들을 다시 부르셔서 비위를 맞춰주소
서.

저들이 그냥 돌아가게 되면, 세자께선 왕위 계승권을 상실하게
되옵니다.

에드워드.　저들을 다시 불러주게. 나는 말할 힘도 없네.

---

599) *seal*: 증명하다, 증언하다(=attest to, ratify).

LEICESTER.   [*To* Winchester] My lord, the King is willing to resign.

WINCHESTER.   If he be not, let him choose —   95

EDWARD.   O would I might, but heavens and earth conspire

To make me miserable. Here, receive my crown.

Receive it? No, these innocent hands of mine

Shall not be guilty of so foul a crime.

He of you all that most desires my blood   100

And will be called the murderer of a king,

Take it. What, are you moved? Pity you me?

Then send for unrelenting Mortimer

And Isabel, whose eyes being turned to steel,

Will sooner sparkle fire than shed a tear.   105

Yet stay; for rather than I will look on them,

Here, here!

[*He resigns the crown.*]

Now, sweet God of Heaven,

Make me despise this transitory pomp,

And sit for aye enthronized in heaven.

Come, death, and with thy fingers close my eyes,   110

---

600) ***these innocent hands***: 앞의 52행과 73행의 각주 참조.

601) ***so foul a crime***: 셰익스피어 역시 왕이 스스로 양위하는 것은 대역죄란 개념을 언급하였다. "나 자신도 다른 자들과 더불어 역적이라는 것을 알게 되지./ 왜냐하면, 나 자신이 승낙해서/ 왕의 존귀한 몸을 헐벗기고"(I find myself a traitor with the rest;/ For I have given here my soul's consent/ T' undeck the pompous body of a king)(*R2*, 4.1.248-50).

602) ***the murderer of a king***: 아직은 왕을 시해한다는 어떤 언급이나 시사도 없었다. 셰익스피어의 리처드 2세처럼, 에드워드 2세 역시 부분적으로 자신의 변사를 예견한다.

레스터. [윈체스터에게] 주교님, 전하께서 기꺼이 양위하실 것입니다.

윈체스터. 양위하지 않으시겠거든, 택하셔야지요 — 95

에드워드. 오 과인이 그럴 수만 있다면, 그러나 하늘과 땅이 공모하여

과인을 비참하게 만드는구나. 자, 여기 내 왕관을 받으라.

이걸 받으라고? 아니, 아무 죄 없는 내 이 두 손이[600]

그토록 가증한 죄를[601] 범하게 할 수는 없다.

너희들 중에 가장 과인의 피를 흘리길 원하고 100

왕을 시해한 자라고[602] 불리길 원하는 자가,

이 왕관을 가져가라. 아니, 마음이 흔들리는가? 과인을 동정하는

　건가?

그렇거든 무자비한 모오티머와 이사벨을

오라고 해다오. 그자들의 눈은 강철처럼 냉혹해졌으니

눈물을 흘리기보다는 불꽃을 일으킬 거다. 105

그러나 멈춰라. 그자들의 모습을 보느니,

여기, 여기있다!

[왕관을 넘겨준다.]

오, 하늘에 계신 자애로우신 하나님,

제가 세상의 왕이라는 이 덧없는 영화를 경멸하도록 해주시고,

영원히 하늘 보좌에 앉게 해주소서.[603]

오라, 죽음의 신이여,[604] 네 손으로 내 눈을 감겨다오, 110

---

603) *enthroniz̀ed*: 왕좌(보좌)에 앉다(=enthroned)의 고어체.

604) **Come, death**: "오라, 죽음의 신이여, 환영하노라!"(Come, death, and welcome!)(*Romeo and Juliet*, 3.5.24 비교).

	Or if I live, let me forget myself.	

WINCHESTER. My lord—

EDWARD. Call me not lord! Away, out of my sight!

Ah, pardon me; grief makes me lunatic.

Let not that Mortimer protect my son.   115

More safety is there in a tiger's jaws

Than his embracements. Bear this to the queen,

Wet with my tears, and dried again with sighs.

                                                 [Gives a handkerchief.]

If with the sight thereof she be not moved,

Return it back, and dip it in my blood.   120

Commend me to my son, and bid him rule

Better than I. Yet how have I transgressed

Unless it be with too much clemency?

TRUSSEL. And thus, most humbly do we take our leave.

                     [Exeunt Winchester and Trussel with the crown.]

EDWARD. Farewell. I know the next news that they bring   125

Will be my death, and welcome shall it be;

To wretched men death is felicity.

      [Enter Berkeley to Leicester with a letter.]

---

605) ***Winchester My lord—*** : Q에서는 이 때 버클리가 등장하면서 윈체스터 주교가 아니라 그가 "전하—"라 는 대사를 한 것으로 되어 있다. 그러나 이렇게 되면 버클리가 너무 일찍 등장하는 것으로 보인다(Foaks 278 각주 및 Bevington의 488 미주 참조).

606) ***protect*** : 섭정노릇을 하다(=act as Protector for). 에드워드 2세 때에는 이러한 직위가 아직 없었기에 시대 착오적이다. 섭정에 대한 최초의 기록은 1427년에서야 비로소 발견된다.

설령 내가 살아남더라도, 내 자신이 누군지 잊게 해다오.

윈체스터. 전하—[605]

에드워드. 나를 전하라고 부르지 말라! 물렀거라, 내 눈 앞에서 사라져라!

오, 과인을 용서해다오. 슬픔이 나를 미치게 하였나보다.

저 모오티머가 내 아들의 섭정노릇을[606] 하지 못하게 막아다오. 115

호랑이의 아가리 속이 그자에게 안기는 것보다

더 안전하다. 이것을 왕비에게 가져가다오.

과인의 눈물로 젖었고 한숨으로 말렸으니.

[손수건을 건넨다.]

만일 그 손수건을 보고서도 왕비의 마음이 움직이지 않거든,

그걸 도로 가져와서, 내 피로 적셔다오. 120

내 아들에게 안부 전하고, 과인보다 더 훌륭하게

통치하라고 말해다오. 하지만 지나치게 자비를[607] 베푼 것 말고

내가 무엇을 그리도 잘못했단 말이냐?

트루셀. 삼가 저희들은 이만 물러가겠나이다.

[윈체스터 주교와 트루셀, 왕관을 가지고 퇴장.]

에드워드. 잘 가게. 저자들이 다음으로 알려올 소식은 125

과인의 죽음이 될 텐데, 그것도 기쁜 일이다.[608]

비참한 자들에게는 죽음이야말로 더없는 행복이다.

[버클리, 레스터에게 줄 서한을 갖고 등장.[609]]

---

607) *too much clemency*: 브릭스는 에드워드가 이전에 모오티머의 목숨을 살려준 일(3.2.68)에 대해 후회하는 눈
길을 보낸다고 제안한다. 통치자에게 지나친 관대함은 약점이란 생각은 보편적이었다.

608) *welcome shall it be*: 앞의 110행 각주 참조.

609) *Enter BERKELEY*: 앞의 112행 각주 참조.

LEICESTER.   Another post. What news brings he?

EDWARD.   Such news as I expect. Come, Berkeley, come,

And tell thy message to my naked breast.   130

BERKELEY.   My lord, think not a thought so villainous

Can harbour in a man of noble birth.

To do your highness service and devoir

And save you from your foes, Berkeley would die.

LEICESTER.   [*Reading letter*] My lord, the council of the queen commands   135

That I resign my charge.

EDWARD.   And who must keep me now? [*To Berkeley*] Must you, my lord?

BERKELEY.   Ay, my most gracious lord: so 'tis decreed.

EDWARD.   [*Taking the letter*] By Mortimer, whose name is written here.

Well may I rent his name that rends my heart!   140

[*Tears the paper.*]

This poor revenge hath something eased my mind.

So may his limbs be torn as is this paper!

---

610) ***post***: 버클리는 일반적인 의미의 전령은 아니지만 레스터가 버클리에게 왕을 넘겨주도록 하라는 소식을 가져온다.

611) ***to my naked breast***: 전하는 소식 자체가 마치 "살인자의 칼에 그의 맨 가슴을 내미는 것처럼"(Charlton-Waller, Foakes 280 각주 재인용).

612) ***devoir***: 의무(=duty).

613) ***resign my charge***: 4.7.55의 각주 참조.

614) ***This poor revenge***: 에드워드가 모오티머의 편지를 찢는 행위의 상징과 연극적 무기력함은 거울을 산산조각 내는 리처드 2세의 유사한 제스처와 비교될 수 있다(*R2*, 4.1.289). 두 경우 모두 주인공이 왕관을 양위하도록 강요를 받은 직후에 일어나며, 좌절감에 대한 반응이고, 본질적으로 자기 파괴적이다. 또한 두 경우 모두 홀린셰드나 또는 여타 다른 출처가 역사적 근거를 제공하지 않은 행위로서 상상적 허구에 의한 것이다.

레스터.   또 다른 전령이로군.[610] 그가 어떤 소식을 가져왔나?

에드워드. 내가 예상한 것과 같은 소식이겠지. 자, 버클리, 와서

          과인의 이 맨 가슴에[611] 그대의 용건을 털어놓도록 하라.   130

버클리.   전하, 귀족 출신의 사람이 그처럼 야비한 생각을

          품을 수 있다고는 생각지 마시옵소서.

          전하를 섬기는 책임과 의무를[612] 다하며

          적들로부터 전하를 지키는 일이라면, 신 버클리 기꺼이 목숨을

          바치겠나이다.

레스터.   [서한을 읽으며] 전하, 왕비님의 의회는 소인에게 폐하를 모시는 일

          을 면할 것을[613] 명하나이다.   135

에드워드. 그러면 이제 누가 과인을 지켜줄 텐가? [버클리에게] 경, 그대가 지

          켜줄건가?

버클리.   그러하옵니다, 전하, 황공하게도 소신이옵니다. 그리 하도록 명

          받았사옵니다.

에드워드. [서한을 받으며] 모오티머가 그랬군. 그 자가 여기 서명한 걸 보면.

          과인의 가슴을 찢은 그 자의 이름을 찢는 게 당연하지!   140

                                              [명령서를 찢는다.]

          이 보잘 것 없는 복수 덕에[614] 과인의 기분이 한결 후련하구나.

          놈의 사지도 갈가리 찢어지면 좋겠다![615] 이 종이처럼 말이다!

---

615) ***So may his limbs be torn***: 아마도 에드워드는 전통적으로 대역죄에 대해 내리는 처벌—사지 절단, 혹은
교수형과 내장적출 후 능지처참—을 생각하고 있던 것 같다. 만일 그렇게 의도했다면 에드워드는 편지를
가로 세로로 한 번씩 찢음으로써 4등분했을 것이다. 그러나 모오티머는 실제로는 그런 학살을 면한 것 같
다. 홀린셰드에 의하면 모오티머는 "처형대에 끌려나와 교수형을 당했다 . . . 그의 시체는 교수대에 이틀
밤낮을 방치되었다가 내려진 뒤 프란체스코회 수사에게 넘겨져서 . . . 화려하고도 훌륭하게 장례식을 치르
고 . . . 그 교회에 매장되었다"(349). 이와 반대로 모오티머가 처형당한 뒤 "사지가 절단되었다"(Grafton
223)는 주장도 있다.

	Hear me, immortal Jove, and grant it too.	
BERKELEY.	Your grace must hence with me to Berkeley straight.	
EDWARD.	Whither you will: all places are alike,	145
	And every earth is fit for burial.	
LEICESTER.	Favour him, my lord, as much as lieth in you.	
BERKELEY.	Even so betide my soul as I use him.	
EDWARD.	Mine enemy hath pitied my estate,	
	And that's the cause that I am now removed.	150
BERKELEY.	And thinks your grace that Berkeley will be cruel?	
EDWARD.	I know not, but of this am I assured,	
	That death ends all, and I can die but once.	
	Leicester, farewell.	
LEICESTER.	Not yet, my lord; I'll bear you on your way.	155

Exeunt.

[Scene ii]

Enter Mortimer [Junior], *and* Queen Isabella.

---

616) ***Favour him***: 4.7.55 각주 참조.

617) ***so betide my soul***: 내 영혼도 그렇게 대접받다(=let my soul be so treated).

618) ***Mine . . . my estate***: "Estate"는 "형편"(condition)을 의미하며, 여기서 "적"은 그동안 에드워드를 감시했던 레스터를 가리킨다.

불멸의 조브 신이여, 제 말을 들으시고, 그렇게 해 주옵소서.

버클리.　전하께선 지금 소신과 함께 속히 버클리 성으로 가셔야만 하옵
니다.

에드워드.　어디든 그대가 원하는 곳으로 가겠네. 어느 곳이나 매한가지이
고,　　　　　　　　　　　　　　　　　　　　　　　　　　　　145

어느 곳의 흙이건 무덤으로 쓰기에 알맞지.

레스터.　[버클리에게] 경, 맡은 이상 전하를 잘 돌봐드리시오.[616]

버클리.　소인이 그분을 대한 대로 내 영혼 또한 그렇게 대접 받을 것이
오이다.[617]

에드워드.　적이 내 형편을 동정하는구나.[618]

그래서 그게 바로 내가 지금 제거되는 이유지.

버클리.　전하께서는 신 버클리가 잔인할 거라 생각하시옵니까?　　150

에드워드.　모르겠네, 하지만 이것만은 확실하지.

죽으면 모든 일이 끝나고, 나는 한 번 죽지 두 번 죽진 않는다
는 것 말일세.

레스터, 잘 있게.

레스터.　아직 하직은 아니옵니다, 전하. 도중까지 모시겠나이다.

일동 퇴장.

[5막 2장]

[조카] 모오티머와 이사벨라 왕비 등장.

MORTIMER.   Fair Isabel, now have we our desire.

The proud corrupters of the light-brained king

Have done their homage to the lofty gallows,

And he himself lies in captivity.

Be ruled by me, and we will rule the realm.   5

In any case, take heed of childish fear,

For now we hold an old wolf by the ears,

That, if he slip, will seize upon us both,

And gripe the sorer, being griped himself.

Think therefore, madam, that imports us much   10

To erect your son with all the speed we may,

And that I be protector over him,

For our behoof will bear the greater sway

Whenas a king's name shall be under writ.

ISABELLA.   Sweet Mortimer, the life of Isabel,   15

Be thou persuaded that I love thee well,

And therefore, so the prince my son be safe,

---

619) 여기부터는 이 극이 사극이라는 관점에서 모오티머의 오만함을 드러내기 위해, 그리고 그와 이사벨 왕비와 의 관계가 보다 밀접해졌음을 드러내기 위해 그의 대사를 하오체로 번역한다.

620) *light-brained king*: 홀린셰드는 에드워드를 "비록 기지가 풍부하진 않지만, 선하고 예의바른 성품"(of a good and courteous nature, though not of most pregnant wit)(342), 그리고 "경솔한 성품"의 소유자라고 묘사하였다(318).

621) *corrupters*: 1.2.5의 각주 참조.

622) *lofty gallows*: 스펜서는 "약 50피트(15*m*) 높이의 교수대에서 처형당했다"(Holinshed 339, 부록 1).

623) *gripe the sorer*: 더욱 고통스럽게 움켜쥐다(=clutch more painfully, as an animal seizes its prey). "피 흘 리는 나의 심장을 움켜쥐고"(gripe my bleeding heart)(*1 Tamburlaine*, 2.7.49 참고).

624) *erect*: 세우다, 삼다(=set up, establish).

조카 모오티머.　아름다운 이사벨, 이제 우리는 바라는 걸 가졌소.[619]

경솔한 왕을[620] 타락시킨 오만한 자들은[621]

높이 솟은 교수대에[622] 경의를 표하여 매달렸고,

왕 자신도 죄수의 몸이 되었소.

내 마음대로 지배할 것이고, 우리가 왕국을 지배할 것이오.　5

어떤 경우가 되었건, 어린애 같은 두려움에 주의하시오.

이제 우리는 늙은 늑대의 귀를 붙잡고 있는데, 늑대를 놓치면

지금까지 고통스럽게 붙잡혀 있던 만큼, 더욱 무질고 사납게 우

리 붙잡으려[623] 들 것이오.

그러니, 왕비마마, 가능한 속히 세자를 왕으로 즉위시키고[624]　10

소인이 새 왕을 후견하는 섭정이[625] 되는 게

우리에게 지극히 중요한 일이라 생각하소서.

왕의 이름으로 서명을 하게 될 땐,

우리 이익을 위해 보다 큰 권력을 행사할 수 있을 것이오.[626]

이사벨라.　사랑하는 모오티머, 이사벨의 목숨과도 같은 분,　15

모쪼록 내가 그대를 깊이 사랑한다는 사실을 믿으세요.

그러니, 내 눈에 넣어도 아프지 않을 거라 여기고 사랑하는[627]

---

625) *Protector*: 5.1.115 각주 참조.

626) *For our behoof . . . underwrit*: 모오티머와 이사벨라 여왕은 그가 왕의 이름으로 행세할 수 있을 땐[문자 그대로는 마치 그가 왕인 듯이 공문서에 서명을 하게 될 땐, 혹은 하게 되면] 보다 더 큰 권력을 가질 수 있을 것이다(Wiggins & Lindsey 103 각주). 'underwrit'란 'subscribed'(문서의 밑에 서명을 하다)라는 의미로, 세자가 왕좌에 오르게 되면 공문서에 서명을 하게 됨으로써 모오티머의 지배에 왕이 동의하여 서명하는 것이 된다(Rowland 121).

627) *as dear as these mine eyes*: 내 이 두 눈처럼 소중한.

Whom I esteem as dear as these mine eyes,

Conclude against his father what thou wilt,

And I myself will willingly subscribe.   20

MORTIMER.   First would I hear news that he were deposed,

And then let me alone to handle him.

Enter Messenger [*and then the* Bishop *of* Winchester *with the crown*].

Letters! From whence?

MESSENGER.   From Killingworth, my lord.

ISABELLA.   How fares my lord the King?

MESSENGER.   In health, madam, but full of pensiveness.   25

ISABELLA.   Alas, poor soul, would I could ease his grief.

[*Acknowledging the arrival of the crown*] Thanks, gentle

Winchester. [*To the* Messenger] Sirrah, be gone.

[*Exit* Messenger.]

WINCHESTER.   [*Presenting the deocument of abdication*] The King hath

willingly resigned his crown.

ISABELLA.   O, happy news! Send for the prince, my son.

WINCHESTER.   Further, or ere this letter was sealed, Lord Berkeley

came,   30

---

628) *so*: (=if only, provided). 내 아들인 세자만 안전할 수 있다면.

629) ***let me alone***: 내게 맡겨 주시오(=leave it to me). 『왕후귀감』(*Mirror for Magistrates*)에는 "그[모오티머]에
의해 카나본의 에드워드가 버클리 성에서 잔인무도하게 시해되었다"(Foakes 63-64에서 재인용)고 되어 있
어 에드워드를 살해한 주된 책임을 조카 모오티머에게 돌린다.

내 아들 세자가 안전할 수만 있다면,[628]

그의 아비에 대해서는 그대 뜻대로 처리하도록 하세요.

그러면 제가 기꺼이 동의할 테니까요.   20

조카 모오티머. 먼저 그자가 퇴위했다는 소식을 듣고 싶소이다.

그 다음은 소인 혼자 알아서[629] 그자를 처리하겠소이다.

사자 [서신을 들고] 등장. [이어 왕관을 든 윈체스터의 주교 등장].

조카 모오티머. 서신이군! 어디서 온 건가?

사자.   킬링워스 성에서 온 것입니다, 나리.

이사벨라. 전하께서는 어떻게 지내고 계시던가?

사자. 건강하게 지내고 계십니다, 마마, 하지만 심히 울적해하고 계시

옵니다.[630]   25

이사벨라. 아, 가엾기도 해라. 내가 그분의 슬픔을 덜어드릴 수 있으면 좋

으련만.[631]

[왕관이 도착했음을 의식하고] 고맙소, 윈체스터. [사자에게] 이만 물러가게.

[사자 퇴장.]

윈체스터. [양위 서류를 제시하면서] 왕께서는 기꺼이 왕관을 내 놓으셨습니다.

이사벨라. 오, 기쁜 소식이군요! 어서 내 아들 세자를 맞이하러 보내십시오.

윈체스터. 게다가, 이 서신이[632] 미처 봉인되기도 전에, 버클리 경이 와서, 30

---

630) *pensiveness*: 우울한, 마음이 무거운, 슬픈(=melancholy, heaviness of heart, sorrow).

631) *would I could ease his grief*: 이사벨라의 위선적인 말(Holinshed 341 참조).

632) *this letter*: 이 서신의 내용―에드워드가 왕위를 이양하는 내용의 문서에 서명하고 봉인한 것으로 보이는
―은 무대에서 실제로 읽혀지거나 공개되지 않는다.

So that he now is gone from Killingworth,

And we have heard that Edmund laid a plot

To set his brother free; no more but so.

The lord of Berkeley is so pitiful

As Leicester that had charge of him before.   35

ISABELLA.   Then let some other be his guardian.

[*Exit* Winchester.]

MORTIMER.   Let me alone; here is the privy seal.

Who's there? [*To* Attendants *within*] Call hither Gurney and

    Matrevis.

To dash the heavy-headed Edmund's drift,

Berkeley shall be discharged, the King removed,   40

And none but we shall know where he lieth.

ISABELLA.   But, Mortimer, as long as he survives,

What safety rests for us or for my son?

MORTIMER.   Speak, shall he presently be dispatched and die?

ISABELLA.   I would he were, so it were not by my means.   45

---

633) *he now is gone*: 즉 왕은 이제 킬링워스 성에서 (버클리 성으로) 옮겨갔다.

634) *so pitiful*: ...와 마찬가지로 인정이 많은(=as pitiful). 실제로 "버클리 경은 에드워드의 적들이 원했던 것보다 정중하게 왕을 대했기에 그 직에서 해임되었다"(Holinshed 341)고 한다.

635) *privy seal*: 국새. 왕권을 나타내는 관인. 'Great Seal'도 '국새'로 번역할 수 있으나 'privy seal'과 구별하기 위해 '옥새'로 번역하기로 한다. 옥새에 이어 국새는 두 번째 중요성을 갖는 관인으로, 조카 모오티머는 마트레비스에게 문안을 작성하도록 지시하고 그 서한에 권위를 부여하는 표시로 자신의 서명과 국새를 사용할 것이다(아래 46행 참조). 13세기 초에 도입된 국새의 사용은 대단히 중요하게 되어 국새를 관리・보관하는 상서(尙書)의 직위는 중세 후반 무렵에는 국가에서 가장 막강한 직책 중의 하나가 되었다(1.1.167과 2.2.146의 각주 참조).

636) ***Gurney and Matrevis***: "Sir Thommas Gourney"와 "the lord Matreuers"(Holinshed 341). 말로우는 이들의 직함과 경칭을 없애고, 이들을 살인청부업자로 취급한다.

왕을 킬링워스 성에서 지금 다른 곳으로[633] 이송하고 있답니다.

그런데 에드먼드가 그의 형을 석방시킬

계략을 꾸미고 있다는 말을 들었사옵니다. 이상이 제가 들은 전

부이옵니다.

하온데 버클리 경은 전에 전하를 담당했던 레스터와 마찬가지로

대단히 인정이 많사옵니다.[634]   35

이사벨라. 그렇다면 누구 다른 사람이 왕을 호위하도록 하지요.

[윈체스터 주교 퇴장.]

조카 모오티머. 내가 알아서 처리하겠소. 여기 국새가[635] 있소.

누구 없느냐? [안의 수행원들에게] 거니와 마트레비스를[636] 이리 들

라 하라.

어리석은[637] 에드먼드의 계략을[638] 좌절시키도록[639]

버클리의 임무를 면하고, 왕을 다른 곳으로 이송하여,   40

우리 외에는 왕이 어디 있는지 아무도 모르게 해야겠소.

이사벨라. 하지만, 모오티머, 왕이 살아 있는 한,

우리들이나 내 아들이 어떻게 안심하고 지낼 수 있겠어요?[640]

조카 모오티머. 말해 보시오, 그를 신속히 처리해서 죽이는 게 어떻소?

이사벨라. 그리 하면 좋겠지요. 허나 절대로 제가 관여하지 않은 것처럼 해

야합니다.[641]   45

---

637) *heavy-headed*: 어리석은, 둔한(=stupid, dull).

638) *drift*: 음모, 책략, 계획(=plot, stratagem).

639) *dash*: 좌절시키다(=destroy), 희망을 꺾다. 16세기에는 이 단어가 대체로 의회에서 법안을 거부한다는 의미
로 사용되었다.

640) *rests*: 4.6.63의 각주 참조.

641) 홀린셰드는 이사벨라 왕비가 보다 수동적인 것으로 묘사하였지만, 말로우는 여기서 여왕이 그녀의 공모자
에게 그녀의 남편을 제거해주도록 조장하는 것으로 만든다(Foakes 43 참조).

Enter Matrevis and Gurney. [Mortimer Junior confers with them apart.]

MORTIMER.　Enough! Matrevis, write a letter presently

Unto the lord of Berkeley from ourself

That he resign the King to thee and Gurney;

And when 'tis done, we will subscribe our name.

MATREVIS.　It shall be done, my lord.

[He writes.]

MORTIMER.　　　　　　　　Gurney.

GURNEY.　　　　　　　　　　My lord?　　　　50

MORTIMER.　As thou intend'st to rise by Mortimer,

Who now makes Fortune's wheel turn as he please,

Seek all the means thou canst to make him droop,

And neither give him kind word nor good look.

GURNEY.　I warrant you, my lord.　　　　55

MORTIMER.　And this above the rest, because we hear

That Edmund casts to work his liberty,

Remove him still from place to place by night,

Till at the last he come to Killingworth,

And then from thence to Berkeley back again;　　　60

---

642) **resign**: 양도하다, 넘겨주다, 내놓다(=reassign, turn over).

643) **presently**: 당장, 곧(=at once).

644) **makes . . . please**: 『탬벌레인 대왕』에서 말로우는 '운명'(fortune)이란 단어를 29회나 사용하였지만, 『에 드워드 2세』에서는 단지 8회만 사용하고 있는바, 말로우는 이 작품에서 근본적으로 운명의 힘을 상당히 축소시켜 놓은 것으로 보인다.

645) **make him droop,/ And . . . look**: 스토우(Stowe)는 에드워드 2세에게 가해진 심리적 고문을 특히 강조하 였다.

마트레비스와 거니 등장. [조카 모오티머 그들과 따로 의논한다.]

조카 모오티머.   자, 그만 됐네. 마트레비스, 과인의 이름으로

버클리 경 앞으로 경이 지금껏 맡고 있던 왕을 자네와 거니에게

인도하도록[642] 한다는

서한을 당장[643] 쓰도록 하라.

다 쓰고 나면, 과인이 서명하겠다.

마트레비스.   그렇게 하겠습니다, 나으리.

조카 모오티머.   거니.

거니.   예, 나으리?   50

조카 모오티머.   지금 운명의 여신의 수레바퀴를 자기 마음대로 굴러가게 하는[644]

나 모오티머 덕에 자네가 출세할 생각이거든,

모든 수단과 방법을 동원해서 그를 의기소침하게 만들라.

그리고 절대 그에게 친절한 말이나 눈길조차 주지 말라.[645]

거니.   반드시 그렇게 하겠사옵니다, 나으리.   55

조카 모오티머.   그리고 무엇보다도 이걸 명심하게. 듣자하니

에드먼드가 왕을 석방시킬 계획을 세운다는[646] 말이 있으니,

매일 밤 왕의 거처를 이곳저곳으로 옮기도록 하라.[647]

최근에 그가 킬링워스 성에 당도했다면,

다음엔 거기서 다시 버클리 성으로 되돌려 보내는 식으로 하

라.   60

---

646) *casts*: 계획하다, 꾸미다(=designs, plans).

647) ***from place . . . by night***: 위의 40-41행 참조. 에드워드의 감시자들은 "그를 밤중에 케닐워스 성에서 데리
고 나왔으며 . . . 어떤 날 밤에는 그를 . . . 버클리 성으로 이송하였다"(Stowe 355).

And by the way, to make him fret the more,

Speak curs'dly to him; and in any case

Let no man comfort him. If he chance to weep,

But amplify his grief with bitter words.

MATREVIS.　Fear not, my lord; we'll do as you command.　　　　65

MORTIMER.　So, now away! Post thitherwards amain.

ISABELLA.　Whither goes this letter? To my lord the King?

Commend me humbly to his majesty,

And tell him that I labour all in vain

To ease his grief and work his liberty.　　　　70

And bear him this as witness of my love.

[*Gives a jewel.*]

MATREVIS.　I will, madam.

Exeunt Matrevis *and* Gurney.
[Queen Isabella *and* Mortimer Junior *remain.*]

Enter the young Prince [Edward], *and* [Edmund] *the* Earl *of* Kent
talking with him.

MORTIMER.　[*Aside to* Isabella] Finely dissembled; do so still, sweet

queen.

---

648) *by the way*: 길을 가는 동안(=along the way).

649) *But amplify . . . words*: 스토우(Stowe)에 의하면 "그들[즉 거니와 마트레비스]은 [에드워드가 하는] 모든 말마다 면박을 가했으며, 그가 미쳤다고 심하게 비방하였다"(355).

650) *amain*: 급히. 2.4.47 각주 참조.

651) *ease his grief*: 앞의 64행과 대조적이다.

652) *bear him this*: 이사벨라는 애정의 증표인 것처럼 아마도 반지(혹은 보석)를 보내는 것 같다. 이것은 나중에 에드워드가 라이트본(Lightborn)에게 건네는 것(5.5.83)과 동일한 것으로 보인다. 이러한 해석은 에드워

길가는 도중에도[648] 그에게 험한 말을 퍼부어서

그를 더욱 괴롭히라. 그리고 여하한 경우라도

어느 누구도 그에게 위로하지 못하도록 하라. 설령 왕이 눈물을

　　흘리더라도,

독설을 퍼부어서 왕의 비탄을 더하도록 하라.[649]

마트레비스.　　염려 마소서, 나으리. 분부대로 하겠나이다.　　　　　　　65

조카 모오티머.　자, 이만 가보라. 어서[650] 서둘러 가도록 하라.

이사벨라.　　이 서한은 어디로 가는 거냐? 국왕 전하께 가는 것이냐?

전하께 안부를 전해드리고,

그분의 슬픔을 진정시켜드리고,[651] 석방시켜 드리고자

내가 애를 써보았지만 다 소용없었노라고 말씀드려라.　　　70

그리고 내 사랑의 증표로 그 분께 이걸 전해드리도록 해라.[652]

[보석을 준다.]

마트레비스.　　분부대로 하겠나이다, 마마.

마트레비스와 거니 퇴장.

[이사벨라 왕비와 조카 모오티머는 그대로 있다.]

어린 세자 [에드워드], 켄트 백작 [에드먼드],

세자와 이야기하면서 등장.

조카 모오티머.　[이사벨라에게 방백] 멋지게 속여 넘겼소이다! 계속 그렇게 하시지요,

왕비마마.

드가 겪는 마지막 고통에 동정과 아이러니를 더해준다. 고통을 겪으면서 에드워드는 우연히 예전에 프랑스에서 이사벨라에게 구혼했던 일을 회상한다(5.5.67-69). 그러나 홀린셰드에 의하면 실제로 왕비는 에드워드에게 "의복 및 기타 물건들과 함께 정중하고도 애정 어린 편지들을 보냈다"(341).

Here comes the young prince with the Earl of Kent.

ISABELLA. [*Aside to* Mortimer Junior] Something he whispers in his
childish ears. 75

MORTIMER. [*Aside*] If he have such access unto the prince,
Our plots and stratagems will soon be dashed.

ISABELLA. [*Aside*] Use Edmund friendly, as if all were well.

MORTIMER. [*To* Kent] How fares my honourable Lord of Kent?

KENT. In health, sweet Mortimer. [*To* Isabella] How fares your
grace? 80

ISABELLA. Well — if my lord your brother were enlarged.

KENT. I hear of late he hath deposed himself.

ISABELLA. The more my grief.

MORTIMER. And mine.

KENT. [*Aside*] Ah, they do dissemble. 85

ISABELLA. Sweet son, come hither; I must talk with thee.

MORTIMER. [*To* Kent] Thou, being his uncle and the next of blood,
Do look to be Protector over the prince.

KENT. Not I, my lord. Who should protect the son
But she that gave him life — I mean the queen? 90

PRINCE EDWARD. Mother, persuade me not to wear the crown.

---

653) *dashed*: 앞의 39행의 각주 참조.

654) *your brother*: your는 서방님(=one's husband's younger brother, brother-in-law)의.

655) *enlarged*: 석방되다, 풀려나다(=set at liberty). 물론 왕비는 아이러니컬하게 "죽다"(released from life, i.e.,
dead)라는 뜻으로 말한 것일 수도 있다.

350   Edward II

어린 세자께서 켄트 백작과 함께 이쪽으로 오고 있소이다.

이사벨라.　[모오티머에게 방백] 백작이 어린 아이에 불과한 세자의 귀에 대
　　　고 뭔가 속삭이고 있군요.　　　　　　　　　　　　　75

조카 모오티머.　[방백] 저자가 저렇게 마음대로 세자에게 다가갈 수 있다면,
　　　우리의 모든 음모와 책략이 머잖아 수포로 돌아가겠소이다.[653]

이사벨라.　[방백] 만사가 다 좋은 것처럼 에드먼드에게 친한 척 대하세요.

조카 모오티머.　[켄트에게] 존경하는 켄트 백작 어떻게 지내고 계시오?

켄트.　건강히 지내고 있소, 모오티머 백작. [이사벨라에게] 마마께선 어떠
　　　신지요?　　　　　　　　　　　　　　　　　　　80

이사벨라.　글쎄요 ─ 저의 남편이자 서방님의 형님이신[654] 전하께서 석방되
　　　셨으면[655] 합니다.

켄트.　최근에 왕께서 퇴위하셨다고[656] 들었습니다만.

이사벨라.　그래서 저의 슬픔이 더욱 큽니다.

조카 모오티머.　소인도 마찬가지오이다.

켄트.　[방백] 오호라, 이들이 나를 속이고 있군.　　　　　　85

이사벨라.　사랑하는 아들, 이리 오너라. 긴히 할 얘기가 있다.

조카 모오티머.　[켄트에게] 백작께선 세자의 숙부이자 가장 가까운 혈육이니,
　　　부디 세자의 후견하는 섭정직에 오르셔야지요.

켄트.　경, 나는 그럴 생각이 추호도 없소. 아들에게 생명을 주신 분,
　　　곧 왕비마마 외에 도대체 누가 세자의 섭정이 된단 말이요?[657]　90

세자 에드워드.　어마마마, 소자에게 왕관을 쓰라고 권하지 마소서.

---

656) *deposed himself*: 양위하는데 동의하다(=agreed to abdicate).
657) *Who should . . . the Queen*: 공식적으로는 이사벨라 왕비가 어린 에드워드 3세의 섭정이었다.

Let him be king; I am too young to reign.

ISABELLA. But be content, seeing it is his highness' pleasure.

PRINCE EDWARD. Let me but see him first, and then I will.

KENT. Ay, do, sweet nephew.   95

ISABELLA. Brother, you know it is impossible.

PRINCE EDWARD. Why, is he dead?

ISABELLA. No, God forbid.

KENT. I would those words proceeded from your heart.

MORTIMER. Inconstant Edmund, dost thou favour him   100

That wast a cause of his imprisonment?

KENT. The more cause have I now to make amends.

MORTIMER. I tell thee, 'tis not meet that one so false

Should come about the person of a prince.

[*To* Prince Edward] My lord, he hath betrayed the King his

brother,   105

And therefore trust him not.

PRINCE EDWARD. But he repents and sorrows for it now.

---

658) *Let him be king*: 홀린셰드는 이무렵 세자가 왕위에 오르는 걸 꺼렸다고 적었다(348).

659) *seeing it is his highness' pleasure*: 세자가 왕위에 오르는 것이 에드워드 2세의 바램이기에.

660) *Why, is he dead?*: 비극적 전조에 대한 효과적 언급.

661) *Edmund, dost . . . a cause*: 관계대명사 "That"을 받는 동사가 2인칭 단수("wast")인 것으로 보아 "That"은 "Edmund"을 가리킨다(따라서 "That wast"는 "You that were"가 된다). 켄트가 전에 그의 형인 에드워드 왕을 투옥시키는 데 일조했다는 모오티머의 주장에 대해 켄트는 놀랍게도 그 사실을 순순히 시인한다. 그러나 이는 켄트가 반역 무리로부터 이탈하려는 의도가 왕을 체포하기 이전에 이미 있었던 것—켄트의 독백(4.6.) 참고—과 모순된다. 이는 켄트가 마지못해서—아마도 자신을 지키기 위해(4.6.12)—에드워드 2세를 유폐하는 모오티머와 왕비 일행의 결정에 동조한 것으로 보이도록한 말로우의 의도로 보인다. 실제로 켄트는 브리스톨에서 스펜서(Sen.)를 체포하는데 관여했으며, 또한 버클리 성으로부터 자기 형을 석방시키려는 켄트의 비밀 음모를 기록하기 까지 켄트의 심적 변화에 대한 기록은 없다(Holinshed 339-41).

	아바마마를 왕으로 삼으소서.[658] 소자는 나라를 다스리기엔 나

아바마마를 왕으로 삼으소서.[658] 소자는 나라를 다스리기엔 나이가 너무 어리옵니다.

이사벨라. 하지만 그리 하는 것이 전하께서 바라시는 것이니,[659] 기꺼이 그리 하는 게 좋겠구나.

세자 에드워드. 그 전에 소자가 먼저 아바마마를 뵙게 해 주소서. 연후에 왕이 되겠나이다.

켄트. 아, 그렇게 하는 게 좋겠군, 조카.   95

이사벨라. 서방님, 그게 불가능하다는 건 서방님도 잘 아시지않습니까.

세자 에드워드. 아니, 아바마마께서 돌아가시기라도 하셨단 말씀입니까?[660]

이사벨라. 아니, 당치도 않은 소리!

켄트. 그 말이 진심에서 우러나온 것이길 바라오.

조카 모오티머. 믿을 수 없는 에드먼드, 왕을 유폐하는데 일조했던   100
그대가 이제와선 그를 지지한단 말인가?[661]

켄트. 그렇기에 지금 내 과오를 바로잡을 명분이 더욱 더 있는 것이다.

조카 모오티머. 네게 말하건대, 너 같은 배신자가
세자 주변을 배회하는 것은 옳지 않다.[662]

[세자에게] 세자마마, 저자는 자기 형인 국왕을 배반하였으니,[663] 105
그자를 믿지 마소서.

세자 에드워드. 그러나 숙부님은 지금 그 일을 후회하며 애통해하고 있소.

---

662) *I tell thee . . . a prince*: 이 두 행은 분명히 왕비에게 한 방백으로, 무대 위에 있는 다른 사람들에게 들리지 않는 것으로 해야 한다는 주장이 있다. 반면 브릭스(Briggs)는 "방백이 아니라 모오티머가 이사벨 여왕에게 한 대사로 보는 편이 이 대사를 자연스럽고도 생생한 것으로 보이게 한다"(Forker 290 각주 참고)고 주장한다.

663) *betrayed*: 켄트 백작은 처음에는 왕의 편을 들다가 자신이 추방된 뒤에는 왕을 버리고 모오티머와 왕비 편에 섰기 때문에(4.1.5-11 참고).

ISABELLA.	Come, son, and go with this gentle lord and me.
PRINCE EDWARD.	With you I will, but not with Mortimer.
MORTIMER.	Why, youngling, 'sdain'st thou so of Mortimer? 110

Then I will carry thee by force away.

PRINCE EDWARD. Help, uncle Kent, Mortimer will wrong me.

[Mortimer Junior *grasps* Prince Edward; Kent *tries to intervene.*]

ISABELLA. Brother Edmund, strive not; we are his friends.

Isabel is nearer than the Earl of Kent.

KENT. Sister, Edward is my charge; redeem him. 115

ISABELLA. [*Leaving*] Edward is my son, and I will keep him.

KENT. [*To* Isabella] Mortimer shall know that he hath wronged

me.

[*Aside*] Hence will I haste to Killingworth Castle

And rescue aged Edward from his foes,

To be revenged on Mortimer and thee. 120

---

664) ***this gentle lord***: 모오티머. "점잖은"(gentle)이란 단어에는 애정이 내포되어 있음을 시사한다(1.2.47, 2.4.59-60 참고).

665) ***youngling***: 애송이, 풋내기(=novice) 정도의 뉘앙스를 지닌 경멸적인 단어.

666) ***'sdain'st***: 경멸하다, 무시하다(disdainest)의 축약형.

667) ***strive not***: 아마도 켄트는 개입하려고 한 것처럼 보인다. 물론 이 말은 단순히 아들 모오티머가 에드워드 세자를 대하는 태도를 보고 당황하고 걱정하고 있음을 시사하는 이상일 수 있다.

668) ***redeem him***: 그를 내게 돌려 보내달라(=give him back to me).

669) ***Killingworth Castle***: 에드워드가 어느 성에 갇혀 있는가 하는 문제는 때로 혼란스럽다. 앞의 제31행에서 윈체스터 주교는 에드워드가(버클리의 감시 하에) 킬링워스 성에서 떠났다고 전한다. 그렇다면 에드워드는 현재 버클리 성에 갇혀 있는 것이어야 한다. 이후 켄트가 에드워드를 구출하려는 시도를 좌절시키기 위한 전략으로 모오티머는 마트레비스에게 에드워드를 한 곳에 머물러 있게 하지 말고 거처를 자주 옮겨 다니도록 명령한다(5.2.59-60). 지금 켄트 백작은 킬링워스 성에 갇혀 있는 형 에드워드를 구하려고 하지만, 면도 에피소드에 이어지는 장면에서 에드워드와 그의 감시자들은 킬링워스 성에 막 도착하는 중이다(5.3.48, 5.4.82 참고). 마침내 에드워드는 버클리 성의 "지하 감옥"(dungeon)(5.5.37)에서 라이트본에게 살해당한다. 실제로 에드워드는 버클리 성에서 살해당하지만, 이 극에서는 그가 살해당한 성의 이름이 직접적으로 언급

| 이사벨라. | 세자, 이리 와서 이 점잖으신 분과[664] 나하고 함께 가자. |

세자 에드워드.   어마마마라면 모르나 모오티머와는 함께 가고 싶지 않소이다.

조카 모오티머.   애송이[665] 같으니, 어찌하여 이토록 나를 능멸한단 말이냐?[666] 110

그렇다면 나도 세자를 강제로라도 끌고 가야겠다.

세자 에드워드.   도와주세요, 숙부님, 모오티머가 소자를 욕보이려고 합니다.

[조카 모오티머, 에드워드 세자를 붙잡는다. 켄트, 끼어들려 한다.]

이사벨라.   에드먼드 서방님, 공연히 애쓰실 필요 없어요.[667] 저희들은 세자 편입니다.

이사벨이 켄트 백작님보다 세자와 더 가까운 혈육입니다.

켄트.   형수님, 에드워드 세자는 제 책임이니 세자를 제게 돌려보내시지요.[668]

115

이사벨라.   [떠나면서] 에드워드는 내 아들이니, 내가 맡겠소.

켄트.   [이사벨라에게] 모오티머가 날 모욕했다는 사실을 깊이 깨닫도록 해 주겠소이다.

[방백] 당장 킬링워스 성으로[669] 서둘러 가서

적들의 손에서 늙은[670] 에드워드를 구해내고,

모오티머와 당신에게 복수할 테다.

120

되지 않는다. 공연에서는 단순히 지리적으로 부지런히 움직이고 있다는 인상만 줄 수 있으면 그만이고, 엄밀한 논리라든가 역사적 사건의 순서 같은 것은 별다른 문제없이 넘어갈 수 있다(Foakes 291 각주 참조).

670) *aged Edward*: 에드워드 2세는 버클리 성에서 살해될 당시(1327. 9) 43세에 불과했지만, 'aged'라는 형용사가 붙은 것은 ① 고통을 겪은 결과 일찍 늙은 것처럼 되었기에, 그리고 ② 에드워드 2세와 에드워드 3세를 구별하기 위해 이런 형용사를 붙인 것으로 보인다.

Exeunt [on one side Queen Isabella, Prince Edward, and
Mortimer Junior; on the other Kent].

[Scene iii]

Enter Matrevis and Gurney with [Edward] the King
[and Soldiers].

MATREVIS. My lord, be not pensive; we are your friends.

Men are ordained to live in misery;

Therefore, come; dalliance dangereth our lives.

EDWARD. Friends, whither must unhappy Edward go?

Will hateful Mortimer appoint no rest? 5

Must I be vexed like the nightly bird

Whose sight is loathsome to all winged fowls?

When will the fury of his mind assuage?

When will his heart be satisfied with blood?

If mine will serve, unbowel straight this breast, 10

And give my heart to Isabel and him;

It is the chiefest mark they level at.

GURNEY. Not so, my liege. The queen hath given this charge

---

671) ***dalliance dangereth***: 지체하면 위태롭게 한다(=delay endangers).

[한편으로는 이사벨라 왕비, 에드워드 세자, 조카 모오티머가,

그들 반대편으로 켄트] 퇴장.

[5막 3장]

마트레비스와 거니 [에드워드] 왕[과 병사들] 함께 등장.

마트레비스. 전하, 침울해 하지 마소서. 소신들은 전하의 편이옵니다.

인간이란 모름지기 비참한 삶을 살 운명이옵니다.

그러니 어서 가소서. 지체하시면 소신들의 목숨이 위태롭게 되

옵니다.[671]

에드워드. 이보게들, 불행한 과인은 어디로 가야만 한단 말인가?

가증스런 모오티머는 과인이 쉬지 못하도록 하라더냐?   5

모든 날개 달린 새들이 그 모습조차 꼴보기 싫어하는

올빼미처럼[672] 내가 고통을 당해야 한단 말인가?

언제쯤이나 그의 가슴에 맺힌 분노가 진정될 것인가?[673]

언제쯤이나 그의 마음이 유혈로 만족할 것인가?

내 피가 소용이 된다면, 당장 이 가슴을 갈라서,[674]   10

내 심장을 꺼내어 이사벨과 그 자에게 갖다 주도록 하라.

---

672) ***vexed . . . bird***: 새들은 올빼미(전통적으로 죽음을 알리는 흉조로 인식되었다)를 역겨워하기 때문에 '올빼미처럼 고통을 당하다.'

673) ***assuage***: be assuaged, be appeased.

674) ***unbowel***: (=open up). 4.7.66 및 각주 참고.

To keep your grace in safety.

Your passions make your dolours to increase.   15

EDWARD. This usage makes my misery increase.

But can my air of life continue long

When all my senses are annoyed with stench?

Within a dungeon England's king is kept,

Where I am starved for want of sustenance.   20

My daily diet is heartbreaking sobs,

That almost rents the closet of my heart.

Thus lives old Edward not relieved by any,

And so must die, though pitied by many.

O, water, gentle friends, to cool my thirst   25

And clear my body from foul excrements.

MATREVIS. Here's channel water, as our charge is given;

Sit down, for we'll be barbers to your grace.

EDWARD. Traitors, away! What, will you murder me,

Or choke your sovereign with puddle water?   30

---

675) *air of life*: 목숨(breath of life: *L. aura vitae*).

676) *starved for want of sustenance*: "그가 배고파하는 데도 그들은 그가 좋아했던 고기 같은 것을 주지 않고 오히려 그가 싫어하는 것만 골라서 주었다"(Stowe 355).

677) *rends*: 찢다(=tear apart). Q에 "rents"로 되어 있는 것은 엘리자베스 시대의 철자법을 따른 것이다. 4.7.102 각주 참조.

678) *old Edward*: 세자 에드워드에 대하여 아버지인 자신을 일컫는 것으로 보인다(5.2.119 및 각주 참조).

679) *pitied by many*: 실제로 켄트를 비롯하여 여러 귀족들이 에드워드 왕을 구하려는 시도가 있었다(Holinshed 341).

680) *foul excrements*: 여기서 "excrements"는 오늘날의 의미 — "대변, 혹은 오물" — 로 사용되고 있으나, 에드워드를 지키는 자들은 일부러 고어적 의미의 "수염, 혹은 머리카락"(hair)을 가리키는 것으로 잘못 알아들은 척하며 가혹하게도 그의 수염을 밀어버린다. "나의 이 긴 머리카락을 만지작거리신답니다"(dally with my excrement)(*LLL*, 5.1.100-101 참조).

이거야말로 그들이 겨누고 있는 가장 중요한 목표일세.

거니. 그렇지 않사옵니다, 전하. 왕비마마께서는 전하를

안전하게 모시라고 분부하셨나이다.

그렇게 흥분하시면 전하의 비애만 더 커질 뿐이옵니다. 15

에드워드. 이런 가혹한 대우는 과인의 비참함만 증가시킬 뿐이다.

내 모든 감각이 악취로 고통을 당하는 데도

내 목숨을[675] 오래 부지할 수 있을 것인가?

지하 감옥 안에 잉글랜드의 왕인 과인이 감금되어서,

영양실조로 인해 굶주리고 있다.[676] 20

과인이 매일 먹는 음식은 가슴이 미어지는 흐느낌인데,

그게 내 가슴 깊은 곳을 거의 갈가리 찢어놓았다.[677]

이렇게 해서 이 늙은 에드워드는[678] 누구에게도 구출되지 않

고 지내다가,

많은 사람들의 동정을 받고 있지만,[679] 죽지 않으면 안된다.

오, 이보게들, 목 좀 축이고 25

몸에 묻은 더러운 오물을[680] 씻어내 깨끗이 할 수 있도록 물을

좀 다오.

마트레비스. 분부대로 여기 하숫물[681] 대령이옵니다.

앉으시죠, 소신들이 전하의 이발사가 되어 드리겠습니다.

에드워드. [저항하며] 역적놈들, 물러가라! 아니, 네 놈들이 나를 죽일 셈이냐,

아니면 너희들의 군주를 흙탕물로 질식시켜 죽이려는 거냐? 30

---

681) *channel water*: 1.1.187의 각주 참조. 또한 아래의 "시궁창 물"(puddle water)(l. 30) 참고.

GURNEY.   No, but wash your face, and shave away your beard,

Lest you be known, and so be rescued.

MATREVIS.   Why strive you thus? Your labour is in vain.

EDWARD.   The wren may strive against the lion's strength,

But all in vain: so vainly do I strive   35

To seek for mercy at a tyrant's hand.

They wash him with puddle water, and shave his beard away.

Immortal powers, that know the painful cares

That wait upon my poor distressed soul,

O level all your looks upon these daring men,

That wrong their liege and sovereign, England's king.   40

O Gaveston, it is for thee that I am wronged;

For me both thou and both the Spencers died,

And for your sakes a thousand wrongs I'll take.

The Spencers' ghosts, wherever they remain,

Wish well to mine; then tush, for them I'll die.   45

MATREVIS.   'Twixt theirs and yours shall be no enmity.

Come, come, away. [*To* Soldiers] Now put the torches out;

We'll enter in by darkness to Killingworth.

Enter Edmund [Earl *of* Kent].

---

682) **'Twixt . . . enmity**: 에드워드 왕이 곧 죽어서 먼저 간 총신들과 재회하게 될 것임을 시사한다.

683) **by darkness**: 홀린셰드에 의하면 에드워드를 사람들의 눈에 띄지 않도록 항상 "밤중에만"(in the night season)(341) 이송되었다.

360   Edward II

|거니.|그게 아니오라, 다만 세수시켜드리고, 수염을 밀어드려서
||아무도 전하를 몰라보게 해서 구출되지 못하게 하려는 것이올시
||다.
|마트레비스.|왜 이리 몸부림이시오? 애써봤자 아무 소용없소이다.
|에드워드.|굴뚝새가 사자의 힘에 맞서 안간힘을 써봤자,

거니.　그게 아니오라, 다만 세수시켜드리고, 수염을 밀어드려서
　　　아무도 전하를 몰라보게 해서 구출되지 못하게 하려는 것이올시
　　　다.

마트레비스.　왜 이리 몸부림이시오? 애써봤자 아무 소용없소이다.

에드워드.　굴뚝새가 사자의 힘에 맞서 안간힘을 써봤자,

모두 다 부질없는 일, 그러니 내가 폭군의 손아귀에서　　　35

자비를 구하려고 애쓰는 것도 부질없는 일이지.

　　　　그들, 에드워드의 몸을 흙탕물로 씻겨주고 그의 수염을 밀어버린다.

고뇌하는 가엾은 내 영혼을 따라다니며

애처로운 많은 심적 고통을 알고 계시는 불멸의 신들이시여,

오 자신들의 군주요 지배자인 잉글랜드의 왕을 학대하는

이 무도한 놈들에게 일제히 당신의 눈길을 돌리소서!　　　40

오 개비스톤 내가 부당하게 학대를 당하는 건 그대 때문일세.

나를 위해 그대와 스펜서 부자가 죽임을 당했으니,

나도 그대를 위해 백 번 천 번이라도 학대를 달게 받아야지.

스펜서 부자의 혼령들이여, 어느 곳에서 지내고 있든지

내 영혼을 위해 빌어다오, 그러면 아아, 그대들을 위해 나도 죽

을 테다.　　　45

마트레비스.　그들과 전하의 망령 간에는 필시 사이가 좋을 것 같군요.[682]

자, 이리 오시지요. [병사들에게] 이제 횃불을 끄게.

우리는 야음을 틈타[683] 킬링워스 성으로 들어갈 걸세.

　　　[켄트의 백작] 에드먼드 등장.

GOURNEY.	How now, who comes there?

GOURNEY.　How now, who comes there?

MATREVIS.　Guard the king sure; it is the Earl of Kent.　50

EDWARD.　O gentle brother, help to rescue me.

MATREVIS.　Keep them asunder; thrust in the king.

KENT.　Soldiers, let me but talk to him one word.

GURNEY.　Lay hands upon the Earl for this assault.

KENT.　Lay down your weapons; traitors, yield the king!　55

[Soldiers seize Kent.]

MATREVIS.　Edmund, yield thou thyself, or thou shalt die.

KENT.　Base villains, wherefore do you gripe me thus?

GURNEY.　Bind him, and so convey him to the court.

KENT.　Where is the court but here? Here is the king,
And I will visit him. Why stay you me?　60

MATREVIS.　The court is where lord Mortimer remains.
Thither shall your honour go; and so, farewell.

---

684) 말로우는 켄트가 역사적으로 취했던 입장 변화를 뒤바꿔 놓았다. 여기서 말로우는 켄트의 연민과 실패한 구출 시도 플롯에 관하여 홀린셰드(341)로부터 힌트를 얻은 것으로 보인다. 실제로 켄트는 에드워드 2세의 양위에 동의함으로써 아룬델과 스펜서 부자에게서 압수한 재산의 상당부분을 보상으로 받은 것으로 악명높다(Rowland 123 미주 참조). 그는 새 정권에 대해 적극적으로 반대하지 않다가 에드워드 2세가 여전히 생존해 있다고 믿어서였는지 1329년에 코르페 성(Corfe Castle)에서 그를—에드워드는 이미 1327년 9월 22일에 죽었다— 찾다가 체포되어 반역죄란 명목으로 재판을 받고 처형되었다(Tuck 101, Holinshed 341 참조). 에드워드 3세가 사순절 기간에 윈체스터에서 의회를 열었을 때, 켄트 백작(에드먼드)이 성 그레고리우스 날의 이튿날 아침에 체포되었으며, 그의 자백 및 그에게서 발견된 서한 등에 의해 반역죄가 드러났다. 여러 귀족들 앞에서 행한 공개 고백에서 그는 교황으로부터 받은 지령뿐만 아니라 그가 거명한 여러 귀족들로부터 자기의 형 에드워드 2세를 감옥에서 빼내어 왕좌에 복귀시킬 방법과 수단을 강구하라는 권유가 있었다고 밝혔다. 켄트가 고발한 런던의 대주교 및 기타 고관들은 방면되었으나 몇몇 사람들은 투옥되었다가 옥사하였다(Holinshed 348 참조).

685) ***thrust in the king***: 마트레비스는 병사들에게 왕을 무대 한 편으로 끌고가도록 지시했을 것으로 보인다. 이러한 가능성은 바로 다음의 60행에서 켄트가 왕과 말을 나누게 해 달라고 요구하는 데서도 뒷받침된다.

거니.	어쩐 일이지, 저기 오는 게 누군가?
마트레비스.	왕을 안전하게 호위하라. 켄트 백작이시군.[684]
에드워드.	오 동생, 나를 도와서 구출해다오.
마트레비스.	그들을 서로 떼어놓아라. 왕을 밀어 넣어라.[685]
켄트.	여봐라, 전하께 한 마디만 여쭙게 해다오.
거니.	이렇게 습격한 죄로 백작을 체포하라.
켄트.	무기를 내려놓아라, 반역자들, 왕을 넘겨다오!

[병사들 켄트를 체포한다.]

마트레비스.	에드먼드, 당신이나 항복하시지. 그렇지 않으면 죽이겠소.
켄트.	비열한 악당놈들, 무슨 이유로 나를 이렇게 체포하는 거냐?[686]
거니.	그를 포박하여 궁정으로 연행하라.
켄트.	궁정이 여기 말고 어디란 말이냐?[687] 여기 왕께서 계시니, 왕을 알현하고자 한 것이다. 너희들은 어찌하여 나를 저지하는 것이냐?
마트레비스.	궁정은 모오티머 경[688]이 계시는 곳이오이다. 백작께선 그곳으로 가셔야 할 것이오. 그러면 이만 가시오.

50

55

60

---

686) *gripe*: 체포하다, 붙잡다(5.2.9의 각주 참조). 말로우는 이 사건을 창안하였다. 역사적으로 켄트는 에드워드를 구출하려고 시도하다 체포된 게 아니라 에드워드와 관련된 사건에 연루된 서한이 발견되었기 때문이다 (Holinshed 348 참고).

687) *Where is the court but here?*: 16세기에는 궁정이란 어떤 정해진 장소로만 이해된 것이 아니라 왕의 몸이 거하는 곳이 또한 바로 궁정이라고 여겨졌다(Wiggins & Lindsey 111 각주). 아래 61행에서 마트레비스가 한 말 역시 이러한 의미를 내포하고 있으며, 조카 모오티머가 이제 실질적으로 왕이나 다름없는 권한을 행사하고 있음을 시사한다.

688) *lord Mortimer*: 그의 아버지의 영지에 대한 상속자로서, 조카 모오티머는 이미 그런 호칭으로 불렸다 (1.4.372, 2.5.72, 2.5.89, 4.2.36, 4.3.55 참조). 그러나 극에서 사건들을 상당히 압축시켜놓은 말로우의 관점에서 보면 마트레비스가 찬탈자를 권력의 중심이라고 불충하게 언급하는 것은 모오티머가 1328년에 마치 백작(Earl of March)에 봉해진 것을 반영하는 듯하다(Holinshed 347 참조).

Exeunt Matrevis and Gurney with [Edward] the King.
[Edmund Earl of Kent and the Soldiers remain.]

KENT.   O, miserable is that commonweal, where lords

             Keep courts and Kings are locked in prison!

SOLDIER.   Wherefore stay we? On, sirs, to the court.   65

KENT.   Ay, lead me whither you will, even to my death,

             Seeing that my brother cannot be released.

Exeunt.

[Scene iv]

Enter Mortimer [Junior] alone.

MORTIMER.   The king must die, or Mortimer goes down;

             The commons now begin to pity him.

             Yet he that is the cause of Edward's death

             Is sure to pay for it when his son is of age,

             And therefore will I do it cunningly.   5

---

689) **The commons**: 일반 백성들, 평민들; 의회(Commons)로 보는 경우도 있는데, 이 경우 의회는 에드워드 2세의 폐위 과정에서 배재되었었다(Rowland 123 미주).

690) **his son**: 어린 에드워드 3세.

691) **This letter**: 홀린셰드(341)와 스토우(351)는 둘 다 이 서찰을 헤리포드의 주교(Adam Orleton, Bishop of Hereford)가 작성한 것으로 본다(Forker 58 참조).

마트레비스와 거니 [에드워드] 왕과 함께 퇴장.

[켄트의 백작과 병사들은 남아 있다.]

켄트. 오, 비참한 국가로다, 귀족들이

궁정을 차지하고 있고, 왕은 감옥에 갇혀 있다니!

병사. 우리들이 무얼 더 기다리는 거냐? 자 나리님들, 궁정으로 가시지

요.   65

켄트. 그래, 형님께서 풀려날 수 없다는 걸 안 이상,

나를 형장이든 어디든 너희들 마음대로 데려가라.

퇴장.

[5막 4장]

[조카] 모오티머 혼자 등장.

조카 모오티머. 왕을 죽여야겠다, 그렇지 않으면 모오티머가 몰락하게 생겼구나.

백성들이[689] 이제 그를 불쌍히 여기기 시작했다.

그러나 에드워드를 죽게 하는 원인을 제공한 자는

그의 아들이[690] 성년이 되었을 때 반드시 대가를 치르게 될 테니

이 일을 교묘하게 처리해야겠다.   5

우리 편들 중 한명이 쓴 이 서찰은[691]

This letter, written by a friend of ours,

Contains his death, yet bids them save his life.

[*He reads.*]

'*Edwardum occidere nolite timere, bonum est;*

Fear not to kill the king, 'tis good he die.'

But read it thus, and that's another sense: 10

'*Edwardum occidere nolite, timere bonum est;*

Kill not the King, 'tis good to fear the worst.'

Unpointed as it is, thus shall it go,

That, being dead, if it chance to be found,

Matrevis and the rest may bear the blame,   15

And we be quit that caused it to be done.

Within this room is locked the messenger

That shall convey it, and perform the rest.

And by a secret token that he bears,

Shall he be murdered when the deed is done.   20

[*Calling*] Lightborn, come forth!

---

692) '*Edwardum occidere nolite timere, bonum est;*/ Fear not to kill the King, 'tis good he die.'

693) '*Edwardum occidere nolite, timere bonum est;*/ Kill not the King, 'tis good to fear the worst.' Q에는 라틴어 구절에 구두점이 없어서 더욱 애매하지만 배우의 입장에서는 관객들에게 서로 다른 의미를 전해야만 하기 때문에 영문 문장의 구두점과 의미를 따를 수밖에 없다. 구두점을 잘못 찍거나 구두점이 없어서 야기되는 이중적 의미는 르네상스 시대 드라마에서 흔히 찾아볼 수 있다. 『한여름 밤의 꿈』에서도 직공 퀸스 (Quince)가 극중 극인 「피라머스와 티스비」 의 프롤로그를 읊을 때 구두점을 제멋대로 하여 웃음을 자아낸다(5.1.108-17).

694) ***being dead***: 에드워드가 살해되고(=Edward *being dead*).

695) ***quit***: 책임(비난)을 면하다(=exculpated, cleared of blame).

그의 죽음을 담고 있지만, 겉으론 그들에게 그의 목숨을 구해달

라고 부탁하고 있지.

[읽는다.]

'*Edwardum occidere nolite timere, bonum est*;

왕을 살해하길 두려워 말라, 그가 죽는 게 마땅하니라.'[692]

하지만 이렇게 읽으면 다른 의미가 되지.　　　　　　　　　　10

'*Edwardum occidere nolite, timere bonum est*;

왕을 살해하지 말라, 최악의 경우를 두려워함이 마땅하니라.'[693]

이처럼 구두점이 찍혀있지 않으니, 이 상태로 보내면,

일단 에드워드가 살해되어,[694] 이 서찰이 발견된다 해도,

마트레비스와 나머지 놈들이 책임을 떠맡게 되고　　　　　　15

그 일을 야기한 장본인인 우리들은 비난을 면하게 되는 거다.[695]

이 서찰을 전하고, 나머지 일도 수행할

사자가 이 방안에 아무도 모르게 갇혀 있다.

그리고 그가 지니고 가는 비밀 증표로 인해

그 일을 수행하는 즉시 그 자도 살해당하게 되어 있다.　　　20

[자물쇠를 열고 문을 열어주면서] 라이트본,[696] 이리 나오라!

---

696) *Lightborn*: 라이트본이라는 이름에 대해서는 다양한 언급이 있다. 우선, 라이트본이란 이름은 루시퍼 (Lucifer)를 영어로 번역한 이름이다(*lux, lucis*, "light"+ *ferre*, "to bear, bring". 따라서 "빛을 나르는 자") (Levin 124, Stymeist 246). 또한 라이트본은 체스터 순환극(Chester cycle) 『루시퍼의 타락』(*Fall of Lucifer*, ll. 137-40, 173-80)에 등장하는 악마 같은 인물로, 어느 정도 루시퍼와도 흡사한 인물로 루시퍼의 주요 지 지자이다(Levin 101). 또한 "그가 살해 도구로 붉게 달군 쇠꼬챙이(red-hot-spit)를 사용한다고 시사하는 것 은 이 등장인물의 악마적 근원에 적합한데 왜냐하면 악마들은 종종 쇠꼬챙이로 묘사되거나 이와 관련되기 때문이다"(Lees 221-22 재인용). 라이트본이라는 이름 자체도 암살에 사용된 잔악한 방법을 상징적으로 나 타내기 위해 선택된 것으로 보인다. 암살자(어떤 면에서는 루시퍼의 방법과는 다른)는 문자 그대로 "빛을 나르는 자"가 된다. 그가 살해 도구로 사용한 벌겋게 달아오른 쇠꼬챙이는 어두컴컴한 동굴에 갇혀 있던 에드워드에게 일종의 빛으로 인식되기도 한다(5.5.41 참조).

[*Enter* Lightborn.]

Art thou so resolute as thou wast?

LIGHTBORN. What else, my lord? And far more resolute.

MORTIMER. And hast thou cast how to accomplish it?

LIGHTBORN. Ay, ay, and none shall know which way he died.

MORTIMER. But at his looks, Lightborn, thou wilt relent. 25

LIGHTBORN. Relent? Ha, ha! I use much to relent.

MORTIMER. Well, do it bravely, and be secret.

LIGHTBORN. You shall not need to give instructions;

'Tis not the first time I have killed a man.

I learned in Naples how to poison flowers, 30

To strangle with a lawn thrust down the throat,

To pierce the windpipe with a needle's point,

Or whilst one is asleep, to take a quill

And blow a little powder in his ears.

Or open his mouth, and pour quicksilver down. 35

But yet I have a braver way than these.

---

697) **Relent? Ha, ha!**: 해몬드(Hammond)가 지적하듯(58-89), 『리처드 3세』에서 런던 타워에 갇혀 있는 클라렌스(Clarence)를 암살하려는 자객에게 임무를 부여하면서 글로스터(나중에 리처드 3세)와 이야기를 나누는 장면(1.3.347-49)은 모오티머와 라이트본 사이의 대화를 차용한 것으로 보인다.

698) **bravely**: (아이러니컬하게) 멋지게, 훌륭하게(=with swagger, showily, splendidly).

699) **I learned in Naples**: 라이트본이 열거하는 암살 기술들은 전형적인 마키아벨리적 악당들의 암수들이다.

700) **poison the flowers**: 꽃에 독을 발라서 꽃의 향기를 맡는 자가 독살되도록 하는 방법.

701) **lawn**: 무명실(=linen thread).

702) **powder in his ears**: 햄릿에게 선왕의 유령이 나타나 자신이 어떻게 독살되었는지 밝힌 방법과 유사하다. "네 숙부가/ 독액이 든 병을 들고 내게 몰래 다가와/ 문둥병처럼 육체를 썩게 하는 비상을/ 내 귀에 부었다"(*Hamlet*, 1.5.62-65).

[라이트본 등장.]

여전히 결심이 확고한가?

라이트본. 여부가 있겠습니까, 나으리? 훨씬 더 확고하옵니다.

조카 모오티머. 그 일을 어떻게 수행할지 계획은 세웠나?

라이트본. 예, 그렇다마다요. 그리고 그가 어떻게 죽었는지는 귀신도 모를
　　　　　것이옵니다.

조카 모오티머. 그러나 그의 모습을 보면, 라이트본, 자비심이 생길 수 있어.　25

라이트본. 자비심이라니요? 하, 하![697] 저는 쉽게 자비심이 생기는 사람이
　　　　　아닙니다.

조카 모오티머. 자, 그러면 멋지게[698] 해치우고, 비밀을 지키게.

라이트본. 누굴 죽이는 게 이번이 처음은 아니니
　　　　　굳이 지시하실 필요가 없사옵니다.
　　　　　소인은 나폴리에서[699] 꽃에 독을 발라서 독살하는 법,[700]　30
　　　　　가는 무명실을[701] 목구멍에 밀어 넣어 질식시키는 법,
　　　　　바늘 끝으로 숨통에 구멍을 내는 법,
　　　　　혹은, 사람이 잠든 사이, 깃털을 취하여
　　　　　잠든 자의 귓속에 미량의 독약을 불어 넣는 법,[702]
　　　　　혹은 입에다 수은을 흘려 넣는[703] 법 같은 걸 배웠사옵니다.　35
　　　　　하지만 소인에게는 이런 방법들보다 더 멋진[704] 살해 방법이 있
　　　　　사옵니다.

---

703) ***pour quicksilver down***: "수은처럼 삽시간에 온몸에 퍼져"(swift as quicksilver it courses through)(*Hamlet*,
　　1.5.67). 라이트본의 대사는 셰익스피어에게 선왕 햄릿의 독살에 대한 아이디어를 제공한 것으로 보인다.
704) ***braver***: 위의 27행 각주 참조.

<table>
<tr><td>MORTIMER.</td><td>What's that?</td><td></td></tr>
</table>

MORTIMER.   What's that?

LIGHTBORN.   Nay, you shall pardon me; none shall know my tricks.

MORTIMER.   I care not how it is, so it be not spied.

Deliver this to Gurney and Matrevis.   40

[*He gives the letter.*]

At every ten miles' end thou hast a horse.

[*Giving a token*] Take this. Away, and never see me more.

LIGHTBORN.   No?

MORTIMER.   No, unless thou bring me news of Edward's death.

LIGHTBORN.   That will I quickly do. Farewell, my lord.   45

[*Exit.*]

MORTIMER.   The prince I rule, the queen do I command,

And with a lowly conge to the ground

The proudest lords salute me as I pass;

I seal, I cancel, I do what I will.

Feared am I more than loved; let me be feared,   50

And, when I frown, make all the court look pale.

I view the Prince with Aristarchus' eyes,

---

705) *spied*: 발각되어 알려지다(=seen and reported).

706) *every ten mile's*: 10마일(16km=40리) 마다.

707) *never see me more*: 모오티머는 내가 의심을 사지 않도록 이곳에 돌아오지 말라는 뜻이라고 얼버무리지만 그는 부지불식간에 에드워드가 암살되고 난 뒤에는 라이트 본을 제거할 계획임을 드러낼 뻔 했다 (Bevington, *From Mankind to Marlowe*, 242).

708) *congé*: 인사하다(=bow).

709) *seal*: 옥새를 찍어 결재하다(1.1.167, 2.2.146, 5.2.37 각주 참조).

710) *feared am I more than loved*: 모오티머는 엘리자베스 시대에 은밀하게 필사본의 형태로 유통되던 마키아벨리의 『군주론』(*The Prince*)을 따르고 있다(Wiggins & Lindsey 114 각주).

711) *Aristarchus*: 동명이인. 기원전 3세기 말에 활동했던 그리스의 천문학자(Aristarchus of Samos)가 아니라 기원전 2세기경 알렉산드리아에 살았던 고대 그리스의 유명한 문법가요 엄격하기로도 소문났던 선생

조카 모오티머.   그게 뭔가?

라이트본.   안됩니다. 송구하옵니다. 아무에게도 소인의 수법을 알려드릴
수 없사옵니다.

조카 모오티머.   발각되지만[705] 않는다면 자네가 어떤 방법을 사용하건 상관없네.
그리고 이걸 거니와 마트레비스에게 전하게.   40

[서찰을 건네준다.]

40리마다[706] 갈아탈 말을 한 필씩 준비해 뒀네.

[증표를 건네며] 이걸 받게. 그만 가게, 그리고 두 번 다시 내 앞에
나타나지 말게.[707]

라이트본.   나타나지 말라굽쇼?

조카 모오티머.   그렇다네. 에드워드가 죽었다는 소식을 가져오지 않는 한 말일
세.

라이트본.   그 일은 신속히 처리하겠사옵니다. 안녕히 계십시오, 나으리.   45

[퇴장]

조카 모오티머.   나는 세자를 내 마음대로 지배하고, 왕비에게 명령하며,
내가 지나갈 땐 제 아무리 거만한 귀족들이라도
코가 땅에 닿도록 몸을 굽혀 내게 인사하지.[708]
내가 결정을 내리고 옥새를 찍든,[709] 명령을 취소하든 내 뜻대로
하지.
나는 사랑 받기보다는 두려움의 대상이지.[710] 나를 두려워하게
해서,   50
내가 얼굴을 찌푸리면, 온 궁정을 창백하게 만들지.
나는 세자를 아리스타르쿠스[711] 같은 눈길로 바라보는데,

____

(Aristarchus of Samothrace)(216?-144 B.C.)을 지칭한다.

Whose looks were as a breeching to a boy.

They thrust upon me the protectorship

And sue to me for that that I desire.   55

While at the council table, grave enough,

And not unlike a bashful Puritan,

First I complain of imbecility,

Saying it is *onus quam gravissimum*,

Till, being interrupted by my friends,   60

Suscepi that *provinciam*, as they term it,

And to conclude, I am protector now.

Now is all sure; the queen and Mortimer

Shall rule the realm, the king; and none rule us.

Mine enemies will I plague, my friends advance,   65

And what I list command who dare control?

Maior sum quam cui possit fortuna nocere.

---

712) *breeching*: 매(회초리)로 때리다(=whipping, birching).

713) 모오티머가 관객들에게 제시하는 것은 희극적이게도 신성한 체하는 글로스터(리처드 3세)가 케이츠비 (Catesby)와 버킹엄의 도움으로 미리 불러 모은 런던 시민들을 조종하여 제발 왕관을 써달라고 그에게 간 청하도록 조종하는 장면과 대단히 유사하다. 리처드는 그는 손에 기도서를 들고, 과장되게 "진정한 그리스 도 교도로서의 열렬한 예배"를 드리고 있던, 마치 "거룩한 인간"이기라도 한 것처럼 과장되게 과시하면서 "양쪽에 각각 주교를 대동하고 2층 무대에 나타난다"(*R3*, 3.7.94-103). 위선적으로 자신의 "부덕의 소치" 와 "온통 . . . 결점 투성이"(159-60)를 강조하면서 자신은 "국사나 왕위에 적합하지 않다"(205)고 요구를 거절하다 결국 받아들이는 "처녀 같은 역할"을 함으로써 모오티머가 냉소적으로 자신을 소위 "수줍은 청 교도"라고 부른 역할을 수행한다(Forker 27).

714) *bashful puritan*: 위선적으로 사양하는 체하는 청교도. 엘리자베스 시대의 무대에서 비국교도들인 청교도들 에 대한 전형적 조롱을 반영한, 명백한 시대착오적 언급이다.

715) *onus quam gravissimum*: (=A very heavy burden).

716) *Suscepi* that *provinciam*: (=I have undertaken that office).

그 표정은 아이에게는 매질[712]과도 같을 거다.

그들은 내게 섭정직을 강권하는데[713]

실은 내가 간절히 원하는 바로 그것을 부디 수락해 달라고 내게
　　간청한다.　　　　　　　　　　　　　　　　　　　　　　　　55

의회 석상에서는 아주 근엄한 표정을 짓는 거다.

그리고 수줍은 청교도[714] 못지않게,

우선 내가 무능하다며 푸념하는 거다.

'그 일은 내게 너무 과중하오'라고[715] 하면서 말이다.

우리 편 사람들이 나서서 그런 말을 못하게 가로막으면,　　　60

그 때서야 사람들이 말하듯, '그 직을 맡겠소'[716]라고 하는 거다.

결국, 내가 이제 섭정이다.

이제 모든 게 확실하군. 왕비와 나 모오티머님이

왕국과 국왕을 지배하는 것이지, 그 누구도 우리를 지배할 수 없
　　다.[717]

내 적들에게는 재앙을 내리고, 내 친구들은 출세시켜줄 테다.　65

내가 다스리고자 하는 걸[718] 누가 감히 막는단 말인가?

운명의 여신이 나를 해치기에는 내가 너무도 위대하다.[719]

---

717) ***the queen . . . rule us***: 사실 모오티머는 애초에는 "에드워드 3세가 보다 성인이 될 때까지 지배하고 통
　　치하는 일"을 맡아 하기로 채택된 "국내의 열두 명의 뛰어난 귀족들" 중 한 명이 아니다. 물론 얼마 안 가
　　"왕비와 로저 모오티머 경은 모든 지배권을 장악하여 왕과 앞에 언급한 그의 고문들은 모든 대소사를 처리
　　함에 있어 그들 두 사람에 의해 결정되었다"(Holinshed 343).

718) *list*: ...하고자 하다(=desire to).

719) ***Maior sum quam cui possit fortuna nocere***:(=I am too great for Fortune to harm). 오비드의 『변신』에
　　서 니오베가 한 말에서 인용(vi, 195). 부지중에 그녀의 자식들이 많음을 자랑한 데 대한 벌로 열 두 명의
　　자식들이 살해당하고 그녀는 고향으로 돌아가 시필루스 산의 바위가 되어 눈이 녹아내릴 때마다 슬피 운다
　　고 한다. 니오베 이야기는 신들이 인간의 자만(*hubris*)에 대해 복수한다는 내용으로서 그리스 신화가 즐겨
　　다루는 주제 중 하나다.

And that this be the coronation day,

It pleaseth me and Isabel the queen.

[Trumpets sound within.]

The trumpets sound; I must go take my place.　　　70

Enter the young King [Edward III, *the* Arch]bishop

[*of* Canterbury], Champion, Nobles, [*and*] Queen [Isabella].

CANTERBURY.　　Long live King Edward, by the grace of God,

King of England and Lord of Ireland.

CHAMPION.　　If any Christian, heathen, Turk, or Jew,

Dares but affirm that Edward's not true king,

And will avouch his saying with the sword,　　75

I am the champion that will combat him.

MORTIMER.　　None comes. Sound, trumpets.

[Trumpets sound.]

EDWARD III.　　Champion, here's to thee.

[Drinks a toast and gives Champion *the goblet.]*

---

720) *coronation day*: 에드워드 3세는 1327년 성촉절(Candlemas)인 2월 2일에 캔터베리의 대주교인 월터 레이
놀즈(Walter Reynolds)에 의해 웨스트민스터에서 즉위식을 가졌다(Holinshed 343).

721) *I must go take my place*: 혹은 '섭정의 역할을 해야겠다.'

722) *Champion*: 왕의 호위기사. 중세시대부터 잉글랜드에 있던 독특한 관직. 왕의 호위기사가 하는 일은 대관식
때 완전무장을 하고 말을 탄 채 대관식 행렬과 함께 웨스트민스터 홀에 들어가면, 전령의 포고와 아울러
왕위 계승권에 이의를 제기하는 자에게 목숨을 건 1대1 결투를 신청하는 의미로 장갑을 던졌다. 물론 이
결투 신청이 받아들여진 적은 없지만, 대관식의 중요한 의전으로 간주되었다. 결투 신청이 없으면 왕은 은
도금 잔으로 호위기사에게 축배를 든 후 사례로 그 잔이나 지갑을 하사하였다. 이러한 의식은 1821년 조지
4세의 대관식 때까지 행해졌다. 1832년에는 대관식 축연이 열리지 않았기 때문에 왕의 호위기사도 초청받
지 않았다. 1902년 이후에는 잉글랜드의 기(旗)를 운반하는 일을 담당하는 것으로 바뀌었다
(http://en.wikipedia.org/wiki/Queen's_Champion).

그리고 오늘이 바로 대관식 거행일[720]이라는 사실이,

나와 이사벨 왕비를 기쁘게 하는군.

[안에서 나팔 소리가 들린다.]

나팔 소리가 들리니, 가서 내 자리를 잡아야겠군.[721]　　　70

어린 왕 [에드워드 3세, 켄터베리의 대]주교,

왕의 호위기사,[722] 귀족들, [그리고] 이사벨라 [왕비] 등장.

캔터베리.　잉글랜드의 왕이요 아일랜드의 군주이신[723]

에드워드 왕이시여, 신께서 은총을 베푸사 만수무강하소서.

호위기사.　기독교도건, 이교도건, 터키인이건 혹은 유태인이건,

에드워드님은 진정한 왕이 아니라고 감히 주장하는 자가 있거

든,

칼로써 자신의 말을 확증할 것이니,　　　75

나는 그 자와 결투를 벌일 왕의 호위기사니라.

조카 모오티머.　아무도 나서는 자가 없군. 나팔을 불어라!

[나팔소리.]

에드워드 3세.　　　호위기사, 그대를 위해서일세.

[건배를 하고 잔을 호위기사에게 하사한다.]

---

723) **Lord of Ireland**: 아일랜드의 군주. 잉글랜드 왕들은 헨리 2세 때부터 아일랜드의 군주라는 칭호를
　　사용해왔다. 왕이란 단어를 사용하지 못한 이유는 아일랜드가 단일 왕국을 이루지 못했기 때문이
　　다. 게다가 그곳은 공식적으로는 교황의 땅이었다. 하지만 헨리 8세가 가톨릭을 버린 뒤에는 이런
　　형식에 매일 이유가 없어졌고, 이후 잉글랜드의 왕에게는 아일랜드 국왕이라는 칭호가 추가되었다.

ISABELLA.   Lord Mortimer, now take him to your charge.

Enter Soldiers *with* [Edmund,] *the* Earl *of* Kent, *prisoner.*

MORTIMER.   What traitor have we there with blades and bills?

SOLDIER.   Edmund, the Earl of Kent.

EDWARD III.   What hath he done?   80

SOLDIER.   'A would have taken the King away perforce,

As we were bringing him to Killingworth.

MORTIMER.   Did you attempt his rescue, Edmund? Speak.

KENT.   Mortimer, I did; he is our king,

And thou compell'st this prince to wear the crown.   85

MORTIMER.   Strike off his head! He shall have martial law.

KENT.   Strike off my head? Base traitor, I defy thee.

EDWARD III.   [*To* Mortimer Junior] My lord, he is my uncle, and shall live.

MORTIMER.   My lord, he is your enemy, and shall die.

KENT.   Stay, villains.   90

EDWARD III.   Sweet mother, if I cannot pardon him,

Entreat my Lord Protector for his life.

ISABELLA.   Son, be content; I dare not speak a word.

EDWARD III.   Nor I, and yet methinks I should command;

---

724) ***with blades and bills***: 칼과 도끼창을 든 자들의 호위를 받는(guarded by soldiers bearing swords and halberds).

725) ***martial law***: 켄트를 군사재판에 회부하여 처벌한다는 것은 사실(史實)과 어긋난다. 사료에 의하면 켄트 는 의회에서 귀족들의 재판과 판결을 받았다(Holinshed 348). 아마도 말로우는 개비스톤에게 내려진 즉석 "재판"과 켄트의 재판을 병치시키고자 의도한 것으로 보인다.

| 이사벨라. | 모오티머경, 이제부터는 그대가 세자를 후견해 주세요. |

병사들, 죄수 켄트 백작 [에드먼드]와 함께 등장.

조카 모오티머.	저기 칼과 도끼창을 든 병사들의 호위를 받는[724] 역적이 누구냐?
병사.	켄트 백작 에드먼드이옵니다.
에드워드 3세.	무슨 일이기에 그러느냐?	80
병사.	이 자는 소신들이 왕을 킬링워스 성으로 호송하던 중,
	강제로 그분을 데려가고자 하였습니다.
조카 모오티머.	그대는 왕을 구출하려고 하였는가, 에드먼드? 말해보라.
켄트.	그렇다, 모오티머. 그 분은 우리들의 왕이시다.
	그런데 너는 이 세자에게 억지로 왕관을 쓰도록 강요했다.	85
조카 모오티머.	저놈의 목을 쳐라! 저놈을 군사재판에[725] 회부할 것이다.
켄트.	내 목을 친다고? 비열한 반역자놈, 네 마음대로 되나 보자!
에드워드 3세.	모오티머 백작, 저분은 과인의 숙부이시니, 살려주셔야 하오.
조카 모오티머.	전하, 저자는 전하의 적이니, 죽이셔야 하옵니다.
켄트.	멈춰라, 악당놈들아.	90
에드워드 3세.	상냥하신 어마마마, 소자가 숙부님을 사면해드릴 수 없다면,
	저의 섭정께 숙부님의 목숨을 살려달라고 간청해주소서.
이사벨라.	아들, 참으세요. 나는 감히 한 마디도 말할 수 없어요.
에드워드 3세.	저도 그러하옵니다만, 제 소견으로는 마땅히 제가 명령을 내려
	야 할 줄로 아옵니다.

| | But, seeing I cannot, I'll entreat for him. | 95 |

[*To* Mortimer Junior] My lord, if you will let my uncle live,

I will requite it when I come to age.

MORTIMER. 'Tis for your highness' good, and for the realm's.

[*To* Soldiers] How often shall I bid you bear him hence?

KENT. [*To* Mortimer Junior] Art thou King? Must I die at thy
command? 100

MORTIMER. At our command. Once more away with him.

KENT. [*Struggling*] Let me but stay and speak; I will not go.

Either my brother or his son is king,

And none of both them thirst for Edmund's blood.

And therefore, soldiers, whither will you hale me? 105

They hale Edmund [Earl *of* Kent] *away,
and carry him to be beheaded.*

EDWARD III. [*To* Isabella] What safety may I look for at his hands,

If that my uncle shall be murdered thus?

ISABELLA. Fear not, sweet boy; I'll guard thee from thy foes.

---

726) ***let my uncle live***: 박해를 받고 있는 에드워드 2세에게 동정적인 켄트가 어린 에드워드에게 '악'(false)(5.2.103) 영향을 끼치지 않도록 하기 위해 모오티머는 세자와 켄트를 서로 떼어놓으려고 한다. 그러나 세자는 모오티머에게 반대하여 자신의 삼촌인 켄트를 옹호한다. 이와 유사하게 나이 어린 왕의 순진함과 마키아벨리적인 현실정치 사이의 긴장은 『리처드 3세』에서도 발견되는데, 이 극에서 또 다른 세자 에드워드(후일의 에드워드 5세)는 그의 삼촌과 친척들이 "배반자들"이라는 글로스터(후일의 리처드 3세)의 주장에 대해 그들을 옹호한다. 리버스 백작(『리처드 3세』에서 엘리자베스 왕비의 동생으로 세자 에드워드의 외삼촌)처럼 말로우의 극에서 켄트 역시 처형당한다.

727) ***our command***: "our"는 분명히 왕의 사실상의 후견인인 왕비와 자기 자신을 가리키지만, 모오티머가 건방지게도 자신을 "짐"(royal plural)이라고 일컬은 것으로도 볼 수 있다.

728) ***none of both them***: 그 누구도(=neither of them). "them"은 불필요한데도 쓰인 것은 아마도 당시 출판상의 오류였거나 음보를 맞추기 위해서 도입된 것으로 보인다.

하오나, 그럴 수 없다는 걸 알기에, 숙부님의 구명을 탄원하는

것이옵니다.   95

[조카 모오티머에게] 경, 숙부님을 살려주시면,[726]

과인이 이다음에 성년이 되었을 때 이 일을 보답하겠소.

조카 모오티머. 이는 전하와 또한 국가의 이익을 위해서이옵니다.

[병사들에게] 내가 몇 번이나 너희들에게 그 자를 끌고가라고 명령

해야겠느냐?

켄트. 네놈이 왕이더냐? 내가 네놈의 명령에 따라 죽어야 한단 말이

냐?   100

조카 모오티머. 짐의 명령에[727] 따라서다. 다시 한 번 명하노니, 그 자를 끌고

가렸다.

켄트. 잠깐만 멈춰라. 한마디 해야겠다. 나는 가지 않겠다.

나의 형님 혹은 형님의 아들이 왕일진대,

두 분 중 그 누구도[728] 에드먼드의 피를 목말라하지 않는다.

그런즉, 여봐라 네놈들이 나를 어디로 끌고 가려느냐?   105

병사들, [켄트 백작] 에드먼드를 참수시키려고 끌고 간다.

[왕비와 그녀의 아들은 다른 자들이 무대를 떠날 때 은밀히 대화를 나눈다.]

에드워드 3세. [이사벨라에게] 그의 손아귀에서[729] 소자가 어찌 안전하길 기대할

수 있겠나이까?[730]

숙부님께서 저렇게 살해당할 수도 있는데 말입니다.

이사벨라. 염려 마라, 얘야. 내가 적들로부터 너를 지켜주겠다.

---

729) *his hands*: 모오티머의 손.

730) 열네 살이나 된 소년이 어떻게 이처럼 어린애 같은 질문을 할 수 있나 의아해할 수 있으나, 에드워드는 이
말을 순진하게 한 것이 아니라 아이러닉한 의도로 한 것으로 보인다.

Had Edmund lived, he would have sought thy death.

Come, son, we'll ride a-hunting in the park.   110

EDWARD III.   And shall my uncle Edmund ride with us?

ISABELLA.   He is a traitor; think not on him. Come.

Exeunt

[Scene v]

Enter Matrevis *and* Gurney.

MATREVIS.   Gurney, I wonder the King dies not,

Being in a vault up to the knees in water,

To which the channels of the castle run,

From whence a damp continually ariseth

That were enough to poison any man,   5

Much more a king brought up so tenderly.

GURNEY.   And so do I, Matrevis. Yesternight

I opened but the door to throw him meat,

And I was almost stifled with the savour.

MATREVIS.   He hath a body able to endure   10

---

731) 108-10: 앞(93행)에서는 공식석상이기에 왕비가 에드워드 3세에게 존대한 것으로 하였으나, 여기서는 모자 간의 사적인 대화인데다 왕비가 어린 왕을 부르는 친근한 호칭도 고려하여 평어체로 하였다. **park**: 사냥터.

에드먼드를 살려두게 되면, 그 자는 너의 목숨을 노릴 것이다.

자, 아들, 우리 사냥터에서 말을 타며 사냥이나 하자꾸나.[731]   110

에드워드 3세.   에드먼드 숙부님도 우리와 함께 말을 탈 수 있나이까?

이사벨라.   그 자는 반역자이니, 그 자에 대해서는 생각지 말자. 가자.

퇴장.

[5막 5장]

마트레비스와 거니 등장.

마트레비스.   거니, 왕이 죽지 않는 게 놀랍군.

오물이 무릎까지 차는 지하 감옥에 있으면서 말일세.

성의 하수가 다 그곳으로 흘러들어가고,

거기에서 습기가 끊임없이 올라오는 데도 말이지.

그 독기를 들이마시면 누구라도 죽게 마련인데.   5

하물며 그렇게 고이 자란 국왕에게는 더더욱 그렇지 않겠나.

거니.   놀랍긴 나도 마찬가질세, 마트레비스. 어제 밤에

왕에게 고기를 던져주려고 문만 살짝 열었는데도

그 냄새가 얼마나 고약한지 숨막혀 죽을 뻔했네.

마트레비스.   왕의 몸은 우리가 가하는 것 이상의 고통에도   10

More than we can inflict, and therefore now

Let us assail his mind another while.

GURNEY.　Send for him out thence, and I will anger him.

MATREVIS.　But stay, who's this?

Enter Lightborn [*bearing a letter*].

LIGHTBORN.　　　　　　　　My Lord Protector greets you.

[*Gives the letter.*]

GURNEY.　What's here? I know not how to conster it.　　15

MATREVIS.　Gurney, it was left unpointed for the nonce;

[*Reading*] '*Edwardum occidere nolite timere* —';

That's his meaning.

LIGHTBORN.　Know you this token?

[*Shows the token.*]

I must have the King.

MATREVIS.　Ay, stay a while; thou shalt have answer straight.　　20

[*Aside to* Gurney] This villain's sent to make away the king.

GURNEY.　[*Aside*] I thought as much.

MATREVIS.　　　　　　[*Aside*] And when the murder's done,

See how he must be handled for his labour.

[*Aside*] *Pereat iste!* Let him have the king.

---

732) ***a body able to endure***: 에드워드가 여러 가지 정신적, 육체적 고통을 견뎌내는 것은 그의 천부적 왕권에
대한 극적 증거 내지는 그의 명예를 회복하는 과정이기도 하다.

733) ***conster***: 번역하다, 해석하다(=translate. construe의 변형).

734) ***for the nonce***: 특별한 경우에 대비하여, 일부러.

견딜 수 있는 강인한 옥체를[732] 갖고 있네. 그러니 지금부터

한 바탕 더 왕의 마음을 들쑤셔대도록 하세.

거니. 왕을 이리로 불러내게, 그러면 내가 그의 화를 돋울테니.

마트레비스. 멈춰라, 게 누구냐?

[서찰을 가지고] 라이트본 등장.

라이트본. 섭정 각하께서 안부전하라 하셨소.

[서찰을 건넨다.]

거니. 이게 뭘까? 이걸 어떻게 해석해야 할지[733] 모르겠군.　　　15

마트레비스. 거니, 그건 일부러[734] 구두점을 찍지 않은 채로 놔 둔걸세.

[읽는다] "에드워드 왕을 살해하길 두려워하지 말라 — "

그게 바로 나리의 뜻일세.

라이트본. 이 증표를 알아보겠소?

[증표를 보여준다.]

왕을 내게 넘겨주시오.

마트레비스. 알겠소, 잠깐만 기다리시오. 곧 대답해 드리리다.　　　20

[거니에게 방백] 이 악당 놈이 왕을 죽이도록[735] 파견되었나보군.

거니. [방백] 나도 그렇게 생각했네.

마트레비스. [방백] 그리고 죽이고 나면,

수고한 데 대해 그가 어떤 대우를 받게 될지 두고 보세.

[방백] 이놈을 죽여라![736] 그에게 왕을 넘기세.

---

735) *make away*: 죽이다, 살해하다(2.2.235의 각주 참조).

736) ***Pereat iste*!**: (=Let this man perish). 라이트본이 에드워드를 살해하고 나면 라이트본을 죽이라는 명령은 그가 알아보지 못하도록 라틴어로 쓰여졌다.

[*To* Lightborn] What else? Here is the keys, this is the lake. 25

Do as you are commanded by my lord.

LIGHTBORN.   I know what I must do. Get you away,

Yet be not far off; I shall need your help.

See that in the next room I have a fire,

And get me a spit, and let it be red-hot. 30

MATREVIS.   Very well.

GURNEY.   Need you anything besides?

LIGHTBORN.   What else? A table and a featherbed.

GURNEY.   That's all?

LIGHTBORN.   Ay, ay: so, when I call you, bring it in. 35

MATREVIS.   Fear not you that.

GURNEY.   Here's a light to go into the dungeon.

---

737) ***What else?***: 4.7.118의 각주 참조. 상대방에 대해 다소 빈정대는 이 표현은 "그것 말고 내가 할 게 뭐 있 겠소?"(What else would I be doing?)의 줄임말로 라이트본에 대해 다소 언짢게 대꾸하는 표현이다 (Foakes); "섭정 각하께서 그 외에 다른 명령은 안 내리셨소?"(Did the Lord Protector send any further instructions?)(Bevington).

738) ***lake***: 지하 감옥(구덩이)(=dungeon, underground pit)(<*L. lacus*: den, cave). "지옥의 *구덩이*에 거꾸로 처 박힐 것이다"(and travel headlong to the *lake* of hell)(*2 Tamburlaine*, 3.5.24).

739) ***spit***: Q에는 살해 장면을 상연하는 동안 대화나 무대 지시에서는 "쇠꼬챙이"에 대한 언급이 없기 에 몇몇 편집자들(Dyce, Briggs, Charlton-Waller)은 말로우가 무대에서는 이 장면을 생략했을 것이라 추측한다. 그 러나 이러한 추측은 잘못된 것으로 보인다. 오늘날의 관점에서 보면 Q의 무대 지시는 부실해 보일 수밖에 없다. 더욱이 에드워드의 살해와 관련된 충격적인 방법은 악명 높았다. 엘리자베스 시대의 관객들은 비록 실제로 불에 달군 쇠꼬챙이를 쑤셔대는 장면이 "무대 안쪽"이나 커튼 뒤에서 행해졌을 지라도 어떤 방법으 로든 무대에 재현되는 걸 보고자, 혹은 상상으로라도 보고 있다고 믿고자 했을 것이다. 특히 불에 달군 쇠 꼬챙이로 항문을 관통시키는 것은 극 전체의 동성애적 주제에 대한 상징적 중요성을 부여한다. 라이트본이 란 이름 역시 쇠꼬챙이를 환기하는 것처럼 여겨진다. 만일 극작가가 쇠꼬챙이를 보여주지 않기로 의도했다 면, 라이트본이 살해를 준비하는 동안 구태여 사용할 도구를 언급하여 관객들을 실망시킬 이유가 없다.

740) ***A table and a feather bed***: 말로우의 출처들은 에드워드 2세를 살해한 방법을 조금씩 달리 설명하고 있 다. 암살자들이 에드워드를 "무거운 깃털 침대 혹은 탁자"로 내리누르고 그의 항문에 나팔 모양의 것을 밀 어 넣고 불에 단 쇠꼬챙이를 쑤셔 넣어 그의 내장을 관통시켰는데 그렇게 한 것은 부상이나 상처를 감추기

그 밖에 또 뭐 없소?[737] 여기 열쇠고, 여기가 지하 감옥이오.[738] 25

나으리께서 명하신 대로 하시구려.

라이트본. 내가 할 일은 내가 잘 알고 있소. 저리 물러들 가시오,

허나 멀리 가 있진 마시오. 당신들의 도움이 필요할지 모르니.

옆방에서 불을 피워 준비하고,

쇠꼬챙이를[739] 갖다 주시오, 벌겋게 불에 달궈서 말이오. 30

마트레비스. 알겠소.

거니. 그 밖에 필요한 게 더 없소?

라이트본. 뭐가 더 필요할까? 탁자와 깃털 침대요.[740]

거니. 그거면 다 됐소?

라이트본. 됐소. 자, 내가 당신들을 부르면 즉시 그걸[741] 가져오시오. 35

마트레비스. 그건 염려 마시오.

거니. 여기 지하 감옥으로 들어가는데 필요한 횃불이오.[742]

위해서였다(Holinshed 341). 다른 기록에 의하면 암살자들이 "커다랗고 무거운 깃털 침대를 들고 와 침대에 누워있던 그[에드워드]를 덮쳐눌러 숨 막히게 한 다음 그의 항문에 나팔 끄트머리나 관처럼 생긴 기구를 끼워 넣고 그것을 통해 빨갛게 달아오른 쇠꼬챙이를 쑤셔 넣어 내장을 태웠다"(Stowe 357-58). 또 다른 기록에 의하면 자객들은 "그의 배에 커다란 탁자를 올려놓고 장정들이 네 모서리에서 힘껏 탁자를 눌러대자 왕이 잠에서 깨어나 죽음을 두려워하여 고함을 질러댔다. 그러자 이 자객들은 나팔 모양의 것을 가져와 그의 항문 깊숙이 밀어 넣고는 그것을 통해 달궈진 쇠꼬챙이를 그의 몸속에 쑤셔 넣어 마침내 그를 살해하였다"(Grafton 218). 말로우는 이러한 설명들을 종합하여 암살자가 테이블과 깃털 침대 ─ 전자는 왕을 움직이지 못하도록 하기 위해, 후자는 그의 몸에 시해의 비밀을 드러낼 타박상이나 상처들이 생기지 않도록 쿠션으로 사용하기 위해(아래 112-12행 참조) ─ 를 둘 다 사용하면서 치명적인 쇠꼬챙이를 삽입한 것으로 묘사한다. 리처드 2세의 치하에서 다른 귀족들(Thomas of Woodstock, Duke of Gloucester 등)을 살해할 때에도 이와 비슷하게 깃털침대를 사용하였다는 홀린셰드의 기록이 있다(489).

741) *it*: 그 모든 것(탁자, 깃털 침대, 쇠꼬챙이).

742) *a light*: 말로우는 라이트본의 이름과의 아이러닉한 관련을 의도했을 수도 있다(아래의 41행 및 5.6.21 각주 참조).

[*He gives a light, then exit with* Matrevis.]

LIGHTBORN.   So, now must I about this gear; Ne'er was there any

So finely handled as this King shall be.

[*Opens the dungeon.*]

Foh! here's a place indeed, with all my heart.   40

[Edward *comes up from below, or is discovered.*]

EDWARD.   Who's there? What light is that? Wherefore com'st thou?

LIGHTBORN.   To comfort you and bring you joyful news.

EDWARD.   Small comfort finds poor Edward in thy looks.

Villain, I know thou com'st to murder me.

LIGHTBORN.   To murder you, my most gracious lord?   45

Far is it from my heart to do you harm.

The queen sent me to see how you were used,

For she relents at this your misery.

---

743) *gear*: 일(=business, job), 성기(=sexual organs).

744) "지하 감옥"(lake, 25행; dungeon, 37, 55행)이란 단어가 자주 사용된 것으로 보아 이 부분에서는 함정문 (trapdoor)이 사용되어 에드워드 왕이 무대 밑으로부터 나타난다고 추측하는 것이 논리적일 것이다. 그렇게 함으로써 에드워드의 감금과 고통이 지옥에 있는 것과도 같은 것이라는 점을 상징적으로 표현했으리라고 상정할 수 있다. 그러나 말로우가 이 극을 집필할 때 염두에 두고 썼던 극장은 대체로 "이동 가능한 가대 (架臺) 무대"를 활용했으며, 트랩을 실제로 사용하기엔 시기상조였을 것이라는 주장(Glynne Wickham, Forker 308 각주 재인용)도 있다. 또는 무대 안쪽(inner stage)을 감옥의 상징으로 활용했으리라는 추측도 있다(Lunt, Forker 308 재인용). 이 경우에는 커튼을 제껴서 에드워드 왕의 모습을 드러나게 했을 것으로 보인다. 어떻게 처리했든 말로우의 시대에는 어느 극장에서 상연되는가에 따라 이 부분을 무대 사정에 맞 게 처리했을 것이다.

745) *Wherefore comes thou?*: 이 상황은 셰익스피어의 첫 번째 4부작 중 헨리 6세와 클라렌스가 살해당하는 장 면과 유사하다.

    헨리 왕: 허나 무슨 일로 왔느냐? 내 목숨을 노리고 왔느냐?

[횃불을 건네주고 나서 마트레비스와 퇴장.]

라이트본.　자, 이제 작업을[743] 시작해야겠군. 지금껏 그 누구도

　　　　　이 왕만큼 내 손맛을 제대로 본 사람도 없을 게다.

[지하 감옥 문을 연다.]

　　　　　푸, 여긴 정말이지 내 마음에 꼭 드는 곳이군.　　　　　　40

[에드워드, 밑에서 올라오거나, 혹은 발견된다.][744]

에드워드.　게 누구냐? 저건 웬 불빛이냐? 너는 무슨 일로 왔느냐?[745]

라이트본.　전하를 위로하고 기쁜 소식을 전해드리기 위해서이옵니다.

에드워드.　불쌍한 에드워드는 네 표정을 봐도 별다른 위안이 되지 않는구

　　　　　나.

　　　　　악당놈, 네가 나를 죽이러 왔다는 걸 잘 안다.

라이트본.　전하를 죽이러 오다니요, 자비로우신 전하?　　　　　　　45

　　　　　전하께 위해를 가하는 것은 절대로 소인의 생각이 아니옵니다.

　　　　　왕비마마께선 전하께오서 이처럼 비참하게 지내시는 걸 유감스

　　　　　러워 하셔서

　　　　　전하께서 어떤 처우를 받고 계신지 알아보시려고 저를 보내셨나

　　　　　이다.

글로스터:　　당신은 나를 사형 집행인으로 아는가?
헨리 왕:　　　네가 박해자인 것만은 틀림없다.　　　　　(*3H6*, 5.6.29-31)

클라렌스:　　대체 넌 누구냐?
자객 1:　　　당신과 같은 인간입죠.
　　　· · ·
클라렌스:　　말투가 불길하고 끔찍하구나!
　　　　　　　네 눈초리도 심상치 않고. 얼굴은 왜 파랗게 질려있지?
　　　　　　　누가 이곳에 보냈느냐? 무슨 일로 여기 왔지? (*R3*, 1.4.165-74).

에드워드 2세　387

And what eyes can refrain from shedding tears

To see a king in this most piteous state?   50

EDWARD.   Weep'st thou already? List a while to me,

And then thy heart, were it as Gurney's is,

Or as Matrevis', hewn from the Caucasus,

Yet will it melt ere I have done my tale.

This dungeon where they keep me is the sink   55

Wherein the filth of all the castle falls.

LIGHTBORN.   O villains!

EDWARD.   And there in mire and puddle have I stood

This ten days' space; and, lest that I should sleep,

One plays continually upon a drum.   60

They give me bread and water, being a king;

So that, for want of sleep and sustenance,

My mind's distempered, and my body's numbed,

And whether I have limbs or no I know not.

O, would my blood dropp'd out from every vein,   65

As doth this water from my tattered robes.

Tell Isabel, the queen, I looked not thus

When for her sake I ran at tilt in France

---

746) *List*: 듣다(=listen).

747) *Caucasus*: 서쪽으로는 흑해와 아조프 해, 동쪽으로는 카스피 해와 접하는 산맥으로 유럽과 아시아를 구분
짓는 경계선의 일부를 이루고 있다. 불모의 바위들과 거친 지형으로 인해 예부터 흔히 오르거나 넘기 힘든
지역을 일컫는 곳으로 알려져 있다.

그런데 이처럼 지극히 불쌍한 지경에 처한 전하를 뵈오니

어느 누군들 눈물이 흐르는 걸 막을 수 있겠나이까?   50

에드워드. 너는 벌써 울고 있는 거냐? 잠깐 내 말을 들어 보아라.

그리고 너의 심장 소리를 들어보아라.[746] 너의 심장은 거니의 심

　　장이나

마트레비스의 심장처럼, 코카서스 산에서[747] 잘라낸 듯이 철석

　　같다 해도

과인이 미처 이야기를 마치기도 전에 녹아버릴 것이다.

놈들이 과인을 가둬둔 이 지하 감옥은   55

성안의 모든 오수가 흘러드는 하수구이다.

라이트본. 오, 저런 악당놈들!

에드워드. 과인은 진흙과 흙탕물 속에서

이 열흘 동안 내내 서 있었다. 그런데다 잠들지도 못하게

누군가가 계속해서 북을 쳐대는구나.   60

그들은 과인이 왕이기에 빵과 물을 주었지만,

수면부족과 영양실조로 인해,

정신이 혼미하고, 몸은 감각이 마비되어

팔다리가 제자리에 붙어 있는지 아닌지 조차 모를 지경이다.

오, 과인의 누더기 옷에서 이 물이 흘러 떨어지는 것처럼,   65

모든 혈관에서 내 피가 흘러 떨어지면 좋으련만.

이사벨 왕비에게 전해다오. 과인이 프랑스에서 그녀를 위해 마

　　상창시합에 참가하여

클레르몽 공작을 말에서 찔러 떨어뜨렸을 때에는

And there unhorsed the Duke of Cleremont.

LIGHTBORN. O, speak no more, my lord; this breaks my heart. 70

> [*A bed is thrust out or brought onstage.*]

Lie on this bed, and rest yourself awhile.

EDWARD. These looks of thine can harbour nought but death.

I see my tragedy written in thy brows.

Yet stay a while; forbear thy bloody hand,

And let me see the stroke before it comes, 75

That even then when I shall lose my life,

My mind may be more steadfast on my God.

LIGHTBORN. What means your highness to mistrust me thus?

EDWARD. What means thou to dissemble with me thus?

LIGHTBORN. These hands were never stained with innocent blood, 80

Nor shall they now be tainted with a king's.

EDWARD. Forgive my thought for having such a thought.

One jewel have I left; receive thou this.

> [*Gives a jewel.*]

Still fear I, and I know not what's the cause,

---

748) *I looked . . . Duke of Cleremont*: 과거의 이상적이고도 위대한 군주 또는 영웅으로서의 모습과 현재의 비참한 자신의 처지를 극명하게 대조적으로 제시해주는 대사.

749) *my tragedy . . . brows*: 여기서 "비극"(tragedy)은 명백히 죽음을 시사하지만, 또한 높은 지위로부터의 몰락이라는 중세의 개념(*de casibus*)을 내포하고 있다.

750) *when . . . on my God*: 에드워드가 죽음에 임박하여 갑자기 깊은 신앙을 갖게 되었다기보다는 엘리자베스 시대의 정교회 예배 전통을 따른 것으로 보인다.

751) *my thought*: 한 문장 내에 "생각"(thought)을 두 번 반복해서 사용한 것은 동어반복(tautology)으로 볼 수 있다. 실제로 "내 생각" 대신 "내 잘못"(my fault)로 교정할 것을 주장하는 경우도 있다(Fleay, Briggs). 물론 식자공이 필사본에 "잘못"으로 되어 있는 것을 "생각"으로 잘못 전사했을 가능성도 배제할 수 없지만, 화자의 생각이 머지않아 자신이 살해당할지도 모른다는 특정한 생각(혹은 의심)을 불러일으켰다는 취지로 본다면 오히려 적확한 문장으로 보인다.

이런 참혹한 꼴은 아니었노라고[748] 말이다.

라이트본. 오, 더 이상 말씀하지 마소서, 전하. 그 말씀을 들으니 소인의 가
슴이 터지옵니다.   70

[침대가 무대로 밀어 넣어지거나 날라져 온다.]

이 침대에 누워 잠시 쉬도록 하소서.

에드워드. 네 표정을 보건대 과인을 죽일 생각만 하고 있는 게 분명하구나.

네 이마에 과인의 비극이[749] 쓰여 있는 게 보인다.

허나 잠깐만 기다려 다오. 네 잔인한 손을 멈추고,

최후의 일격을 가하기 전에 그 손을 보여 다오.   75

마침내 과인이 목숨을 잃는 순간일지라도,

내 마음이 흔들림 없이 더 굳건히 하나님을 향할 수 있도록 말
이다.[750]

라이트본. 전하께서는 어찌하여 이토록 소인을 믿지 못하시나이까?

에드워드. 너는 어찌하여 이토록 과인을 속이려드느냐?

라이트본. 소인의 손은 지금까지 절대로 무고한 자의 피를 묻힌 적이 없나
이다.   80

하물며 이 손이 이제 전하의 피를 묻히려 하다니요.

에드워드. 그런 생각을 한 과인의 생각을[751] 용서하라.

보석 하나가[752] 마지막으로 남아있네. 이걸 받으라.

[보석을 준다.]

하지만 여전히 두렵네. 왜 그런지는 과인도 모르겠노라.

---

752) *One jewel*: 5.2.71 각주 참조.

But every joint shakes as I give it thee.   85

O, if thou harbour'st murder in thy heart,

Let this gift change thy mind, and save thy soul.

Know that I am a king: oh, at that name,

I feel a hell of grief! Where is my crown?

Gone, gone! And do I remain alive?   90

LIGHTBORN.   You're overwatched, my lord; lie down and rest.

EDWARD.   But that grief keeps me waking, I should sleep;

For not these ten days have these eyelids closed.

Now as I speak they fall, and yet with fear

Open again. O wherefore sits thou here?   95

                                             [Lies on the bed.]

LIGHTBORN.   If you mistrust me, I'll be gone, my lord.

EDWARD.   No, no, for if thou mean'st to murder me,

Thou wilt return again; and therefore stay.

                                         [Edward *falls asleep.*]

LIGHTBORN.   [*Aside*] He sleeps.

EDWARD.   [*Waking*] O, let me not die yet! Stay, O stay a while. 100

LIGHTBORN.   How now, my lord?

EDWARD.   Something still buzzeth in mine ears

And tells me if I sleep I never wake.

---

753) ***Where is . . . remain alive?***: 왕관의 상실과 더불어 왕의 죽음이 따르게 된다는 의미.

754) ***overwatched***: 수면 부족으로 인해 몹시 지치다(=exhausted from lack of sleep)(93행 참조).

755) ***grief***: 여기서는 '슬픔'이나 '비탄'의 의미보다는 '걱정, 혹은 정신적 고통'(anxiety, or mental suffering)이라
는 의미가 더 강하다.

그러나 이걸 너에게 줄 때 온 몸의 마디마디가 떨리는구나.　85

오, 만일 네가 과인을 살해할 생각을 품었거든,

부디 이 선물이 네 마음을 바꾸게 하고, 네 영혼을 구해주길.

과인이 왕이란 사실을 명심하라. 오, 왕이라는 이름에서

과인은 통렬함을 느끼는구나! 과인의 왕관은 어디 있느냐?

사라졌군, 사라졌어! 그런데도 나는 비굴하게 살아 있지 않으면

　　안된단 말인가?[753]　　90

라이트본.　전하, 잠이 너무 부족하여 피곤하신가보옵니다.[754] 누워 쉬소서.

에드워드.　그 말고도 염려[755]가 과인을 잠 못 들게 하는구나. 잠 좀 자야겠

　　도다.

이 열흘 동안 눈도 붙이지 못했다.

지금 내가 말하면서도 눈이 감기는구나. 그러나 두려움이

다시 눈을 뜨게 한다. 오 자넨 어찌하여 여기 앉아 있느냐?　95

[침대에 눕는다.]

라이트본.　저를 믿지 못하시겠거든, 물러가겠사옵니다, 전하.

에드워드.　아니, 아닐세. 네가 나를 살해할 생각이라면

다시 돌아오겠지. 그러니 그냥 여기 머물러 있게.

[에드워드 잠든다.]

라이트본.　[방백] 마침내 잠들었군.

에드워드.　[깨어나면서] 오, 아직 나를 죽이지 말아다오. 잠시만, 오 잠시만 기

　　다려다오.　100

라이트본.　무슨 일이시옵니까, 전하?

에드워드.　뭔가가 계속 내 귀에 속삭이며

말하길, 내가 일단 잠들면 다시는 깨어나지 못한다고 하는구나.

This fear is that which makes me tremble thus;

And therefore tell me, wherefore art thou come?   105

LIGHTBORN.   To rid thee of thy life. Matrevis, come!

[*Enter* Matrevis.]

EDWARD.   I am too weak and feeble to resist.

Assist me, sweet God, and receive my soul.

LIGHTBORN.   Run for the table.

[*Exit* Matrevis.]

[*Re-enter* Matrevis *with* Gurney, *bringing the table, a fetherbed, and spit.*]

EDWARD.   O spare me, or dispatch me in a trice!   110

LIGHTBORN.   So, lay the table down, and stamp on it,

But not too hard, lest that you bruise his body.

[*Using the table and featherbed to hold him down, they murder*
Edward, *who screams as the spit penetrates him.*]

MATREVIS.   I fear me that this cry will raise the town,

And therefore let us take horse and away.

LIGHTBORN.   Tell me, sirs, was it not bravely done?   115

---

756) ***this cry will raise the town***: 에드워드의 날카로운 비명은 일종의 전설이 되었다. 홀린셰드에 의하면 "왕
의 고함 소리는 버클리 성과 마을 안의 많은 사람들로 하여금 그를 불쌍히 여기도록 하였다. 그가 살해당
할 때 고통스런 비명소리를 듣고 그에게 무슨 일이 일어났는지 알게 되자 많은 사람들이 잠에서 깨어 하나
님께 왕의 영혼을 받아주시길 진심으로 기도하였다고 한다"(341).

이 두려움이야말로 나를 이토록 떨게 만드는 것의 정체다.

그러니 말해보라. 너는 무슨 일로 왔느냐?   105

라이트본.   전하의 목숨을 거두기 위해서이옵니다. 마트레비스, 들어오시오!

[마트레비스 등장.]

에드워드.   나는 너무도 약하고 힘이 없어 도저히 저항할 수가 없구나.

저를 도와주소서, 좋으신 하나님, 그리고 제 영혼을 받아주소서!

라이트본.   빨리 가서 탁자를 가져오시오.

[마트레비스 퇴장.]

[마트레비스, 거니와 함께 탁자, 깃털 침대, 쇠꼬챙이를 갖고 다시 등장.]

에드워드.   오, 나를 죽이지 말아다오, 그러지 않으려거든 단숨에 죽여다오! 110

라이트본.   자, 탁자를 올려놓고 그 위에 올라가 발로 밟되,

너무 세게 밟진 마시오. 왕의 몸에 상처자국을 남겨선 안 되니.

[그들은 탁자와 깃털 침대를 사용하여 에드워드를 내리 누르고 살해한다.

쇠꼬챙이가 그를 관통하자 커다란 비명을 지르고 죽는다.]

마트레비스.   이 비명이 마을 사람들을 깨울까[756] 두려우니,

말을 잡아타고 어서 도망치세.

라이트본.   말 좀 해 보시오. 멋지게 해치우지 않았소?   115

GURNEY.   Excellent well, take this for thy reward.

> *Then Gurney stabs Lightborn, [who dies].*

Come, let us cast the body in the moat,

And bear the king's to Mortimer our lord.

Away!

> *Exeunt [with the bodies].*

[Scene vi]

Enter Mortimer [Junior] *and* Matrevis [*at different doors*].

MORTIMER.   Is't done, Matrevis, and the murderer dead?

MATREVIS.   Ay, my good lord; I would it were undone.

MORTIMER.   Matrevis, if thou now growest penitent

I'll be thy ghostly father; therefore choose,

Whether thou wilt be secret in this   5

Or else die by the hand of Mortimer.

Betray us both; therefore let me fly.

---

757) *moat*: 해자(垓字), 외호(外濠). 왕궁이나 성채 등의 외곽을 빙 둘러 판 도랑에 물길을 흘려 못으로 만들어 적군의 공격을 방어할 목적으로 만든 것.

758) *bear . . . Mortimer*: 물론 말로우는 제노아의 한 성직자가 에드워드 3세에게 보낸 서한이 담고 있는 다소 비현실적인 이야기에 대해서는 모르고 있었다. 그 서한에 의하면 에드워드 2세는 변장을 하고 버클리 성을 빠져나와 아일랜드에서 긴 여행을 마친 뒤 대륙으로 건너가 이태리 북부의 한 곳에서 종교적 은둔생활을 하였다(Cuttion and Lyman, Forker 313 재인용).

거니.　　　아주 잘했으니, 이거나 상으로 받아라.

거니, 라이트본을 칼로 찌른다. [죽는다.]

자, 이 녀석의 시체는 해자(垓子)[757]에 던져버리고,

왕의 유해는 모오티머 백작님께 가져가세.[758]

가세!

[시신을 나르며] 퇴장.

[5막 6장]

[각각 다른 문으로 조카] 모오티머와 마트레비스 등장.

조카 모오티머.　　다 처리했나, 마트레비스, 그리고 자객은 해치웠나?

마트레비스.　　예, 나으리. 하오나 그 일을 되돌릴 수만 있다면 좋겠사옵니다.

조카 모오티머.　　마트레비스, 만일 네가 이제 와서 참회하게 된다면

내 너의 고해 신부가[759] 되어 주겠네. 그러니

네가 이번 일에 대해 비밀을 지킬 것인지,　　　5

그렇지 않으면 모오티머의 손에 죽을 것인지 택하도록 하게.

---

759) *ghostly father*: 고해 신부. 모오티머는 마트레비스에게 비밀을 누설하면 죽이겠다고 위협하는 것이다. 고해 신부의 주된 역할은 임종시의 고백을 들어주고 성찬식을 집행함으로써 그들의 영혼이 천국에 들어갈 수 있게 준비해 주는 것이기에 "…의 사제 또는 고해 신부가 된다"는 말은 죽이겠다는 위협이다.

MORTIMER.   Fly to the savages.

MATREVIS.   I humbly thank your honour.   10

[*Exit.*]

MORTIMER.   As for myself, I stand as Jove's huge tree,

And others are but shrubs compared to me.

All tremble at my name, and I fear none;

Let's see who dare impeach me for his death.

Enter [Isabella] *the* Queen.

ISABELLA.   Ah, Mortimer, the king my son hath news   15

His father's dead, and we have murdered him.

MORTIMER.   What if we have? The King is yet a child.

ISABELLA.   Ay, ay, but he tears his hair, and wrings his hands.

And vows to be revenged upon us both.

Into the council chamber he is gone   20

To crave the aid and succour of his peers.

Ay me, see where he comes, and they with him.

Now, Mortimer, begins our tragedy.

---

760) *to the savages*: 황량한 곳, 즉 문명의 손길이 닿지 않아 야만적인 상태로 남아 있는 곳. 마트레비스와 거니
의 운명에 대해 말로우는 사료를 따르지 않았다. 홀린셰드에 의하면 "왕비 및 기타 다른 사람들은 유폐되
었고 . . . 마트레비스와 거니는 추방되었으며, 거니는 [마르세이유로] 도피하였다가, 3년 뒤 체포되어 영국
으로 송환되던 중, 주모자를 고발하지 못하도록 바다에서 참수되었다. . . 마트레비스는 참회하면서 독일에
서 오랫동안 숨어 지내다 마침내 죄를 뉘우치며 죽었다"(341-42).

761) *Jove's huge tree*: 참나무(=the oak. 전통적으로 그 당당한 크기와 내구성으로 인해 조브 신의 신성한 나무
로 알려져 있다. 따라서 위계상 참나무는 나무들 중의 왕에 해당한다).

762) *we have murdered him*: 1330년에 모오티머에 대한 재판에서 그의 죄과 중 가장 첫 번째로는 그가 "잔인
하고도 가혹한 방법으로 왕의 아버지 에드워드 2세를 죽인 것"(Holinshed 349)이다.

마트레비스.	나으리, 거니가 달아났사옵니다. 그래서 소인과 나으리를
	배반할까 걱정되옵니다. 그러니 소인도 달아나게 허락해 주소서.
조카 모오티머.	인적이 드문 곳으로[760] 달아나게.
마트레비스.	삼가 나으리께 감사드리옵니다.

10

[퇴장.]

조카 모오티머.	나로 말하자면, 조브 신의 거대한 나무처럼[761] 우뚝 서 있고,
	다른 자들은 나와 비교하면 덤불에 불과하다.
	모두들 내 이름만 듣고도 벌벌 떨지만, 나는 아무도 두려워하지
	않는다.
	왕의 죽음에 대해 감히 나를 탄핵하는 자 누군가 어디 보자.

[이사벨라] 왕비 등장.

이사벨라.	아, 모오티머, 내 아들 국왕이, 그의 선친이
	서거하였는데, 우리들이 그를 살해했다는[762] 소식을 들었다하오.
조카 모오티머.	우리가 그를 살해했다 한들 뭘 어쩌겠소이까? 왕은 아직 애송이
	에 불과하오.
이사벨라.	그렇긴 하지만, 아들은 머리카락을 쥐어뜯고 양손을 쥐어틀면서
	우리 두 사람에게 복수를 맹세했어요.
	의회실로 달려가서는
	귀족들의 도움과 원조를 간청했어요.
	어머나, 그가 오는 걸 보세요, 귀족들도 함께 오는군요.
	모오티머, 이제 우리의 비극이[763] 시작되려나 보오.

15

20

---

763) *tragedy*: '몰락'(=fall)으로 해석하는 것도 가능하다(5.5.73 각주 참조).

Enter the King [Edward III] *with the* Lords [*and* Attendants].

1 LORD.	Fear not, my lord; know that you are a king.
EDWARD III.	[*To* Mortimer Junior] Villain!
MORTIMER.	How now my lord? 25
EDWARD III.	Think not that I am frighted with thy words.
	My father's murdered through thy treachery,
	And thou shalt die, and on his mournful hearse
	Thy hateful and accursed head shall lie
	To witness to the world that by thy means 30
	His kingly body was too soon interred.
ISABELLA.	Weep not, sweet son.
EDWARD III.	Forbid not me to weep; he was my father;
	And had you loved him half so well as I,
	You could not bear his death thus patiently. 35
	But you, I fear, conspired with Mortimer.

---

764) ***thou shalt die***: 에드워드 2세는 1327년 1월에 아들(에드워드 3세)에게 양위하고 브리스톨 북쪽의 버클리 성에 감금당했으나 결국 모오티머의 사주를 받은 자객에 의해 1327년 9월에 살해당했다(5.5의 내용 및 각주 참조). 1327년 1월 29일, 15세의 어린 나이로 잉글랜드의 왕권을 물려받은 에드워드 3세의 명목상 후견인은 랭카스터 백작 헨리였으나 실질적인 섭정은 어머니인 이사벨라 왕비와 그녀의 정부 모오티머였다. 그러나 모오티머의 탐욕과 독단적 통치에 분개하고, 그러한 자와 놀아나며 조종당하는 어머니의 섭정에 혐오감을 느낀 에드워드 3세는 랭카스터 백작을 비롯한 젊은 귀족들과 동맹하여 왕권을 장악하고 어머니 몰래 모오티머를 제거하는 일에 착수하였다. 모오티머가 노팅엄 성에 있다는 제보를 받은 왕의 측근들은 호위병에 둘러싸여 있던 그를 체포하기 위해 야음을 틈타 비밀 지하통로로 성에 잠입하여 마침내 그를 체포하였다. 에드워드의 명령과 의회의 유죄 판결에 따라 모오티머는 즉각 처형당하였으며 이때가 1330년(앞의 16행 각주 참조)이었다. 이처럼 에드워드의 즉위와 모오티머의 처형 사이에는 3년이라는 기간이 걸렸으나 말로우는 이 극에서 모오티머의 처형을 신속하게 처리하였다.

귀족들[및 수행원들]과 함께 왕[에드워드 3세] 등장.

귀족 1. 두려워 마소서 전하, 전하께선 국왕이라는 사실을 명심하소서.

에드워드 3세. [조카 모오티머에게] 악당 놈!

조카 모오티머. 어인 일이시옵니까 전하? 25

에드워드 3세. 그대의 말에 과인이 두려워하리라고 생각하면 오산이다.

선친께서는 너의 반역으로 인해 시해당하셨으니

과인도 그대를 사형에 처하노라.[764] 그리하여 선친의 애처로운 관 위에

너의 그 가증스럽고 저주스러운 수급을[765] 바쳐서

너의 계략으로 인해 선왕 폐하의 시신이 뜻밖에도 일찍 매장되게 되었다는 증거로 30

온 세상에 폭로 할 것이다.

이사벨라. 울지 마라, 사랑하는 내 아들.

에드워드 3세. 소자의 흐르는 눈물을 금하지 마소서. 그분은 소자의 아버님이시옵니다.

어마마마께서 소자의 반만큼이라도 아버님을 사랑하셨던들

아버님의 죽음을 이렇듯 침착하게 맞이하실 리가 만무하옵니다.35

하지만 어마마마께선 아무래도 모오티머와 공모하신 것 같사옵니다.

---

765) *accursed head*: 말로우의 출처들 가운데 모오티머가 참수에 더하여 능지처참되었다고 하는 역사가(Grafton)도 있으나, 다른 역사가들(Holinshed, Stowe)에 의하면 그는 다만 교수형에 처해졌을 뿐이다(Forker 65 재인용).

1 LORD.	[*To* Mortimer Junior] Why speak you not unto my lord the king?
MORTIMER.	Because I think scorn to be accused.
	Who is the man dares say I murdered him?
EDWARD III.	Traitor, in me my loving father speaks 40
	And plainly saith, 'twas thou that murdered'st him.
MORTIMER.	But hath your grace no other proof than this?
EDWARD III.	Yes, if this be the hand of Mortimer.

[*Shows a letter.*]

MORTIMER.	[*Aside to* Isabella] False Gurney hath betrayed me and himself.
ISABELLA.	[*Aside*] I feared as much; murder cannot be hid. 45
MORTIMER.	'Tis my hand; what gather you by this?
EDWARD III.	That thither thou didst send a murderer.
MORTIMER.	What murderer? Bring forth the man I sent.
EDWARD III.	Ah, Mortimer, thou knowest that he is slain;
	And so shalt thou be too. [*To* Attendants] Why stays he here? 50
	Bring him unto a hurdle, drag him forth;
	Hang him, I say, and set his quarters up!

---

766) ***in me my loving father speaks***: 말로우는 어린 세자가 이렇듯 자신이 합법적인 왕으로서의 권위를 과시하는 것을 이 지점—즉 아버지 에드워드 2세의 죽음이 알려지는—에 이르기까지 세심하게 유보시킨 것으로 보인다.

767) ***the hand of Mortimer***: 일관성이 없는 부분. 이미 앞에서 모오티머는 독백으로 자신에게 죄가 있음이 드러날까봐 다른 사람을 시켜 서한을 작성하도록—"written by a friend of ours"(5.4.6 참조)—조치를 취했다고 한 바가 있다.

귀족 1.　　　　[조카 모오티머에게] 너는 어찌하여 전하께 아무 말이 없느냐?

조카 모오티머.　　고발당하다니 가소롭다는 생각이 들기 때문이오.

　　　　　　　　소인이 왕을 살해했다고 감히 말할 자가 도대체 누구요?

에드워드 3세.　　역적놈, 과인이 사랑하는 선친을 대신하여 분명히 말하겠노
　　　　　　　　라.[766]

　　　　　　　　선친을 살해한 자는 바로 네놈이라고 말이다.

조카 모오티머.　　하오나 전하께선 이외에 다른 증거가 없지 않소이까?

에드워드 3세.　　있다. 만약 이것이 모오티머 네놈의 필적이라면[767] 말이다.

　　　　　　　　　　　　　　　　　　　　　　　　　　　　[서찰을 내보인다.]

조카 모오티머.　　[이사벨라에게 방백] 못된 거니란 놈이 나와 자신을 배반했군.

이사벨라.　　　　[방백] 나도 그렇게 될까 두려웠소. 살인은 도저히 감출 수가 없
　　　　　　　　군요.

조카 모오티머.　　이건 소인의 필체가 맞소이다. 그러면 이걸로 무엇을 입증하겠
　　　　　　　　소이까?

에드워드 3세.　　네가 선친께 자객을 보냈다는 사실이다.

조카 모오티머.　　무슨 자객 말이오이까? 소인이 보냈다는 그 자를 데려와 보시오.

에드워드 3세.　　오, 모오티머, 그 자가 살해되었다는 건 너도 잘 알고 있지 않느냐?

　　　　　　　　너도 그리 될 것이니라. [수행원들에게] 어찌하여 저 자를 여기 그
　　　　　　　　냥 놔두느냐?[768]

　　　　　　　　저 자를 데려다 옥 수레에[769] 태워 끌고 가도록 하라.

　　　　　　　　여봐라, 저 자를 교수형에 처한 뒤 그 능지처참하여 높이 걸
　　　　　　　　어두어 구경거리가 되게 하라.

---

768) ***Why stays he here?***: 즉 왜 그자를 처형하러 데리고 가지 않고 여기 가만 놔두느냐?

769) ***hurdle***: 옥 수레. 죄인을 형장으로 이송할 때 쓰는 썰매 모양의 운반구, 혹은 틀.

And bring his head back presently to me.

ISABELLA. For my sake, sweet son, pity Mortimer.

MORTIMER. Madam, entreat not. I will rather die 55

Than sue for life unto a paltry boy.

EDWARD III. Hence with the traitor, with the murderer!

MORTIMER. Base Fortune, now I see, that in thy wheel

There is a point, to which when men aspire,

They tumble headlong down. That point I touched, 60

And, seeing there was no place to mount up higher,

Why should I grieve at my declining fall?

Farewell, fair queen, weep not for Mortimer,

That scorns the world and, as a traveller,

Goes to discover countries yet unknown. 65

EDWARD III. What! Suffer you the traitor to delay?

[*Exit* Mortimer Junior, *with* First Lord, *attended.*]

ISABELLA. As thou received'st thy life from me,

Spill not the blood of gentle Mortimer.

EDWARD III. This argues that you spilt my father's blood,

Else would you not entreat for Mortimer. 70

---

770) *set his quarters . . . to me*: 에드워드 3세는 모오티머에게 교수형, 내장 적출, 사지절단 등을 선고하는데, 이러한 처벌은 중세 및 르네상스 시대 영국에서 반역죄에 대한 공식 처벌이었다. 즉 반역자의 경우에는 옥수레에 태워져 저자거리를 끌고 다니다 교수대에 보내져서 위에서 언급한 것과 같은 처형 과정을 집행한 뒤 절단된 사지를 높이 걸어두어 구경거리가 되게 하고 잘려진 머리는 수치를 당하게 하였다. 물론 때로 일부 귀족들(예를 들어 말로우의 동시대 사람인 에섹스의 경우)에게는 이러한 섬뜩한 처벌이 단순히 참형으로 감형되어 집행되기도 하였다.

그리고 저 자의 수급을 즉시 내게 가져오도록 하라.[770]

이사벨라. 나를 봐서라도, 사랑하는 내 아들, 모오티머를 긍휼히 여겨다오.

조카 모오티머. 마마, 간청하지 마소서. 하찮은 애송이에게   55

목숨을 구걸하느니 차라리 죽겠소이다.

에드워드 3세. 저 역적, 살인자 놈을 끌고 가라!

조카 모오티머. 야비한 운명의 여신이여, 그대의 운명의 수레바퀴에는

사람들이 오르길 열망하는 정점이 있다마는,

그 곳에 도달한 순간 거꾸로 추락하게 된다는 걸 이제야 알겠구

나.   60

내가 그 정점에 도달하여, 그이상 더 높이 올라갈 곳이 없다는

걸 안 이상,

몰락하여 추락하는 걸 한탄한들 무슨 소용 있으랴?

잘 계시오, 아름다운 왕비마마, 저를 위해 울지 마시오.

이 세상을 경멸하며, 한 사람의 나그네로서,

미지의 세계를 발견코자 길을 떠나는 것이니.[771]   65

에드워드 3세. 무엇이라! 너희들은 역적 놈을 가만두고 볼 것이냐?

[조카 모오티머, 귀족 1이 수행하여 퇴장.]

이사벨라. 너는 내게서 생명을 받았으니,

부디 모오티머님의 피를 흘리지 말아다오.

에드워드 3세. 그 말씀은 어머니께서 아버님의 피를 흘리게 하셨음을 증명합니다.

그렇지 않다면 모오티머의 목숨을 간청하려 하지 않으실 것이옵

니다.   70

---

771) *a traveller . . . yet unknown*: "나그네 한 번 가면 돌아온 적이 없는 저 미지의 세계"(The undiscover'd country, from whose bourn/ No traveller returns)(*Hamlet*, 3.1.80-81).

ISABELLA.	I spill his blood? No!
EDWARD III.	Ay, madam, you, for so the rumour runs.
ISABELLA.	That rumour is untrue: for loving thee,
	Is this report raised on poor Isabel.
EDWARD III.	I do not think her so unnatural.
2 LORD.	My lord, I fear me it will prove too true.
EDWARD III.	Mother, you are suspected for his death,
	And therefore we commit you to the Tower
	Till further trial may be made thereof;
	If you be guilty, though I be your son,
	Think not to find me slack or pitiful.
ISABELLA.	Nay, to my death, for too long have I lived
	Whenas my son thinks to abridge my days.
EDWARD III.	Away with her! Her words enforce these tears,
	And I shall pity her if she speak again.

75

80

85

[Second Lord, *attended*, *arrests* Isabella.]

| ISABELLA. | Shall I not mourn for my beloved lord, |
| | And with the rest accompany him to his grave? |

---

772) ***for loving . . . poor Isabel***: 이사벨라 왕비는 에드워드 2세의 살해에 그녀가 연루되었다는 소문이 나게 된 것은 그녀가 모오티머의 도움으로 아들 에드워드 3세의 왕좌를 보살피고 걱정해왔기 때문이라는 점을 시사 하고자 한다.

773) ***trial***: 심문, 조사(=enquiry, investigation); 재판.

774) ***to the Tower***: 이사벨라는 런던탑에 갇힌 게 아니라 노포크에 있는 라이징 성(Castle Rising)에 가택 연금 되었다. 홀린셰드에 의하면 "웨스트민스터에서 열린 의회에서 왕은 그 곳에 모인 자들의 충고에 따라 그의 어머니인 왕비에게 속한 모든 재산, 토지, 수입을 몰수하고 . . . 다른 곳으로 다니지 못하도록 일정한 장소 에만 머물게 하였다. 그러나 왕은 그녀를 위로하기 위해 매년 한 번 정도 조용히 방문하곤 했다"(349).

775) ***abridge my days***: 나의 생을 마감하다, 단축시키다.

이사벨라.	내가 그 분의 피를 흘리다니? 절대 그렇지 않다!
에드워드 3세.	아니지요, 어마마마, 피를 흘리셨나이다. 그런 소문이 돌고 있나이다.
이사벨라.	그 소문은 거짓이다. 너를 사랑하기 때문에

이사벨라.　내가 그 분의 피를 흘리다니? 절대 그렇지 않다!

에드워드 3세.　아니지요, 어마마마, 피를 흘리셨나이다. 그런 소문이 돌고 있나
　　　이다.

이사벨라.　그 소문은 거짓이다. 너를 사랑하기 때문에
　　　불쌍한 이사벨에게 그런 소문이 난 거란다.[772]

에드워드 3세.　소인은 어마마마께서 그토록 인륜을 벗어나리라고는 생각하지
　　　않사옵니다.　　　　　　　　　　　　　　　　　　　　75

귀족 2.　전하, 그 소문이 모두 사실로 밝혀질까 두렵사옵니다.

에드워드 3세.　어마마마, 마마께서는 아버님의 죽음과 관련 있다는 혐의를 받
　　　고 계시오니
　　　그 건에 관하여 추후 심문이[773] 더 이뤄질 때까지 런던탑에[774]
　　　모시겠사옵니다.
　　　유죄임이 드러나게 되면, 내 비록 어머니의 아들이긴 하오나,　80
　　　소자가 적당히 다루거나 불쌍히 여길 것으로는 생각지 마소서.

이사벨라.　아니다, 차라리 어미를 죽여다오. 내가 너무 오래 살았나보구나.
　　　내 아들이 어미의 생명을 마감할[775] 생각을 하다니.

에드워드 3세.　어서 모셔라. 어머니의 말씀이 이처럼 눈물이 흐르게 하니,
　　　또 다시 말씀하시면 불쌍히 여길지 모르겠구나.　　　　　85

이사벨라.　사랑하는 분께[776] 애도하고,
　　　다른 사람들과 함께 그분의 무덤까지 전송하면 안 되겠느냐?

---

776) *my beloved lord*: 이사벨라는 여기서 분명히 그녀의 남편 에드워드 2세를 지칭하는 것으로 이해되길 바라
지만, 모오티머에 대한 그녀의 애정을 고려할 때 아마도 관객들은 그녀가 아이러닉하게도 은연중에 모오티
머를 언급하고 있는 것으로 이해할 수도 있다.

2 LORD.	Thus, madam, 'tis the King's will you shall hence.
ISABELLA.	He hath forgotten me, stay, I am his mother.
2 LORD.	That boots not; therefore, gentle madam, go.
ISABELLA.	Then come, sweet death, and rid me of this grief.

[*Exit* Isabella *with* Second Lord, *attended.*]

[*Re-enter* First Lord *with the head of* Mortimer Junior.]

1 LORD.	My lord, here is the head of Mortimer.
EDWARD III.	Go fetch my father's hearse, where it shall lie,
	And bring my funeral robes.

[*Exeunt* Attendants.]

Accursed head!

Could I have ruled thee then, as I do now,

Thou hadst not hatched this monstrous treachery.

Here comes the hearse;

[*Re-enter* Attendants *with the hearse and funeral robes.*]

---

777) **_boots_**: 소용, 이익(2.6.18의 각주 참조).

778) **_Go fetch.... it shall lie_**: "아버님의 관을 묘소로 운반해 가라"고도 번역할 수 있는 애매한 문장이나 역자는 모오티머의 머리가 운반되어 온 것과 관련하여 전후 문맥으로 미뤄 에드워드 2세의 관 위에 모오티머의 머리를 올려놓으라는 의미로 번역하였다(Bevington 492 미주 참고).

779) **_Accursed head_**: 이 구절의 반복(5.6.29 참고)은 모오티머의 잘라진 머리통이 이 극의 응보적 정의에 대한 일종의 상징으로 자리하는데 일조한다(아래 99행 참고). 켄트 백작은 동일한 구절을 변형하여 자신의 머리에 적용시킨다(4.6.7 참고).

귀족 2.	자, 마마, 저리 모셔가도록 하는 것이 전하의 뜻이옵니다.
이사벨라.	왕이 나를 저버렸구나. [수행원들에게] 멈춰라, 나는 왕의 어머 니이니라.
귀족 2.	그런 말씀은 아무 소용[777] 없사옵니다. 하오니 마마, 이만 가시 지요.　　　　　　　　　　　　　　　　　　　　　　　　90
이사벨라.	그렇다면 오너라, 달콤한 죽음아, 그래서 내게서 이 슬픔을 거 둬 가다오.

[이사벨라, 귀족2의 수행을 받으며 퇴장.]

[귀족 1, 조카 모오티머의 머리통을 들고 다시 등장.]

귀족 1.	전하, 여기 모오티머의 수급이 있사옵니다.
에드워드 3세.	가서 아버님의 영구를 이리 모시고, 이 수급을 그 위에 올려놓으 라.[778]
	그리고 과인의 상복을 가져오라.

[수행원들 퇴장.]

저주받은 수급이여![779]

지금처럼 그 때에도 내가 너를 다스렸다면,　　　　　　　95

넌 이처럼 가증스런 반역을 도모하진 못했을 것이거늘.

이리로 영구가 운반되어 오는군.

[수행원들 영구와 상복을 가지고 다시 등장.]

help me to mourn, my lords.

Sweet father, here unto thy murdered ghost,

I offer up this wicked traitor's head,

And let these tears, distilling from mine eyes,   100

Be witness of my grief and innocency.

[Exuent.]

Finis

제경들, 과인의 애도를 도와주시오.

사랑하는 아바마마, 여기 아바마마의 시해되어 돌아가신 영전에,

이 극악무도한 역적 놈의 수급을 바치나이다.

저의 두 눈에서 흘러내리는 이 눈물이   100

저의 비탄과 결백을 증거하게 하여 주소서.

[퇴장.]

끝

1) 스펜서(Jr.)가 처형당하는 그림.

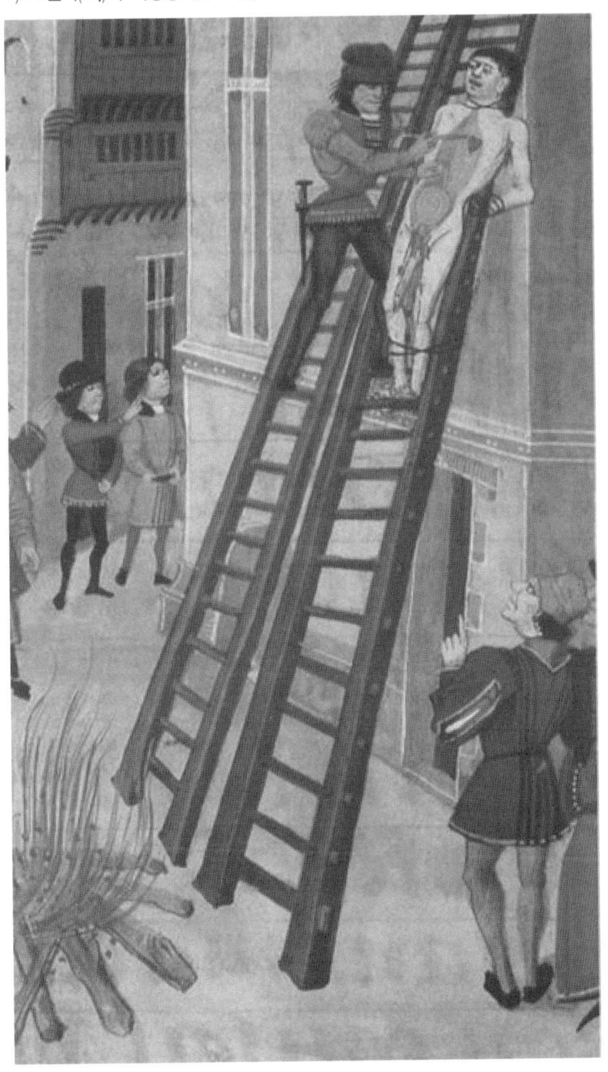

2) 에드워드 2세의 연필 초상화

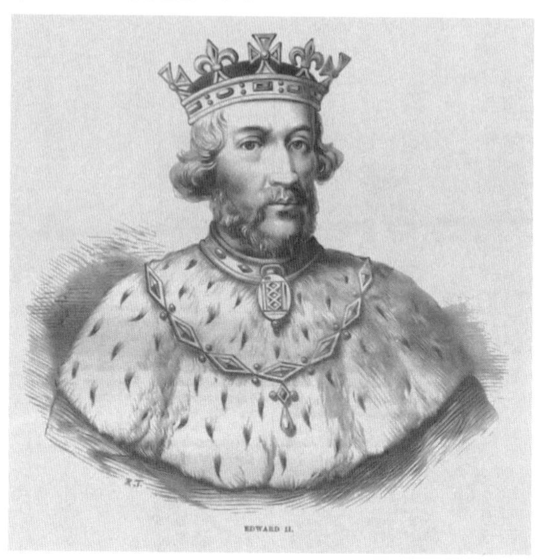

3) 케닐워스 성. 제4막 제7장의 각주에서도 설명했듯이 텍스트에 따라
   킬링워스 성으로도 되어 있으나 두 지역은 서로 다른 곳이다.

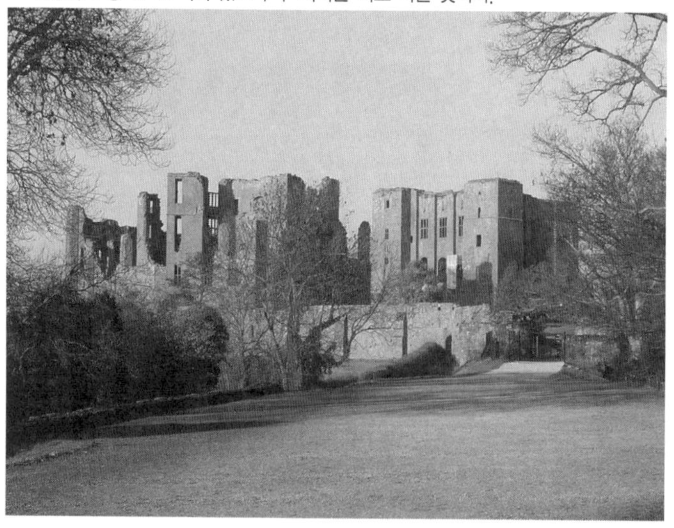

414   Edward II

4) 1712년에 그려진 버클리 성(Berkeley Castle) 전경. 글로스터셔의 버클리 소재.
헨리 2세의 명에 따라 1154년에 건축을 시작하여 완공되기까지 약 30년 걸림.
이 성에서 에드워드 2세는 1327년 9월 21일에 살해될 때까지 4월부터 9월까지
5개월간 지하감옥에 감금되어 있었다.

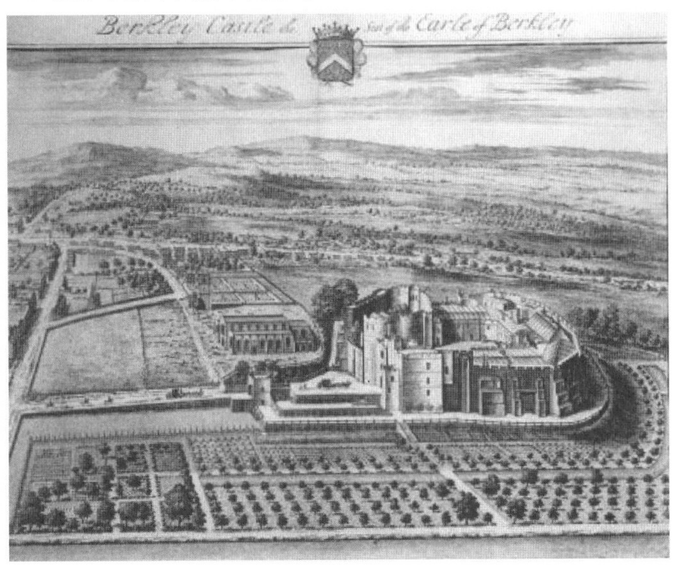

5) 에드워드 2세와 이사벨라 여왕을 둘러싼 영국과 프랑스의 왕가 계보

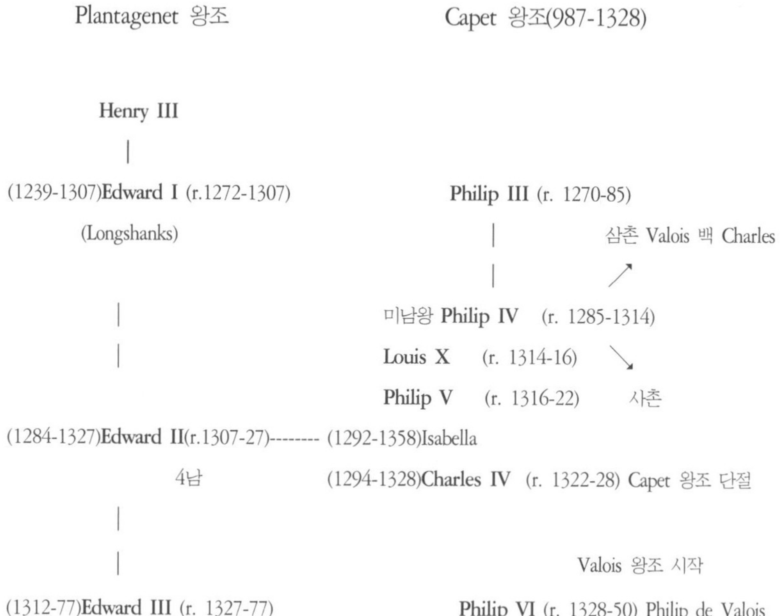